曹征路 文集

曹征路文集

长篇小说卷 2

深圳出版发行集团
海天出版社

图书在版编目（CIP）数据

曹征路文集. 长篇小说卷. 2 / 曹征路著. —深圳：海天出版社，2014.1
ISBN 978-7-5507-0828-0

Ⅰ. ①曹… Ⅱ. ①曹… Ⅲ. ①长篇小说－中国－当代 Ⅳ. ①I247.5

中国版本图书馆CIP数据核字（2013）第196790号

曹征路文集. 长篇小说卷. 2
Caozhenglu Wenji. Changpian Xiaoshuojuan. 2

出 品 人：尹昌龙
责任编辑：涂　俏
责任校对：张　玫
责任技编：蔡梅琴　梁立新
排版制作：思成致远
装帧设计：李松璋书籍设计工作室

出版发行：海天出版社
地　　址：深圳市彩田南路海天综合大厦(518033)
网　　址：www.htph.com.cn
订购电话：0755-83460137（批发）　83460397（邮购）
排版制作：深圳市思成致远创意文化有限公司　Tel：0755-83537697
印　　刷：深圳市新联美术印刷有限公司
开　　本：787mm×1092mm　1/16
印　　张：28
字　　数：360千
版　　次：2014年1月第1版
印　　次：2014年1月第1次
定　　价：95.00元

海天版图书版权所有，侵权必究。
海天版图书凡有印刷质量问题，请随时向承印厂调换。

自 序

掐指一算,老汉今年64啦,步入人生黄昏,回头数数自己的脚印不为过。再掰脚指头一算,从1971年发表第一篇短篇小说算起,也有40多年了,发表了400多万字的作品,编一个200万字的文集也不为过。感谢海天出版社,满足了我这点虚荣心。

生活中我是个散漫的人,知足且快乐,喜欢打球打牌,没有太高的追求。别人站着我蹲着就行,别人坐着我趴着就行。但写小说就不一样了,比较认真,更不愿说违心的话。我不赞成玩文学的说法。忠实地把我经历的时代变迁记录下来是个基本态度,这套文集就是我对近30年的审美记忆。尽管今天的传播手段越来越多,越来越娱乐化,但小说作品就精神深度而言,依然是其他文艺形式不能替代的。所谓不怕不识货,就怕货比货。

认真地反省起来,我的所有的作品似乎只写了一个主题——找到自觉的人生。我的经历还算得上丰富,工农兵学商差不多都见识过。见得多了,想得也就复杂一些,故而也希望人们分享自己那些经过思考的生活。我真诚地希望这个世界美好起来。不管我这些脚印是何等的浮浅,思考是何等的幼稚,我还是希望能够成为您的朋友,为您服务;希望和您一起探讨人生,探讨时代,找到规律,走向自由;希望和您一起找到认识这个世界的新方法和新角度;希望和您一起领略人类无比丰富的精神世界,领略人类无比多样的美和力。

　　那么，请接受我由衷的谢意。您——爱护和帮助过我的编辑们，指导和鼓励过我的师长们，每一个读过我作品的朋友们，每一个善意指教过我的批评者，谢谢啦。

　　本雅明认为资本主义的基本经验就是"震惊"，那么转型时期的我们也应当有传达这种"震惊"的艺术品。从这个角度看，说批判精神也是对的。一个文人对现存价值提不出怀疑和批判是他的悲哀，更是时代的悲哀。

　　我的艺术主张是没有主义。一个写小说的，动不动标榜主义是不自信的表现。在我看来，最好的艺术不过是量体裁衣，为自己的表现对象找到最合适的角度和形式。因为形式本身没有高下，也无先进落后之分。中国文学史的经验是这样，西方文学史的经验同样是这样。说白了，艺术就是真情实感四个字。

　　我去泰国旅游，见众人围观一赤膊跣足者，只见他火中取物，上下翻飞，绕前捧后，有托儿跟着大声喝彩。伸头一瞧，原来是卖烤鱼干的。于是联想到近年我国的文坛种种，哑然失笑。

　　小说是最具思辨色彩的艺术，要经得起咀嚼才好。倘若没有当今人类最前沿的思想发现，不能用人类文明的成果照亮时代生活，那么所有绕前捧后的表演不过是"玩花活"，是卖烤鱼干。

　　上世纪80年代我在北京学习时，亲眼目睹过一批青年作家用各种主义爆破了文坛，新奇怪异成为先锋，所以那个时代被称为"方法论年代"。圈内的流行词叫"玩老头子"，也亲眼看到一批老头子生怕被时代抛弃而亦步亦趋，被玩晕了。中国文坛在经历了近20年的主义轮番轰炸以后，小说艺术的基本价值作为一个问题被一再提出来，绝不是偶然的。

　　生动而真实的故事细节、鲜活而独特的人物性格、蕴藉而深刻的情感寓意、多数人感同身受的时代呐喊，是小说艺术永远的生命力所在。作家首先是真理的追求者，是人类合理生存方式的叩问者，是世俗潮流的怀疑者。尽管对文学精神的遮蔽古已有之，各个时代表现不一，但文学精神从来未被杀死。它仍顽强地，一代一代地，在真文学的血脉中薪火相传不绝如缕，我是相信这一点的。历史还将继续证明这一点。

所谓精神到处文章老，沧桑阅尽意气平。是为序。

曹征路写于2013年2月24日元宵节

目·录

问苍茫

第一章 ……………………………………… 1
第二章 ……………………………………… 41
第三章 ……………………………………… 63
第四章 ……………………………………… 91
第五章 ……………………………………… 115
第六章 ……………………………………… 141
第七章 ……………………………………… 165
第八章 ……………………………………… 193
第九章 ……………………………………… 213
第十章 ……………………………………… 237
第十一章 …………………………………… 257
第十二章 …………………………………… 289
第十三章 …………………………………… 339
第十四章 …………………………………… 359
第十五章 …………………………………… 397

第一章

1

　　柳叶叶运气好，工位面对着窗户，每天都可以偷闲朝外看几眼，一抬眼皮就能看，主管也注意不到，她还一次都没被抓住过呢，这让她好开心。
　　其实外面有什么？没有海，也没有像样的商厦，但外面有天，有时候还有白云，这边的白云和老家的不一样，是那种昏昏沌沌结不成团的白云，烂棉絮一样稀稀拉拉。有时候她还能看到低低盘旋的大飞机，发出隆隆的震响。在晚间，还能看清飞机上一排排的窗户，和尾巴上一闪一闪的星光，提醒她别忘了如今自己也住在大城市里，离现代化很近很近。有一回大家在拉话最想做的一件事，有人想吃一碗米粉榨肉，有人想美美地睡两天，当时她脱口就说想坐一回飞机。她们都笑她不着调，癞蛤蟆要舔天鹅脚背呢，可她自己觉得飞机并不遥远，天天都在身边，就在半腰间，好像一步就能骑上去。人和人，真的不一样。
　　那天的台风就是这样被她看到的。在窗子里看，像一个红毛鬼。从前她以为台风就是从台湾刮来的风，特别特别大的风，其实不是。台风是有颜色的，起初是黄色，明黄，接着整个天都红了，是那种红砖一样的混浊的红，透着一种让人不安的明亮。但很快就黑下来，黑得怕人，大中午的马路对面的楼房忽然就不见了。再紧跟着，是雨。雨是横着扫过来的，直接扫在她脸上。开头还带着点温热，有点臭，是一股子臭鸡蛋味。风向是旋的，一会儿东一会儿西，雨就像淋喷头打摆子一样的调皮。但转眼就变了，变成了海浪一样扑进窗里，于是一片尖叫，工房里一下子全都是水。天也一下就黑了，屋里是开着灯的，所以显得更黑。把窗子关了，才看清楚那个雨是横着扑过来，砸在窗玻璃上轰轰地响，吓死人。

这场台风憋得太久，收音机天天说来，就是不来。空气臭得很，到处是汗酸味，黏糊糊的。大家都等着刮台风，说是台风一刮，衣就干了。每天宿舍里都有人说没衣服穿，所有的衣服都挂在走廊上，永远干不了，而走廊的墙壁上也是成串的水珠。大家只好都穿潮衣服上工，在身上一点一点焐干，又一点一点汗透。毛妹说她的手都能挤出水来了。毛妹碰巧这两天来了"老朋友"，她又舍不得用卫生巾，不知从哪里拣来的破汗衫，洗洗晾晾就那么垫在下面。大家都说要坐下病的，她不信，笑笑还是垫着。现在台风终于来了，可以松口气了，好像憋了很久才突然透出这么一口气。

然而台风就像是一个暗示，一道命令，不知道是哪个喊了一声，"不干了"！然后大家都停了下来，在这之前谁也不曾商量过，但现在有人说不干了大家就都不想干了。这很奇怪，就像是等了很多天刮风下雨，一直不来，但说来也就来了，谁也不觉得有什么意外。

"不干了"的意思就是罢工了，就是跟老板、管工叫板了，造反了。从前听到这个话新鲜得很，是别个公司里发生过的，怎么斗怎么闹最后输得又是怎么惨，讲故事一样。现在轮到自己也不干了，不过就是这么一回事，也不觉得什么，说不干就不干了。有个人把一个大扳手高高地抛起来，掉在传送带壳子上咚地一响，还引来一阵哄堂大笑。就是这么简单。

管工急得直蹦，问是哪个喊的不干了，哪个不干就炒掉哪个，但没人理他。管工只好去抓拉长，拉长们自己去做也做不过来，一条拉停了，60几条拉全部都停。只有传送带还嗤嗤地走，线路板越积越多，像一条漂满树叶的小河，最后终于卡死在那里。有两个男的还想去砸打卡机，那个打卡机每天都会把时间记错。不知哪个说，砸它有个屁用，都是故意错的，这才不砸了。于是大家都跑到窗子跟前去看台风。

台风的身子到这时才真正露出来，咆哮着翻滚着，把天和地搅成一团，分不清哪些是雨水哪些是海浪，从楼顶直接倒下来。马路上所有的车都趴着不敢动，看不见一个人，只有废纸箱和垃圾桶在天上飞，公司对面的一个巨大广告牌，眼睁睁地就散了，飞了，一点声息都没有。有的楼房窗户没有关好，整扇窗子就被拽下来，到处能听见玻璃的碎裂声，紧跟着是电闪雷鸣。就像是有一个巨大的疯子一步一步逼过来，手上拎着一根大鞭子，稍不如意就给你一鞭子，然后张开血盆大口嘿嘿地狞笑。

这情形，看得人热血沸腾，好开心，好过瘾。

其实早几天，就有一个消息在传，说是下一批工人又要来了，有200多，是广西来的。消息是他们湖南佬打听来的，他们是上一批的，比柳叶叶他们早三个月，眼看试用期就要满了。也就是说，公司要把湖南佬炒掉200多才能腾出工位。湖南佬来得早，已经亲眼看到过前面几批人是怎么走的。他们不想走。好容易熬到试用期快满了，凭什么要他们走？

这样的流水线工人，新手一两天就能上岗，公司有60几条拉，2000多人换上200个新手根本影响不了什么。试用期只发200块生活费，正式工700元工资，这笔账傻子都能算过来。再说十个人的工作量只安排七个工位，做不了就加班，公司只要付一点加班费就可以永远用新工人。新工人如果当不上拉长，就只有被炒，公司永远只付生活费。

另一条消息是，公司又接到一个大单，要做两个月。其实也算不上什么消息，这从每天的加班时间就能知道。以前加班加到八点，现在要加到十点。加一次班能多得五元钱，有人就骂，说老子一天当两天活，才多吃两包方便面，真不划算。不过也有人喜欢加班，因为加班给的是现钱。比方毛妹，她就能把五元钱省下来，她说出来就是苦的，怕苦就不要出来，人家有活给你做，应该高兴才对。但柳叶叶就是高兴不起来，她两条腿都做肿了。她还算好的，毛妹脚背上一摁一个坑。

听他们说，以前每到一批工人被炒，总是有人哭有人闹，但闹也闹不出名堂，因为合同写得清清楚楚，试用期六个月。试用期满不合格的就是要炒，这是公司的规定，你自己能力不够你怪哪个？所以大多数人还是选择离开，不愿意走的顶多在公司大门外赖两天。大门有保安守着，你想进又进不来，你想说理又没有人听，最后还是一个走。

但这一次就不同了，这一次的湖南佬很抱团，他们得到的消息早，抓的机会也好，就在新人要来不来的时候，就在公司刚刚接到大单的时候。还有，就是这场台风帮忙助威的时候。

柳叶叶坐在二楼的落地窗前，那个人事部姓马的经理，被她看得清清楚楚，刚刚撑开的一把花伞，转眼就像蒲公英絮毛一样翻转飘散，变成了一把枯枝。姓马的疯子一样冲进门庭，大概开头还想找地方搁伞，转了几圈之后才醒过神来，才把那把铁丝扔了出去。从写字楼到厂房不过二三十米，就已经把姓马的变成一只汤锅里爬起来的鸡。她还看见姓马的冲着保安大喊大叫，那个讨好他的保安被他骂得狗血淋头，只能把笑脸硬硬地夹住，退回去重新拴上大门。他不放人出去，其实也没有人想出去。马经理冲进工房，嘴巴里不干不净地学广东话骂人，丢！丢！

这一切，全都被她看得清清楚楚。

马经理和几个管工商量一下以后宣布说，好好好，刚才是谁叫的我们也不追究了，就算是大家刚到南方来没见过台风，受了惊吓，公司买单了。但是下不为例，下次再发生这样的事情，就要赔偿损失了。你们知道停机一分钟公司要损失多少钱吗？吓死你！

没人答话，也没人动。

马经理说，怎么啦，听不懂我的话吗？

还是没人答话，没人动。

马经理就去骂拉长，要他们把自己的人找回去，同时还点名叫了几个人。人群这才动起来，但也只是柳叶叶这批新来的最听话。毛妹还去招呼了几个人，可他们人少，坐在工位上孤单得很。就是坐下了身子不动也还是没用。就是身子动了，60几条拉也还动不起来。空气变得焦躁，好像随时都要爆炸，柳叶叶觉得刚刚凉爽的身体又透不过气来了，浑身都在发抖。

马经理这才着急了，说我知道你们心里想什么，想这些有什么用？公司是有规定的，跟你们大家都签过合同的，签字画押，不是假的吧？人才流动，末位淘汰，这是政府定的章程。有意见你们跟政府去提。我跟你们一样，也是打工一族。表现不好也要被辞退的，当然表现好了可以继续干嘛。公司欢迎大家留下来，大家都是出来打工挣钱的，谁跟钱有仇？你？你？你们不要叫我难做好不好？

有人在后面忽然嘀咕一声，放屁。这下就像真的放了一个响屁一样，工房里一下笑翻了天，大家前仰后合笑到肚子疼。

马经理火了，跳着脚叫保安，让他喊队长来，把全队都集合来。但他的声音已经变得渺小，而且很快就淹没在大家的起哄里。人们叫着嚷着一起往外冲，马经理立刻被挤到墙脚，想找都找不着了。混乱中，有几条拉的日光灯管被敲碎了，还有那个会吃时间的打卡机，也不知是谁，把一块线路板塞进机孔，吐出来整整一团乱麻。

这老天爷也怪气，刚才还昏天黑地雷霆震怒呢，转眼就艳阳高照了，只有污水在马路上潺潺地流，证明刚才确实刮过台风下过雨。大家跑啊跳啊欢呼啊，快活得很，好像自己给自己放假了，谁都管不着了。其实人人心里也都清楚，大雨还在后头，该来的还是要来，哪个都挡不住。尽管哪个也不晓得后头有什么，反正横竖一条蛇皮袋闯天下，打工仔一个。有个湖南佬牛皮烘烘说，大不了老子炒他鱿鱼，怕什么怕？

可柳叶叶心里还是有点虚。这是三个月来第一次早收工，不是主管宣布收工的，是自己宣布的。平常天天盼着能歇一天，能到街上去逛一逛，可是真的歇下来了，又觉得六神无主不知该怎么办了。她在人群中张望，想找个熟人，她心里慌得很，空得很，想找个人拉拉话，可忽然间就觉得每一张脸都是生面孔，谁也不认识谁。而且，别人好像也在张望，也在找人，她们就这样拥挤着往前走。

忽然，人群又跑起来了，风又来了，噼噼啪啪的雨点又砸下来了，于是她也莫名其妙跟着跑起来。

2

这股生成于印度洋的热带气旋，取了个奇怪的名字，叫塔娜，据说是一个专司小坏的漂亮女神。该女神在印尼群岛还很苗条瘦弱，几乎没有什么破坏力。可是越过海南岛到了珠江口一带就突然强壮起来，中心风速达到了15级。等到香港电视里出现红色风球的时候，深圳人还有点生怕它拐弯不来造访的意思。深圳人被低气压压迫了太久，压得透不出气来，太希望来一个自由女神解放一下，哪怕恶作剧也很好玩，深圳人太缺好玩的东西了。另外，深圳缺水呀，大大小小的水库都见底了干涸了龟裂了。几年前还有清水环绕的小镇，如今全都站满了钢筋水泥，它们都要喝水。如今河道里已经搭起了一排排铁皮房，洗头妹就站在河底拉客，来呀，来玩，来洗头。可是水呢？水早就断了源头，没了来由，都钻到塑料管子里去了。所以塔娜要登陆了，简直就是一个美丽的传说，一个盛世的节目，大家都要高举双手欢迎，谁也不去深想，这位女神的笑容还含有几分恶毒。结果特意去海边迎接塔娜的人士转眼就消失了几个，删除了几个，归零了几个。在市区，首先是一些脚手架挪了位，像圈羊的栅栏改换牧场一样。然后是广告牌五马分尸，那些高贵的香唇和肉身，只能无力地垂挂在路灯架上招摇，那些诱人的丰乳和肥臀，全都躺在人行道上任人践踏。深圳河暴涨，把积攒多时的垃圾一股脑推向香港，腐臭涌上马路，扑向洼地的楼房。在最繁华的罗湖，一帮烂仔早就把大方桌翻过来等在路边，等在涵洞两侧，为急于回家的女士提供舟船服务。他们吆喝着，跳楼价啊，平到死啊，十门（块）一位啊……

这些也就罢了，可刮台风居然刮出一场罢工出来，你想得出吧？宝岛电子股份有限公司的铜牌牌不大，挂在墙上也不起眼，可在幸福村却也算是一家主力外资企业，它的一举一动自然非同凡响。所以文念祖一听说宝岛电子出事了，连夜就往回赶。傻瓜都想得出，幸福村有上百家企业，一旦打工仔们互相通气，连锁反应起来，局面就不可收拾了。现在是稳定压倒一切，只要不出事情，你闷声大发财好了，有钱大把赚好了，什么都好说，这话是市领导亲口对他讲的。但出了事情呢，领导没有讲。他明白，那就什么都不好说了。至于什么叫事情，什么不叫事情，大家心知肚明。

另外这次事情来得有点邪，他总觉得不合常规。要在以前，他也不会在意，一两个工厂罢工，太家常便饭了，但这次确实有点邪。好像真是电视里讲的,是这个塔娜在捣鬼?罢工的规律其实跟种庄稼差不多,春耕秋收,是有节气讲究的。一般是春季招工,夏季跳槽,到了秋冬,过年关了才会出点乱子。这才七月份,刚过端午,搞乜鬼呀搞?

所以下面一反映上来,他就脱口问,乜意思啊?答说是不清楚。要在从前,文念祖早就把丢你老母丢出去了,养这些马仔有什么用啊?可如今他也是穿西装打领带的人,是幸福村几十万人口的父母官,是幸福开发总公司的董事长兼总经理,他就不好随便丢了。

不许骂人确实很麻烦,可是大家都说很必要,那就只好忍着。有个香港命相大师给他看过,他有一张俊朗的国字脸,主富贵的,但忌怒。发怒的时候国字容易扭曲,两条卧蚕眉会纠缠在一起,两个鼻孔难免仰天长啸,一张阔嘴更容易直贯耳底,总而言之统而言之,脸上山河犹在,国运却破败了。所以保持适度微笑,就是保证命长运久,戒怒成了他人生的第一等重要的大事。其实他还有什么大事?他所有的大事都在40岁以前完成了,现在的大事就是少发火,经常告诫自己深呼吸,深呼吸,把眉头很深刻地收拢上去,轻轻哼一声,搞——错!

客家人大都性情温和,不像北佬那样脾气暴躁气焰嚣张。客家人既然是客,就不能像在自己家里那样随便,事事要谨慎克制。比如瓜田不拾履李下不正冠,低头不失礼高声惹祸灾,遇事让三分和气能生财这些道理,做一个客家人从小就要懂得。姓文的自然要更加文静一些,遇见不平事,喊一声有没有搞——错,已经是最高抗议了,天大的火气被拖着长音的一声喊也就出得差不多了。事实上文念祖最大的长处就是特别能忍耐,特别能忍耐也就是特别能战斗,这是他屡战屡胜的法宝。车子到家,走进办公室,身上雨水还没擦干,他已经口述了三件事。

第一件事是通知幸福村所有的工厂全部加班。没有事也要加班，没班加就组织工人会餐，没有钱村里给，反正要给老子把人留住。哪个公司要把人放出来，就给老子滚蛋，不要讲我这个人太好讲话。人民内部矛盾人民币解决嘛，要几钱，话我知。

第二件事是叫赵先生立刻跟他那个学生联系，问清楚有乜办法能让劳动局不插手。只要劳动局不插手，就不会闹到外头去。还有那些记者，怎么做你们都知道啦。要几钱，话我知。

第三件事是，宝岛电子的陈太现在在哪里？不管她在哪，在纽约在东京都给我找出来，要她跟我通话。

布置完这些，他就进去冲凉。最近刚进了一套意大利的桑拿房，那种桑拿带按摩的东西据说还是很有效的。他没有什么毛病，只是肚腩不够争气，在最紧要的场合每每受到嘲弄，不爽。听说蒸一蒸按一按，对某个部位经常刺激一下，可以增强战斗力。他在日渐松弛的肚腩上摩挲，忽然就有了一丝恐慌，体会到生命的无可奈何。生命这个东西，没有办法，你斗不赢它，你不惜命，命就不惜你。客家人能在这一带生存繁衍，靠的是乜呀？就是惜命二字。

此地人信命，相信生死祸福富贵贫穷自有定数，对世事变迁看得很淡，都是这样的啦，无所谓啦，不太认真。家家都供着神龛，供着观音妈祖福禄寿三星和财神，有的还挂着基督耶稣的照片，有两个活钱就不忘买香。至于这些神佛都司管什么不去管他，只是一律拜过去，多磕头少惹祸总是没错啦，别人拜他总有道理的啦，也不太认真。他们真正认真的是性命。据说文氏宗祠的照壁上从前都有两个大字——惜命，是先人留下的遗训。惜命的意思很难讲，有点玄虚，也许是怕引起外人误解，后来才逐渐湮没。但它一直留在子孙的口碑上，此地人也都心领神会。惜命不是讲怕死，人总归要死的，死比活容易。惜命是先人对生存繁衍的一种看法。比方四时节气要有不同肉食配以各种药材进补,一个客家女煲不出几十种老火汤是进不了婆家门的,叫不知惜命。比方一个男人养不出儿子或女人不会生养也叫不惜命,因为命和性是连在一起的。但一个男人与太多女人保持关系也叫不惜命,因为命是有限的,用一点就少一点。惜命不惜命绝对不是个人小事,海边人丁稀少生存艰难,性和命都是家族大事。他们懂得没有性的命根本就不叫命。此地女人古来就有自梳和自靠的习俗,姑娘大了不愿嫁人可以自梳,搬出娘家自己单过;媳妇在丈夫之外另外靠一个,也没什么好稀奇的。海岛渔家多苦难而且多变数,早晨送丈夫出门晚上就成了寡妇的事常有,女人们就不能不多想几条路。男人也没什么好责备的,能活下来是一件多么不易的事。所以此地人把性事看得很穿,一眼就洞穿了人生本相。是梳还是靠全凭女人一句话:中意不中意。所谓人性化管理是现代人编出来的,真正的人性化管理是大自然。

客家人从中原来,初时大都有一些骄傲的来历,不太接受这种风气。可是岁月磨人,入乡久了,难免随俗,只要他们不把靠来的女人带回家就行。靠来的女人总归是靠的,进不得祠堂的,不管你有没有元配。从前文姓是这一带的大姓,担着维护风化的道义。文氏家族能在这片汪洋野岛生息繁衍不是没有一点理由的。既然老文家已经默认客家人可以靠了,就是天大的让步了,万万不可以得寸进尺玷污祖宗的。总之惜命比天还大,绝对不是私人小事。这样一想,又觉得自己在祖宗面前终归有些理亏。

电话铃是一种格格格格的啄木鸟声,响了一气,他才去接。这也是一种贵人相,听讲大干部从来都这样的,不亲自接电话的,电话响着跟没有一样,该干什么还干什么。但不知他们在洗手间里会怎么样?赤身裸体的情况下没人帮忙也不接吗?这样一比,就比出自己的不足来,富他是足够富,贵还差得很远。

是宝岛电子的陈太。陈太说文总啊你在做乜嘢?揾你也揾不到，想你也想不到，你总归要留一点点时间给我，我不要你许多，你的靓妹厉害我是晓得的。

他一下就笑到岔气，他说你这个人，你这张嘴！

陈太的名字叫陈徐钰仪，叫起来好麻烦，反正她老公姓陈，他就叫了陈太，后来也就叫开了。其实她不老，是个标准的靓女，无可挑剔。本来只要他愿意，他们也可以玩一玩的。但他犯不上在家门口风流，何况人家是个投资者，一个外商。只是因了这一层，这一步就跨不出去，对她多关照一些也就在里头了。他说，你那个破公司出毛病了，你知不知啊？你还一天到晚在外面疯，一下纽约一下东京，哪个天天来给你擦屁股啊？

陈太嗲嗲地说，我要你擦，就要你擦。你以为我想在外面疯吗？我现在看到飞机屁股都疼了，我接连五天都在吃飞机餐，你知不知啊？你以为啊？

文念祖说，好好好，回来我请你吃龙虾总可以吧？现在你要把公司给我摆摆平。

我要澳洲的。

好，就澳洲的。你究竟打算怎么样嘛？

陈太说，放心啦，罢工不就是谈条件吗？谈就是了，我又不是谈不拢的人。实在谈不拢，只好麻烦你请警察了。不过你们的政策多变，确实让人吃不消。

念祖大声说，哪个讲政策变了？保护投资环境从来就没有变。只是现在强调稳定，不希望搞出事情来。

陈太说，怎么没有变？前年庆丰公司罢工，老黄哼都没哼一声，警察直接就把人带走了。

文念祖噎了一下，说前年是前年，情况不一样嘛。你也不希望把事情做大，做大对你有乜好处吗？

陈太这才说，放心啦，我分分钟就过罗湖了。不过罗湖那边淹水哦,我雇人抱我过去你不要吃醋哦。

他也笑了说,他要敢乱摸,看我把他手剁下来。

等他穿好衣服,赵先生已经在办公室外间等着了。

赵先生是他请的一个大学教授,给他做顾问的,也叫助理。叫什么无所谓,反正素质高就是了,带出去有档次。如今场面上的胃口变了,带一两个美女还不够威水,显不出身价来,谈点什么话题还要有咬文嚼字的人站在旁边才行。

赵先生说,他已经和小何联系了,小何的意思是,只要不闹大,就没事情,区劳动局那边他负责搞掂就是了。

他点点头说,我现在顶怕监察大队的那帮人,又是摩托车,又是警笛,威得不得了,真有事情他们逃跑比哪个都快。可是想想又警惕起来,问,什么叫闹大啊?几大才叫个大?

赵先生说,从政策法规的角度说,现在《劳动法》的立法意图是很明显的,就是规定用人单位同打工者之间只存在单一的雇佣与被雇佣的关系,是个劳动力的买卖关系。所有的法规条例都是以这个为准则的。

他的两条卧蚕眉又开始打架了,说,那又怎么样呢?以前不是这样的吗?

赵先生说,奥妙就在这里,从前宪法规定的工人阶级主体地位没有了,工人只是一个劳动力,他和用人单位是个愿买愿卖的关系,是个用和被用的关系。他不愿意可以走人,但不可以胡来,因为《劳动法》就是管理劳动的法,不是保护劳动的法。

念祖越听越糊涂,说,我是问你什么叫闹大?几大才叫大?

赵先生说不好意思,其实我已经回答你了,从根本上说他们闹就是大,不闹就是不大。小何说的闹大,是指上街了,堵车了,破坏生产资料了,这就有《劳动法》管着他们,《治安条例》管着他们。他的意思是,即使劳动局插手,也不会怎么样。无非是吃一点喝一点，还能怎么样？

他这才点了点头，松了口气。跟这个赵先生讲话确实很累，但有的时候，他也能把事情说得知根知底，看到很远。这就像下棋，走一步要想三步，三步都想清楚了，心里也就踏实了。其实他有句话跟谁也没有说，跟陈太说没有用，跟赵先生说还早了点。这个话就是：区里要推荐他做省党代表了，进了那个圈子，他就又进一步了，他不希望在这个时候出事情，任何事情都不要出，一点风吹草动他都不想看见。

他想，富是很容易办到的，贵却是要讲运气的。富豪他天天都能看见，可他们照样点头哈腰，跟狗一样，香港富豪阔佬他见的还少吗？他不想做那样的人。

3

柳叶叶认为，大家都恨着这个马经理是有道理的，她对毛妹说，100个人有99个都恨他。毛妹说，还有一个不恨，就是想生吃了他。然后两个人都快活地笑了。

其实马经理是个坏种，这在女工中早就不是秘密了。大家看见姓马的就像老鼠见到猫，他在工房里一出现，个个都低下头，生怕被他注意到。可这个姓马的偏偏就喜欢挨着女工站，这时候十有八九要出错了，出错还不是自己倒霉？

其实不是怕他炒鱿鱼。来到深圳，大家都明白过来了，想找工遍地都好找，就是被炒了鱿鱼换一家老板就是了。从前人傻，真傻，傻得要死。恨姓马的，是因为这个人太恶，也是因为自己太傻。柳叶叶觉得，就是再过一百年，她也不会忘记那件事，那个求人家"开处"的阴冷的夜晚。

毛妹也说，他能在贵州这么干，肯定在湖南也这么干，肯定在广西也这么干，这个人！

叶叶说，不是人，是鬼！

山里人闭塞，不晓得外面的世界。从前也有听说进城打工的事，也晓得娃儿迟早是个走的道理。整日面朝黄土背朝天，土坷垃里寻不到出路，这个都懂。也听说过别个乡年轻人进城就发达的传说，男的当老板了，女的嫁大款了，寄钱回来做屋了，都有。当然也有受伤的病死的，女娃儿当婊子的，但那个毕竟是少数。好在那些故事都是人传人，哪个亲眼见到过？当不得真。所以有消息传来说，县上要组织200人下深圳打工，村里头都哄起来了，都说是政府组织的，不比那些跑单帮的。当然最起劲的就是她们五个女娃儿。一个女娃儿，高中念完也就意味着青春过完，接下来她的全部任务就是等着嫁人。把自己嫁出去，然后就生娃儿操持家务，拿到毕业证，就等到打结婚证，像所有山里的女人一样。走出学校门，心思就化成了水，一路漏下去，越漏越空。从前念的那些书，也都一页一页飞出去，到家只剩一个空壳壳。柳叶叶觉得这样的日子一眼就能看到头，30岁做什么，50岁做什么，80岁又在做什么，全都晓得，一眼就把一辈子都看穿了。她真是不想这样。桃花她们几个，也都差不多，只是她们不愿意说，越说越没意思。

但很快，村长老爹就回来说，没得指标。老爹说，没得指标我有啥子办法？乡长都没办法我有啥子办法？他把两手一摊，他的任务就完成了。

那别个乡怎么弄到指标的？他们能请客送礼我们就不能？还是老爹你不帮忙！老爹说，我腿都跑劈了舌头都磨短了，还讲我不帮忙。

叶叶问，我们几个搭伙，凑一份大礼，现在送晚不晚？

老爹就冷笑，说你们有几多钱能凑一份大礼？你们有那么多钱还想往外头跑做啥子？再一说，现在外头人眼光都变了，吃的喝的玩的你想都想不出来，你送啥子礼才能撬得动他？省省吧。

叶叶说，我就不相信。

老爹说，讲了你们也不信，为这个事乡长都跑了好几趟。乡长也希望多输出几个劳动力，拉动经济嘛，他不想啊，他也想。别个乡有他没有，不好看嘛，多送走几个人他脸上也有光嘛。问题是人家工作做得好，做得早做得细，该打点的早打点了，现在迟了。针都插不进，水都泼不进！等下一批吧。

可是下一批是哪一批？老爹不晓得，乡长也未必晓得。棋盘乡是他们县最偏远的乡，娘娘不亲舅舅不爱，凡事都比别人吃亏一点，比别人慢了一拍。但出外打工能挣上钱，能买衣，能盖房，早就不是秘密了。她亲眼看见过的，那些出外做工的女娃过年回家，大包小包，手镯耳环，还有脚上的高跟皮鞋，一瘸一拐在山道上扭，扭得可小心可好看。没吃过猪肉也见过猪跑嘛。再说，她等得起，毛妹她们已经等不起了。

相比而言，她的家境还算好一点，还能把高中念完。爸爸妈妈都还健在，日子还过得去。过得去也就是吃一碗饱饭。而毛妹，早就没了这些想头，心底里最大的念想也不过就是希望嫁得好一点。就是这一点，也都绝望得很。

毛妹是她表舅家的娃，算是表姐姐，只比她大一岁，已经是家里的半边天，只念到初中一年级就念不下去了。舅舅得的是一种怪病，山里叫缩骨症，浑身骨头疼，上不动山也做不动田，人却一天天矮下去。吃药的钱全靠她们母女两个上山抠出来。她下面还有弟妹，弟妹还要上学，一切的一切都决定了毛妹必须嫁人，必须换回一点彩礼钱。讲亲的是外县的一户人家，家里有台小四轮，看样子家境过得去，只是那个人有猪头疯，相亲的那天就满地打滚，嘴巴里白沫像发酵的醪糟一样往外冒，吓得毛妹当场腿一软就瘫下地了，哭得人都小了一圈。

转机是第二天出现的。村长老爹匆匆忙忙从乡里赶回来，叫柳叶叶把几个想招工的女娃儿通知起来开个会，说有重要的事要讲。问他是什么事，又支支吾吾不肯讲，好像是不能对她一个人讲，也不能对她们的家里人讲，只能到开会的时候讲。等到她把毛妹、桃花、小青、香香找齐，又抓抓脑壳不愿讲了。后来被逼不过，就领着她们到村外头去讲。

到了沙河边那一排老柳树底下，老爹站住了，猛地一转身，把她们一个一个看了一遍，说有个事你们愿意做就做，不愿意做就烂在肚里头，跟任何人都不要提起，只当没有听见过。做不做得到？

见他讲得那样严重，大家都讲能做到。

老爹就说了，要送几个女娃儿去"开处"，事情才能好办。说现在上头来的人胃口都变了，哪样希罕就玩哪样，你请他吃点喝点送点礼，他眼角角都进不去，非要来邪的。

开头她们还不懂，后来想想也就懂了。懂了也就心里突突乱跳一气，哪个也没敢吭一声。不是害羞，是害怕。

你们自己考虑吧，想好了就招呼我一声，老爹说，想招工只有这个法子了。而后就背个手回村里去，一边走还一边念，世道变了，真个是变了。

她们几个还有什么话说呢？什么话也没有了。山里的娃儿不晓得转弯，不晓得啥子叫代价。说过的话是泼出的水，横竖都是你们自己闹出来的。哪个喊你们要死要活想进城呢？哪个喊你们一条小路奔到黑，不撞南墙不回头呢？现在晓得厉害了吧？进城那么便宜！而后，不知是哪个开了头，就抽抽哒哒哭起来了，哭得昏天黑地大树摇，枯干的老树黄叶噼里啪啦往下掉。哭痛快了，毛妹突然跳起来，说你们不去我去，不就是"开处"吗？喊他开，我就当他是个猪头疯！喊他开过了烂鸡鸡！她一边哭一边叫，然后自己又笑起来，泪水蛋蛋把她的窄巴脸腌得通红，一下子就撑圆了。

再一想，也是。一个女娃儿迟早都免不了开一次，给哪个开不是开？只要旁人不晓得，晓得了也咬紧牙关不认账，又有啥子要紧？五只小手捺到起，干就干到底，要死脸朝上，不死翻过来！哪个打退堂鼓出卖别个，哪个是狗娘生！

后来，她们就真的去了，去"开处"。

晚黑是乡里的小四轮接走的，第二天从县城走回来。从县城到柳树桠，30里，她们整整走了一天。那天风也特别冷，迎面刀子一样割。一天走下来，好像老了30岁。回到家，连洗把脸的力都没有了。叶叶妈过来骂，疯，那么大的女娃儿一点正相没得，就知道个疯！她说没到哪里疯，就是在山头上坐坐。她妈说，坐坐饭都不晓得吃啊？她说不饿，真的不饿。

她妈才讲出来：村长老爹来过几趟了，问什么事又讲没得事，怪气！

她打了个格愣，又打了个格愣，拔脚就往老爹家跑。到了老爹家，她们几个也都跑来了。一个个脸色都变了，心里突突乱跳。老爹反倒把脸阴着，半天才说，来电话了，喊你们去检查身体。

她们跳啊叫啊，闹了半天。

老爹一点表情都没有，临到送出来，突然一口气叹出来说，造孽哦。

柳叶叶安慰他，做这么大好事，感谢你还来不及，叹什么气呀？老爹你要我们怎么谢你？

老爹就脸色一惨，说这都是折阳寿的事哦，还谢！我恐怕没几天活头了，等到你们回家过年，到我坟头上烧一刀草纸就心满意足！

这件事过去几个月了,到现在柳叶叶心里还像堵着一块生铁,一想到就冷。什么叫指标?到了深圳才晓得。什么叫恶?见到姓马的才晓得。

在柳叶叶的脑壳里,炒鱿鱼没啥子了不起,六个月试用期也没啥了不起,那都是摆在桌面上的圈套。上当是你自己愿意上当,吃亏也是自己愿意吃亏。可利用山里人的无知,吃过人还不吐卡,还装出一副道貌岸然的样子来,那才叫恶!

4

马明阳觉得自己憋屈得很。作为一个职业经理人,他认为自己已经做到了九分九,十分他不敢说。自从进了宝岛电子,他就没有一天不在思考,效益,效益,全都是效益。一个职业经理人能把公司利益和个人前途捆绑在一起的很多,可像他这样敬业的,同时长着一双兔子的耳朵猫的眼睛和狗的鼻子的,确实不多。深圳有很多专门研究政策空间的公司,也有不少专打政策法规擦边球的英雄,用足用活政策,是这座城市的招牌。在这里,哪家公司是以社会平均速度在发展,哪家公司就是低能,谁要是用自有资金做生意谁就是白痴,圈子里都不带他玩。现如今谁还愿意交一个老实巴交的朋友?累不累?他相信一个有活力的公司并不在于它有多少资本掌握多少技术,而在于多大程度上能容忍像他这样具有原创力想象力的实干家。

可是经理会上,陈太还是动怒了。陈太是个轻易不发脾气的女人,总是轻声细语,一口一声拜托啦,求求你啊,小心啊。她是一件易碎品珍藏品，平时动静大一点就要及时补妆的那种，很麻烦。有时候陈太还会撒娇，我是个女人，干吗我要想那么多？这个话用哭腔说出来，效果奇佳，没有人不卖力的。她的理论是，公司靠大家，利润是大家一道做出来的，公司的利益就是大家的利益，除非你不爱钱。我是个女人，我是非常非常喜欢钱的哦。

但陈太这次是真的动怒了，居然骂他是猪脑子。有这么处理问题的吗？猪脑子都不会这样想！

他知道眼下这1000万订单的重要性。要是以前，陈太也不会这么紧张，顶多不做就是了。她反而会安慰大家，湿湿水啦，啊呀不就是1000万嘛，下次再来过！而这次的订单是红宝石集团的试水单，它意味着今后若干年内宝岛电子的发展规模，甚至是在国际市场的生存，岂能小视。所以从接单，设计，开模，出样板，签合约，每一个环节都是陈太亲力亲为。然而谁都没料到会在劳资关系上出问题，别人没想到，他当然更不会想到。凭良心，他马明阳鞍前马后跟着陈太打天下不是有目共睹的吗？他不是陈太最得力最放心的助手吗？

老板就是老板，你帮她赚了一个亿，她还说你少赚了另外那一块钱。资本的逻辑就是这样无情。

就是这个策划，到偏远地区集体招工，签订试用期合同，然后定期解聘，流水作业，能为公司创造多少效益？这是他研究了多少特区政策劳动法规的智力成果，至今依然是很多公司百思不得其解的法宝。宝岛电子能在这么残酷的竞争中生存下来，谁敢说没有他的智慧他的功劳？相信陈太也不敢。

当初他就是凭着这个进入宝岛的。在招聘会上，陈太问，你为什么想当人事主管，我们公司没有这个职务呀小弟弟？其实他是学统计学的，他说，我仔细研究过宝岛电子的材料，我认为贵公司的优势不多，唯有人事方面可以有点作为。

陈太好看的细眉蹙成一团,像是要从脑门上射出去,哦?

他说,现在深圳有很多电子元器件生产企业,都说是高科技产业,其实都是做贴牌生意的,没有核心技术叫什么高科技?扯淡。所以贵公司在技术上没有优势,这是其一。其二,贵公司虽然资金设备还可以,但是看不出在管理上有什么特点,你们和其他公司的区别在哪里?一样的接单一样的来料加工,所以在管理上你们也没有什么优势。这不是你们一家的问题,差不多中国企业都面临这个问题,请问优势在哪里?

当时陈太一下就跳起来了。陈太说,小弟弟,欢迎你到我们宝岛来,现在就可以谈谈你的要求。

他说,我的要求很简单,拿底薪,利润分成。

可是你要求做人事主管的呀,做销售可以分成,做人事怎么分呢?陈太的困惑就如同她那张脸,漂亮却单调。

他说很简单,我的方案可以计算出每一笔利润。

结果当天晚上他就接到了陈太的电话,陈太咯咯笑着,说你可以来试一试你的宝贝方案,本公司愿意为一切有创意的人提供舞台,不成功也不要紧。她说只是你不要触犯法律,我可不想在大陆坐牢,听说大陆监狱的卫生条件很差的哦。她说你很坦率,我喜欢坦率的人。她问你知道自己什么地方最可爱?你喜欢谈钱,这很实在,不谈钱的人是不可靠的。

现在,陈太认为自己不可靠了吗?当然不是。是陈太太紧张了,压力太大,有点吃不消。她这种人,生活在她那个圈子里,对大陆的了解还很肤浅。当然,对中国可以说完全不懂。她怎么能懂中国人?她是那么娇贵,那么优雅,完全西洋化了。她甚至很少走进过工房,打工仔吼一嗓子吓都把她吓死了。

可工人不复工也确实棘手。陈太着急,他能不急吗?他已经布置下去,让工人推选代表来谈。两天过去了,一点动静没有。工人不傻，知道代表意味着什么，所以谁也不愿当代表。他们没有静坐，也没有游行，只是赖在宿舍里不出来，等着公司先出牌。

陈太问了好多遍，他们不会上街游行吧？他们不会去政府闹事吧？幼稚得很。任何一个农民都不会这样想。

他说这就好像拔河比赛，双方都在僵持，谁脚下有一点点松动谁就输掉了。所以，必须绷着。

现在时间在一分一秒地流失，利润在一点一点缩水，公司的底线正在一寸一寸地逼近。陈太紧张，他也紧张。但他很清楚，这帮工人也紧张着呢。已经有人出来四处打探消息了，他们也不希望拖下去，过激行为对谁都没好处。也许这本身就意味着转机，有句话怎么说的？胜利就在于再坚持一下的努力之中？

他发现公司里文员们的目光已经异样，早晨，马先生！马经理你好！从前她们是这样叫的吗？她们叫他马头，马头早晨！马头你好坏哟！她们也叫他阿阳，阿阳你好！哼哼阿阳！这帮小姐鬼着呢，她们是公司的晴雨表。从前，她们恨不得扑上来咬，她们会跟他发嗲，跟他谈发型，或者某个影星，或者缠着他出去宵夜，总之她们渴望引起他的关注。当然，他可不愿意和她们有什么瓜葛，他只认原装货。

现在，她们只是礼貌地，轻柔地，警惕地留心着他，保持着某种姿态，进可攻退可守，如此而已。其实她们对自己早就不满了，巴不得他出乖露丑立马翻船，全都是一帮骂葡萄酸的狐狸，大家心知肚明而已。凭什么大家都拿职务工资他马某人可以分成？他到底分了多少？可是她们从来不想想自己做过多少贡献，为公司创造多少利润。上这儿混大锅饭来了？这是座不相信眼泪的城市，是个效率大过生命的时代！

疑虑和焦躁，是一捆已经点燃的湿柴，燃烧缓慢却随时都有可能给你轰地来一下。这样熬到第三天的晚上，马明阳也有点绷不住了。他目光凶狠两腮通红，下巴上的红豆已经列成方队向额头进发。嗓子也有点嘶哑，老觉着有台破风扇在里头扇。助手小齐几回进来催，要不要定广西的机票，都被他顶回去。他一次一次地看电话机，看手机，他怀疑耳朵也出了问题。从下午开始，陈太已经不再来电催问了，他知道陈太正在抉择。而这样的抉择，将不再是去不去广西的问题，而是要不要回山西的问题。

马明阳是山西平遥人，一个让天下商人都肃然起敬的地方。可他自己家不行，爹是个地道的老杆，啥也不懂，就知道逼他念书，背债也要念书，好像书念出来了就一定能翻身。可爹是个好爹，自己一辈子克勤克俭不说，连娘得了胃癌也一直瞒着。他跟娘说，咱娃马快就要毕业了，毕业了就成国家人了，咱就有钱给你瞧病了。咱娃是学会计的，出来就是账房先生！

这是件痛心疾首的事，那种痛是深入细胞核染色体的，是改变DNA的，而且是从每个毛孔里发散出来的。直到他毕业回家，他才把娘送去做了手术。娘拉着他的手还死活不愿上车，娘说娃，咱能省一个是一个，能把你供出来娘就知足了，娘能合上眼了。当时那泪是喷出来的，比尿都呲得远。

他马明阳也是六尺高的汉子，能叫钱憋死了吗？他一跺脚就来到深圳，他对深圳说，给老子掏钱！

都知道深圳有钱，但深圳不会白给你掏钱，深圳还想掏你的钱，这个道理他原先不是很明白，但很快就清清朗朗了。他是奔女朋友来的，他原先以为床上那点哼哼唧唧就叫海誓山盟了，就能帮他立足了，结果证明傻逼是没有籍贯的。在北京叫傻逼，在深圳也叫傻逼。

开头还见过两次，后来连面也不露了，再后来连手机也换了，再再后来，他想起来就发笑。那女的给过他一张维萨卡，密码就是她的生日，是用两个手指夹着给他的，一个很优雅很精致的姿势，说是让他去沃尔玛家乐福给自己装备一下。最难的时候，他记起了这张卡，结果被告知卡里还剩十块钱。当时他就笑起来，把收银小姐脸都吓歪了。

钱，他太需要钱了，钱就是命，钱就是天，就是海枯石烂的最大现实。当然，他也不是劫匪，他那张脸连毛都没出齐，他掏钱是用脑子掏。他搞过推销，也卖过保险，他骗过人也受过骗，知道啥叫穷人。穷人就是那个被你玩了还给你磕头作揖的傻逼。

最惨的时候他也在荔枝公园里过过夜。但他跟穷人最大的区别是，他脑子不穷。即便在荔枝公园睡觉也能从树叶缝隙间找到星光，在星光里能发现真理。在深圳啥都贵，就是人不贵，啥都值钱就是人不值钱。啥叫人才？有用就叫人才，没用你就是狗屎，狗屎都不如。啥叫有用？能挣下钱就有用。而且就是眼下去挣，不是说将来去挣，深圳不相信眼泪也不认将来。这个发现让他兴奋了一夜，在朦朦胧胧中看到了金光四射的一条道。从前他不喜欢理论，甚至有点讨厌上理论课，可现在他太需要理论了。这个理论就是，你只有在最不值钱的东西上才能挣到钱。

他好像又回到乡间，回到那条荒凉的河沟。沟边有条老狗，他叫它老黄。老黄总是耷拉着舌头很兴奋地等着他回家。事实上老黄早就习惯了这片荒凉，实在难熬它就吼两嗓子安慰安慰自己。从前他也喜欢这种荒凉，喜欢在沟边趴着沉思的老黄。河沟里有水的时候也有蓝天，也有白云，有时还有一两只鸟在水面上飞，把老垂柳的影子摇得乱乱的。这些乱乱的影子就是他少年时代很没有头绪的梦。现在，他的梦醒了，他的清静被打碎了，他好像看见老黄很不安很愤怒，这种情绪像开春的巴根草在老黄心里蔓延，拱出冻土，使它的眼神突然间庄严起来。

第二天他就做了一个试验。他找来一张破桌子，买来一块白布，写上××公司急聘，市场策划若干名，销售经理若干名，熟练技工若干名，年龄性别不限。他开的条件不低，都要大专以上毕业文凭，报名费却很低，才十元一位，比那些猎头公司便宜多了。他把桌子支在大街上，热情接待来自五湖四海的人才，不到天黑就挣了100多块。

照这个速度一个月挣3000是闭上眼挣的，可他不想再干下去。他的目的不在这儿，他是要验证一个规律，寻找一条道路。一个统计学学士，知道定量分析对于定性的重要。当天晚上回到露天寝室的时候，他已经感受到数钱数到手酸的那种乐趣。他并没有把那些求职材料随手扔掉。他动了恻隐之心，当初自己不也这样么，掏钱求人家把材料收下，看着人家收了钱心里才踏实。他把那一摞材料码整齐了当褥子用，他想让那些求职者也踏实一些。他真是这么想的。

一个星期以后，他偶然在这堆材料中看到一张旧报纸，那报纸的大标题突然像子弹一样射进了他的眼眶里。他跳起来，抓着报纸浑身都在抖，那报纸上说，资本也是生产力，而且资本是比科学技术更厉害的生产力。这是啥意思？这不明摆着偷自己的专利吗？他辛辛苦苦发现了几个月，人家早就写成文章了，真理不在别处，真理就在你屁股底下压着！

接下来的日子，他就专跑劳动局。他买了几本小册子：《劳动手册》、《深圳投资指南》、《特区法规汇编》等等。然后，他就正式把自己推销给了宝岛电子。其实随便什么公司都一样，他卖的是点子，只要中等规模以上的企业都可以完成这个策划，陈太仅仅是买主之一，如此而已。关键是他发现了规律，发现了真理。而规律和真理，真他妈的伟大。

他是个真正聪明的人，他一眼就把深圳看穿了，为此他要永远感谢爹妈感谢荔枝公园感谢老黄。他也是个真正幸运的人，为此他也要感谢陈太，是陈太让他的理论变成了现实，让最不值钱的东西变成了大把的钞票。他更是一个有坚定信念的人，相信规律一旦形成，就不会在短时间内失效，怎么能因为一两次罢工就不相信规律呢？

他已经无数次向陈太保证，他能处理，真的能处理，希望陈太放心。他说有了消息会第一时间报告的，又说他的人已经安排下去了，他正在等待答复。其实他根本没有人可以安排，那些主管和拉长竟然没有一个是真正属于自己的人。如果说失误，这可能是一条，他太专注于本质了，以至于忽视了本质兑现还需要一些辅助的小条件。那个保安队长比他还消息闭塞，竟然说工人除了打牌都在睡觉，这只猪。

这样到了晚上九点，马明阳只好亲自到员工宿舍里拜访了。他一间屋一间屋地走过去，对每一个人点头微笑，你好你好晚上好。他说他是来随便看看，没有什么特别的意思。以前对大家关心不够，他还真的不知道大家对公司有这么大的意见。不好意思啊不好意思。女工们大多是坐在蚊帐里，他又不便走进去，只能敲敲门，在门口站一会儿。没有人接他的话，实在躲闪不开的女工只好点点头对他笑一下，然后泥鳅一样哧溜一声就逃开了。这样的尴尬一直持续到七楼，然后他再一层一层走下来。他不明白为什么这些女工都这么胆小。

在男工那边好一些，还有人给他递烟卷，还跟他聊台风，聊碎尸案。说是沙井那边刮台风刮起一包尸体，有好几百斤重，全是一截一截的。后来他就有点急了，他站楼梯口喊，大家有什么要求可以大胆提出来，尽管提出来，怕什么怕？结果是引来一阵哄堂大笑。

有两个小痞子互相打趣说，你怕什么怕？我怕了吗？你脸红什么？防冷涂的蜡。怎么又起疙瘩啦？我好怕哦，我好好怕哦，我就剩一屁股搭两胯子了，我怕你割我鸡巴下酒！

马明阳真想发火，真想把这帮垃圾收拾了。他想努力记住这两张脸，可他脑子现在确实有点乱。一个有教养的人，一个理性的经济人，通常是不会这么乱的。他已经学会了很多，克制、忍耐、等待，微笑始终是他的第一选择。报纸上都说，微笑是深圳的表情。可这些表情也是有底线的分场合的，要看是对谁。对这些东西，这些最不值钱的东西，你还真他妈的白费。这样僵持到十点多，手机也响了，是陈太的，于是他连连说不好意思不好意思，一溜小跑冲下楼去。

陈太是给他解围还是作出了决定？陈太知道他这么晚还在舌战打工仔吗？他忽然没了主意，觉得自己好憋屈好憋屈，又努力定了定神，这才打开手机。

陈太还是那么优雅温柔，阿阳你在哪儿呢？快来吧，介绍几个朋友给你认识。

这时已经夜里十一点了，他当然明白此时的朋友绝不是一般的朋友。现如今人们早就不把杀手叫杀手了，叫朋友。也许，这就是最致命的一个。

5

常来临到公司上班三个月没见着老板，也不知自己究竟该干什么。他的职务也很奇怪，书记。宝岛电子是一家外资企业，一个党员没有，要配书记干什么？他不明白，也不敢问。当然也不能问，他都在家待岗待两年了，现在给根骨头他就能扑上去。

从前他也是个书记，梅州一个县毛巾厂的书记。后来毛巾厂卖了，轻工局也撤了，他就在家待岗了。本来也有机会出去做的，他原本就是做企业出身，想做事也有的做。但他在跟领导赌气，觉得领导不公，委屈，一委屈就是两年。再再后来，他眼睛都绿了，连生气的对象都没有了。岳母娘说出话来都毒汁四溅了，这才认识到人生苦短，生谁的气都等于跟自己过不去。你以为自己很重要，其实人家早就把你忘了。谁都不是你的敌人，敌人正是你自己。

被遗忘的感觉在这三个月里被再次放大了，见不着老板，天天坐冷板凳，就好像门后挂着的一块崭新的抹布，好看，但没有用。人家是个外资企业，是要成本核算的，总不能长期给你白白放粮，养条狗还要看家护院呢。他估摸老板的心思是，既然文先生开了口，就不能驳文先生的面子，等时间一长你自己不好意思了，自然会离开。可是这样一想他就成讨饭的了，让他很不服气。怎么说自己也是个有管理经验的人，也做过企业领导，怎么到你这儿就没有用武之地呢？这个苦恼又不好跟别人谈，只能一天一天同办公室的小姐们打哈哈。小姐们对他也算客气，见面就喊常先生早。也算不客气，想打听什么都是枉然，只能得到含义不明的微笑。他明白，这就叫打老板工，老板没发话，她们的笑容就不能有含义。

三个月下来，也不是没看到门道，只是猜不透。这家公司虽说规模不小，有2000多员工，管理却相当一般，设备利用率也低。唯一让他长见识的事，就是不停地招工和不停地辞工，她们天天都是在忙这个。报表，花名册，没完没了。后来才发现，公司是用试用期低酬薪的方法在降低成本。这个发现令他大跌眼镜，不合理不科学不说，本身也蕴含着极大风险。怎么可以这样呢？这就叫高科技企业？

是企业就要追逐利润，所有的经济活动其实就是四个字，低进高出，这点他没有异议。问题在于用什么样的手段实现低进高出？人也可以低进高出吗？

其实他也参加过一次招工的，而且让他"负责"。当然这是人事部马经理的客套话，所有的事情都是马经理在一手操办。他的任务就是吃吃喝喝，风光风光。当然，他也有作用，就是他还顶着一块书记牌子演双簧，也许在那个偏远贫困的小城，书记还有点余威，还有点正经意思。

所以马经理才一口一声书记地叫，我们书记最正派了，最讲原则性了，我们平时都怕他！只是偶尔说漏嘴了才说我们老板如何如何。

那次是总经理办公室安排他出差，又给了三千块置装费，完全摸不着头脑，临到要上飞机了才认识了这个马明阳。自然，这一切也是无需解释的，毕竟他是以党的形象在"负责"这项工作，不能露出马脚来，自己拆自己的台。所以他跟着傻笑的时候，脸上的感觉很奇怪，抽搐得厉害，好像这张脸不是自己的，而是被人拉扯着的一块皱巴巴的台布，不管怎么使劲总是经纬错乱，到不了位。他发现这一代年轻人确实厉害，完全没有什么不自在，说什么鬼话都无所谓，说漏了也无所谓，不争论也不解释，直奔目的而去。因为说什么都不重要，目的才是一切。

这样的感觉确实很奇妙。更奇妙的还在后头。

起初看见城外桥头上有小学生列队欢迎，就已经觉得太过分了。等到了酒店门口被七八个小姐架起来，更有种被绑架的感觉。当时也不能说什么，只是不住地给马经理递眼色，示意他不合适。但马经理一副乐不可支的样子，连连说过瘾过瘾，真他妈的过瘾！反过来还劝他，入乡随俗嘛尊重领导嘛有什么不对？你是领导，你要把架子端起来。

一上桌更是不把他当外人了。他们吆喝着，今天都是哥们弟兄，谁都别他妈的装好人！

陪他们的劳动局长姓高，是个白面书生，西装革履举止文雅慢条斯理，一再表示歉意，书记县长局长本来都是要来的，因为种种原因现在只能由他来代表了。但话说着说着，就变成黑社会老大了：各位领导，大家都是自己人，我说话就不客气了。工作上哪样搞你们说了算，酒席上哪样搞我说了算！你们上了席都是规定动作，必须听我的。回到房间才是自选动作，哪样搞都随便你！今天晚上男的不准说不行，女的不准说随便，听清楚了？你们要不给我面子别怪我不给你里子！

他刚问一句我要真不行怎么能说行呢？

他们就笑了，很狂放很淫荡的那种，说书记啊书记啊，你真幽默啊真幽默啊，你不至于吧？不是叫人抽干了吧？马经理还悄悄提醒他说，这种场合你越抵抗越显得虚伪，放开了搞，解开搞，怕什么怕！

这一切都是他始料不及的，他在家待岗这两年已经傻掉了，已经上不得台面了。山中方一日世上已千年。从前他一直认为自己是个正派人，规规矩矩做事，老老实实做人，更没拍马屁赶潮流上竿子瞎掰，不然也不会在家待岗一"待"就是两年。

黄段子、荤切口，还有一个赛一个的色情手机短信，简直就是配种站的经验交流大会。在座的也都是当地有头有脸的干部，也许平时脸都绷着，憋得太久，才会这么激情四射吧？不知道。那些陪酒的小姐当然也是临时雇来的，也跟着傻笑，笑过了还评论一句，好下流哦，好不要脸哦。其实她们并不在意脸面，也不关心这些人是干吗的，只要老板肯花钱就好，只要客人拼命喝酒就好。

一个高条小姐把胸脯顶在他胳膊肘上，一个劲说喝嘛喝嘛。他知道在这种场合一般是不可以承认能喝的，一旦开了头，就再也刹不住车。毕竟他是个"书记"，哪怕是演戏，也要演得像一点才好。

只是马经理到后来也绷不住了，吱吱嘎嘎对小姐笑，说看你的功夫啰，你要把我们书记放翻，我就给你再加两张。

真的？小姐来劲了，一会儿交杯酒，一会儿鸳鸯酒，后来就是交口酒，口对口地灌，灌完了还拿舌条舔。当然，那感觉确实有点那个。

小姐们还会唱歌，各种流行歌曲都会唱，特别拿手的是侗族大调，那种谁也听不懂的和声。这家酒店服务员都是穿民族服装的，但看样子她们又不像是少数民族人。问她们，也只是嘻嘻哈哈笑，不说是也不说不是。总之怎么看怎么晕。

马明阳他们几个唱的是俏皮欢快的新疆曲调：

　　假如你要做人，
　　一定要做坏人，
　　千万不要做好人——
　　搂着你的妹妹，
　　摇着你的棒槌，
　　一、条、大、路、黑！

其实他还是能喝一点的，一般人是打他不倒的，每每嘴上说不行了不行了，再来一瓶也能对付过去。可这一晚有规定，男人不能说不行，女人不能说随便，说了就罚。于是大家都不说不行，而是很行，行得很。那些小姐在意的是酒瓶子数量不是身体质量，也都玩儿命地上，喝完了就出去吐，吐完了再接着喝。于是一个个都喝出了死鱼眼，走路跟螃蟹打架似的腿脚缠在一起。

回到房间已经凌晨了，本想洗个澡的，可实在没劲了，就直接上了床——上了床才知道，"自选动作"早就给他预备下了。有人替他脱了鞋，然后，又来扒衣服。

他打了个激灵，坐起来，谁？

是我，老板。

他开了灯。

这会儿才觉得脑袋像裂开似的，有一锅烂粥在里头突突地冒泡。他看见一个小孩子，身上穿着蓝白相间的校服，跪在他身边。

你是谁？

我是，是……我是来服侍你的。

他知道服侍是什么意思，以前也听到过不少关于出差的故事。从前他们厂一个供销员就是因为干这个，中了人家的"仙人跳"，弄得人财两空，浑身是嘴都说不清。当时听了他也跟在后头嘻嘻哈哈笑，也想多了解一些细节。可真是这么面对面地，真刀真枪地接受服侍还是第一次，还真有点怕。脖子那儿就像让谁咬了一口，脑袋一下就支棱起来，三根筋胀得比手指头还粗。他说——我不用，你出去吧。

那女孩退缩一下，就是不动。

他又说，听见没有？你出去。

我不。女孩说。

你不走是不是？不走我叫服务员了。说着就跳起来要去开门。他想这一下她该害怕了，不料那孩子一点反应没有，两眼大睁，嘴巴微微张开，好像有点意外，或者根本听不懂他的意思。

然而就在抓住拉手的一瞬间，他改主意了，立马想到这个宾馆的房门都用磁卡门锁，她能进到房间里来就肯定有点来头，总不是无缘无故。这时候去叫服务员意味着什么？你不要"自选动作"？不要就不干就是了，干吗要叫服务员？叫人无非是想闹一场风波。闹一场不过就是证明自己清白，证明你跟别人是不一样的，是个好人，是划清了界线的。但这样做值得吗？后果是什么？把那几个人，劳动局长，乡长，还有马经理，都送进去？招工不招了？想到这一点头就更大了，里头的烂粥突突地翻泡，太阳穴一跳一跳地疼。他好容易才又有了一份工作，而且还是个体体面面的职务，头一回出来办事就搅场子，回去怎么交待？跟公司怎么解释？这可不是个小事！于是这个问题，还有由此产生的一系列问题，全都严重起来了。

于是他钻进了洗手间，洗脸。然后想到这里是24小时供应热水的高级宾馆，然后他就跳进了洗澡盆，让那些偏远小县城里的热水来激活他这个来自大城市的头脑。

如果这是个圈套呢？是有人故意陷害或者考验自己呢？那就更严重了。他立马想到屋里可能有探头，刚才的一切早就被隐藏在某处的阴谋分子看得清清楚楚，他稍有不慎就被记录在案。也许在某个房间某个角落，有人正在观察他的表情，也许还哧哧发笑。然后，就是敲诈，或者收买。这是市场经济啊一切都是交易啊，幸亏他警惕性高。

然而……然而敲诈收买他的目的在哪里呢？他有什么可利用的价值？难道一口一声叫他书记，就真以为他是个核心人物？他被误会了？这么一想，又觉得自己太可笑了，太把自己当棵葱了。你算个什么东西啊，不过是新打了一份工而已。人家不过是给你一口饭吃，给你开一份工资而已。你自己把自己当成个什么人物，还端个架子，蹬鼻子上脸了。结果还真那么回事似的，把自己给吓唬住了。

最终他还是想清楚了，唯一要做的，就是对马经理他们要有个交待。他们都是铁哥们，都是把坏人当歌唱的人，总要有个说法才好。可是怎么交待呢？我没干，我什么都没干？他们会说，本来就是自选动作，选不选都是你自己的事，你解释干吗？然后他们就一脸坏笑，看着你张着大嘴，做出一副打哈欠打不出来的样子来，可乐？

这样就给自己定了三不政策：不吭声，不问，也不解释。就当什么事情都没发生过。他相信他们几个也会这么处理的。在这个时代,想不通就别想,也别问,更不要争论,沉默真正是金子。

出来时他穿戴很整齐,他给自己泡了一杯茶,然后点着香烟,真正端起了架子。

女孩叫柳叶叶,挺好听的名,棋盘乡柳树桠五组。他发现这孩子长得不错,脸周正,皮肤很白,两只大眼忽闪着,睫毛一颤一颤地抖。虽然个头小,穿着学生装,可脸上却有着一种和实际年龄不相称的沉静。他忽然想到下午那个劳动局长说的话,山清水秀出美女啊,这里的女孩子除了没得衣穿,个个都是好身材好皮肤,比那些化妆化出来的好过百倍!局长很为他的家乡自豪。其实这座小城给他突出的印象是寂静,是那种沁入肺腑的寂静,让人灵魂出窍的那种。他能听见树叶离枝飘落时像气泡破裂一样的噗噗声,能听见江边浪花咬岸时像撕破衣服一样的嗤嗤声,还有偶然传来女人捶衣服的棒槌声,就是听不见车水马龙的喧闹,似乎满大街只有一个个幽灵不慌不忙地游走,这种感觉实在是太好了。

叔叔你怎么不说话?女孩问。

他不知道该怎么说。他说你们这里很美,很安静。

女孩又把眼瞪大了,想了半天才苦苦一笑说,叔叔你笑话我们哦。很美!

他说不是笑话,是真的很美。

女孩不再争辩,再一次靠近他,呼出的热气舔着他的额头,使他不得不闪开一些,他说,你穿校服很好看⋯⋯

叔叔我是洗干净来的。衣也是刚刚洗的。

他说,我是说风景,不是说你,不是嫌你不干净⋯⋯真的不是!

女孩突然跪下了,抱着他的腿说,叔叔你晓不晓得"开处"?

什么?

就是处女的那个东西。叔叔你就帮我开了吧，我求求你了。

　　你起来。他说，他有些慌乱。

　　我不。你不答应我就不起来。

　　他的头又开始晕了。而且身体也有一点点莫名其妙的动静。这孩子虽说个子小，身子还是饱满的，他能感觉到。而且一下子就觉得自己虚弱，僵持下去是个什么样的结果都难说了，于是他拼命吸气，深呼吸。她还是个小孩子啊，小孩子啊，小孩子……他怎么能这么下作？

　　他问，你是怎么进来的？这个问题问得有点傻，声音也很沙哑，明显底气不足，但却很有效。

　　女孩说，是村长老爹送我们来的。

　　村长送来的？难道干这一行还是有组织程序的？这下他又清醒过来了，又问，你们来了几个？

　　五个，你们只有三个人。女孩说，毛妹她两个就没进来。

　　也就是说，每个房间都配了一个，他，马经理，还有劳动局长，大家一起来"开处"。乡长回去了，也许乡长不吃窝边草吧。难怪在酒席桌上，他们都在眉飞色舞交流经验。说如今好玩的项目已经不多了，吃啊喝啊赌啊都不新鲜了，没什么可刺激的，只有那些最土的最原始的最简单的还有点意思，这叫原生态。

　　有一个玩法是关于化繁为简的，马经理解释说，比如什么叫"改革、开放、搞活"？太麻烦了，简单的说法就叫解（gǎi）、开、搞！马经理长着一张娃娃脸，故意鼓起腮帮，做恶狠狠状，果然很搞笑。

　　还有两个就在外边等吗？他问。他的意思是，这里有个利益分配的问题，既然大家一起出来做生意，赚了钱怎么分？

　　她们跟老爹回去了，她们的身份证都在。老爹说，其实留哪个都是一样的。她答。

他不明白怎么叫一样，难道这种事还要按证付费吗？他问，你们要多少钱？

女孩一愣，站起来，说我不是来要钱的。

他说，那你来要什么？

女孩叫起来，叔叔你误会了！一副要哭出来的样子。她是真的急了。

他说，我没误会，你不是要来服侍我吗？你不是要"开处"吗？

女孩叫，不是的，真不是来要钱的！哪个不晓得你们都是要"开处"才肯帮忙的？不是这个样子，哪个鬼找了要来服侍你们哦？女孩真的着急了，小脸涨得通红，鼻子皱成一个小肉球一扇一扇，此刻她更像一个孩子而不是什么处女。

这就对头啰！他学她的口气说，你到底想要什么？你跟我说。……柳叶叶？你是不是叫柳叶叶？你说啊，你怎么不说了柳叶叶？

在他的经历中有过很多次谈话，他并不缺少做"思想工作"的经验，可是面对这样一个来服侍自己的女孩，他还真不知道怎么安慰她。后来他只有说，你喝不喝水？你去洗洗脸吧？你总不能一直哭下去吧？

女孩说，求求你了，你就把我开了吧。

那你总得让我知道你到底想要什么吧？

女孩这才抬起头来说，你先答应我。

你不讲我怎么答应呢？

招工，我们五个人一起招工，好不好？只要你答应带我们走，你"开处"也行，怎么折磨都行，随便你！

这样的交易着实令他震惊！又有些糊涂：想招工，好事啊？他们这次计划招240名，报名就是了，犯得着这样吗？而且这次招工本身就很奇怪，到广东来打工的人遍地都是，有大把人可招，何必跑这么远来招工？这个问题在公司里他就提过，当时总经理办公室的小姐只是一笑，并不应答，因为刚来，也不好多问，现在就更糊涂了。

叔叔你不晓得吧？你们这一趟招工好不公平，我们棋盘乡硬是没得指标。指标都给旁的乡抢走了，村长老爹说，我们要想走，只剩下这个法子！

原来是这样。这么屁大的一点事居然还整出指标来了？心想这高局长真够高的，他确实是个坏人，一个真正的坏人。又一想这地方风气也太烂了，为这么点可怜的要求就可以让人家随便"开处"？还村长带着来的，这也太他妈的也太封闭了。

他说，那好，你把名单留下。你可以走了。

女孩愣怔一下，真的？你真的答应帮我们了？女孩又笑了，湿漉漉的小脸上立马灿烂了许多，柳叶一样的细眉毛扬起来，又让人心里隐隐发冷。

是真的。他说。

女孩还不放心，迟疑半天，叔叔你真的不用……那个啊？

他头又开始疼了，摆摆手……你让我休息一会儿，行吗？

那女孩终于退出去了。临到门口，还不忘给他鞠一个躬，说叔叔你好好哦，我们小地方人不懂事，你莫怪我们哦。她好像很开心。

他记住了这个名字，柳叶叶。

刮台风那天傍晚，他又见到了柳叶叶。当时天还没黑，雨也小了些，厂区却多出了不少平日难得一见的女工。他一眼就认出了这个女孩。柳叶叶穿着碎花粉底衬衫，举着一把雨伞在马路牙子上玩"走钢丝"，走几步就掉下来，掉下来又上去走，在她一旁的另一个女工掩着口笑，这是一种厂区少见的悠闲快乐。他赶紧迎上去想招呼她们，可那女孩一见到自己赶紧背过身子拿伞遮挡住。

他喊，柳叶叶。

柳叶叶见实在躲不开了，才怯怯地回过头来，叔叔好。

常来临并不是一个迟钝的人，立刻明白了女孩的心思，这确实有些尴尬。但转念一想你这样躲着反而好像真的有过什么似的，还不如挑明了痛快，便说，哇，这件衬衫新买的吗？颜色很适合你哎。他想，这是一句通用的恭维，得体，又不伤人。

真的呀？好半天，柳叶叶终于笑了，眼睛眯成一个弯月。说叔叔我是第一天穿哎，老早就买下了，没得空子穿。

好嘛，过过瘾！常来临学贵州腔说。又问另一个女孩，张毛妹你怎么没换一件？

那个张毛妹更腼腆，只是扭一下身子。

柳叶叶说，她呀，舍不得。她说工装比校服好看多了，又用不着花钱，你说她抠不抠？

常来临说，刚来都舍不得花钱的，我也是一样的，觉得深圳的东西好贵好贵。没关系，以后看准了再买。又问，你们今天怎么都有空出来逛？

柳叶叶瞪着那双特别大的眼说，叔叔你不晓得啊？罢工了！

他一愣，这才知道公司出大事了。

第二章

6

没想到是以这样的方式见老板。名人俱乐部,小舞厅,被咨客小姐引导着,穿过长长的曲里拐弯的、灯光在脚下幽微闪烁的甬道,然后推开门,里面也是黑的,只听见管风琴如泣如诉,萨克斯嘶哑破碎,特怀旧特忧伤的那种曲调。穿黑晚装吊大耳环的老板拍着手,啊呀常先生到了!快快,先请我跳一曲!

他刚被引进来,瞳孔还没放大就跌进了温柔乡,立刻被一种细细的暖香包围了。他知道,这正是老板。此前听说过老板是个女的,没想到竟是这样年轻貌美,而且夸张到了……惊人。老板不说要见他,只说请常先生出来会会,有几个朋友随便聚聚,地点是这儿,方式是这样。晕。

常来临一上来就酥了。跳舞他不陌生,在部队里他就是个活跃分子,文娱体育虽说不精却也拿得起来,问题是他根本没这个心理准备。踩错两脚之后,常来临就气喘吁吁,连说不好意思了。老板却把脸贴在他肩头说,没事的,大家都一样。于是他只有定心专神,竭力去捕捉那些轻柔飘忽的音节,渐渐进入规定情境。这就好像贾宝玉稀里糊涂闯进秦可卿的闺房,虽是生疏,却并不反感,如梦如幻地也干上了。

老板在他耳边说,听出来是什么曲子吗?《假面舞会》。你就闭上眼睛想,这是个典型的欧洲农庄,一个麦收后的傍晚,田野开满了矢车菊,空气里弥漫着燕麦香,两个老人戴着面具相遇了,尽管面孔看不见，可是他们已经从熟悉的舞姿上认出了对方，于是手心开始出汗，浑身开始颤抖，岁月无情但恋情依旧……对，对，就是这样！

舞池里还有两对在转悠，看得出他们也和自己的情形差不多，都是半吊子，这才心安一些。一曲终了，老板牵着他的手引体自转了一圈，行过屈膝礼，才带头鼓起掌来。那两位也跟着拍巴掌，然后大家才一起回到吧台旁落座。他注意到伴舞的小姐并没有跟过来，全都去了门边站立，心想这大概是包场的规矩。

然后是陈太先介绍。赵先生，赵学尧，幸福开发总公司的顾问，大教授。何先生，何子钢，市劳动局政策调研处的，大领导。常来临，敝公司新请来的大书记。最后是老板自己，陈徐钰仪。她说，大家都叫我陈太，就叫陈太好啦，啊呀我连自己名字都要忘记掉了。

然后是交换名片，常来临因为没有名片，显得有点尴尬，老板又帮他圆场，我正要请教常先生，是印上书记好呢还是印行政职务好？此前公司并没有帮他印名片，这大概算是一种解释。

倒是常来临还尴尬着，那两位却帮他解了围。赵先生说印什么都一样，符号嘛印什么不是符号？何先生坚持说要印公司的行政职务，说人在深圳就要按深圳的游戏规则来，印上书记影响社交形象，别人也不懂。

老板说，那就印副总经理好了，对外是副总对内是书记，两方面都意思到了。

然后问喝什么，老板和何先生要的是马爹利，赵先生要的是红茶，常来临沉吟一会儿，说要清咖啡，什么都不加。

赵先生就笑了，说果然是书记。赵先生评论，既要与时俱进，又要不失本分。

常来临忙说，没有没有，没有那个意思，我哪有那么深刻？那还得了？

赵先生说，弗洛伊德的学说揭示的正是这个道理，人的潜意识无意识活动恰恰是真实的意思流露。这一说，气氛才有点活跃。

老板叫道，啊呀呀你们这些知识分子烦死了，大家朋友一场，随随便便将心比心是最好。

何先生解释道，我是在想，陈太你能请一个书记，确实高明。

老板哇哇大叫，讽刺人讽刺人！

谈开了才知道，原来这个书记职务还有个来历。赵先生介绍说，幸福村是市里最早的开发区，外资企业比较多，劳资矛盾自然也比较多，特别是这些台商和日商的企业里，一般每年总能闹几回。幸福村开发总公司也没有什么好办法，公司既是政府又是企业，既要保护投资环境，又要维持正常秩序，通常的做法就是大事化小小事化了，人民内部矛盾用人民币解决，而已。可这一年春节，市委来慰问外商的座谈会上出了个怪事，从前经常提抗议的一家日本企业老板叫小岛，这回不提抗议了，小岛不但没意见了反而对市委提了个要求，要求在他的公司里建立党支部。市委挺纳闷，答应回去研究研究，一研究就研究出门道来：原来他们公司请了个书记老王。老王在原单位倒闭以后一直没法安排工作，后来经亲戚介绍进了这家日本公司。小岛问：你会做什么？老王说：我以前是搞管理的。小岛问：你怎么管？老王说：我专门做思想工作的。小岛问：思想怎么能做呢？老王说：反正我能让工人不闹事就是了。原来老王在每个小单位里都安排了两个小组长，每个小组长每天都要单独向他汇报小组里工人的情况，哪个工人有什么想法一般他都能提前知道，该安抚的安抚，该除名的除名，这样工人就闹不起来了。另外工人也可以揭发小组长，小组长之间也互相揭发，表现好的还给他们发红包，时间一长，个个都叫他管得笔直。小岛说，雇一个书记比雇保安成本低多了。这个经验一出，其他公司也都觉得好，陈太当场就表示，文总你也要给我们雇一个书记来。市委组织部经过研究认为，外资企业希望在他们的企业中建立党支部，说明党的威信空前提高了，应该满足他们。这样同时也十分意外地为本市解决了一大批干部不好安排的老大难问题，岂不皆大欢喜？

常来临这才明白，他是生逢其时了。如果不是陈太本人有这个意思，文总恐怕也不好硬安插人，老岳父的同乡也不便说话，岳母大人的牢骚还得发下去。毕竟，人家雇一个书记是要花钱的。就是今晚，也许是陈太认为需要书记出场了，才安排一次聚会？给他介绍几个朋友会会？不然为什么三个月都见不着面？意识到这一点，又觉着十分的不舒服，好像书记的工作就跟一个密探差不多，手里拿着红包，谁听话就给谁塞一个。现在，好比一把冰凉的刀子已经逼到喉尖，考虑干不干已经来不及了，而是一个该怎么办的问题。

果然，陈太说她是找了文总。文总本来今晚也要来的，因为家里临时出了点事，来不了了，请常来临多包涵。

陈太对常来临说，我当初一直下不了决心来大陆投资，就是怕工人罢工呀，工人一冲动粗声大气，凶也凶得来，吓也要吓死掉了。是文总叫我不要怕，说他这里的工人不敢罢工。现在你看看，还是罢工了呀！我现在只有靠你了，你要拿出办法来。说着猛地往起一站，惊得常来临往后一仰。

陈太说，如果你同意，我也可以参加共产党的，没所谓的。

何先生赵先生也都说，其实这种事情每天都在发生，不稀奇，关键是要化解。特区政策肯定是要保护投资的，这点毫无问题，要陈太放心。

那个劳动局的何先生说得更干脆，说陈太你只知道大陆的工人厉害，其实更厉害的你还不知道。中国这么大，人口这么多，凭什么把人管住？陈太你对大陆了解得还不够啊。

陈太又叫起来，啊呀当初我来投资，讲得来也是天花乱坠，好像天底下只有深圳好。你投资我服务，你发展我开路，你有难我帮助，你受益我保护，好听是好听得来一塌糊涂，其实要投资哪里不好投？要讲劳动力成本低，越南最低了，我在那边一个厂规模比这边小了二分之一，利润倒是差不多少。现在哪能赚到钱啊，根本赚不到钱！

话说到这个份上，常来临忽然明白，想谨慎一点圆滑一点都已经不可能了。这就好比是一场考试，要么及格过关，要么交白卷走人。她给你印什么名片跳多少场舞都没用，她的每一个笑靥每一个眼神其实都是要进入成本的。什么叫朋友？朋友就是你在关键时刻发现他有使用价值。

常来临想想，用力咳了一声。

陈太突然一挥手，叫来领班说，让她们都出去吧。

乐手和舞女们都退出去，小舞厅安静下来，灯也明亮了许多，刚才的暖意似乎也受到惊吓，一切都变得凝重而且尖锐。

常来临只好硬着头皮问，陈太你是打算长做呢？还是捞一把就走？

陈太说，我有这么大投资在这里，不是假的吧？现在已经被套牢了，我就是想逃也逃不脱了。

常来临说，那我就只好实话实说了，我看不出来，真的。

几个人一愣，就把眼睛放到他脸上。

他说，公司现在是在打《劳动法》的擦边球，六个月试用期，干完了就走人，工人能不造反吗？谁都不是傻子，兔子急了还咬人呢。这种搞法短时间确实有利可图，可时间一长非出问题不可。他说，谁出的主意我不管，但那真的是在害你！

陈太说，你讲下去。

常来临说，公司的管理也不正规，什么事都要等老板来处理，老板再大的本事，就是超人，也管不过来呀。

陈太又叫,我一天到晚在外面拉订单,飞过来飞过去,吃也吃不好,睡也睡不好。哪里是他们给我打工啊?明明是我在给他们打工!

赵先生何先生都笑了,说当老板也真不容易,不是人人都当得了的。赵先生更是说,从理论上讲老板辛苦也是应该的,哪有老板不操心让员工操心的道理?员工辛苦是为老板辛苦,老板辛苦才是为自己辛苦。

陈太哼哼道,你们都不凭良心。

常来临接着说,另外公司经常让工人加班,并不聪明,工人睡眠不足能保证质量吗?工人一下班,设备就睡觉,为什么不考虑提高设备利用率呢?

何先生点头说,这确实是深圳企业的一个特色,要上班都上班,要下班都下班。加班是个常态,说明企业红火,不加班反而显得不景气了,说明老板没料。

常来临说,表面上机器是开着,其实未必红火。让机器睡觉更是不知进退,不懂文武之道。根本的原因是,企业普遍认为加班制成本低,三班制成本高。我手头没有数据,没法做定量分析,但我肯定这是误判。另外一个误判就是流水线作业,以为机器比人重要,简单劳动只需要加强管理就行了,这些看法一旦主宰了企业行为,都想抓眼前拼成本,从长远看肯定得不偿失,元气大伤了,还能不出事?

赵先生连连点头,说想不到常先生还是个企业管理高手,让你当书记真是可惜了。

说得常来临慌忙摇手作揩挤眼睛,做诚惶诚恐状。其实越说心里越有底了,他发现陈太的焦急和无助比他想象的还要严重,他相信老板最怕的就是心中无数。他要的正是这个效果。

忽然又想到,你想立住脚跟发挥作用施展抱负,没有舞台怎么行？而你新来乍到又在哪里能插一只脚？他心想公司没有这些毛病，还真不知道该从哪儿下叉子呢。

陈太端着高脚杯的手一直没放下来，戴钻戒的手指一直在杯沿上轻轻磕，磕，似乎在做决断，又似乎在想着更加遥远的事情。她的发髻高高地盘在头顶，使脖颈拉长了，天鹅似的挺着胸，让常来临一时间走了神。那一刻，他真想说一句，陈太你不该做企业的。

陈太开口了，说我在听呢，你怎么不说了？

常来临问，我说到哪儿了？

三个男人都会心地笑起来。

陈太说，阿临啊，你讲得都有道理，可你不了解市场，市场是不讲道理的。她摇摇手止住常来临，我今天想听的也不是这个，我想知道眼下我该怎么办？

常来临说，你是老板，眼下你做决定。

怎么决定？

很简单，放弃这种招工辞工，先稳住人心，恢复生产。承诺以后实行三班制，少加班。工人重新组合，化解矛盾。

可我的订单怎么办呀？工期已经耽误了呀？

那只有提高加班费了，道理说清楚工人会同意的。

我要是不让步呢？

工人拖得起，你拖不起。最后闹大了，大家都不好办，矛盾就激化了。

陈太举着酒杯跟几个人一一碰过，噘着嘴说，反正你们就知道让我花钱！然后自己先笑起来。

常来临说，眼下多花点钱不冤枉，不能僵下去。

何先生也说，是不能僵持。僵到一定程度，劳动局不介入就说不过去，一介入就复杂化了反而不好办。最好是内部解决，钱以后你再赚回来就是了。

陈太说，好啦好啦，跳舞！烦死了！她挥手又把乐手们请回来，小舞厅重新荡漾起轻柔与欢快。这回奏的不是《假面舞会》，而是《小城故事多》。

常来临心想，第一步竟是这样地跨出去，不轻松，也谈不上复杂。他知道这其实就是一次亮相，观众只有一个人，就是老板。他听见陈太抽空给马明阳打了电话，亲切地叫阿阳快来，他听见她说要介绍几个朋友给阿阳，于是他知道同样的甜蜜和温柔也会降临阿阳。但他不知道那位马经理心里会怎么想。也许怎么想都一样，一切已经不可改变了。

7

这天早晨饭堂里发生了骚乱。两个湖南佬因为早起贪睡，来迟了没吃上馒头，就和做饭的四川佬对骂起来。骂着骂着还嫌不过瘾，就舀热稀饭互相泼。然后湖南佬去找老乡，四川佬也要去找老乡，双方都恶狠狠非要分出个输赢。不知是哪个喊了一句，打什么打？有本事找老板去打！这才气哼哼骂咧咧地散了。

当时柳叶叶她们被堵在饭堂里出不来，看见这些男的这么泼皮无赖的样，心里真是恨得很。她对毛妹悄悄说，早知他们是这个样子，才不跟着罢工呢。

毛妹早就不满了，说罢什么罢？罢成这个样子，有碗稀饭喝就不错了，还想吃馒头？做梦。

回到宿舍也很无聊，说来说去都是一些转盘话。桃花她们就说去逛街，可毛妹不愿去。毛妹老是觉得街上有饿死鬼一样，生怕她们来掏她的荷包包，听到说逛街就害怕。

毛妹说，要去你们去，我困觉。

柳叶叶说，你也不怕筋骨痛，困三天还困不够，再困三天就困死过去醒不转来，这才把毛妹拉出来。

她们几个都换了衣，只有毛妹没得换，还是一件工装。柳叶叶要把那件紫色的泡泡袖衬衫借给她穿，毛妹死活不干。不干也就算了，还说那种紫色怪怪的，好像受伤淤的血一样。说得柳叶叶心里老大不痛快，以后她再不想穿那件衣了。

出了宿舍就有几个男老乡喊她们去打牌，说逛街又没有钱，越逛越眼馋，还不如打牌。她懒得理这些人，话都不愿多一句。桃花她们回说，打牌也不跟你们打，你们还不是一样？有几多钱？烧的。

但那些男的又来吓唬她们，说这两天一直有外面的工友过来串门，提醒大家不要上街不要堵路，更不要在外面打架闹事，防止被人照相。

桃花说，莫名其妙，我们堵路干什么打架干什么，神经病。

他们说，真是有工友过来打招呼的，说过去有的公司罢工，工友没经验就被派出所拍了照片，后来吃了大亏，你们不知道。

柳叶叶说，就是有那些事也是你们男的会去做，女孩子怎么会去做那些事？不理他。

然后大家嘻嘻哈哈就上街去。其实她们的逛街也是烧包，装模作样一家一家看过去，看得起买不起，还得装作一本正经。好就好在她们人多胆子壮，大大方方的，哪个也不用怕。另外，逛街也有点显摆的意思，鲜亮的衣服穿着，一路叽叽喳喳地说着喊叫着，旁若无人的样，本身就是快活。

来到深圳就是这点好，天暖，一件单衣就能打发了，天天都能换个样子穿。你有什么衣服都敢穿，多短的都敢穿，穿出去好了，没有人管到你。在家里哪有这样自由？借一个胆也不敢。爸爸妈妈看到你这样穿衣服，眼珠子也要射出来。自从进了城，不怎么晒太阳，人就不干巴，明显地变白了，好像花骨朵吸足养分了，突然被撑开了那样。现在高跟鞋一垫，新衣服一穿，胸脯骄傲地挺起来，屁股还一翘一翘地撅着，要几美有几美。在家哪有这样的机会？现在罢工了，空闲了，凭什么不逛？

可是逛多了也烦。街就是几条街，路就是几条路，天天数过去，地上有几块砖都晓得了。所以每每是高高兴兴地去，垂头丧气地回。所以毛妹说她不想去也有她的道理。所以桃花一说要看录像，个个都说好。

录像是在街背面的一个棚子里，门口挂个牌，两元一位，随到随看。随到随看的意思就是它一直放，后来的人可以一直看，看到收场，两元不贵。棚子里有几排长凳，没有几个人看。柳叶叶就买了一包瓜子找了靠电视的凳子坐下，离开别人远一些。她们一边嗑瓜子一边说悄悄话，把平时没有机会说的想不到说的突然冒出来的统统连着瓜子一起嚼烂了吐出去。机子里放的是赌王，男赌王和女赌王，两个人斗法。她们进来以后，有人就喊不过瘾，要过瘾的。接着就换香港片，搞笑的，开头就是女的在洗澡，浑身肥皂泡，然后有男的要进来吃豆腐，弄得满脸肥皂泡。接着又有人喊不过瘾不好看，就换了刺激的。这回是真刺激，两个人一开始就在床上，一开始就干那个事，女的在叫男的在喘。不一会儿棚子里也有人在喘了，她们几个脸上都发烧了，说又不好说，只能把头低下去。这时就觉得身边有人坐过来，挨着她们坐。柳叶叶靠在最外边，有一个家伙就把膀子搭过来。她刚甩脱了，那个人就问，做不做生意？她开始没有听懂，还想问问清楚，后来一下就懂了，听懂了就哇哇喊叫起来。她们逃出来半天，气还喘不匀。看看，一个个都像是吃醉酒一样面红耳赤。

桃花说，原来录像是这个样子的！想起在工房里经常听到他们讲看录像看录像，原来就是来看这个，大家又忍不住好笑，笑到肚筋疼。可是笑着笑着，又觉得不对劲，总是有点不太舒服的样子，脸色又难看起来。柳叶叶记起那个人对她耍过流氓，肩膀上立马就麻木了，起鸡皮了，觉得好脏好脏，恨不得把衣抓破。大家围到她又是哄又是劝，其实也不为一个什么事，就是心里好委屈好难过，就是想哭。

桃花说，想家了！一说想家，她们几个也都抽起来。

其实哪个不想家？平时没有时间想，一闲下来就更加想。不想家就不会来逛街，不逛街就不会来看录像，不看录像就不会碰见流氓。人就是这么麻缠，要是不出来做工，哪有这些破烂事？可是不做工，又能怎么样？在家守着，不是更加麻缠？

其实她们想家，家里不也想她们？说到做工，家家都是愿意的，只是一想到娃儿走得那么远，哪个做父母的心不揪起来？这趟不比从前，从前那些个都是一个带一个走的，单打独斗，不牢靠。不比这一趟，这一趟是集体组织的，200多人，能出什么事呢？有事也找得出着落。嘴上都这么互相劝，但心里还是麻缠。开头几天还好，越到临走了越麻缠。

叶叶的妈把留到过年的两条腊肉全都煮了，餐餐端出来，喊她吃，自己却不动。小弟刚一伸筷头，就被她一筷子打下去。她说吃不下了，真的吃不下了，叶叶妈就有点伤心的样子把那只碗端走。叶叶的爸本来话就不多，唯一的话就是，多吃一块能噎死你啊？然后就是叹气，然后就是一天天的沉默。在他们看来这一碗肉就是全家人的所有担心和所有的祝福，娃儿出去受苦要吃，娃儿出去享福也要吃。小弟眼巴巴地看得着吃不着，就十分的不服气，悄悄对叶叶说，他们怕你再也吃不着了，害得我也吃不着。叶叶搂着他的小脑壳说，等我走了不就你一个人吃？小弟把嘴一撇，一个人吃还有什么意思？不香。一句话把叶叶说得眼泪也流出来了。

顶麻缠的是毛妹。毛妹的妈本来就够难的了，现在又要失去一条胳膊，说不疼是假的。她骂毛妹狠心，缺良心，白养活她这么大，毛妹都能忍受，后来骂到毛妹从小就不听话，从小就闷心思跟她作对，不把她气死不罢休，毛妹就受不住了，黑晚也不回家。叶叶妈也去劝过几趟，舅舅舅妈也照样把她骂出来。叶叶不服气，跑去说，你们把毛妹嫁给那个猪头疯，就不是送她走吗？换那么点彩礼钱你就安心了吗？结果舅舅拾起一只鞋迎面摔在叶叶脸上。舅舅骂，你们滚吧，有多远滚多远，滚出去就一辈子不要回，这里不是你的家，我也没养过你这个娃。毛妹气得浑身乱抖，跑到外头搬来一块大山石摔在门口，说，等这块石头烂了，变成粉粉了我就回。

奇怪的是，在叶叶家睡了两晚的毛妹在临走的前一晚，突然变卦了。她半夜抱着叶叶哭，说我不走了，我真的不走了。

叶叶说，天亮就要出发了你说什么胡话？

毛妹说，我没得那个命啊，我真的没得那个命啊，我一走他们真的没法活啊。

叶叶说，鬼话一十七哦，不是说好挣了钱寄回家吗？你挣的钱越多他们活得越好！

可是毛妹还是坚持要回家。回到家一句话没得，操起扁担就挑水。不料想，舅舅爬起来，问清楚不走了，甩手就是一巴掌。打得毛妹晕头转向，不知是啥个意思，又哭着跑回来。

叶叶妈听了这个话，流了一脸的泪，说可怜天下父母心啊，你们这些娃儿，哪里晓得父母的心啊，你们根本不懂！

叶叶问，他到底是啥个意思嘛？

叶叶妈问毛妹，你怎么又不想走了？

舍不得。

你走了想家不想？

想。

叶叶妈说，这就对了嘛，你们吵成那个样，他还有什么话？他这一巴掌，是叫你恨他呢。你恨他，你才能不想家。你不想家，你才能不回头，你不回头，你才能狠下心朝前走。

走吧，放宽心走吧。走了就不要想家，叶叶妈说。

那天，山里落了雪。雪花细得很，绵绵密密，天是灰蒙蒙，地是白茫茫，看不清方向也看不清路。倒是村里头，脚印乱糟糟的，柳树桠家家人都出来了。谈不上送行，也谈不上热闹，只是眼巴巴地望着，望着五个女娃儿上路……

哭痛快了，她们五个人才手牵着手，眼红红地回公司。她们什么话也没有说，只是在心里头想，五个人一道来也要一道回，在外头好好地，千万不要出什么事，好让家里头父母放心。

宿舍门口贴了一张通知，说是晚上公司领导要给大家讲话，希望大家都不要出去。柳叶叶说，这下好了，总算有一个说法了。

可毛妹说，啥子说法你也是打工，打工妹就是打工妹，你出来是讨说法的？

桃花她们也说就是，我们管他那么多！

毛妹说，我们出来就是来苦的，怕苦就不要出来，人脸就是一个苦字！

人脸就是一个苦字，是她们老家的土话，意思是人生来就是受苦的，苦字的写法就是人的一张脸。上头两个十，是人的两只眼睛，中间一个十是人的鼻子，下边一个口是人的嘴巴。人脸生成是这副模样，你怎么能不苦？

8

　　从对老板说出看法的那一刻开始，常来临就意识到与马明阳之间必然会有一场争斗。谈不上你死我活，但也决不会轻松，因为这毕竟关系到公司今后的经营理念发展思路。只是他没有想到争斗会是这么下作，这么水火不容，没有半点科技含量。他并不认为自己有什么高尚，不是马明阳挖苦的那样，捍卫《劳动法》，维护工人权益，他没那么想。他只是觉得公司要想走上正轨，必须改变这种野蛮的做法。怎么说这也是一家不算小的企业，挂着高科技牌子，一点现代意识没有？这是包身工时代？

　　在干部会上，他也是这个意思，他甚至说得比老板都委婉。他说赶快复工是第一位的事，以后怎么做以后再慢慢考虑。陈太就直截了当说，以后也不能这样搞了，再这样搞迟早要被捉牢，最后又要罚款又要处理不划算，说她压力好大好大。但否定了以往的做法是明确的，不含糊的。所以结束时老板问，阿阳还有没有话？于是这个阿阳抬起那张娃娃脸很天真地问：我有什么话？我听老板的。

　　其实他两个在厕所里已经把话交流过了。

　　常来临说，我是为公司着想。

　　马明阳说，是啊，我只为自己着想。

　　他说我不是那个意思。

　　马明阳说我忘了，你还为国家着想，你还捍卫《劳动法》，维护职工权益。

　　他说你这样讲就没劲了。

　　马明阳就抬起一张娃娃脸，甩着他的家伙笑，你这么伟大，打老板工真是可惜了。

　　这张娃娃脸给人印象特别深刻，肥大，油亮，很单纯很阳光的样子,在贵州招工时他就领教过,现在又给他一种满不在乎的感觉。在这个时代只有这样的人才能如鱼得水,什么事都能干得出来,没有任何负担,不需要对任何人负责。这样一想,又有点后怕,觉得不该管那么多,刚到公司就树了敌确实不明智。

果然,下午他在准备讲话稿的时候,就听见外头大办公室的小姐们在哧哧笑。后来在走廊里碰见一个小姐,又是那样飞快睃一眼就走的样子,便知道这是在议论自己了。直到吃晚饭,陈太为他特意安排了客饭,问他准备得怎么样时,才突然意味深长地冒了一句:你是不是有点同情这些女孩子?

当时他还莫名其妙,没有啊?

陈太就说,有也没关系,男人嘛。

他问,这话是什么意思?

陈太说,也没什么,她们说你去贵州"开处"了,所以特别怜香惜玉。怜香惜玉有什么不好?我看就应该怜香惜玉,不然要你们这些男人有什么用?

他急眼了,说我没有,真的没有!

陈太就笑,说没事的啦,那么紧张。阿阳倒是比你坦然,张三李四公开讲的。

这时外间的小姐又是一阵尖声大笑,特别过瘾特别刺激的那种。陈太冲她们喊,啊呀呀这个阿阳也是的,来者不拒,一点档次都不要的!

他当时是忍住了,没再解释,知道这种事越解释越麻烦。可越不解释越窝心。你坦然,因为你干过了,他没干为什么要坦然?还怜香惜玉?他是因为怜香惜玉才出主意的吗?他看着陈太都不知该说什么好了。

他记起那天早餐的时候,他观察过马明阳和那位高局长,也是想找机会和马经理谈谈棋盘乡的事。可他们两个说说笑笑,好像什么都没发生过，又有些迟疑起来。这种心情也很微妙，秃子不挑麻子似的。倒像是自己做贼心虚，你说你没做"自选动作"，谁信？他们两个也许久经沙场笑纳过了就忘了？或者他们也是和自己同样的想法，认为这事不值一提根本没当回事？于是就没有开口，柳叶叶那张名单也就揣在口袋里一直到最后也没掏出来。直到第三天，他在花名册里看到了棋盘乡柳树桠村五组的几个名字，一口气才松下去。他确实记住了两个名字，柳叶叶和张毛妹。仅此而已。现在想想是有些不够慎重。

如果当时把事情谈开了会不会好一些？也许他的"三不政策"是失算的？想想也不见得。当时谈开了不过就是说明你虚伪，收获更多嘲弄而已，他们早就承认自己是坏人了，你装好人还用得着坏人来证明？

可那确实是难忘的一夜，那女孩走了以后他还真的兴奋得睡不着。他开了窗，那种刺骨却又清新无比的空气，还有那种童年记忆般的寂静一起扑面压过来的感觉真是很好。那一刻，他甚至觉得自己有点刚强，有点高尚，有点古风，像柳下惠，所以那些冷风吹在脸上就有了钢铁的感觉。而对寂静的理解又多了一层，看来寂静有时也并不那么美妙，有一种寂静是属于坟墓的。他长长叹了一口气，悲壮得很，同时也轻松了很多。

宾馆面对着山岭，深夜的山岭就像挂在天际的一道黑幕，神秘又压抑。这地方确实很小，太小，小到了人都把自己当动物看。从前他以为自己已经够封闭了，桃花源中人不知有汉，可竟然还有比他更封闭的，还有如此自轻自贱的搞法。但那里确实很美。山绿成了黑黛色，水清成了草绿色，空气新得醉人，连白云都一团一团不愿化开。据说在高空看，有九条山脉崎岖蜿蜒，约好似的一路奔腾汇集到了这里，然后戛然而止。九座昂然翘首的黑色绝壁就像被砍断脑袋的九条龙身，齐刷刷被西水江隔断了，留下了一片开阔地。

那位高局长介绍说，这叫九龙抢水，西水江就是斩首的剑，传说中的天尽头就是这里了。为什么选择这里作尽头？在地质学上有过一个解释，叫板块断裂。在文人雅士看来，正好可以编出各种荒诞不经的故事，到了这里就阅尽春色，该止步了。而局长却发牢骚：山多，水多，矿产资源多，就是钱少。能想的点子都想尽了，能挖的心思都挖空了，就差大卖活人了。

记得在飞机上，他还见到了该省的当天报纸。有一条新闻说，《××县与特区企业"联姻"，探索"走出去"新模式》，一张大照片上，马经理与高局长紧紧握手，很激动的样子，那表情简直有点热泪盈眶。当时好像也没什么特别激动人心的场面，他实在想不出这是什么时候拍出来的。当时他还扭头看了马经理一眼，这位长着一张娃娃脸的经理已然睡过去了，一条口涎正慢慢爬上衣领。窗外，西水江正细成一缕轻烟，而那九条被斩首的黑龙也早就化作一片青翠……不就是这些事实吗？这有什么值得你大做文章的？

所以在晚上的员工大会上他才会那么激动，把麦克风架子都推倒了。他已经很久没有这么冲动过了，也很久没有面对这么多人讲过话了，可他居然一个磕巴都不打，三个月的郁闷，两年多的委屈，全都被他泼上汽油，混合在了一起。他脸色铁青目光凶狠，把麦克风抓在手上像铁榔头那样敲打。

他说有人讽刺我，说我在帮打工仔打工妹说话，是怜香惜玉，好像这就见不得人了，做了亏心事一样。维护工人权益有错吗？捍卫《劳动法》有罪吗？这话在深圳讲，好像是有点怪怪的，深圳人不这么说话。但我还是要告诉你们，深圳还是中国的土地。

他发现，那些工人一开始并没把他当回事，他们不知道书记是干吗的，他们只认董事长总经理。但说着说着，他们就不再交头接耳，慢慢从墙根底下从宿舍里从饭堂里聚拢来。他们可能是有点惊讶，不太明白这个人，特别是他说出的那些奇怪的话，那些有点暖人心又有点刺激性的话。

他说，宝岛电子是一家高科技企业。什么叫高科技？高科技是现代社会才有的事情，没有现代的公司化管理叫什么高科技？没有现代的法制意识叫什么高科技？听说还有打骂工人的事，侮辱人格的事，有没有？

有！

听说还有扣押身份证的事，有没有？

有！

听说还有欺压猥亵女工的事，有没有？

有！

他相信自己其实挺能煽情的，不比那些电视台的主持人差。他中气足，头脑清楚，话不多意思却很明白，又了解工人情绪，几个回合下来，工人们全都被他拉过来了。群情激昂，有的还抹了眼泪。原本他是站在宿舍对面的一辆旧拖车上讲的，后来人多了，就改到写字楼的大阳台上去。讲着讲着，连自己也有些感动了。这些远离家乡的年轻人，跟自己弟妹也差不多大，当初自己去县里读书，穿的还不如他们好呢。于是忽然就想到上学报到的那天，他下了好大的决心才去买了一双袜子，那是他生平第一次穿袜子，上课穿，回宿舍就脱，一双袜子穿得只剩下袜筒。

他说，你们不要觉得来到深圳打工是低人一等，是到人家家里来讨饭吃，不是那样的。如果改革开放先在浙江先在上海，我不也跟你们一样去打工？可能还不如你们。想当初我袜子破了衣服破了，不也是找一片止痛膏药，前边贴一块后边贴一块吗？这一说大家都笑了，都鼓掌了，气氛就顺了。

他说，你们有意见就提，公司能满足就满足，不能满足就说清楚。不要动不动就闹罢工，那个没意思。你们有你们的难处，老板也有老板的难处。老板就不困难吗？为了找订单，她几天几夜都没合眼了。没有订单，我们就没有活干，没有活干大家都没有钱赚。大家是一根绳上的蚂蚱，这个道理不是明摆着吗？

陈太没见过这个阵势，早就晕了。特别是开头说公司那些不光彩的事，他瞥见陈太嘴角抽了一下，又抽了一下，然后从额头一根筋开始，秀气匀称的脸被斜拉上去，然后腮帮就一直跳一直跳。那一刻他甚至有种恶作剧似的快感，一种报复了马明阳似的痛快淋漓。他对自己说这是必需的，你不把工人的情绪扭转过来，你怎么和他们对话？你不对话怎么能扭转局面？

当然他没有对陈太这么说，他说你是老板，你不站在我身边，我的话就没人信。后来转到大阳台，陈太浑身发软簌簌乱颤，差不多是被他抱着过去的。

他说，现在董事长决定了，今后再也不会出现集体辞退工人的事情了，是吧？董事长？

陈太说，是啊是啊，我老早说过，不能这么搞的嘛。

他说，董事长说过了，今后我们要实行三班制，一般不安排加班。是吧董事长？

陈太说，是啊是啊，我老早讲过的嘛。

他说，董事长说过了，这一次是特殊情况，延误了工期，所以要发双倍加班费，是吧董事长？

陈太说，是啊，是啊……

这晚结束以后，常来临忽然觉得很累。工人复工了，机器开动了。写字楼也在通宵加班，要重新编排班组，要重新安排宿舍，要把公司原有秩序彻底打乱彻底改变。而这一切，都是几天前不曾料想的。这就好像突然从冷灶跳到热锅里，生猛刺激，却还不至于烤煳。好在这一套他并不生疏，管技术管生产的副经理也还算配合。他清楚得很，此时马明阳正在等着看他的笑话，他若是不能把这架巨大的机器推动起来运转起来，前面的话全都等于放屁。

老板的态度也很有意思，看着他在前面跳来跳去，只默许不吭声。她说，阿临你尽管去做好了，我只要开工，其他的事我不管。嘴巴说不管，人却不走，一直坐在办公室里等。

天快亮的时候，他拿着新的花名册给她看，她翻都不翻就扔在桌上，说阿临我都累死掉了，看什么看。

他说，那陈太你回去休息吧，你眼睛里都充血了。

陈太起身时却又叫起来，说哎哟你刚才把我腰都扭疼了，现在倒要来充好人！

那一刻，他竟有些恍惚，有些感动。他看着陈太慢慢地下了楼，又一个人在车旁站了一会儿，一只手贴在唇边打哈欠。灯光从侧面打过来，穿旗袍的陈太身材婀娜，该挺的地方挺起来该凹的地方凹下去，竟是少女一般苗条。有一阵风把她的披肩吹了起来，她理正了才慢慢钻进车里，好像这个人从来就没有着急过。

这样一个女人真不该出来办企业，他想。

第三章

9

赵学尧是在那个漂亮的图书馆碰见何子钢的。他本想去查点资料，结果却在门厅被一个板着铁青脸的保安拦住，请他看了一场关于性病的小电影，最后还损失了两张已然不多的十元大钞。心情恶劣的赵学尧就把查资料的事给忘记了，把一口浓痰恶狠狠留在花岗岩大厅的中央。到了外面，他再次回首投以愤怒时，才发现门楼上挂着的大字横幅："欢迎观看第三代《性爱与性病》"，只能怨自己没看清地方，想想不该自轻自贱，又回去把痰给蹭了。这时便听见有人喊赵老师。

何子钢正在不远处十分暧昧地冲着他笑。怎么这么巧？何子钢说。

赵学尧一惊，腿踩着的那个地方竟抖了起来。

何子钢看看门楼上的横幅说，挨宰了？

赵学尧不吭，脸却一点一点红上去，好像他是个被当众捉住的窥淫癖患者，被塞了满口黄土掰扯不清的样。

何子钢笑道，让我猜猜，对你这样的顾客一般用小姐来请你不合适，最好是让你接受某种公民教育。对不对？

赵学尧笑不出，心想跟你诉苦有什么用？顶多说两句小心陷阱。如果他告诫别把特区当成阿里巴巴山洞，反倒自讨没趣。他打量着何子钢，竭力维护那点仅存的师道尊严，嘴角却不争气地抽搐起来，一口恶气脱口而出：你家好像就在附近吧？吃你一顿饭不为过吧？我刚好损失了一顿晚餐。

何子钢笑起来，把他肩头一拍：家里粗茶淡饭有什么劲？要吃就吃阳光。走！然后极潇洒地挥手打的。

赵学尧没反应过来已然坐进车里。

赵学尧的学生在深圳游荡的有十来个，差不多都请他吃过饭。唯独这个何子钢，通过几次电话，每回都跟他打哈哈。赵学尧当然不在意一顿饭。面子固然重要，可最紧迫的还是帮他找一份稳定的工，赶紧站住脚。结果自然是令人伤感的，吃过饭留过名片拍过胸脯，一切都烟消云散。赵学尧很惊讶，这帮同学还是自己像个座山雕似的珍藏着联络图，他们在同一座城市里生活，居然极少往来。别人倒也罢了，这个何子钢从前可是得过他的许多"良"的，连一次见面都不肯安排。这令赵学尧对这座金碧辉煌的森林有了冰冷彻骨的认识，进而对实现现代化也忧心忡忡了。半年多过去，他在这些钢筋水泥之间跳蚤似的蹦来蹦去，直到找到一份代课的差事才算活了下来。

感谢人民感谢党，赵学尧还活着。

何子钢说，你别把眉头做成一朵花。又说，你兜里还剩一毛钱，照样挥手打的，这才是深圳人风采。谁没见过失败？就你特别娇贵？老实说这对你十分必要！可你都把失败挂在脸上了你就完了，白交了学费，瞧你那张脸，鬼都绕着你走。

赵学尧冷笑，心想不就蹭你这一顿吗，心疼成这样。他不吭，只把脸向后挖过去，肖然不动。

到了阳光大酒店才明白，他们不过是蹭饭。是何子钢他们劳动局政研处请了北京上海一帮专家来开研讨会打秋风，是当地一个叫幸福村的书记出血买单的。赵学尧就更加心冷，认为充其量是跟着学生吃白食而已。小何介绍他是某某大学著名哲学教授，自己的恩师，他也不吭，心想反正也不认识，著名不著名由他吹去，插进去吃一嘴总不能说不合槽，尽管这个教授只是个副的。因此打过哈哈，更加闷头不吭，专挑那些深海远洋的货色来吃。这种高蛋白机会可不常有。

席间，何子钢悄悄嘀咕道，你不要看不起农村人，真正有钱的人就是这帮土财主。你以为那些企业老总气派？其实那都是花银行的钱。只有他们的钱才是真正的人民币。

赵学尧说我没有看不起谁，我管他土的洋的财主资本家我都看得起，我想磕头还磕不上呢。

何子钢说，现在这帮土财主开始琢磨着要当上等人，要投资于门脸建设。可他们又不会花钱，钱都花到泔水桶里去了。又说，赵教授不想帮他们花几个？

我怎么不想？我做梦都在想钱你不知道？

不是那个意思。

那是什么意思？教他们点票子？开购物课？

那要看你会不会。

老赵笑，挣钱我不会，花钱我还不会吗？

何子钢也笑了，我看也是。

后来何子钢就给他弄来一张卡，上面写着：欢迎你到幸福村来！落款是火柴杆体的大字：文念祖。卡是烫金的，透着深圳特有的诱人的温香。

十天后，赵学尧决心去幸福村落草，开始他的第二次插队生涯。后来他想，能投靠文念祖恐怕也不是偶然。他甚至怀疑自己是否一开始就进入何子钢的诡计之中。只不过这诡计比较体面，让赵学尧接受下来没有障碍并且简直就是一个恩典。当然这念头就那么随便一闪，并不影响他按何子钢的思路一步一步朝下走。

何子钢煽惑他说，凡事都有个机遇问题，机会不到宁肯死等，瞅准了再狠狠出击。有头脑的都这么干。哪有逮不着菩萨乱磕头的？谁也不认为现在来深圳就晚了，是搭末班车。末班车也机会大把。又说，现在出来闯世界的文化人满大街都是，个个都想办公司赚大钱，其实个个是傻逼。他们做生意要比一个农民强算我白活，这才是来搭末班车的。文化人不在社会发展上做文章能有什么出息？搞社会发展不在基层想点子能有什么名堂？你听我的包你有名有利。别跟我说你不想发财只想干事业啊，我听不懂。上深圳来的无非名利二字，熙熙攘攘皆为利往，要么来搞官要么来搞钱。还说，我清楚你对我有看法，这不要紧，我不图虚名。没有实质内容的事何子钢不做。请你吃顿饭算个屁？我不想糊弄你。再说半年不联络不等于我不留心，因为第一我暂时还没当人事局长，第二你也有必要把面子扯下来搁地下踩一踩，你要真想在深圳发展，不过这一关，屁事也干不成。这都是实话，信不信由你。

　　赵学尧说是是，我是该锻炼锻炼。

　　我也没那样说，我那样说了吗？

　　何子钢始终将脸阴着，眼皮始终垂着，只是为加重语气眼角才偶然有光亮恶厉厉的一闪。赵学尧脚下寒气一点点涌上来，心里那点热情又一点点死灰复燃，蠢蠢欲动。他吃不准这个家境寒微又心比天高的何子钢究竟比从前更成熟了还是更灰暗了。

　　谈话是在何子钢住的机关宿舍的楼顶上进行的。这幢楼是七十年代的标准设计，夹在一片镶宝嵌玉的巨厦之间，十足是个侏儒形象。何子钢说累了就把两拳握起引体向上，努力沐浴高楼夹缝间的落日余晖，像个憋足劲儿的铁臂阿童木。他问赵学尧，你也来试试？

　　赵学尧有点吃惊：什么？

　　没什么。他笑笑摇摇头又坐回来，转眼脸又阴了，嘴唇翕动不停，像是在祈祷，又像是跟谁在争辩。

　　赵学尧说，你是不是经常这么干？

何子钢点头说是。充充电，他说，到处是高楼的阴影。

赵学尧嘿然。心想，何子钢以导师自居也是对的，他早就不是他学生了。

去幸福村之前，自然又经过包装。何子钢介绍他是某某大学教授，某某研究所高级研究员，中国农村发展研究会常务理事，弄得赵学尧有点紧张。好在文总记不住这么多头衔，只喊赵老师。赵学尧有一套西装还是很考究的，何子钢又让老婆参谋着配上一条大花领带，令文总一见面就喊出了那个字：哇！

关于赵学尧的定位，何子钢很费了一番心思。有偈语道：花钱不问钱，认人不认事，帮办不包办，说好不说坏。说记住这四项基本原则包你逍遥快活。

何子钢指出，幸福村的背景有二，都是值得赵学尧用心挖掘的：第一，文天祥的后裔在这一带共有三支，一支在香港，可以忽略不计。另一支叫胜利村，曾经是文氏家族势力中最大的，但已开始破落。还有一支就是幸福村，这些年发展极快，年产值20亿以上，也是最早实现股份制经营的农村之一。文念祖就是那一支的书记兼村长、董事长兼总经理。他还想什么？无非是把嫡传正宗的衣钵争到手。

第二，最根本的背景是深圳要建成现代国际大都市的目标。可这座城市并不是在工业文明基础上生长出来的，它是靠卖土地盖房子开发出来的，这就决定了它的先天不足。现在上头最不愿见到的是什么？就是这儿培育了一个庞大的食利者阶层。你想想吧，它需要什么，它下一步该干什么？文章就在这儿。它需要样板，它必须推出自己的农民英雄。这文章可以做得很大，大到你一辈子都吃不完！

何子钢说，这就跟买股票一样，要买就买那种潜力股，别人还没发现，你就买进去，一旦人家意识到了，你早就坐在轿子里数钱了。

何子钢说，你不要认为我在帮你忙，你不要这样想。我是生产自救，是寻求合作的。我到机关好几年了，也没什么作为。我也在等待机会。咱俩这次能联手，我就不信搞不出一点名堂来。

赵学尧于是把手握得很慷慨，说，成交。

何子钢这才高兴了，露出了那对灿烂的虎牙。

10

这是个大套间，外间会客，里间办公，还有个洗手间隐在书橱背面。写字台比棺材还大，台上有黄花梨木笔架，吊着几支巨毫，笔洗是玉的，砚盒也是黄花梨的，左手电脑工作台，右手是电传电话机。

赵学尧被带进来时有窒息的感觉，拎在手上的行李也没敢朝下放。何子钢也愣着，半天才说，厉害。

条件不好，马马抬啦。站一边的文总指指意皮沙发，这一套才三几万，真是平得要死。

何子钢说，赵老师是见过世面的人。你看比北京的部长们如何？

赵学尧这才把脖子涨红说，过分，太过分了！

何子钢笑道，实现现代化啊，你那破包没地方搁了吧？

赵学尧将旅行袋放下，窘道，不好意思啊。

湿湿水啦。大家都是一样的，还有一个老郭也是高级知识分子，也同你一样。文总说，幸福村这点面子还是要的，不然像个乜呀，人家会笑我连知识分子也养不起。

赵学尧一愣。

何子钢说，文总这么给面子，赵老师也不会辜负的。多做贡献啦，共同富裕啦。

赵学尧说，一定的，一定的。

他们走了以后，赵学尧一个人还在发呆。一时间感慨良多却又无从话起的模样，只把写字台一遍又一遍地摩挲，忽然就觉得心虚。

其实赵学尧以前也有过一两次机遇的，只可惜都是擦肩而过。那个老总也是坐在这样一张写字台后，台上也摆着砚盒和笔架。那老总表情深沉地写着毛笔字，思想，思想，思想，反复写着思想两个字。他说我真的很需要高级策划人员，我需要真正的思想。那老总正策划着把一块美国沙漠卖给中国公民，他想听到赵学尧的高见。赵学尧自以为自己还算得上一个思想者，却怎么也想不通这单生意的可能性。他认为目前中国人民还没富到这种程度，傻逼到这种地步，即使让美国人掏钱来买中国的沙漠也是行不通的，当然让美国人掏钱还有点政治意义，还可以激发我们的民族自豪感，可以产生某种爱国冲动。赵学尧把这个思想阐述得越明白，那老总脸色就越难看，最后老总就抽出两张大钞推到赵学尧面前，说声不好意思啦。

事实上后来人家老总的生意很成功，他造就了十万个拥有一平方英寸美国沙漠的中国小地主，成了优秀企业家、全国劳模。何子钢听说这件事后大为感慨，为赵学尧做了总结：赵老师你其实只要回答一个字，那个老总就留下你了。赵学尧问是什么字，何子钢说是炒字。赵学尧只好骂了声狗屁。

赵学尧如今也坐在这样一个写字间里，把抽屉一只只拉开又一只只推进去，奇怪的是一点也找不着尊严的感觉。抽屉全是空的，现出黄灿灿的底色，就像已然出现空洞的大脑。他甚至觉得这一切都和自己格格不入，自己活像一个装腔作势的小丑，硬挤在这个豪华富贵之乡扮演一个角色，当初的那点勇气与自信再也找不回来了。

大门轻柔地响了两下，进来一个小姐。她自我介绍说姓胡，是办公室的秘书。她说赵老师真是好威猛好靓仔好有名气，早就听说赵老师要来了。她请赵学尧去用餐。赵学尧这才呼吸自如了一些，感到了自己还有剩余价值。心想这感觉都是被财富压的，并不真实，没什么了不起。财富不过是三座大山之外的第四座大山。他能移掉这座山，也不必像愚公那么辛苦。

另一个总经理助理老郭有50多岁，红光盖脸，举止潇洒，头发如同刚耙过的麦垄。两个人合住一套房，一人一个单间，客厅很宽敞，比赵学尧以前租的铁皮房强多了。老郭说，你有没有觉得宿舍和办公室反差太大？

赵学尧说，感觉上是有一点。

老郭说，此地人爱面子得很，钱都花在脸面上了。宿舍里连空调都舍不得装。

赵学尧认为，广东的商业历史很长，所以注重形式，讲究身家地位，把面子看得很重是有道理的。

老郭却说，我们上海商业历史不长吗？上海人就不信这一套。有粉不要只往脸上抹嘛，屁股上也可以抹一点点嘛，屁股也很重要哦。

正说笑着，胡小姐敲门进来，说文总有电话来，请赵教授晚上八点在帝豪酒店门口等他。然后又关心赵学尧住得怎么样，缺不缺东西。赵学尧正待感谢，老郭却抢先说，很好很好，我们生活上从来不讲究的，一百二十四个满意。一边在底下对赵学尧做手势。她走后老郭对赵学尧解释说，你要特别小心这个女人，她是老板的心腹。他说，大家同为天涯沦落人，打老板工是不容易的，理当互相关照。

赵学尧谢了。

不觉着，就下起雨来，一阵猛过一阵，把窗玻璃敲得砰砰响。赵学尧没顾上吃晚饭就去搭中巴，生怕耽误了八点的会面。老郭的一番话，令他警觉起来，他来深圳半年多了，当然明白打老板工的意思。可文总的礼遇又让他觉着，刚来就存有二心总归是不很地道，何况还有何子钢的期待在前。

因为雨急，赵学尧把皮鞋拎在手上赤脚上的路，这样进帝豪酒店时再穿上鞋可以显得体面一些。没料想越紧张越是要出问题，他这辆车被塞在深南大道上，一塞就是两个多小时。等他赶到，已经八点四十了。

多老远就看见文总在酒店的喷泉前母狼似的来回窜。不远处的台阶上伫着一抱肩的女郎。赵学尧一路快跑连鞋也忘了穿，一头油汗一脸愧色一迭声地喊：对不起对不起，迟到了迟到了！

文总看着他，不窜了，却也不吭声。

一小伙子过来说，老板等你等了一个钟，好大架子。

赵学尧结巴着，塞车啊，不好意思啊。

小伙子说道，还有理呢，老板叫你，是给你面子。不识做。

赵学尧抬头看老板，老板仍把脸黑着，不吭。赵学尧一颗心就晃晃悠悠沉下去，知道说什么也白说了，一个劲喏嚅着迟到了，迟到了，迟到了。心想这回又得砸，刚把代的课推掉，回头怎么去解释？他不是不想奋斗，他真的是只能怨运气不好。

这时那位小姐拍着手过来喊，迟到是谁？嗨，你们猜猜，迟到是谁？

文总回头望望她，说，冰果（谁）啊？

小姐说，迟到是我弟弟呀。

文总怔着。那小伙却先自笑了。

小姐说,我弟弟姓迟名到,你知不知啊?

文总好像明白过来了,搂起小姐就啃一嘴,哈哈大笑说,你倒是想得出来……好,迟到不错,你阿弟没错。

赵学尧仍尴尬着,提溜着鞋跟着傻笑。小伙子把他一捅,说迟小姐也姓迟的嘛。这才明白是迟小姐在搭救他。

于是众人又指着赵学尧一副狼狈模样乐了一番,然后坐车去找一个叫梦巴黎的舞厅,这才把一口气吁了出来。

下了舞池才知道,是迟小姐要求文总把新来的大学教授约出来见面的;是迟小姐认为一个企业如果没有高级人才就上不了档次的;是迟小姐对赵学尧印象挺好的。这样赵学尧免不了就再三再四表示谢意,若不是迟小姐聪明伶俐,换个人还真不知该怎么化解。

迟小姐说,谢就不用,出门求人难,知识分子求人更难。

赵学尧说是啊是啊。

迟小姐说,手一伸腰就这样了,她做了个弯下来的姿势,说这我太有体会了。

赵学尧一愣,脚下不觉就有些乱,说,这话很深刻,真的很深刻。

迟小姐说,跳,不要停。迟小姐又说,将来你不要瞧不起我就行。

赵学尧说,哪能呢?

迟小姐说,怎么不能?你还看不出我是什么人吗?

赵学尧就噎住了。

赵学尧的舞技是扫盲水平,又没有心情,而文总却不下池,说他只喜欢看,让赵学尧只管去陪迟小姐。这样休息时赵学尧就胡侃安娜·露易斯·丝特朗的回忆录,说这位美国女记者认为朱德周恩来的舞步太中规中矩太老套不刺激,只有毛泽东,大步横陈,全然不顾音乐节奏。美国女记者的结论是,这样的男人最令女人倾倒。

文总听了脖子也长了几分,说,嗷?嗷。立马答应试试。结果没到一半迟小姐就叫起来,说太没感觉。

赵学尧想想又说,唐明皇宋徽宗是历史上有名的音乐家,可这两个人并没有参加舞蹈和演奏,可见真正有身份的人都只是鉴赏品味而已,并不实际参加的。

迟小姐把椰汁喷了一地,连叫不好意思。

赵学尧顿觉脸上滚烫,一霎间换过几张皮。

再跳时迟小姐就说,赵老师你何必这样紧张?做得太过反而不好。赵学尧叹气不语。迟小姐说,他这个人虽然没文化,心还不算太坏,时间长了你就知道了。

赵学尧迟疑着,说我打的是老板工,比不得你啊。

迟小姐立刻就把脸沉下来了,说赵老师你这样讲就没劲了。怎么比不得我?你是说我为经济繁荣做了贡献?我代表中国娼妓业的文凭化新趋势?还有什么比不得?床上功夫?

赵学尧慌忙双手高举,说别,别……

好在文总这一晚还算愉快,宵夜时还点唱了一首《明明白白我的心》,其他无话。

躺到床上,赵学尧一口长气才游丝一般吐将出来。

他把见工第一天的心情总结为一惊一乍:说,上下左右皆不是,断肠人在天涯。

何子钢批他说,那是因为你自己贱。早点出发打个的士嘛,这么重要的第一印象都不懂?要不是有个迟小姐你就歇菜了。

11

赵学尧花了三天时间写了一份幸福村社会主义精神文明建设发展纲要。现状，问题以及各种设想。又花了一晚打印了才给文总送去。他觉着，应该搞一个根本性文件。幸福村有着很好的经济基础，也有一些不好的东西。既然请他来顾问，他就不能白拿工资，他就有责任说两句。幸福村该上一个台阶了。

文总翻了翻，说，好，好啊。

赵学尧谦虚说，有些想法还不成熟，还要请文总多多指点。

文总说，指点我就不会，要几钱你话我知。

赵学尧愣着，说，花钱也是要花一些的，比如办文化夜校买体育设施什么的，可花钱不是主要的，关键是要提高人的素质。文明这个东西不是花钱可以买来的。比如我们村现在收入上亿，钱是多了，钱多了也不一定是好事。因为这个钱主要是租赁收入，并不是靠自己生产经营。这样多数村民就脱离了生产劳动。人是不能脱离劳动的，人怎么能不劳动呢？人不劳动各种各样的社会问题都要冒出来……

文总晕了，说，你到底要我怎么样？

赵学尧想想，一句半句是说不清楚，便说，要不然把它先印出来请领导班子讨论一下？

文总说，好啊。然后就锁进抽屉。又说，你去爱华公司跑一趟，你问华仔到底给不给钱？不给就叫他滚。没钱搞什么搞啊？

赵学尧在工厂区转了两圈，没有见到华仔。不见他也清楚文总的用意，只要他在各公司宣传这句话就行了。没钱搞什么搞啊？其实这话也是讲给他听的。没钱讲什么文明？没钱讲什么素质？你有钱你还到这地方来做乜呀？也许在文总看来，他赵学尧编出这一堆东西就是要钱。要几钱你话我知——装什么装。

有个叫唐源的五级钳工,原是成都一家军工企业的车间主任,也在这打工,做QC,因为聊过几次,熟了,见了赵学尧多老远就笑起来:赵顾问又来催租了?

赵学尧过来说,我下来走走,怎么就叫催租?

唐源说,哟哟,下来走走。你以为你在上面吗?你跟我一鸟样,打工挣钱!

赵学尧说,那就更不能叫催租。我又不收租。

唐源说,我是大老粗,看问题简单。不过我们四川出过一个刘文彩,叫我多少也明白一点道理。这个世界上只有两种人:吃租的人和交租的人。

赵学尧说,这倒也算是高级牢骚。你真不想干了?

唐源说,讲讲怕啥子嘛,老子还想唱,唱国际歌。

赵学尧说,你又看见什么了?火气不小。

唐源说,没得啥子,提到这一茬了心里就来火,见到你老哥就想喊一嗓子。

赵学尧笑,听你口气,我跟你还算是阶级弟兄嘛。

唐源说,我哪敢高攀哟,你不管怎么说还是个白领。不过,我咋个想也没想得通:我是工厂倒了没得法子,你咋个就放着大学教授不当,来给农村二哥当跟班的呢?你图个啥子嘛?

赵学尧笑道,想钱呗,钱不咬手啊。

唐源说,我不信,天说塌下来我也不信。

赵学尧不吭,好像被他说中了那样。

唐源的事,赵学尧也听说过一些。按文总的说法,这个打工仔一天到晚想当官。他想在村里成立工会,而且想了,就做了。给区委书记写信,说要成立自己的组织,没有回音。你跑到人家的地盘来,成立自己的组织?搞——错啊。不过他还是问了问情况。

据唐源说，跑到区工会主席那要求成立工会，正赶上时候，各个区正在比赛谁在工厂成立的工会多，工会主席一听，好啊，马上叫唐源填表，打电话给文总，让他支持。唐源兴冲冲跑回来，文总嘴上表示支持，行动上却又很为难，村里都没有工会，你成立了，谁来领导你？

终于有一天，他的日本老板走了过来，你就是唐源？是！就是你要成立工会？是！唐源说我一辈子都记得老板说的第三句话：我的企业不需要工会，你要做工会，自己去办一个企业。

这样又回到村里，文总说，这是我们村最大的一个公司，人家又是日本老板，不好办啊。这样吧，你下次要进其它哪个公司做工会，打声招呼先。

后来唐源又和几名志同道合者筹备过深圳市外来工协会，他们先去找工会合作，被告知这种事是坚决不支持的，因为中国有工会组织。再后来唐源给深圳市市长写信，市长批示给民政局，他拿着市长的批示去找民政局，满以为这下肯定行了，却没想到民政局跟他说，这种事绝对不能做，谁做了谁倒霉，你想让我下岗啊？再再后来，这帮傻小子又给市人大写信，要求让他们的提案进入立法程序。总之是太可爱了，可爱到了你都不忍心打击他。

唐源问，我惹你不高兴了吗？

赵学尧说，没有没有，我在想，你们年轻人和我们这辈人照说很多地方应该不一样，我们凡事都要琢磨个理，用我的行话讲，这叫追问意义。你怎么也会这样？

唐源想了一下，说意义不意义的我不懂，啥个叫个意思我还是晓得的。跟你掏句心窝子话，我到深圳来主要不是为找这两个钱。主要是想见识一下，看看人家到底有啥子点石成金的门道，是不是人家脑壳子特别聪明，手脚特别能干，哪怕人家特别能吃苦也是值得我们学的哟。看来看去，就看出点意思来了。他说，很简单——

把多数人的劳动合理合法装进少数人的荷包包。这一套从前叫剥削，如今叫改革。剥削才能出效益。

赵学尧说，偏激，这话偏激了。

唐源就冷笑，你是不敢承认噢。说罢就进门去。

赵学尧说，你看你看，还没讨论完呢。

唐源说，还有啥子好讨论的？你又不是没长眼睛。你去看看隔壁的宝岛电子，看看那些女工你就晓得啥子叫个剥削。

赵学尧说，好好，我一定去。

他听说过宝岛电子，是家电子元器件公司，因为是流水线生产，工人几乎无需培训就可以上岗，故而工人流动得特别快。有人说宝岛电子老板赚的根本不是产品利润，而是临时工的临死工资。这话有几分真实很难说，但他们每天都在招工却是事实。宝岛电子是村里的"主力黄牛"，每年各种费用要缴上千万，村里对他们另眼相看也十分正常。有好几次，赵学尧看见文总站在写字楼门口对一些哭兮兮的打工妹发脾气，反复说着同一句话：有话到公司去讲嘛，找陈太去讲嘛，找我没用的嘛。这样路过宝岛电子门口时赵学尧就犹豫了一下，到底还是没进去。

宝岛电子的老板是个女的，30来岁，十分漂亮，为人温文尔雅又谦恭有礼，递名片时双手举过头顶，给赵学尧印象很深。她每次从台湾过来都要请文总吃饭，赵学尧也有幸叨陪过。她祖籍是上海，却会讲客家话，老赵听不太懂。然而有些信息是明白无误的，用文总的话说就是：上头只要我保护投资环境的，没要我去管你们公司的事情。

既然上头不管，村里不管，幸福开发总公司不管，他赵学尧自然也不好管的。他发现，自己的本意不过是想了解多一些情况，却给打工仔们造成了一些错觉，把他赵学尧当成个替天行道的绿林好汉，显然这对谁都没有好处。赵学尧并不认为自己是个白领，他甚至甘愿把自己看成普通打工仔，不能再普通了，就像路边的砂子。半年的流浪生涯造就了他绝对的人道主义情怀。他的同情心始终在穷人一边，这没有问题。然而当他还无权实施伟大的人道主义的时候，当他还端着老板的饭碗的时候，他能怎么选择立场呢？

这么想着，不觉就把头扭回去看了一眼，不料正撞上唐源冷冷的目光，嘴角还挂着一丝讥讽的微笑，赵学尧顿时如芒在背。

唐源确实是个爱动脑子的青年，有些问题想得还很刁钻，问得你张口结舌。比如他会故作天真地引你上当：赵顾问，现在是社会主义初级阶段对不对？对呀。既然是初级阶段，那阶级斗争在啥子阶段熄灭的？

还有，赵教授我有个问题想不通哎，从前没得多少工人的时候，全国也不过两百万的时候，天天都在喊工人阶级，劳工神圣，咱们工人有力量！现在广东省就有几千万工人，怎么听不到工人阶级四个字了？我们是啥子人？是打工仔，是农民工，是外来劳务工，是来深建设者，就是不叫工人！

这些问题，以及隐藏在背后的更尖锐的问题，显然不是赵学尧能够回答的，他还没这么傻。他只能打哈哈，高挂免战牌，不争论，一心一意谋发展。然而唐源还会没完没了，你不是要解放思想吗？你不是要真理大讨论吗？怎么又不争论了？那你怎么受得了？

这天老郭又邀了几个打工妹在家烧饭，见赵学尧回来便拉他一起吃。赵学尧刚一推托老郭便给一句酸话：人家是要陪老板吃大餐的，赵学尧只好坐下。事实上他对老郭的做派是看不大惯，60多的人却爱和20岁的小姑娘混在一起，又唱又叫的把家里弄得乌烟瘴气。席间，他们也谈到了宝岛电子。

赵学尧皱着眉问：今天怎么到处都在说这个宝岛电子的事？

小姐们说，今天放粮嘛，哭得昏天黑地。又炒掉几十个！赵学尧问老郭，你怎么看？老郭打哈哈说，这个世界本来就有人哭有人笑的。

赵学尧问，你想哭还是想笑？

老郭想了想，说其实他们这样做不是没有一点道理的，劳动局不清楚？肯定也清楚的。从法理上讲他们也没有什么过错，试用期发生活费，天经地义。认真起来，顶多讲他扣身份证不对。只是这样搞是缺德一些，我算过，她们有四个月是要白做的。

沉闷了一阵，小姐们叫起来，唱歌吧，老讲这个人贩子烦死人了。于是就卡拉OK。老郭解释，这就叫特区文化，一唱歌跳舞什么都忘了。

听着歌，赵学尧突然来了灵感，说，如果我在村里办个文化夜校会怎么样？

老郭说，不怎么样。

什么意思？村里不同意？怕我搞阶级斗争？

老郭说，那倒不会。这地方你想搞也搞不起来。主要是打工仔们不会积极。不信你问问她们。

果然，一个小姐说，那还不是又想骗钱？

老郭说，看来你要先给自己上一课才行，换换脑子。这里人办任何事情都要同钱联在一起想，打工仔自然更要这样看问题。比方讲，叫打工仔参加社会保险好不好？肯定好。谁不想自己活得保险一点？

那小姐插嘴道，我明天早上还不晓得在哪里醒来，屁的保险。骗人。

老郭哈哈大笑，在她屁股上狠狠拍了一掌。

等了几天，仍没有动静。赵学尧便有些不满，故意去办公室转了转，才去见文总。现在村里问题不少啊，各方面都有反映啊，村里既然请我来，总不是让我吃干饭的吧？我总要发挥作用吧？不能老坐冷板凳吧？这话只是不好说出来。

文总说，好，好啊。然后就在抽屉里乱翻。

赵学尧说，我又有一些新的想法，精神文明不能光在村民中搞，也要在外来工中间搞。我想办个文化夜校一定效果很好。

文总想一下说，这个好，这就对了。你是要想点办法出来把打工仔管住，现在乱得很啊，胜利村那边一夜杀死八个。

赵学尧说，村民这边还是强调提高文化素质，不然年轻人游手好闲也要出事的。应该组织村民也参加文化夜校，大家在一起关系就融洽了。

文总这才把那份稿子拿出来，想想又说，你不要讲什么劳动不劳动的，好日子刚刚过两年，你又要人家去打渔种地啊？人家会讲你不识做。我是为你好。

赵学尧这才有点明白，说我不是那个意思，文总误会了。经营管理也是劳动嘛。我是说人一脱离劳动就会生出各种毛病，赌博啊吸毒啊封建迷信啊等等。劳动是最符合人性发展要求的，马克思说……

文总不吭。

赵学尧只好又谈文化夜校。

文总闭上眼睛，很疲倦的样子，过了一会儿，说好啊，你去办。不过有一条我话你知：你想办文明也好，办素质也好，办什么也好，都是要自负盈亏的，大家都是一样。不然我不好交待。

赵学尧立马瘪了。

星期天，赵学尧一脸苦相去见小何。何子钢一听就说，平庸，太平庸了！又说，你要想露一手，就该露点绝活儿。

赵学尧闷着，你说怎么露？

何子钢说，那得问你啊。就你那几个馊点子，人家何必请你这么个高级顾问？总经理助理，啧啧，坐在办公室里好看吗？

赵学尧说，问题就在这里。给我的感觉我就跟那间豪华办公室的作用一样，仅供参观。在酒席上对人介绍：我请的助理，大学教授！于是大家都说文总有眼光有魄力高层次。我看见有张小报已经报道幸福村重金聘请高级人才了。

何子钢就笑。两颗虎牙这时才比较真实。

赵学尧说，到目前为止，我跳舞跳了六场，利是红包拿了五个，拿了钱心里也不快活。我有什么价值？我还不如一个情妇。

何子钢把眼一翻，那副恶相又出来了：你当然不如情妇！你怎么能和情妇比呢？我教给你一条特区法则：永远不和别人比。不然你一天也活不下去。

赵学尧说，我不是这个意思，不是比谁受宠，我是说体现不了我的价值，没有事业感。这两天我老在想一个打工仔的话：你图个啥子嘛？

何子钢沉吟着，是啊，你图个啥子呢？

赵学尧说，我来深圳的原因你不是不知道。

何子钢说，我不知道。起码你没说真话。不就是和老胡头吵了一架吗？还有就是离婚。这算什么理由？这都不是理由。真正的理由是你想出人头地，却又找不着出路，学问做不下去就想玩点儿真的。

赵学尧说，也不能那样说，也不是那个意思。

何子钢说，你就是这个意思，就是想出人头地，别不好意思承认！想真干点事你就得忍着，起码人家付给你的人民币是真的。你自己想不出好点子，人家知道你能干什么呀？还价值，还事业，骗骗大学生去。

赵学尧不吭了，想想也没什么好解释的。赵学尧一肚子高远理想跟钱一磨擦，立马化为脓水。"却将万字平戎策，换作东家种树书"啊。说什么都是假的，只有帮他们挣到钱恐怕才是真的。

12

  目标出现在他来幸福村的第六个月头。这期间,赵学尧完全沉入对文氏族史和客家民俗的研究当中。他发现文氏家族其实一直都不甘寂寞的,在世纪风云变幻的时刻总是有些表现,可能文天祥的阴魂不散吧。远的不说,就是近代史中的省港大罢工、沙面惨案、广州起义等等事件中,都有他们家族的身影。特别是1949年的大营救,有不少文化名人当时就隐藏在胜利村一带。所以胜利村在前几十年中是特别的牛,有做官的背景,一直压着幸福村这一支。文总对这些事也不避讳,说起来也一副无奈的样子。照他的看法,自己这一支其实是不识做,他的老豆,还有老豆的老豆,想当年都是跟着张太雷干的。他们都是流血流汗的一代,真正的老革命,只是不走运罢了。文总见他一副认真模样,对他倒也毫无保留。

  事情正如何子钢的预料:要想实现现代化,首先得要城市化。深圳终于决定,在自愿基础上把农村人口转为城市人口,把村民委员会改为居民委员会。

  何子钢十分得意,说,怎么样?行情看涨了不是?天算不如人算,机会是人创造的。这回组织工作队,我头一个报名,联系点就是幸福村。你看准目标就得死等,绝不提前拐弯,绿灯再耀眼也不拐弯。

  赵学尧说,你也太简单了。如今农民不务农是事实,可他们脑瓜里道道并不少。改城市户口对他们有什么好处?自产自销政策没有了,一切都要纳入规划,放个屁也要审批,赚点钱还要纳税,从前城镇户口还能发粮票布票,现在能干什么?他们祖宗八代都是农民,并不缺他这一辈,说什么都是假的,赚钱才是真的。我听到的反映是,各村干部都瘪个嘴像个划水鸭子,身子不动底下在动呢。文总说得滑头一点，政府不是说自愿吗，大家都自愿我还不自愿吗？

何子钢说妙就妙在这里，政府能说强迫吗？政府要是强迫，咱们还有什么事？文念祖要是自愿，咱俩还有什么戏？你是真迂还是装蒜？明知山有虎偏向虎山行，越是困难的地方越是要去，越是大家不情愿越是要把领头羊隆重推出，这才是改革家风采。

赵学尧叹气，我又何尝不想把他推出去？

OK，完全OK！文念祖只当个农民企业家是不够的，文念祖还应当成为各方面的带头人，应该当人民代表当党代表当劳动模范当精神文明样板！何子钢目光炯炯气吞山河。在他宿舍的顶楼上，身后高楼的灯光使他面目狰狞可怖，一霎间马路上的喧嚣和餐馆里的油烟也戛然消退。他模仿领袖腔说，现在我宣布，一个帮助文念祖同志的特别工作委员会成立了，由赵学尧同志何子钢同志担任常委，从即日起开展工作，并建立24小时热线联系。

赵学尧也笑，任重道远啊。

一点也不远！年底开党代会年初开人代会，都是眼边的事，十分紧迫。不就是个舆论攻势吗？这不是咱们的强项吗？你写我负责发表。我要不搞成地毯式轰炸都算白玩儿。你不是没体现价值吗？你不是拿了钱也不快活吗？现在该你了！

于是赵学尧一张脸也庄严肃穆了许多。一时竟无话。四周的巨厦辉煌灿烂着，霓虹灯变幻了各种脸谱，把他俩挤压在这幢灰楼上，这压抑在六月炎热的深圳很难不让人产生无产阶级的遐想。赵学尧为拥抱现代文明而来，却屡屡被拒绝在圈外。赵学尧满腹经纶、一肚子企业文化，却耗在歌厅酒楼里插科打诨。赵学尧是不服气的。也就这一刻，他才明白何子钢为什么要紧握双拳引体向上深呼吸，作出铁臂阿童木的行状来。于是赵学尧和何子钢对视良久，然后一起无声地笑。这次他们把手握得很凝重。

何子钢说，悠悠万事唯此为大。

赵学尧说，克己复礼！

何子钢说，包装上市！

回来后赵学尧连夜起草一份详尽的行动纲领，目标，步骤，措施，方法，很有些得意。以他的学问和一年的失败，形象策划应该不是问题。他觉着隆重推出又不给人以突兀之感才为上上策，文总不是从天而降的英雄，他是土生土长有着丰富文化背景的实干家，因此以宣传小事为主，细雨润物逐步渗透，春梦过后了然无痕，然后再施以理论色彩套上战略家光环。赵学尧以前曾经写过一本叫《三十六计与公关技巧》的小册子，来深圳后又以讲授市场营销学公共关系学谋生，岂料这些纸上谈兵的货色竟也派上了用场。世事难料，也许由此真的玩儿大了？

赵学尧兴奋了一夜，熬到今天，哪怕只做成这一件事，此行南下也算有了意义。

不料何子钢把他这几张纸摔了又抖抖了又摔，批得一钱不值。这算什么？都什么年头了还细雨润物？还春梦无痕？我要轰炸！我巴不得一夜之间文念祖三个字占领所有传媒的全部版面。文念祖，要像钉子一样钉进所有领导人的脑袋里，让他们觉得没有文念祖深圳的版图就不完整。轰炸你懂不懂？何子钢抓起烟灰缸哗啦一下摔到地上。他眼皮垂下不看人，凶光却恶厉厉地刺到赵学尧脸上。

赵学尧气得脸通红，讪讪说，你要是那么着急不如去轰炸银行，我包你一夜成名。

何子钢这才缓下口来，说你要计较我的态度我俩还怎么合作？他说，这是一个市场。别看你讲过什么狗屁营销学，你的体会基本为零。到现在还考虑细雨润物，好笑。你别急，你听我讲。我敢说，就是现在，就是这一刻，起码有1000个脑袋在思考同一个问题，连最笨的小报记者都能嗅出这里的银纸香。为什么？因为大买家出现了。大买家就是政府。这才叫市场，一个充满信息充满阴谋的竞技场！你在想什么？大王之风起于青萍之末？等你那点细雨把地皮淋湿，人家早就开镰收割了。

赵学尧说，没那么邪乎。

没那么邪乎？一个财务大检查，就能在一夜之间催生几十家财务公司出来。你以为啊？我跟你说，我在这个市场里观察了五年，错过了一次又一次机会。人的智商能相差多少？你能想到的事别人就想不到？扯淡。人和人比的就是那一股子凶狠劲儿！

赵学尧这才有点发呆。心想他什么时候把我当过老师啊？他从来都是把自己当老师的。

何子钢想了想，说咱们也有优势，起码先知先觉了半年，只是没有动作罢了。你可以炮制几发重磅炸弹。要有理论高度，要站在中南海看问题，要挖出中国农村的发展方向，最好能在制度创新方面提出问题，发展模式方面提出问题，再——别把嘴张着，文章都是人做的。你不这么干你就把文念祖糟踏了。深圳只有第一，没有第二。没这个把握就不写。

赵学尧说，我有这个把握还跟你抬什么杠？

你有。只是你还没意识到。教给你一句特区谚语：只有想不到的事，没有干不成的事。

人有多大胆，地有多大产？

一点不错，就是这意思！你以为这话错了吗？这就是特区精神，需要大大发扬。

赵学尧没词了，说总不能太假冒伪劣吧？严重的问题是教育农民啊。

何子钢不吭，原地转了四五个圈，又做深呼吸，两眼洞穿出去，很有点深邃的样子。说，文念祖不就是有点小毛病吗？谁没毛病？养几个情妇多花几个小钱算个屁啊？你要连这点都看不透就什么也别谈了。回家去吧。他一年能创造20个亿，你在全国能找到几个这样的农民？花几个小钱不该吗？那都是他挣的！这是九个指头跟一个指头的关系，是延安和西安的关系，比花国家钱吃喝嫖赌的劳动模范强多了！看问题要历史地看发展地看，还有看本质看主流，这不都是你教给我的吗？赵老师？抬了半天杠只有一句话：你要把立足点移过来，把屁股坐在老板一边，全心全意拥抱这个时代。世界观解决了，一切都好办。

赵学尧哼哼道，看来是我保守了一点点。

简直就是反动。赶紧送几发炮弹来。

赵学尧说，文章是好写。

那还等什么？猴子不上树，多敲几遍锣。他能有沙发不坐偏爱坐树桩子？你再把他屁股擦干净一点，一台大戏就唱出去了。

赵学尧说，问题就出在这。他包二奶谁不知道？现在迟小姐肚子都顶出一米远了，你叫他怎么办？

何子钢一惊，踌躇了半天，说这也太不符合深圳惯例了，炒股炒成股东？抠女抠成老公？到底是个农民。又说，这女的也不正常，脑子有病，太没文化！

赵学尧说，你说的，人家拿的也是硕士文凭。

何子钢说，那她就更有毛病了。讲好价钱，到时间走人，再见面谁也不认识谁。这是深圳女道潜规则嘛，对双方都有好处的嘛。你拿了钱去投资去办实业，出国留学，做学问扬名，当政协委员，干点什么不好？生孩子！何子钢的脑袋像安了轴承，两只耳朵在灯光投射下透出鲜红的血色，几根青筋委婉曲折纤毫毕现，如同桃花开在了铁树上。

赵学尧叹口气，文总也许是真处出感情了，不然人家迟小姐也不会这么傻。

扯淡，这跟感情有什么关系？这叫糊涂。

赵学尧说，这倒反过来证明感情这东西确实很奇妙，真是很深奥，深奥到了犯糊涂。

小何手一挥，不管那些了。咱们按既定方针办，先把它轰起来再说。

半个月以后，署名赵常的三篇文章在党报陆续打响。第一篇是报道，《幸福的轨迹——记幸福村共同富裕之路》；第二篇是理论，《从股份制到共有制——幸福村发展模式的启示》；第三篇是通讯，《牧童遥指幸福村》。

文章一见报，赵学尧立马牛起来，很有点扬眉吐气的意思。一进写字楼便有七八颗脑袋伸出来喊，早晨，赵老师。赵老师早晨！

赵学尧也说，早晨，早晨。其实他办公室已经两个月没人打扫了。他心里明白得很。老郭就提醒过他：你水平高我是晓得的，别人也要能看得见才好。而现在就不同了，现在胡小姐早早就把电子保温瓶搁在柜头上了。连平日爱理不理的几个副老总也有事没事地过来串门，说哇，厉害！

最可喜的变化是文总。文总现在天天都要在办公室里坐着看文件。区里开个会什么的从前一般都是副手参加，现在不但亲自去而且积极发言，拥护啊支持啊什么的。此外，就是把西装披在肩头两手抓住衣襟走来走去，把眉头很深刻地皱起来思考问题。

这一切都令赵学尧满意到了十二分，心想不管有几分真实，只要他意识到了就行。说到底文总是个极聪明的农村干部，你想要身份想要面子，你缺的就不是钱。到了这份上，你有一个亿跟有一百个亿能有多大差别？你缺的是一把把物质变精神的钥匙，这把钥匙在赵学尧手里攥着。是赵学尧在为你开启这扇阿里巴巴大门。

要发这几篇文章赵学尧事先没向文总透露，他认为这步棋走得极好。现在文总也不跟他谈文章的事。一切都如行云流水自然天成，工作有了成绩，自然就有了宣传报道，没什么可说的。这样就给文总留下了足够谦虚自如的心理空间。是他们搞的，我又不知，有什么好吹的嘛,哎呀这些知识分子。

赵学尧和文总通常只聊一些家族里的故事,和胜利村分家的故事,还有回字型客家建筑文化内涵。

反过来想,赵学尧也体会到了文总的宽容和厚待。这六个月如果没有文总的保护,无论如何是坚持不下来的。就冲这一点,赵学尧也不能愧对。

如今赵学尧一进办公室就能四肢摊开倒在大班椅上,当初乱翻抽屉的那种焦躁,那种不安,那种压迫感早已无影无踪。有回何子钢突然闯进来,他只在免提电话上按下一个数字,立马有小姐天仙般飘过来献上香茶,搞得何子钢一口气憋了半天,舌头咂了半天,脑袋晃了半天。

赵学尧说,沐猴而冠,沐猴而冠。

何子钢说,早知有这么威,还不如我自己来。

可赵学尧心想,你能熬过那六个月?你能受得了那种委屈?

第四章

13

她们都说这叫"迷你"流水线,迷糊你。人一上了流水线就如同被接通了电源插进了回路,你就迷迷瞪瞪。你就再也不是你自己,你的手、脚、眼睛、耳朵甚至脑壳都从身上逃出去,不归你自己管了。这些东西只是几十人的一部分,传送带的一部分,公司的一部分,全球市场的一部分。你只能跟大家一起行动,踩同一个节奏,做同样的动作,不晓得什么时候才醒过来。因为不管哪一个环节错了,就要影响几十个人,不用拉长主管来骂,你自己就要抽嘴巴了。有时候直到下工了,你的手还在一抽一抽地动,拿着勺子往别人碗里送。

这样的奇怪感受开头还以为是自己才有,还不好意思讲出来。有一次偷偷问了毛妹她们,才晓得大家都是一样的。柳叶叶问,你们不觉得好奇怪吗?

桃花说这叫少见多怪,你上了流水线,你就要被鬼催着走。

毛妹说我不怕累,顶怕打瞌睡,瞌睡来了你一点办法都没有。她把袖子一卷,胳膊上疤疤连痂痂,全是拿电焊头烫的。

香香小青就笑,说那些湖南佬江西佬哪个膀子伸出来是光净的?大家都一样!她们说那些男的还要生猛,有时候把血都放出来了还在打呼噜。

柳叶叶想,刚来的时候怎么不是这样呢?刚来,看到那么明亮的工房,那么整齐的工位,还有像蟒蛇一样盘旋的传送带,简直太美了。做活也不难，就是把那些插件一样一样插上，电焊头一点就完事了。也不用像在乡下那样日晒雨淋，天天坐在凳子上，轻轻松松就把工钱挣到手了。所以一间工房里，凡是唧唧喳喳说悄悄话的都是新工友。只是渐渐地，新鲜话说完了，新鲜人说旧了，才晓得"迷你"流水线迷得厉害。

柳叶叶对工厂的理解是从棋盘乡的铁器社开始的，小时候她经常从那个门口路过，经常可以看见火花从铁器上飞溅出来，经常能听到那些工人嗨哟嗨哟的喊声，有时候还能看见工人光着膀子穿着皮裙在外头乘凉，一身肌肉一脸油黑，威风得很。在她的脑壳里，这样的劳动比农田里高级了很多，简直就是两样的人。直到有一天，她看到人们从铁器厂里抬出一个人，急匆匆地去了医院，后面跟着一群女人在哭，她才晓得工厂里也有农田里一样的悲苦。做活做活，不做就没得活。

在老家，疾病，伤痛和贫困是乡村没完没了的风景。刮风的时候，你好像都能听见乡村里无处不在的哭泣。疾病和贫穷像鬼的游魂一样，附在乡间的小路、田垄、山凹地里漂浮，撞着哪个哪个倒霉，那个人家里亮着的灯火便一颤一颤地熄灭了。他们也苦斗也挣扎，但苦斗挣扎只不过是延长推后他们倒下去的时间，他们的生活其实一直在没有声响的已经麻木的悲哀里。因为这个原因，大家才想到城里来撞大运。

但城里也有城里的麻缠，并不比柳叶叶想象的轻松。时间长了柳叶叶才晓得，那些富丽堂皇那些车水马龙那些纸醉金迷都是别人的生活，基本上与她无关，顶多远远地看上两眼。流水线才是她生活的全部。流水线的好处是让她渐渐变得冷淡和毛糙，变得不再好奇不再大惊小怪。有一次她听见两个江西佬在讲自己父母的事情，讲着讲着两个人就骂起来，骂老不死的心太黑，诅咒他们早死早好。要是从前她又该奇怪了，可现在，她居然连眼皮都没抬一下，一点都不想晓得是哪个这么恶毒,就像鱼塘里冒了一个气泡,两片树叶在风中擦了一下。

流水线还有一个"迷你"的地方,就是能让大家的身体变得比钟表还准确。主管规定解手的时间是上午一次下午两次,开头是他吹哨子的,后来就用不着了,到时间自然就涨了,而且好像都是憋不住的样子。所以工位靠门口的人就特别讨巧,每回都是她们先占位。为这个,打架的事都发生过。那些男的还讲,这也许又是一个商机,想插队就掏钱,不赚白不赚。不过宝岛电子还算客气的,还没在洗手间上过锁,真有特殊情况还能照顾。听说有的厂还要厉害,上每一次都要算时间的,时间长了要扣钱,次数多了也要扣钱。这样一比,就看出这家老板的仁慈来。日子久了,大家也就习惯了,身体也都适应了,只是大家更珍惜罢了,谁也不会轻易浪费宝贵的解大小便机会。女孩子来朋友的时间也很奇妙地慢慢统一,平时玩得来的老乡都是差不多的日子,说来都来。因为那个日子多少有点优待,大家可以在一起说说话。有时哪个提前了还要挨骂,笑她有二心,移情别恋,是不忠的表现。所以毛妹最倒霉了,每次疼得腰都直不起来还要挨骂。她们说,这些都是"流水线综合征"。

柳叶叶在复工以后的那段日子里,整天会胡思乱想,手上做得不停,脑壳里也转个不停。她很奇怪自己会有这些莫名其妙的念头,就像是经过一次罢工,人也长高了一截,心思多了好多。其实传送带还是从前的传送带,流水线还是从前的流水线,没有什么不同。只是自己的感受比以往复杂了。

复工那天,大家都很兴奋,连夜加班,一直到早上四点。毕竟是工人赢了,老板让步了,罢工胜利了,大家都觉得是这样,所以特别来劲。这样算下来,停工也不过是两三天时间,如果24小时连续做,工期也误不到哪里。接下来就是分班组,柳叶叶和毛妹她们分开了,而且每个老乡组合都打乱了。公司说这样有利于员工团结协作，大家来自五湖四海，都是为了一个共同的目标，多交一个朋友就多了一条路。公司的那个常书记很会说话，说得大家心里热烘烘的。

对常书记，大家都是服气的，说出话来贴心，他是晓得工人难处，懂得工人苦处的。特别是那天晚上，那种挥着胳膊，那种慷慨激昂，那种斩钉截铁，简直酷毙了。她们都讲这个人肯定不是广东人，广东人哪会这样讲话的？广东人讲话从来都把声音憋在喉咙里，含含糊糊不清不楚，马马抬啦，差不多啦，从来没有一句肯定的话。后来才晓得不对，后来才晓得他也是土生土长的广东梅县人，只不过讲一口普通话，这一想更觉得帅呆了。在柳叶叶看来，常书记还有另外一种亲切，另外一种感动，另外一种秘密。当然，她是在心里这样想想，没有跟别人讲，跟谁也没有讲。一个男人，在那样的情况下，能够做到那样，她还不那样想吗？

但是时间长了，"流水线综合征"还是会折磨人的。分成三班倒以后，加班虽然少了，工时比以前短了，但出货的速度却明显加快。有时一件没做完，后面一件又来了。你只有加快做，才能喘上一口气，但大家都这样想，结果就是越来越快，越来越跟不上，越跟不上就越怕出错。

QC也比以前严了，因为工位少了，他不用看工号一眼就能认出是哪个人出的错。出错的人不光要扣钱，还要打卡，打卡次数多了，你自己也做不下去。特别是那些男的马虎的，以前混在大家一起看不出来，现在一下就突出了。所以一个月下来，有好几十个辞工的。她们女的心细一些胆小一些，不敢马虎，所以就特别辛苦，一天下来都喊眼睛痛。

眼睛痛是小事，要命的是心痛。

在柳叶叶想来，她们柳树桠的女娃儿能够走出来不便宜，经历那么大的磨难才来到深圳更不便宜，所以应当凡事宽待一点，不说一条心，起码不该互相拆台才是。可是分班组又分三班制以后，大家见面的机会少，在一起玩耍的时间更少，到后来竟然说话都说不到一起了。

开始是为加班吵，几个人想法不一样，话说的就不开心。毛妹觉得分三班以后加班少了，挣钱就少了，就怪罢工罢坏了。其实她是死脑壳，现在不加班也比以前拿得多，她不算这个账，偏说加班费少了，如果又加工资又加班不是更多？她就没有想到，不罢工也许还拿生活费，如果炒鱿鱼说不定又到别个公司做试用期，做一辈子试用期。本来抬杠也没有啥子，抬杠好耍，抬杠才使生活有了颜色有了活气，但抬着抬着就讲到家里的那些事，又讲到饱汉不知饿汉饥，讲到人人都瞧她不起，就生气了。毛妹生气是真生，好多天都不讲话，见面脸拉一尺长。

再有就是分三班以后，每条拉的人数少了，组长却需要多了，柳叶叶和毛妹都当上了组长。当组长也是要计件算工资的，只是补贴几个工，面子上好看一点，经济上并不划算。若是依自己的性子，柳叶叶情愿做普工，她才懒得操心。但就为这么一点破事，桃花、香香和小青说出话来都噎人得很，好像是自己要跟她们分三六九等，做了亏心事一样。头一回是桃花，在饭堂里吃早饭，见到她就喊大组长来了嘛，大组长也吃饭啊。当时她刚下工，说我都困死掉了你还闹。桃花就把嘴一撇，走了。

二一回是香香，在洗手间里洗脸，她说香香你让我先，我还等着开会。香香就把一盆水㧅掉说，让你！要开会了，了不起！

三一回是小青，她听说小青手脚慢，在她那个拉拖了人家后腿，老是挨骂，就想告诉小青一些窍门，怎么换手，怎么出货，谁知小青一下就哭起来，讲了许多难听话，她说她是属猪的，天生的笨胚，讨不来巧。那个意思好像是自己会讨巧，人人都在欺负她，连老乡都跟她摆谱。

一而二，二而三，柳叶叶就明白她们的心思了。其实她没有做错什么，错就错在她不该当这个破组长。她觉得自己好委屈好委屈，大家一起出来打工，图的就是互相帮衬有个依靠，她是真心实意希望柳树桠的小姊妹能够好好地来好好地回，千万别出什么岔子。可现在还没几个月，就脸不是脸鼻子不是鼻子了。她承认自己是有点虚荣心，是喜欢听表扬话，让她当组长当时是有点长了脸似的兴奋。可自己心里也明白，钱不多拿一分，工不少做一份，打工仔还是打工仔。这都明镜似的摆着，她的骨头还没轻到那个份上。

有一天在饭堂里碰见毛妹，她实在憋不住了，说毛妹你真生我气啊？毛妹把眼眨半天说，我还以为是你们不理我了呢。然后两个人都笑起来，她两个是表姊妹，话好说，其实本来也就没有什么事。但说到桃花、香香和小青，毛妹就有点犯难，话到嘴边又吞吞吐吐卡住了似的。柳叶叶说我们不当这个组长好不好？当个狗屁组长把姐妹情分都淡了，累又累得要死，我想想真是划不来。

毛妹把脖子转圈转了半天，话到嘴边又咽回去。

柳叶叶急了，说你到底是哪个想法嘛，高低讲一句话嘛。

毛妹就轻轻说，等下到外头跟你讲。

可是到了饭堂外头，迎面碰到了常书记，又说不成了。常书记说，好久不见，你们怎么样？

她们说，就那个样呗。

常书记说，听讲你们两个都当组长了？好啊，好好干。

柳叶叶心想，好个屁，不过她没有讲出来。

常书记说，周末你们有什么安排？

她看看毛妹，毛妹又看看她，两个人都迷糊了。周末就是一天空闲，以前没有的时候不觉得，现在有了也不觉得，顶多是睡睡觉逛逛街，哪有什么"安排"？时间对她们这样的人有什么作用？她还倒是真的没有想过。对毛妹来说，也许还不如加班来得实惠。

哪晓得常书记说，我们去世界之窗玩好不好？我请客。

两个人愣怔半天都没答腔，柳叶叶早就晓得世界之窗好玩，可是听到一张票要100元，那个念头就像落雨天打闪一样留不下一点痕迹，跟同伴们提都没有提过。

可常书记又说，就这么定了，把你们柳树桠的几个都叫上，有班的就调休，就说我请她们的，叫她们都换上最漂亮的衣服，明天见！她们还在发呆，常书记已经进饭堂了。

柳叶叶一下就跳起来，把毛妹抱住摇了又摇，她真想亲她一口，真想脱口喊出来。有得玩了，去世界之窗！而且，是那个人请客！

毛妹说，疯吧，疯吧，你就下死力疯吧。我都不好讲你的。

她问，你讲我啥子？你不高兴吗？

毛妹拖她到一个僻静的角落，把她看了又看，又把她身上的碎头发拣干净，才问，你一点都不晓得啊？

晓得啥子？

毛妹说，这些天个个都在咬耳朵，天底下人都晓得了，就是你还不晓得！

晓得啥子了嘛？

这下我们柳树桠出了大名了。他为啥子请客我们？他是有目的的！公司里都在传，柳树桠几个女工为招工给他们"开处"了。还讲……

还讲啥子？

还讲，卖逼的到处都有，像这么卖的还真没听说。

柳叶叶脑壳一下就涨大了，眼睛里好像有颗流星跳出来，刚刚一碗稀饭全部冲出喉咙，从眼睛鼻子里喷将出来。她模模糊糊想起来，前两天，是有两个管工在门口嘀咕说笑，还向她的工位指指点点，当时她还有一点不好意思，以为他们说自己做得好，是在夸自己。想不到竟然下作到这种程度。

毛妹说，莫在这里哭，小心人家看到去。可是她哪里忍得住？这个事就是心里的一块疤一个疮，记起就要疼的。

她说，就哭就哭，你不想哭啊？

毛妹说，我早哭过八百遍了，泪都哭干了还哭。

毛妹这一说，倒是提醒了她，这个事大家都是发过誓赌过咒的，公司里怎么晓得的？隔了十万八千里地，怎么传到深圳来的？她问，这个事你不讲我不讲，香香小青她们更不会讲。是桃花吗？桃花也不会讲，又不是啥子光彩事！

毛妹说我也觉得好奇怪，这些天她们老是对我凶巴巴的，我还以为是为当组长的事，听到这个话我才有点晓得。莫非她们以为是我们讲出来的？要是这样想，她们就恨死我两个了。

柳叶叶把头点得好沉重，说对头了对头了，说这样讲就对头了。这一刻她好像忽然看清了来龙去脉，肯定她们几个犯疑心病了，以为自己卖友求荣换一个组长来当当。这样解释才能解释得通，要不然为个破组长怎么气性那么大？这样一想又觉得当不当组长其实不是主要的，关键的心病是她们觉得自己吃了亏。她们吃了亏，做出了巨大的牺牲，结果却是让她两个当组长。抬轿的是她们，坐轿的却是她两个。

柳叶叶忽然觉得自己七老八十地复杂起来，曾经沧海，无比悲凉，好像一下子苍老了许多。香香小青是吃了亏，但吃亏不是她两个的错，这只是运气的问题。而且当初决定去"开处"是大家一道决定的，摊到哪个哪个倒霉。就是开了处，也未必能成功，这也都是大家事先讲好的，能怨到哪个呢？

不错，点子是她出的。五个人拈阄阄，排出了序号，一二三四五，要几个就上几个，反正都是为一件事。那一刻，柳树桠的五个女娃都是这样想的。反正为招工，她们豁得出去。没有嘻笑，没有打闹，也没有悲哀，相反她们脸上还有一点点庄重，一点点神圣。好像她们不是去"开处"，而是去完成一项严肃的重大的任务。大家都清楚，想要走出去，只剩这条路。那天只有三个男人，自然就是一二三号去。柳叶叶是二号，她去了，没有开成那是她的运气，不是她逃避。现在反过来怨到她，她也不服气。但是，但是……

那天早上从宾馆里出来，柳叶叶在汽车站一眼就看到了毛妹她们，冷风飕飕的候车室里这时候也只有她们这种人最显眼，她们是穿了校服来的。校服虽然单薄，但在这一片灰土色中还是很鲜亮，最主要的，穿校服是让人家多一点同情。还是学生娃子嘛，可怜，就招你们去。她们就是这样想的。再说也没有更好的衣服穿。

毛妹和桃花抱成一团，正在簌簌发抖，把长条椅子都摇得吱吱嘎嘎响。柳叶叶一屁股坐下来说，醒醒吧，莫要冻硬了。其实，她也冻得浑身发颤。刚出来还不觉得，冷风一吹，立马就颤起来了，哈的气都带着音调调。后来她就跑，就跳，但还是没有热量。进了汽车站，看到她们两个筛糠的样子她才晓得，这冷风是从心里刮出来的，穿胸而过的，是胸膛里空洞洞的，是里头外头都一样的那种冷。

毛妹一惊，醒了，揉着眼说，你怎么出来了？另一个是桃花，还偎在毛妹怀里不肯醒，撒着娇憨说再抱一下嘛，我冻死掉了。可转眼就叫起来，你怎么出来了？我刚刚做梦还看见你呢！柳叶叶问，看见我啥子了？桃花说，看见你在"开处"，小猫一样地叫，哎哟哎哟。还有，在那么高级的地方洗澡。洗呀洗呀，一遍一遍洗。叶叶撇嘴喊起来，你只晓得这些个！

毛妹问，怎么样嘛？

怎么样？不怎么样。她说。自己是下了好大的决心去的，求也求了，跪也跪了，可是人家不要，她能怎么样？牛不喝水强摁头，说到底她也是个女娃,未必非得自己先下手?她不晓得以前别个乡是哪样做到的。

见到柳叶叶这样讲,两个人都急了,叫起来:你没有"开"?

柳叶叶说,反正那个人把名单收下了。

两个人又叫:收下名单有个屁用?

柳叶叶只好说,有用没用,还有她两个呢。反正都是名单上五个人的名字。

桃花说,本来都以为你好看一点,把你当成个重点,你自己也赌过咒的,你害死我们了!

柳叶叶也喊起来了,赌过咒又怎么样?又不是我不干。人家不愿意,我有什么法子?

桃花还想叫,倒是毛妹冷静一些,说,少讲两句吧,本来就是撞大运。不是还有香香她们吗?天无绝人之路。

桃花这才闭嘴。其实,她们早就晓得的。有这样的结果一点都不奇怪,老爹早讲过,就是这个样还要看你的造化,她们早就料到会有人不成功。所以才会加了五保险,每人兜里都有一张名单。她们是决心要绑在一道的,出丑大家一道出,要干大家一道干,要走大家一道走。有了这样的决心,她们才能集体走出柳树桠。但柳叶叶的碰壁,还是叫人心里抓空了一样。连柳叶叶的狐媚样子都勾不住人,还能指望哪个?心里空,身上冷,那个滋味才叫个苦……

毛妹说,好了好了,哭也没用,气也没用,还是想想怎么办吧。

柳叶叶问,你说怎么办?

毛妹说,我哪个晓得?

柳叶叶这才冷静了一点点,说,常书记不是带我们去世界之窗玩吗?我们去。当面问问清楚。

毛妹说,不好吧?人家请你去是玩,你去吐他的脸?再说你晓得他有啥子目的?

　　柳叶叶答,不管他有啥子目的,反正我们姐妹几个不能犯疑心,当面锣对面鼓,话讲清楚了大家还是好姊妹,不然窝心不窝心?我怕困觉都困不安生。

　　这一晚,柳叶叶真是死活困不着,脑壳里翻来覆去都是这些事。当时的情形,现在的情形,当时怎么讲的,现在又是怎么讲的。她好像又回到那个浑身发抖的早晨,又看见自己小偷一样从宾馆的玻璃门里溜出来,后来又看见……天亮了,出太阳了,小青和香香也出来了。她们也一前一后地从玻璃门里飘出来了,她们的身子好像是透明的,绵绵的,软软的,从玻璃门里飘出来,从前的欢实再也看不见了。太阳光在她们的背后推着,刺透蓝白色校服,好像推着两个透明的气泡泡,两个人的身子瑟缩在气泡里发抖,一点一点飘过来。她们几个人互相望望,都没有再吭声,掉过头就出城。没吭声不等于心里不想问,只是事情已经过去了,这一夜就应该永远烂在肚子里,任何时候都不再提,刀架脖梗都不提,成不成功都不提。大家都是发过毒誓的,哪个再提就瞎眼塌鼻烂舌根……

　　没啊,不是我说的,我真的没有说!

14

　　一大早,柳叶叶就把新衣换好了。原本是想穿裙子的,可是想到这一趟并不是单单去玩,还有重要的事情要讲,心情不对,就换成了牛仔裤。那条裙子她好喜欢,还一次都没穿过,实在可惜了这次机会。

她告诉几个女孩的时候，也不大顺利。香香没有吭声，她从来就不吭声的，她是嘴上不说心里拐。小青一直是无所谓的，她随大流，别人怎么样她就怎么样。就是桃花麻缠，嘴巴从来不饶人。桃花说，常书记认得我们是老几？他是请组长的，喊我们当电灯泡。柳叶叶本想编些鬼话来哄她，常书记认得她，点名要她去，转念一想世界之窗好勾人啊，就什么话也不解释，转身就走，反倒把桃花唬住了。当晚就跟人调了班。

所以早晨毛妹在走廊上招手喊她们过来看，大家一看就慌急慌张地准备起来。换衣，梳头，上厕所，一团糟。她们看到，常书记早早就站在写字楼底下等了。常书记戴了一副墨镜夹着个包，来来回回走，酷得很。她们怎么不急？个个都跟鬼抓了样。

常书记话也讲得巧，见面就夸桃花，说桃花衣服穿得鲜亮，像个玩的样子，说得桃花一下就跳了起来。这样柳叶叶也有点后悔没穿裙子来。不过这都不算什么。既然出来玩，大家开心才好。

另外常书记好像是故意站在写字楼底下等的，见到公司的人就说要带她们去世界之窗，一点都不避讳。他说，她们都是我招工招来的，还没出去玩过。然后就拿出照相机要大家合影，背景就是公司的写字楼，好像生怕人家不晓得。毛妹看看柳叶叶，柳叶叶也觉得好生奇怪。她们走是去坐中巴的，一路上他都在跟人家讲贵州，讲西水江，讲九龙抢水，好像他们是老乡一样，熟得不得了。

世界之窗是个靠海滩的公园，把世界上最有名的建筑，最奇怪的景致，最好玩的东西都搬到一起，意思是把全世界都玩遍了才花100元。柳叶叶一开始还有点新鲜，大呼小叫地发出惊叹。但走着走着就觉得不对头，那么小的房子还叫宫殿，那么短的山沟还叫大峡谷。特别是人多得像羊圈，拍张照片要排半天队。她看常书记开头还有劲跟她们拍照，到后来脸上的青筋也鼓出来，笑的时候腮帮也斜着，像是拧紧的一块抹布。柳叶叶本来一心要找机会跟常书记说说那个事的，她和毛妹都有这个心思，但看到他搞成那个样子，谁也开不了口。一直到下午，出了公园大门，常书记问好不好玩，香香回头望到门口几座雕像轻轻嘀咕，说那个女人的奶子怎么那样大？大家才哈哈大笑起来。

不过总的来说大家都很开心，都说好玩，主要是常书记陪大家一起玩，意思太不一样了。这就好像说冷了饿了都不要紧，只要在家里有爸爸妈妈惦记一样，有人注意到你关心到你，那种感觉是不同的。她们来深圳快半年了，这是第一次有了这样温暖的经历。所以桃花提议，晚饭应当由她们来请常书记。常书记说那怎么可以，说好了是我请客。大家都说不行不行，你也给大家留一点面子好不好？女孩们哇啦哇啦一吵，常书记只好答应了。

她们等车的时候，看见公园外头停着一辆义务献血车，喇叭里在喊，深圳人怎么怎么有爱心，怎么怎么关心他人。柳叶叶忽然心里一动，说我们也去献血好不好？

毛妹说好是好，就是不晓得他们要不要外地人的？

常书记说，你们怎么还把自己当外地人？你们就是深圳人晓不晓得？

这样大家又跑过去问，一问才晓得都是打工仔在献血。然后就登记，验血，然后又一个一个到车上去抽血。其实有这样的想法不是她们一个两个，打工仔又有哪个把自己当做本地人？这种感觉不是靠嘴巴讲讲就可以改变的，那是实实在在的每一个动作每一个眼神每一个口音。就是她们自己，也是把贵州人、湖南人、四川人分得清清楚楚。而这些人在本地人眼里又统统是北方人、外地人。因为只有这样，人和人才分出了界限，分出了等级，冷了才晓得抱团，被欺负了才找得着靠山。

常书记是和柳叶叶同时抽的，抽到一半，常书记突然问她说，你没有想到吧？我们会在这里再见，会在这里做同样的事？他没有说想到什么事，可是她一下就听懂了，听懂了她心头就一热，差一点哭出来了，便没有吭声。

其实她也吭不出声，她是有好多好多话要问他的，还有好多好多委屈要说的，可现在她一句都没有了，半句都没有了。这一切她当然都不会想到，在老家的那个寒冷的夜晚她怎么能想到现在？早晓得有现在她怎么会去做那样的事？可是不做那样的事又怎么会有今天？这些问号，还有跟这个问号相关的许许多多问号一起涌上脑壳，使她有些头晕。她看到外面人来人往，听到喇叭里哇啦哇啦，却不知他们在做什么，也许他们做了很多，却好像跟她完全没有关系。真的，完全没有。

吃饭的时候，毛妹对她眨了好几次眼睛，又在底下掐她的腿，那个话她还是没说出来。不是她不想说，而是她不晓得怎么说。原本她是准备说的，可现在又好像忘记了。为什么公司要把我们老账翻出来？是哪个把话传过来的？不好。这样问倒好像是责备常书记，好像是他要跟大家过不去似的，捏不住鼻子揪耳朵，不好。反而倒是桃花她们几个热烈得很，一次一次要敬常书记的酒。桃花尤其来劲，端着个啤酒杯，干，干，好像很厉害的样子，脖子都喝红了。

后来还是常书记自己把话说出来，他说你们喜不喜欢深圳？大家都说喜欢。他说女孩子都喜欢深圳，深圳多漂亮啊，繁华，热闹，想要什么就有什么。但是想没想到过深圳也有不好的事？在公司里也一样，也有不好的人。他说如果你们听到了什么，不要害怕，那个不是针对你们的。他说你们出来打工，离开父母，容易吗？不容易。不要理那些流言蜚语，你们用不到怕哪个。

说到这个份上，大家也都听明白了，一下都安静下来。毛妹看看柳叶叶，说柳叶叶一直想问你这个话呢，这个事过去那么久，是哪个翻出来的？哪个这么缺德带冒烟？这样糟践我们。说着就哽住了。

常书记说，你们那样做是没有办法，想出来打工，又没有门路。你们是被人家欺负的人，是受害者。

毛妹说，就是我们做错了，也是过去的事，我们不想再被人欺负。

常书记说，我今天说的话就是这个意思，请你们出来玩也是这个意思。你们堂堂正正打工，快快乐乐生活，你们和别人一般高，哪个也不要怕哪个。这些事都会过去的。请你们相信我，很快就会过去的。他们这么做，是针对我的，跟你们没有关系！

柳叶叶很想问，为什么要针对你？他们是哪个？是不是那个姓马的？但她不敢。

常书记还说，你们这么青春，除了打工挣钱，还有什么长远想法没有？到深圳来光为挣几个小钱？那不是白来走一回？一个人要有事业心，才会有方向。你们有没有感觉到事业？

这个话，一下就把大家问住了。不是听不懂，而是根本不可能。现在除了挣几个小钱，难道还能有别的想头？

常书记说，就算没有长远打算，也要多学一点本事，要读电大上夜大。在深圳，只要你努力，人人都可以当太阳的。

这一晚，柳叶叶困得好香。她梦到了过年回家，身上背着大包小包，但一点也不觉着重，身子就像飞起来一样，一下子就飞过了县城，飞过棋盘乡，飞到柳树桠。到村口她不飞了，落在沙河边洗脸，然后掏出镜子抹口红，一遍一遍抹，一遍一遍看，抹了又看，看了又抹，不晓得为什么会是这个样子。

15

常来临一直认为自己是个很好相处的人，他并不好斗。自己刚来，也不想得罪任何人，当然也包括马明阳。没有这样的好性格也不会在家待岗一待就是两年，换个别人试试？早就崩溃了。

他的性格甚至有点绵软，温吞水，有点扶不起来，为此老婆也没少埋怨过。事实上他来宝岛电子也是被动的，某种意义上说是被逼无奈。

那天，他是在跟人下棋。那段日子他一直在下棋，有时跟别人下，有时自己打棋谱。如果不是袁敏催着，也许他现在还在下棋。有一局舍车换炮定式棋被他走乱了，按棋谱上的定式，他是一步不差，吃炮、弃车、叫将、炮沉底、闷攻，本来是无解的，屡试不爽。可在实战过程中，那天不知对方使了什么怪招，居然把一盘死棋救活了。当时就大汗淋漓，一帮老头在耳边喊，将啊，你接着将啊，你怎么不将了？其实老头们声音并不大，只是自己觉着刺耳，浑身都是毛毛虫在爬，汗滴落地的声音比潮州锣还震撼。

没想到，这竟成了一个隐喻。

他们那片住宅是个老城区，巷子里有不少退休的棋牌高手，手谈多少回了，他的定势棋还没有人破过。这天是人家是有备而来，下的注是集体早茶一次。他是晚辈，请大家喝早茶本来不算什么，他也早就想请一次，让他百思不得其解的是，古谱竟然也有出错的时候，可见经典也是不完美的。就在这时，听见袁敏叫他。

袁敏拧着好看的细眉，说你自己看看，像个什么样子！

当时他是出来下棋，本来就没打算像个什么样子，大裤衩，汗背心，肩上还搭着一条湿毛巾。当然他也没敢回嘴，只是跟在后头讪笑，袁敏是为他好，恨铁不成钢。可他为什么要成钢？成废铁行不行？不行！他知道这是袁敏在心里无数次的回答，不用说出来，全在脸上写着。袁敏从不跟人大声争辩，自己也不买什么好衣服，一个扫马路的穿什么都没用，但不等于她心里没想法。相反，她想法多得很，固执得很。这也正是客家女的本色，不然怎么会有谚语,要娶就娶客家女?客家女人几乎把中国妇女身上的全部传统美德都继承下来了,勤劳智慧,坚韧包容,温柔善良,克己爱人,这是有道理的。

原来是家里来客人了。来客见就是了,不行,还得先上街去买行头。黑西裤,白衬衫,配一双休闲鞋,穿戴整齐才领回家。

袁敏说,今天是正式场合,第一印象很重要,成不成就看这一回了。咱们钱也花了人也求了,三十六拜都拜过了,还怕最后一哆嗦?你少跟我嬉皮笑脸!

他心想,三十六拜也是你在拜,我什么时候拜过?我干吗要拜?

客人是袁敏娘家的一个远房亲戚,现在深圳某区做副书记,答应帮忙。也是因为在家"待岗"两年,把老丈人逼急了,才厚着老脸四处托人,找到了这个关系。说起来他应该满心羞愧感激涕零才是,可是他确实找不着这种感觉,硬做也做不出来。

那副书记倒也没什么架子,随便聊了几句就说到实质问题:是一家台资企业,先试用半年,如果做得好也可以转户口。当时他好像表态说,那我就试试吧。

他的意思是愿意去,试用也愿意去。可事后又挨了好一顿埋怨,说他的态度让人不舒服,不磕头谢恩也得表示感谢,多讲几句好听话就能累死你啊?人家也是有身份有面子的,你多讲几句人家也知道你是个懂事的男人,识得做。

这些话都是袁敏母亲说的,袁敏当时只是在一边干着急。好在副书记并不计较这些,连饭也没吃,匆匆就去了。说白了还是念在家族故旧的情分上。这一点他当然心知肚明,只是人落了魄说什么话好像都没分量,他也就不愿多说了。

吃饭时,袁敏顺手给他也拿了酒杯,岳母娘眼角就斜了。阴沉了半天,倒也没再说什么,只是放下碗就出门去。袁敏冲她后背做了一个鬼脸,算是缓和一下气氛。嘟嘟说,外公胡子都翘起来了,袁敏还拍了她一巴掌。

那天,袁敏的心情真是很好,只是他实在笑不出来。这样的气氛他已经忍受了太久。他甚至有些恶毒地想,如果岳母娘说,你是不是还要小敏喂你呀?他说不定就会把嘴张开,让袁敏喂下去。是,他就是这样的人,骨头软是软一点,弹性也还是有的。

其实袁敏也算是个识大体懂进退的女人,懂得金子总会发光的道理。不然他在这个家里一天也呆不下去,依老太太的意思他早就该扫地出门了。他本来就没有宿舍,转业能安排到轻工局,人家就把话说在头里的。当时是老岳丈巴不得能住在一起,老两口身边只有这一个乖乖女,非要他们在家里住。可自从他"待岗"以后,空气就没一天清静过,鼻子不是鼻子脸不是脸。说起来好听,你就是上街扫马路,也算是个为人民服务,现在这样晃来晃去算个乜呀?袁敏现在已经是环卫工了,他要是真的去扫马路,他们上吊抹脖子也说不定。

其实老人家一直就没想明白,他不是一个不努力不上进的人,吊儿郎当游手好闲也不是他的性格,相处这么多年还能看不出来吗?再一说,之所以天天在家下棋,"待岗"至今,摆明了是一种抗议。他们都不明白。

还有一件事也可以说明他的为人。在部队他是营级干部,回到县里说是降两级安排,实际上是在县轻工局机关里做勤杂。临到县毛巾厂快破产,才安排他去做书记兼工会主席。说是提拔,实际是替人家安排后事,就这他也没说过二话。生活的本相谁也无法一眼看清楚,所以也用不着发牢骚。这也就不谈了,让他心里忿忿不平的还不是这个。

这两年,正是各个企业破产清算转轨转制的两年。也就是说,他的真正作用其实就是配合上级把厂子卖掉。这当然是组织上的高度机密，谁也没有明说，他自己也是后来才悟出来的。工人们当然是更加不知情，还一个劲地要求这个改革那个。他们毛巾厂当时还过得去，在县里算不上利税大户，但也吃喝不愁。主要是有着一批劳保用品的固定客户。所以刚去时他还有种如鱼得水的快感，好像还雄心壮志了一番。在部队里他一直都是活跃分子，在厂里组织一些活动，活跃活跃企业文化，对他不是什么难事。所以头一年毛巾厂就评上了企业文化建设优胜单位，他们排的歌舞剧还拿到了省里的奖牌。有谁知道，这竟成了末日狂欢。

改制是强制推行的，不管企业现状如何，一律引进战略投资者，实行股份制。改革是大趋势，谁敢反对改革？允许改革犯错误但不允许不改革，不换思想就换人。当然，他当时也真的相信引进了战略投资者，就能把毛巾厂做大做强的，谁也不会想到那只是一个房地产项目。

那时他有两张面孔：一张是代表领导意图的，是书记；另一张是代表工人利益的，是主席，有时候倒换不及就嘴不是嘴脸不是脸。等到他醒过神来，生米已然煮成熟饭了。毛巾厂女工多，闹腾了一气，也成不了什么气候。听说有几个人想把厂领导告上法庭，后来一打听，这类企业改制的案子法院根本不受理。不受理就是不理你，你有理也没地方说，等于零。其实他心里也挺窝囊，怎么稀里糊涂一折腾，毛巾厂就没了，消失了，好像根本就没存在过。从前的厂区成了一片住宅楼，每次路过那个路口，心里都怪怪的。以前一个人挂着两张面孔在这里进进出出固然很辛苦，但那毕竟还是一份职业，说得好听一点他还在为改革开放大业添砖加瓦。

后来的事情就跟在梦境里似的，似乎发生过一点什么，又似乎什么也没剩下。一颗流星滑过夜空，什么也剩不下。只是在老人的记忆中，这个县曾经还有过一个单位，叫彩练毛巾厂，但关于这个厂的一切，只有在档案馆里能查到了。甚至于后来他自己也盼望法庭能出来宣判一下，给个明白的说法。可是没有，什么都没有，这一切似乎都没发生过。再后来，连轻工局也撤销了，他想找人打听都没地方了。他的关系是挂在人事局的，身份是"待岗"，意思是说如果有岗位，组织上自然会安排他的。但是没有，两年过去了，什么也没有。那感觉就像一块抹布，用过了就该扔了，不扔也该干了，硬了，晾在哪儿也是多余了。这世道变得太快，他才刚刚年轻有为着，就有了沧海桑田的感觉，有时想愤怒一下都找不着理由。说广东人没脾气是假的，没地方给你发脾气才是真的。

所以说，他从根子上就不是一个好斗的人，他身上没长着那根筋，他不想得罪马明阳。可是老这么不明不白地让马明阳捉弄，又确实于心不甘。哑巴吃黄连心里还有数呢，而他居然不知自己栽在何处，搞错啊。

而现在，似乎是再一次走到了这样的关头：要么他走，再当一次吃黄连的哑巴；要么马明阳走，让这个流氓彻底失去脸面。本来他还不想这么做，这也不是他的性格。习惯的方法总是温和的，把事情处理在下面，表面上还要和和气气。陈太也一再劝他说，算啦，过去就算啦。

罢工风波过去了，他是想算了。工人重新组合了，他也想算了。工人辞工了，他还想算了。你一个人事部经理什么都不干，什么都推给他，他都可以算了，唯独这个事不能算了。这个事关系到名誉，关系到尊严。

有一次他上楼梯碰见办公室两个小姐下楼，一个说你穿那么短小心走光。一个说走光就走光怕什么？一个说你刚才正好给人看见。一个说看见就看见，那个人也算男人吗？然后两个人低低说了一句什么，接着就是绸缎被撕开的那种尖声大笑，那种笑的尖刻难耐后来就一直不散，贴在后脑勺上撕。

还有一次是在车间，两个主管居然问他，常书记常书记，你能叫出几个女工的名字？他问什么意思，答说是没什么意思。后来想半天他才明白，他们是想验证柳树桠的五个女工哪几个是开过的，哪几个还没开。他们居然敢点到他的鼻子问。

特别不能容忍的是，他已经有了外号，叫唐僧，而且这个话已经传到外面去了。有一回总公司的赵顾问对他说，你们那地方开玩笑开得也太离谱了吧？有些话酒席桌上说说也就算了，弄得沸沸扬扬有什么意思？他当时的脸就像被卷扬机刷了一下，想争辩几句可又不知该怎么说才能说明白。

现在公司里上上下下都认为，马明阳公开讲自己是坏人未必是真坏人，他承认"开处"了，是人家坦诚，是勇敢，是人性。而常书记拒绝承认"开处"，却被认为是虚伪，是阴险，是"书记"，未必是真好人。他已然进入一个动物的世界，正常人被看成两条腿的怪物。你想留一点人的尊严却被看作有病，你想做人却被当成没有人性。世道人心已经变成了这个样子，黑白颠倒到了这种程度，算了？

从前他诸事忍让，因为还有个组织，还指望有人来主持公道。现在大家都打老板工了，是个个人奋斗的时代，丛林法则的时代，老鼠爱大米的时代，只信猪八戒不信唐僧的时代，他凭什么算了？让了你？怕了你？你他妈的本来就不是个东西。

财务部的出纳小许也是梅县人，讲起来还是五华的同乡，近得很。常来临郑重其事请她全家吃了一顿饭，提出要看招工辞工的全部往来开支账目。那小许当然也是个识得做的人，不但复印了所有资料，还在她认为有疑问的地方画上了红线。

有一个逻辑他早就确信不疑，马明阳在公司大把拿提成而别人只拿干工资，让大家心悦诚服是不可能的。还有一个逻辑是，老板对你的吃喝嫖赌可以不关心，但对自己口袋里的钱不可能不心疼。凭着这个逻辑他就不相信斗不倒马明阳。

现在他终于踩住了马明阳的尾巴,可他不着急,让马明阳跳。他要让全公司都看见,他要公开请这几位受到公司伤害的可怜的打工妹出去玩,他要抚慰她们受伤的心灵,让每一个人都知道,什么叫光明磊落,什么叫无私无畏,什么叫唐僧。

陈太也很有意思,看着那份清单脸上抽搐了半天,才咦地一下叫出声来。当时是个小范围的经理例会,从窗帘缝里透进来的一缕阳光利剑一样刺穿了黑幕,一端落在陈太染成紫红的发梢上,另一端正冲着马明阳那张慢慢塌陷的娃娃脸。

陈太说,阿阳我待你不薄啊,该给你的我一分不少都给过你了啊,你怎么能黑我呢?

马明阳呼地跳起来,脖子伸到会议桌的这一头,别人都以为他要动手了,都想去拦他。

常来临说,你们不要拦,让他说,他有嘴巴。

但马明阳什么也不说,夹上包就冲出去了。

陈太带着哭腔问,阿临啊,你说我怎么办啊?

他竖起两根手指,两条:要么起诉,要么退赃。

当时他很平静,一点激动的意思也没有,他不是那种好斗的人,他不是肝火很旺的人。他甚至对马明阳还有一点怜悯,他看见那张娃娃脸在塌陷在变色的时候,还说过一句不好意思。

马明阳选择了退赃走人。

他还算聪明,不然他会一根根地炸筋,一层层地蜕皮。临走那天马明阳还特意到每个办公室道了别,在大办公室里有句话还挺意味深长。他说听着,马仔就是马仔,谁当马仔都为挣钱。不为挣钱你来深圳干吗?

当时他没搭理他,不过这句话还有点意思,你来深圳干吗?同样的问题他也问过打工妹,他用的词好听一点,叫事业。现在这个问题对自己同样有效,是啊,你来干吗?

第五章

16

对女人的看法赵学尧向来宽容。在赵学尧看来，特区每每把妓女当三无人员把嫖客当三有人士的做法是极其浮浅可笑的，不负责任的。因此上对迟小姐的看法则更加不同一些。迟小姐跳跃的欢乐的思维方式，和安静的凄婉的神态，以及二者形成的情绪反差常令赵学尧内心嗟呀不已。跳舞次数多了，连她的身体赵学尧也都熟悉起来。她胯部扭动时手指间的那种感觉，呼吸时带着体温的那种气息，实在是很深刻。

实际上赵学尧也很难不产生怜香惜玉的情怀。有时迟小姐也正面直视过他，赵学尧的办法就是尽量沉到音乐中去，让音乐去洗净某种东西。有好几次，舞到酣处，他发现文总居然在打瞌睡，他赶紧把迟小姐转向别处，心里一阵狂跳。这时迟小姐只是略微抬头轻吁一口，没有更多的表示。他们都在尽量避免引出令人尴尬的话题。迟小姐是聪明人，见赵学尧坚决不逾矩的样子，她也就装看不见。跳舞就是跳舞，跳舞对赵学尧是工作，对迟小姐是消遣，迟小姐的消遣就是赵学尧的工作。赵学尧是文总在这方面的一个替身。

有一次赵学尧听到人们谈论伊拉克的萨达姆有很多替身，在各种不同场合派不同用途，提到情场的时候争议很大，虽然不是说他，却也足以令赵学尧大大地失去了平衡。这一次赵学尧是破例跟她贴了面，而且搂紧不放。他知道这是很危险的，但这正是他在幸福村最难熬的时光，差不多就要崩溃了。有了这次发泄，赵学尧才能恢复平衡。他发现迟小姐并没有特别的表情，只是抬眼看了一下，事后照样跟大家开一些轻松的玩笑。幸亏迟小姐肚子已经很大了，以后也就没有再跳过舞，事态也就没有进一步的发展。

赵学尧有时也突发奇想，不知他们两个在床上是个什么情形？也许那时一切又会倒过来：迟小姐把文念祖当做了自己的替身？如果这样的话，赵学尧也就没有什么可委屈的了。

当然这些乱七八糟的念头只是偶然一闪，他不可能多想，想多了一天也呆不下去。说到底，迟小姐对赵学尧是帮了忙的，没有迟小姐赵学尧还不知在哪儿。

赵学尧现在只想一件事：赶紧把这台戏唱出去。何子钢说了几回，要把文总的屁股擦干净。可擦屁股毕竟是很私人的事，被擦的人要愿意才行。赵学尧只能等待。有机会就暗示两句，绝不往深里说。人到中年了难免恋旧，做事难免拖泥带水，更何况是中年得子。夺泥燕口，削铁针头，亏老先生下手？

不料这回文总是真下决心了，要斩断情缘。而且非要赵学尧出马不可。他拉着赵学尧的手拍了又拍，千言万语说不出的样子，几乎不能自持的样子。说小迟好佩服你的啦，你口才好好的啦，你去讲好过我一万倍啦，再说下去眼就红了。本来斩断情缘纯属私人问题，这样一来弄得赵学尧也有了惺惺相惜的感觉。

抽空又通了"常委热线"，何子钢尖声讥讽道，你有什么资格谈愿意不愿意？老板的私事就是你的公事。你就是老板的私人助理，是老板给你开工资不是？这本来就是题中应有之意，他能主动提出让你办是求之不得的事，你反倒草鸡了。去，不去就前功尽弃了。

赵学尧说，我这人最见不得眼泪，我一想到迟小姐那个弱不禁风的样儿，心就虚。

何子钢说，哎呀你叫我怎么说你赵老师？是不是每件事都要给你找个高尚的理由？那行，我现在就告诉你：第一你在建设社会主义精神文明，第二你在塑造一个时代英雄，第三你在挽救失足青年。

于是，赵学尧就觉得自己像一个没见过血的刽子手，来亲手腰斩迟小姐。

天香花园在一个闹中取静的高尚地段，类似旧上海的霞飞路。当初取这个名字也许就有投资商的智慧含量，给人不少温柔甜腻的想象。只是近两年被香港传媒一炒，"二奶村"名气大震，使得一些高尚人士走近它时表情复杂了许多。

司机小李开着白色大林肯一路都在哼歌，到了这里就不哼了，问，还要开进去？

赵学尧一愣，文总每次都不开进去吗？小李不答。

赵学尧就明白了。下了车，他想象文总蹑手蹑脚东张西望爬下车的样子一定很滑稽。可见高尚人士有时活得也很辛苦。这样一想，气就粗壮了很多。

迟小姐开门见是赵学尧有点吃惊，脸色微红说，赵老师你可是稀客呀。现在你成老头子的主心骨了，忙我是知道的。又说，你看我都肥成什么样了？你也不来看看我。迟小姐转着身段展示给赵学尧看。

赵学尧认真严肃地看了，说还好还好，白一点而已，又多一种风采。

迟小姐跳着脚喊，肥了五斤呀，这叫我怎么见人啊。赵学尧心想有个孩子气的情妇闹着跳着的确不错，听听声音也能年轻几岁，也难怪文总舍不得。刚才说的主心骨一词更令赵学尧心里熨帖，他实在是很愿意当这根骨头的呀。

迟小姐在他对面坐下，随手抱一只熊猫公仔，等他说明来意。赵学尧一时闷着，想不起头，只好说，孩子睡了？

迟小姐点头说，书上的办法不灵，闹夜总也调整不过来，夜里哭得我真想把他扔出去。说着就把公仔扔过来。

赵学尧慌忙去接，接两下还是掉了，自嘲道，吓我一跳。又说，初为人母嘛，你总得过这一关。你真下了狠心，还调整不过来？

迟小姐说，我真有狠心，你教教我。

赵学尧说，这简单，你白天抱他满大街转，折腾累了夜里敲锣他都不醒。灵得很。

迟小姐说，抱他上街我不干，老妇女似的。

赵学尧说那就雇个保姆，让她抱着。

那我就更不干了，迟小姐跳起身把嘴噘多高，又叉腰忿忿然蹿来蹿去。说那还有什么情趣可言？像是正经过日子。说那样我还不如死。

赵学尧不吭。

迟小姐说，赵老师我知道你心里怎么想。可你想过没有，来深圳的女孩有几个想正经过日子？你自己是这么打算的吗？又说，赵老师我不怕你笑话，我还真想过死。那个母子俩自杀的事你知道吧？就是那个被遗弃的？把孩子推到汽车底下的那个？那天看电视新闻，当时我就对老头子说，要是我，才不那么傻呢。两个人就是真死成了，又有什么价值？被车碾得血糊拉稀的，活着就窝囊，死了连美感都不要，真是不值。换上我，一定会把家里收拾得干干净净，给自己化上妆，你知道我从来不化妆的，但那个时候一定要化。我要让那一刻是最美丽的。然后换上白睡袍，然后听着安魂曲，然后躺在床上，然后……老头子当时就傻了！迟小姐冲赵学尧一伸舌头。

赵学尧忽然就有些明白，文总为什么会这么突然作出决定。他一定是再三考虑过了，这事是拖不过去的，长痛不如短痛，他一定是害怕了。

迟小姐问，赵老师你有话要说？

赵学尧想了一下，说我这个人不会说话，我能在幸福村呆下来与迟小姐的支持是分不开的，我心里太明白了。从某种意义上说——

别说意义，说意义就没意义了。我这点自知之明是有的。迟小姐声音发抖，好像有些明白。

赵学尧说是是，你看我这个人站了半辈子讲台，算是个以嘴养嘴的货色，其实根本不会说话的。

迟小姐往起一跳，赵学尧惊得向后仰去，看见她面颊一点一点泛出白光，半天，才沙沙地说，赵老师再陪我跳一曲吧，有什么话待会儿说行吗？然后就去翻唱碟。又说，就算我再支持你一回。

迟小姐说，你就不能搂紧一点？

赵学尧很想幽它一默，来句有贼心没贼胆之类的话。可她已经不对劲了，身子簌簌抖。

迟小姐说，天大的事跳完了再说。说着就偎过来，脸贴在赵学尧肩头。曲子是略带忧伤的小夜曲。

赵学尧也不免黯然。

终于，她推开赵学尧，说现在我准备好了。

赵学尧说，其实你该明白，没有不散的筵席。

迟小姐冷笑，说明白，而且也早就明白，这事非你来说不可。

赵学尧说我是受人之托，所以……

应该是受人之命！没关系，你挣你的钱，我挣我的钱，我不在乎。

赵学尧说，你们这是一段情也好，一个家也好，总有散的时候。其实照我看也不见得是坏事。

知道。

文总人还不算坏,对你是真舍不得。
　　知道。
　　文总也该收山了,现在身体也差多了。
　　这我更知道,每回怎么干我还不清楚吗?我就像一个刚出水的青蛙!
　　赵学尧吃惊地抬头,看到一脸讥讽,冷得像块铁。话已说得如此到位,反倒无话了。
　　她说,你谈实质性的。
　　如果按原先的协议,就简单得多。
　　半年,30万,然后走人。
　　可是又有了孩子。文总说了,儿子你尽管放心,什么时候想来看都可以。
　　迟小姐不吭,看着赵学尧。
　　当然,他太太那边还得做点工作,他们的儿子不成器,会对你儿子好的。
　　迟小姐还是看着他不吭。
　　赵学尧就掏出支票双手递过去,说文总请你自己填,他说随便你。
　　迟小姐看着支票,翻过来覆过去,然后抓笔就写,写好后从包里找出一张牡丹卡,说,麻烦赵老师替我转进去。
　　赵学尧接住,一眼瞥过,心脏一阵痉挛。
　　2000万!赵学尧脸都灰掉了。不过他不便发表评论,于是不着四六地胡扯几句便起身告辞。
　　迟小姐没有反应,迟小姐也没有开口。她两腿绷直仰靠在沙发上,赵学尧注意到,清泪从脸边无声地直泻下去。
　　小李还等在路口。看着赵学尧黑头青脸钻进车,嘴角浮起许多暧昧。车才上大道他就憋不住,说,办得不顺?又说,这帮女人全一个鸟样，离她近点就端架子，离她远点就哭鼻子，孔夫子说女人和小孩一模一样。还说，深圳什么都缺，缺水缺电缺房缺票子，就是不缺女人。老板早就该换一个了，车都换几部了人还不换？

赵学尧心烦，脱口骂，换你妈了个逼！心想，你一车夫管这么多干吗？

小李一惊，车刹住了，再也不吭。

车过通心岭赵学尧叫停，下车后想想不妥，又回去拍小李的肩膀，说不好意思啊刚才。

小李不抬头，说，无所谓啦。

17

通心岭这个名字有点象征意义。据说每到逢年过节，送礼的小车能把大马路塞满。因为这一带是市委机关的宿舍区，是心脏部位，所以需要通通。

赵学尧没走几步就看见何子钢老婆在楼下买东西，他赶紧过去帮着提了两袋。

何子钢老婆问，赵老师在家做不做家务？

赵学尧说当然要做一些的。何子钢老婆就笑。

赵学尧问，何子钢不做吗？

她说，他啊，一副天降大任的样子，整天眉头锁着，你给他铁钉都能吃出豆角味道来。

赵学尧说，何子钢的确是很有抱负的，在学校就跟其他同学不一样。

她说，屁的抱负，一分钱赚不到还尽往外贴。

赵学尧顿时脸就红了，心想不该老是空着手来。

何子钢老婆接着说，前几年硕士生是可以分三房的，他偏要跟人换，宁愿住两房，还是旧房。

赵学尧说，那是干吗？住房可是个大事。

何子钢老婆就哼了一声，说他是贪图这个位置，上各家串门方便。

赵学尧便不再吭，心想何子钢这个人确实有股狠劲，真是一点一滴都在打基础。

进门一坐下，赵学尧就把处理迟小姐的过程说了，因为心情复杂感慨良多，不免一惊一乍地渲染一番，咂舌摇耳拍大腿，又把2000万的支票掏给大家看。

在赵学尧想来，迟小姐实在太令人失望了，原本那个聪明美丽的形象已经垮掉了，他对女人善良的天性已经从根本上发生了怀疑。他原以为迟小姐会说，随便他给吧，我不在乎这个，我不是为钱。或者痛苦万分暗暗泪垂，或者什么话也不说，都行。然而这个迟小姐已经不是那个迟小姐了。她居然这样。这样的女人谁敢要？吃人不吐卡嘛。她怎么能这样？

何子钢一直闷头吸烟，陡然问，迟小姐不漂亮？

赵学尧说，从前我一直认为她很漂亮的。

对你不友好？

赵学尧说，那倒不是，我还亏她吹枕头风呢。

何子钢说那不就结了？人家一个愿给一个愿要，你操什么心？还忿忿不平的样子，可笑。

赵学尧叫道，2000万呐，什么概念？你太缺乏想象力了。

何子钢缓口气说，我知道什么叫2000万。我老家一个县财政去年收入才1400万，这我还能不懂？我是说这跟你有什么关系？漫天要价就地还钱，文念祖要认为不合适自然会叫你去传话，你着什么急？皇帝不急太监急？

赵学尧说，我是幸福村的一分子啊，我把下辈子的幸福都押在这儿了。这钱是集体的，某种意义上说也有我一份呢。

何子钢说好笑，越来越好笑了。他拿香烟头点着赵学尧鼻子说，广东话不识做懂不懂？你这就叫不识做。你怎么迂腐到这种程度了？我都懒得跟你说了，你趁早回去教书去吧。你到深圳干吗来了？当家做主人来了？

赵学尧也急了，瞪起眼说：小何我不想跟你抬杠，说我迂腐也罢虚伪也罢，一个人总该有点责任感吧？当真我鞍前马后地跑就为挣几个小钱？我是认真把幸福村当成事业的，所以我才同意你的设想，跟你合作。他很强调合作两个字，把何子钢镇住了。真把脸放下来，何子钢也就收敛一点。

赵学尧说，我正在思考，要不要把发表过的文字扩充一下整理成一本书，专门探讨发展模式的。不管你怎么想，我是认真当事业干的。我的劳动总该有点意义吧？我这个人就是不能稀里糊涂地活着。要是那样我也不到深圳来了。当家做主人有什么不好？我又不想贪污他的钱。

何子钢喊了一声再也不吭，把茶叶喝进嘴里嚼嚼又吐回杯子，又喝进去，又吐回来。

赵学尧心想，这孩子老是恩公自居。这很不好。我自己这么想想是可以的，你这么想就不好了。很不好的。不过这话也说不出来，只好也嚼茶叶。

何子钢的儿子一直是趴在沙发上玩插板的，见他们不抬杠了，很冷清的样子，便伸出两根手指头，说爸爸一发火，脖上的筋有这么粗。

一愣，都笑了。他又说，爸爸是全深圳最不文明的人。

赵学尧把茶水喷了一地,说,你爸爸正在制造全深圳最文明的人。

何子钢老婆也出来圆场,说他这个人一开口就吹胡子瞪眼的。幸亏赵老师了解你,不了解的还不知怎么想呢。

何子钢说,我这人就这样,你要见我跟谁客气,我跟他肯定不来哉。

接着就开饭。吃着饭,赵学尧还不罢休,想想又说,从前在学校他就是这样的。那时候一到星期天我经常喊几个穷学生来家里开饭。别人吃了饭还知道说句好听话,他不但不说,还在外头败坏我。

何子钢老婆一听就感兴趣,问是怎么回事。

赵学尧说,他在外头讲,帮助都是互相的。赵老师帮我省饭票,我帮赵老师拉选票。把我老婆气得,拿擀面杖撵着打。

何子钢老婆笑道,缺德带冒烟儿。

何子钢说,我说的不是实话吗?

赵学尧说,那倒是大实话。那会儿我刚爬上讲师阶级,很想去一去身上这股子地瓜干子气息,所以比较注意学生的口碑。

何子钢老婆说,那也不带这么说的,这叫忘恩负义。于是都乐了,气氛这才好起来。

吃罢饭,何子钢提着折叠椅又要上楼顶,他老婆说,你们在家谈吧,我领儿子出去逛逛。何子钢连声道谢。赵学尧看着很是眼热,心想刁钻乖戾的何子钢倒是讨了个温淑贤良的老婆,还养一个乖巧的儿,这小子真有福分。

何子钢老婆到了门外,想想又回来说,赵老师我多句嘴,要让我看,那位小姐还不够魄力,她该写上两亿才对头,要我写我就写两亿。

何子钢推着她,去吧去吧,你写八亿。

她下了楼还在说，就是嘛，亏不亏啊。

然后就谈农村城市化问题。又讨论了步骤方法细节技巧时机等等，常委会这才暂告休会。不过这回不再抬杠了，谈话是建设性的。两个人还互相打气：还是搞大动作有味道，小打小闹没劲。文化人是该在宏观指导上多做贡献。

赵学尧叹息，读书人本来就是治国平天下的，可惜呀，从前是围着权力中心转，现在又围着金钱中心转。读书人永远站在一边儿呆着，干看。

何子钢突然说，我们法规处处长出缺了，我能不能一举到位，这次全看你的了。

赵学尧一愣，说，鬼话又来了。

何子钢说，一点不鬼话，你现在能不能端正自己的位置是个关键的关键。

赵学尧说，又来了。我都是个打工仔了，还谈什么位置！

听听这口气。打工仔委屈你了？谁不在打工？市委书记也在打工。只有文念祖不是打工。

赵学尧说，我不是那个意思。

你就是那个意思。老揣着个主人翁情结，事业事业！你怎么能有单独的事业呢？你的事业就是文念祖的事业，也是我的事业。你没有单独的事业。什么时候文念祖高兴了，给你一个公司玩玩，你就有事业了。也就是说，你有钱你就有事业，你没钱你就没事业。这么简单的道理到今天还悟不透。时代变了，赵学尧同志，这个时代需要老板，需要打工仔，就是不需要主人翁！你是一根毛，必须附在老板这张皮上。你这个同志就是不听毛主席的话。

赵学尧沉吟着，就笑出声来。他发现何子钢的确比从前深刻得多。

临出门，何子钢突然问，怎么样，迟小姐对你是不是还有点意思？

赵学尧一愣，转而又轻松地说，那还用问，趴我怀里直抖呢。

何子钢说，那你还不上？

赵学尧说，没兴趣。

何子钢说，她也不简单，有点韧劲。突然又诡谲地笑：你是怎么解决的？我是指性欲。

赵学尧打哈哈，自己解决吧，我老了也不比你。

何子钢就站住了，沉思着说，那可不好啊，太压抑了不好，太压抑了别的地方就会生出毛病来。你多拥抱现实，少追问意义，你就活得轻松得多。

到了外面，两个人就不再说话。慢慢走着，就感觉到空气里有股米兰花的香，很滋润的样子。这种花在内地娇贵得很，天一冷就要往屋里搬，可在这儿，马路边到处都是，脱口叹道，眼前有景道不得啊。

却道天凉好个秋？何子钢摇摇头。他惺忪疲惫的眼皮依旧垂着，依旧是凶恶的光，偶尔恶狠狠地一闪。何子钢说，你这个人不仅迂腐，还虚伪。

赵学尧只好笑笑，不答。

18

见到文总，赵学尧的情绪缓和了很多，大致情况说了一下，重点强调迟小姐流了泪。文总也没说什么，拿着支票怔了半天，说不上是舍不得人还是舍不得钱。对此赵学尧自然不便问，因为事前文总就认为,只要她接受了支票,事情就成功一半。

果然,文总说,算啦,无所谓啦,由她高兴啦。

赵学尧深感失落,想想自己的激动,想想何子钢的挖苦,傻瓜一样白白浪费了许多表情。现在才终于理解何子钢的"四项基本原则"不是空穴来风。既然如此,他何必自讨没趣呢?接下来的日子赵学尧就躲进房间里思考自己的书稿。

这部稿子令赵学尧信心大增。而今的经济理论界实在浮浅无聊,学几个英文单词就大谈市场经济了。赵学尧觉得,他才是真正抓住了中国变革的一根筋。他觉着,这本书的轰动是确定无疑。他想,付出了多少代价啊,他是置公职于脑后的啊,他是第二次插队落户啊,他是真正深入基层投身实践的啊。他觉得,他已经看见自己的曙光了。

文总见他写文章也很高兴,嘴咧得荷花一样,说,不好意思啊不好意思啊。连多坐一会儿也不好意思。其实赵学尧是很愿意跟文总聊天的,关于老文家的历史,关于胜利村与幸福村的历史恩怨,关于不同的发展道路,随便聊好了。文总也很有悟性,有些内容赵学尧只要稍加引导他就能得出结论。比如从船大不怕风浪到规模经营,从有钱大家赚到人人当股东,从劳动资本到土地资本,从公有制到共有制,等等等等。赵学尧要让他分不清是自己的故事还是赵学尧的理论。赵学尧很得意这一笔,相信总有一天这些就能派上大用处。而且这一天已经不远了。到那时何子钢就会发现,他不过在幸福村抓到一点皮毛,捞到一个小官,而自己却为中国农村找到一条道路。比起这个,暂时的失落与苦熬又算得了甚?

关于出书,文总并不懂,他只问,要几钱呐?赵学尧说不是钱的问题,关键是意义重大。文总说,湿湿水啦,要几钱你话我知,我文念祖这点面子是要的,赵老师你放心。赵学尧便有些失望,对牛弹了琴一样。他们是现实的,只看到钱,还有一个现实他们看不到。当全国人民都来学习的时候，他们就明白有些东西不是钱可以买到的了。

赵学尧现在是彻头彻尾把自己当做一根毛，要附在幸福村这张皮上了。他觉得自己甚至是怀有一种愚忠的情结，一切都为文总的大计考虑。有一次他坐车出去，司机小李给他表演加长林肯的优越性，他居然大光其火。责备他们不为公司着想，花几千万抢这个深圳第一实在没有必要。威猛，有料，狠得很，这都是司机们的感觉，完全是低级趣味。直到小李把车撞上马路牙子脸色跟混凝土一样了，他才闭嘴。赵学尧这才发觉自己确实有点走火入魔。

老郭近来也不太友好，凡事都要和赵学尧攀比。赵学尧见了一趟文总，老郭必然也要去一趟；赵学尧多参加一次宴请，老郭能黑脸几天不说话；这几天赵学尧换了一部新手机，老郭眼都绿掉了，好像偷了他的抢了他的一样。赵学尧心想你是出来捞外快的，家里福利待遇一样不少，跟我拼这些有什么意思？时不时弄些打工妹来家卡拉OK，一弄就是半夜，也看不出哪个是常客。说起来也是老知识分子了，品味低到见人就上的地步，很令赵学尧瞧他不起。

这天大门又从里头插上了，赵学尧想都没想甩起就是两脚。老郭拉开门连声道歉，不好意思不好意思，我这个人谨慎惯了，老是随手闩门的。

赵学尧斜眼看见两个女孩喝得泪流满面，里屋还有一个把粗腿伸到了门外。赵学尧不由笑出声来，说了句关于革命本钱的话。弄得老郭很尴尬，一张脸挤出许多种笑容来。

摊开书稿赵学尧已全然没有心情。现在思路更加清晰，论据更加充分，缺的就是时间。可他时间还要不断受到"坏分子"的侵略。他一定要换个房子，不然生命一天天流失思想一点点破碎，实在是幸福村的重大损失。正痛心疾首着，老郭又来敲门。

赵老师还在用功啊？这样刻苦我真服帖了。

赵学尧只好赔笑：客人走了？

老郭说，我哪有那么多客人啊，我是看这些打工妹可怜。我这个人心肠软，听不得伤心事。有些山区里来的女孩子也不懂事，白天黑晚加班不说，连铺盖都舍不得买。睡觉就拿水泥袋盖一下，身上来事了就拾些破布烂衫回来垫一下。

赵学尧心想你不就是没套住想让我看看吗？何苦来？你应该铆住重点不能遍地开花，要不干脆下蒙汗药。省得老酸不拉叽学那只著名的狐狸。

老郭说，她们有好几个月没开工资了。

赵学尧嗷了一声，心想她们有你这个款爷是不用开工资。

老郭长叹一声很沉重的样子摇着脑袋，老板跑了，谁也不管她们了。仿佛他才是打工仔的监护人。

赵学尧说，是吗？

老郭见他没兴趣只好走开，很深沉地叹息，作孽哟作孽哟！

又过了些日子，有天傍晚散步的时候，赵学尧看见小山包上有些打工仔在聚会，远远看去那个说话的人像是唐源，一手叉腰一手挥舞，一副车间主任派头。这情形让他心里一动，记起了一点什么。这小子有点头脑，爱琢磨，不比一般打工仔，好像他来深圳闯荡是负有什么重要使命似的。工会，工运，工人领袖？一个打工仔有这种眼神肯定让人不舒服，在哪儿都让人不舒服。这样一想，自己曾经有过的眼神也可疑起来，难道自己过去也这样看世界的吗？不至于，他想，不至于。

赵学尧本想是过去听听的，走了几步又觉得没什么意思。劳资矛盾是客观存在，而且必将长期存在，长眼睛的都看得见。你可以为丑恶愤怒，也可以为黑暗忧虑，但这是支流中的支流，现象中的现象，一个理性的人不能对历史趋势失去判断。老郭那天说得好，这个世界本来就是有人哭有人笑的。那天他问得也好，你是跟着哭呢还是跟着笑?

不想天色擦黑，又碰上了神色匆匆的唐源。唐源挖苦他说，赵顾问如今不催租了，改行吹牛。

赵学尧知道他指的是报纸上那些文章的事，笑道，欢迎你提意见。

唐源说，你们这些人良心早就喂狗吃了，狗都拉出屎来了，良心没了给你提点意见有啥子用?

赵学尧眉头皱起来，我们俩不是一个阶级了?

唐源说，今天没得时间跟你费口水，我还有事。说罢就要走。

赵学尧心里老大不快，可还是拉住他说，那天我就要跟你讨论，你不愿意。有句话我还是要跟你说，现在时代不同了，你要转变观念!

唐源甩开他的手，说我来深圳听到最多的一句话就是转变观念，无非是说我们不能用自己的眼睛看，不能用自己的头脑想。我看时代没什么不同，工人还是工人，农民还是农民，地主就是地主，资本家就是资本家，到28世纪狗也改不了吃屎。

赵学尧说，劳资双方是可以合作的，当今世界已经进入全面合作的时代了。国与国都在合作了，人和人还不能合作吗?

唐源冷冷道，你们做，我们和，就叫合作。

赵学尧怔着，竟无言以对。

19

有两间公司早几天就出事了，一家是公司老板欠薪三四个月，索性跑回香港不露面。那个叫华仔的因为是文氏的族人，公司连租金也没交。工人闹起来，总公司也没办法。

而寰宇公司则是因为出了人命。这一批四川妹子年纪太小，太不懂事，来了就连轴加班，一心想挣钱。这家公司是做涂料的，本身就有职业风险，加上水土不服，很快就染上了毛病。老工人还不能劝，一劝就以为是跟她们抢饭碗。这样，一个叫晓晓的孩子临送医院还死活不肯脱工装，说是打完针就回来加班，结果去了就没能回来。晓晓的招工表上填的是16周岁，后来才搞清楚她还不足14。

这天早晨，一两千打工仔集体行动，在写字楼前静坐示威，又打电话又喊口号，他们是决心把事情闹大的，把市区两级政府都惊动了。劳动局的摩托车多老远就响起警笛。

这天正是接待村里一个中央参观团的日子，各大机关来的干部都站在窗前朝下看，看得赵学尧心惊肉跳。村里干部见过罢工，可没见过中央机关的大干部，都不知该怎么应对这阵仗，吓得门也不敢出。

怨气十足的老郭可能郁闷得太久，居然兴奋得嗓子都哑了，在走廊上来回窜，看看，出事了吧，罢工了吧，这回真的闹大了吧？

赵学尧一把揪住低声骂：你搞女人搞昏头了？你不想干我还想干呢。

老郭这才有点发懵，说我老早讲过嘛，不听嘛，不听就要出事嘛。

其实赵学尧也早就想清楚了。这几天村里气氛不太好，他也早就和何子钢通过气，这些都在他的意料之中。开始何子钢还听不懂，问气氛不太好是什么意思？赵学尧就告诉他，有些公司几个月没发工资了，现在打工仔都在嗷嗷叫。

何子钢喊了一声，说我当是什么事呢，你老是这副忧天倾的样子实在没劲，打工仔声音再大，市里也听不见，北京更听不见。你的目标是把文念祖推出去,别为打工仔分心,你现在想退也来不及了。

赵学尧说,不是我想退,我是怕后院起火。

何子钢说,后院起火不就烧屁股吗?脸能保住就行。你越怕出事越出事。

赵学尧就笑,你小子真可以从政了,有点政治家派头。行,我跟你干革命了。

何子钢便有些张狂,做出不屑的样子来,说你以为从政很难吗?用眼睛说话,拿嘴巴看人,鼻子会听风耳朵能识字,不就是这一套吗?

赵学尧说,脑袋反而不用了?

何子钢道,很简单,脑袋替老板长着。

所以他的第一反应就是这种事一定要冷处理,最要不得火上浇油,也立马就想到了唐源,只有这个车间主任能组织起这样大规模的行动。他有点后悔那天没有及时介入进去,否则早把事情消灭在萌芽状态中了。但反过来一想,早把它消灭了,还有你赵学尧什么事?沧海横流方显英雄本色,它不流你怎么显?

赵学尧早就设想在打工仔和老板之间倡导合作了,他早就知道这样的矛盾无可避免。他甚至还有点欣赏唐源,喜欢这种爱动脑子的青年。可你唐源在这种关键时期来这一手,简直就是跟老赵过不去了。老赵不为老板着想可也得为自己着想不是?怎能让你坏了大事?赵学尧是个人道主义者,赵学尧历来主张公平正义平等博爱的,甚至他刚听说时还有点血管膨胀,特别是听说了那个晓晓的事,他眼都红了。这都没有问题。这和良心没有关系。良心必须服从身体。

想清楚以后他就去见文总。文总躺在沙发里脸色铁青,正在对几个副总发狠,说养你们乜用啊?没办法?没办法就回家想去,把自己椅子扛回去,不要讲我不给面子给你。

几个副总谁也不走,还在那东扯西拉,说不知"冰果"打的头,要先把领头的治住,不治不得了。

赵学尧说,你们这时候千万不要胡来,矛盾不能激化。现在当务之急就是把人稳住,不能搞对立,如果他们再游行到市里去就不好收拾了。

副总们说,又不是我们欠他的钱,公司老板跑了我们有什么办法?跟我们闹有什么用?眼看到年底了,不把领头的治住,其他公司也会跟着闹。

赵学尧说,你们要治谁?你能把2000人都抓起来?又说,难怪文总批评你们,到这时候还不出个好主意。这时候一抓人不就火上加油了吗?

副总们这才老实了。

赵学尧说,这些打工仔不是对幸福村有意见,但村委会是政权组织,他们认为公司不管村里就该管,这也合情合理,何况村里还叫总公司。所以我认为,文总你应该出去见见他们。

文总坐起来,想想又躺回去。

赵学尧把嘴舔了又舔,说,文总你放心,话我来替你讲,你只要站在旁边就行。他们要打就打我,你掉头就回来,不行吗?又说,你们大家算一笔账,就算村里替公司垫发两个月工资,给晓晓的家属垫发抚恤金,也不过几十万的事,大不了最后变卖这些公司的设备,也亏不到哪里去。你们怕什么呢?

一个副总说,这不是钱的问题,这样一搞村里还有什么面子?总公司以后怎么管?

另一个说,这个头一开,"冰果"来投资啊?

正讲着,何子钢领着劳动局监察大队的人进来了,他们也七嘴八舌说,罢工早就不稀奇了,饭吃多了就要拉屎,钱赚多了就要罢工，你们要正确对待正确处理。怕是没有用的。

何子钢说得更绝：管理也是生产力，领导艺术更是生产力，文总你拿一点风采给中央同志看看！

这样文总就答应出去，说，赵老师我就靠你了。

于是文总跟在赵学尧身后，几个副总护在旁边，一个个跟出去砍头示众的样。于是赵学尧大出风头。

口才正是赵学尧的强项，来特区还没有机会给他展示。赵学尧是个有良心的知识分子，他可以列举无数事例来证明这一点，并不像唐源挖苦的那样。可他不好跟一个工人说自己高尚正直，那样未免浅薄。现在，机会终于来了。他从打工这个词说起，论证了不叫打工仔叫来深建设者的必要性。说你们远离家乡亲人，来支援特区建设，让青春迸发光辉是何等光荣，一直说到村长文念祖也是苦孩子出身，村长就是你们的父母亲人。他报出了一连串打工仔打工妹的名字，有些名字他自己也不知怎么蹦出来的。他说晓晓的不幸去世，正是全国人民对改革开放做出的牺牲和贡献，说晓晓的精神就是青春无悔，就是勇往直前，是奉献是大爱。说到晓晓临去医院还想着回来加班时，他哽咽了，说这就是对工作的热爱呀，对劳动的热爱呀，把自己感动得不行。他说你们都是为了追求理想到深圳来的，你们是寻梦者不是淘金者，你们中间将来肯定会涌现出一批总经理董事长和大老板，在深圳，你们人人都有机会当太阳。你们当了领导就能体会到，领导其实也很艰难，我们大家都要分享这个艰难。

赵学尧自己也没有想到效果会这样好。有几个女孩子当场就哭昏过去。

文总也被他激动起来，当场宣布拿花名册来，当天给大家垫发两个月工资。晓晓的后事由村里负责安排抚恤。

赵学尧又趁热打铁，说村里早就考虑要维护来深建设者的文化权力，满足大家的文化要求，正准备创办图书馆和文化夜校，今天正好给大家宣布一下。

另外他也注意到，讲话过程中有几个打工仔在人群中窜来窜去呼喊口号，而唐源则戴个大墨镜站在最后。后来口号越来越稀了，知道没戏了，这几个人才重新聚到一起。

散了以后赵学尧想了一想，还是对分管企业的副老总说了唐源的情况。交代他千万不要难为人家，不要提罢工的事，也不要解释什么理由，发点路费请他走路就完了。

晚上宴请劳动局监察大队，大队长非要跟赵学尧干三大杯，大队长说，我要有你这张嘴起码可以增加十年阳寿。

何子钢因为也见到了全过程，第一次对赵学尧表示了赞赏，眼底的那种凶光减弱了许多。在洗手间里，他一拍赵学尧屁股，说，行了，你终于进化成深圳人了。把赵学尧裆下那点内容惊缩回去，小便淋了一腿。

几天后的一个晚上，有打工仔来敲门，说是有个朋友想请他去火车站见面。赵学尧立马就想到是唐源。

这两天的诸多变化令赵学尧心里七上八下，老郭突然消失，家里是冷清了，可也让人觉得空虚。好像是少了一个参照物，反而看不出自己的优势。唐源的事也是一块心病，他不知他们是怎么跟唐源谈的。他希望是礼貌一点客气一点，而不是强迫，但他们那些人可不是这种风格，那个副老总听说经常在外头惹事的，威猛得很。

坐上中巴，那小伙子突然问：你不会以为是去挨揍吧？

赵学尧惊道，怎么会？唐源是我朋友。

小伙子却不吭了。赵学尧想想，心就悬了上去，热汗立刻喷涌不止，某种预感正在逼近，后悔也来不及了。

果然，唐源憔悴了很多，一只胳膊还吊着绷带。赵学尧想去握手，看周围几个都阴沉个脸，手便垂了下来，连嗓音都发抖了。唐源说，你不用怕，也不用解释，我只想问你一句话。

赵学尧两股战战，说找个地方喝点酒吧。

找了个小饭店，坐下来闷头喝了几口，便问怎么回事。

唐源没拦住，一个打工仔就叫起来：你们要炒鱿鱼就炒鱿鱼，何必害人呢？没水平。

原来唐源被炒后来到市区，在大街上被几个保安拦住要查身份证，唐源不知有诈，事实上他也不可能反抗。这样就被保安撕掉了证件，一顿胖揍不说，当夜就给送到了樟木头。到了樟木头人家可不听你解释，拿不出证件就是三无人员，一关就是三天。下午才找人花钱保出来。

唐源摆摆手说，这些跟你都没得关系，我请你来，只想问你一句话：你真的认为幸福村好成那个样子吗？你给我讲一句掏心窝子话。

赵学尧尴尬着，说我们看问题不能太简单嘛，说好，说不好，都有片面性的嘛。

唐源说，那你就简单一点儿说，剥削好不好？压迫好不好？欺骗好不好？

赵学尧叹口气，说你钻这个牛角尖有什么意思？剥削不管好不好，你都要接受它。压迫不管好不好，它都是客观存在。将来这个社会只讲合不合法，不讲合不合理。我这都是心里话。又说唐源啊，你要认清时代，你回到内地，也还是有这个问题，深圳的今天，就是内地的明天。

唐源沉默了一会儿，说，现在回过头想想，也只有毛主席才是真心为工人农民的，可惜我们大家都看不清楚，也跟在后头骂。然后就大口喝啤酒，跟着眼角那儿就渐渐有了湿斑。

喝了几杯酒，他们也就不再为难他，不再追问那些没有意思的问题了，酒精似乎化解了隔阂，了结了恩怨。赵学尧把身上的钱全部掏出来,硬要塞给唐源。

唐源看看那钱,扔在桌上,说你晓不晓得我为什么想听你一句话?因为我总以为知识分子能有点良心。也不等他答话,一伙人掉头就走。

看着他们很快地消失在熙熙攘攘的人流中,华灯初上,大放光明,赵学尧松了一口气,却又感到了一种失落一种怅惘,好像是流逝的岁月,好像是淡忘的乡情,依稀记得却又很模糊,说不上是惋惜还是感慨。

只有一点是肯定的,这和良心没有关系。

第六章

20

　　柳叶叶买了一本杂志，封面上的女孩是深圳著名的打工作家，好漂亮。她觉得自己的眼睛跟那个女孩有点像，所以就买了下来。另外杂志的封面上有句话她也喜欢：在深圳，人人都可以当太阳。这话，常书记也说过的。

　　她心想，不当太阳当月亮也行，当不成月亮当星星也好啊。她就把杂志封面贴在蚊帐上，每天睡觉都能看见。她的空间不大，一间寝室12个人，每个人只能在自己的蚊帐里下功夫，螺蛳壳壳里做文章，插一枝花啊贴两张画啊，反正总是要布置一下的。女孩子，多一些玫瑰心思有什么要紧？

　　其实柳叶叶心思并不大，太阳月亮她不想，但读个电大夜大她还是想的。这个心思她写信告诉家里了，她说过年我就不回了，明年再回，这样就可以省下学费来。爸爸妈妈说，家里你不用操心，只要你自己好好的，我们就放心了。柳叶叶的爸爸做过村里小学的代课老师，对上学是心存一百个崇敬。所以她就去夜大报了名，夜大学费贵一点，但时间上灵活一点。她算过一笔账，苦个三年，少回两趟家少买几件衣，就能把文凭挣出来。这个想法也和毛妹桃花她们几个商量过，但是各人都有各人的心思，现在都是大人了，她们不愿意也勉强不来的。

　　经过上次的事情，姐妹们之间矛盾是没有了，可转正以后人也好像突然都长大了一样，想事情都比从前复杂得多。比方讲，星期天就再也聚不到一起，有好几次大家都说要聚一下，硬是没有聚起来。再比方，原来讲好的过年一道回家，现在肯定也不可能一道了。还有，就是给家里头寄钱，原先都是相商好再去寄的，你寄好多我寄好多，大家尽量保持一致，现在更加不可能了。各人都有了自己的小算盘，就连各人的存款都是不好拿出来问的。只有毛妹，每个月都去寄，300，或者400，就像一头老黄牛，家里那张犁不晓得要背到啥子时候才能到头。试用期满后大家的工资都有600元，加上加班费，加上毛妹替人家顶班的钱，毛妹怎么说也能挣到700多，可是她还是喘不过气来。毛妹已经苦到连卫生巾都舍不得多用，她还有啥子存款？

她问过毛妹，毛妹只是瞪着两只眼睛，一动不动。那两个眼睛像两个黑洞，里面有多少内容已经看不清楚了。她问，那你过年回不回嘛？毛妹说，回去还不如多寄两个钱。听到这个话她本当高兴的，总算有个人留下来陪伴她了，可是心里还像被铁夹子夹了一下，怎么也笑不出来。

邮政所是深圳的一道风景。快到年边了，那些不能回家的人，那些牵挂父母兄弟姐妹的人，还有那些因为各种各样原因决心留在这座空城的人，都来排队汇款。排队的人很多，一直排到大门外。他们说，别看现在人多，再过些日子你想见个人都找不到地方，你在大街上撒尿都没有人看得见，趁现在过过瘾吧。然后他们就笑，很得意的样子。他们像是老油子，说着这些无聊的话，一点一点耐心地往前挤。其实他们也是打工仔，一点也不比她们老练，有些人连汇款单都不会写。他们只是用这些话来掩饰心里的恐慌和焦急。谁不怕孤单？哪个不想家？这从他们表情里就能看出来，他们的面孔是呆板的，眼神是严肃的，偶尔笑一下立马又僵回去。好像有根绳把他们的魂牵住，他们的心早就不在这里，只不过用寄钱这样的方式来证明，自己的身体还在，心已经通过电线飞走了。

毛妹寄的是500元，很坚定地写下来，然后又写了好多话在附言里。

柳叶叶说，你不要命了？

毛妹笑一下，不吭声。

柳叶叶晓得舅舅舅妈都要吃药，也晓得她的心思重，但这样搞肯定是拿自己的小命开玩笑。这些钱寄走了，还有一个多月怎么活？广东这边要过了正月十五才开工的，就是开工也拿不到工钱。但她想了一下就不再劝了，晓得劝也没有用。她把自己这边减了100元，她想，以后就搭伙吃饭好了，不管怎么说也要把这个年熬过去。

可是在窗口，毛妹还是遇到了麻烦，营业员说附言最多写20个字。毛妹说，一个人就一句话也不行吗？不行。另外加钱也不行吗？也不行。毛妹就眼泪巴巴不晓得怎么改。后边排队的人都急了，吵得一团糟。那个营业员阿姨是个好心人，见她那个样子可怜，就叹一口气说，我替你压吧。

爸妈弟妹新年安康快乐我很好勿念张毛妹。

毛妹数了一遍又数了一遍，说阿姨这才18个字，再加读书两个字吧。那个好心的营业员阿姨看看她，又替她加上了。毛妹这才松了一口气，千斤重担卸下来一样。

年终的员工大会上，柳叶叶遇上了好事，公司里宣布提拔几个人当QC，柳叶叶也是一个。QC就是质检员，虽然算不上拉长主管，加不了几个钱，好歹也是一个提拔，有点出人头地的意思。很重要的是，QC不用坐流水线，比较自由一些，调个休换个班都方便，对她上夜大读书是天大的支持。

常书记很看重这一点，他说，你们今后谁愿意上夜大电大，公司都会支持你们的。我自己也要想办法去读个MBA，大家到深圳来都是谋发展的，眼光要看得远一点，你们不光要谋生存，还要谋发展，你们今后谁要当上董事长总经理可别忘了，我是讲过这个话的。说得大家猛拍巴掌。

柳叶叶开心死了，她想，怎么会忘记你呢，就是到死她也不会忘。忘不了那个阴冷的夜晚，也忘不了你今天的好。

如果将来真的留在深圳，她将是怎么样一个人？她想成为白领，穿西装上班的那种白领。她留心过写字楼里的那些女的，夹着小包，走路匆匆忙忙，嘴巴里嚼着口香糖，见人就打招呼，嗨，早晨，你好。要不然就说英语，哈罗，少来，拜拜。还有她们穿短裙高跟鞋一扭一扭的样子，还有从的士里面钻出来先摸摸头发再理理衣衫才开始走路的样子，都让她好喜欢。

她相信，人人都可以成为太阳的话不过是鼓励人上进，认不得真，但努力打拼一下，留在深圳却是可以想得到的。那天常书记说女孩子都喜欢深圳，她当时一下就听懂了，一下就明白他在说什么。有这么温暖的气候，有这么繁华的街市，有这么耀眼的时尚，哪个女孩子不动心？你想穿什么就穿什么，想买什么就买什么，想怎么样就怎么样。可是要爬上这些台阶，还要走多长的路啊，简直比登天还要累。柳叶叶相信，叫你好好干，总归不错的，好日子都是干出来的。哪怕天堂就在前边，你也要一朵云彩一朵云彩地翻过去。

谁知高兴过了头，快到放假的前两天，她居然跟小青大吵了一架。那两天也是下单下得太多，做不完就加班，主管说这是年前最后一批货，做完就出粮，出完粮就放假，所以赶得特别紧。头一天她当班的时候就发现小青跟不上，挨了组长的骂，她还特意跟小青打了招呼，慢就慢一点，挨骂就挨骂，千万不要出残次品，她被打卡打过好几回了。可小青心急，又被骂得狠，那天还是出了两个次品。

这种线路板贵得很，错一点就是次品，就得报废，想返工都返不了。到了柳叶叶这里，她能哪样子办？当时小青是给她挤过眼睛，她也看到小青的眼神是那样地慌张，可她能哪样子办嘛！那天，公司老板和常书记他们都在厂房里，他们都在等着出这最后一批货，没有办法，她只好把这两块挑了出来。收工时候，小青再一次被打了卡。可能因为老板高兴，主管也没有说什么，提都没有提一句。

但小青受不了了，当时就把工号卡摔在地上。

回宿舍柳叶叶想跟小青解释一下，还没有开口，小青就骂起来。骂几句也就算了，但小青提到了常书记，她就不能忍了。小青说，你铁面无私，你了不起，你不能包庇我，姓常的就能包庇你！柳叶叶说，常书记怎么包庇我了，你讲清楚。小青说，你自己做的你自己心里有数，还要人家讲？

后来，柳叶叶才想明白，小青她们对那件事还是不能忘记。她和香香一直觉得自己是吃了亏的。自己吃了亏，作出了牺牲，好处却没有捞着，好处都给了柳叶叶张毛妹。香香是嘴上不说心里拐，其实她们都是一样的想法。凭良心这个事放在哪个身上也都不能忘记，哪个受伤哪个晓得痛，旁人是很难体会的。明白了这个道理，柳叶叶也就不再气了。

可惜她明白的时候，已经太晚。

她们回家过年的时候，小青是把东西全部带走的。毛妹跟她说这个话，她还有一点不相信，毛妹就领她去她们宿舍指给她看。毛妹说，桃花和香香的垫褥子都还在，只有小青的不在了。看到那个空荡荡的床板，柳叶叶心里抽了一下，好像也抽空了。

她还嘴硬，说又不是我喊她走的，她自己出了残次品，赖我啊？她说常书记包庇我，我不气吗？

话是那样说说，可到底是有一点点虚，话音已经劈叉了。

腊月二十八，公司里已经空了，幸福村也见不着人了，深圳成了一座空城。柳叶叶觉着好冷，其实气温还有10度，不知为什么会这样冷。她钻到毛妹的被窝里，两个人抱在一起还簌簌地抖。抖的时候她还在想，小青真的那么恨自己吗？她回去真的不想来了吗？如果她真的不来，村里人会怎么样想？人家会以为是一个柳叶叶挡了小青的路？

当初大家一道出来闯，心思都差不多，好像前面的道路只有一条，不管怎么走都岔不到哪里去。其实，即便是睡在一张床上，各人也是做各人的梦，世界大得很呢。

21

常来临的耳朵小，这个缺陷以前时常受到袁敏嘲弄，说他比一般人要小一圈，是个没福气的人。当然这都是夫妻间极其私密的小动作，玩笑而已。但他耳朵因为小，却有着常人不及的功能：可以自由扇动，这是个绝技，每每得意的时候，就会扇两下表示表示。有时候袁敏生气了，他也拿这个绝技来哄她，一哄天大的事也就过去了。

他这次回家可以说得上财大气粗，提前就电话告知，要袁敏开出购物单来。手上握着四五万，感觉就是跟从前不一样。开头袁敏也开玩笑，说要钻戒，他真的要去买钻戒时，袁敏又说不要了，说到了这个年纪已经没有那么虚荣了，说把钱留下来。其实常来临心里也是这么想的，一个下岗工人带着钻戒去扫马路总是不太自然，何况他们到现在都没有自己的房子，何况还有嘟嘟，他也就不再坚持。当然，这些都是在电话里随便聊两句，快要见面了，情虫已经爬出来了，只是还没有那么疯狂，总之心情不错，就等着休假了。

可是放大假的前一晚，老板单独请他吃了一次饭。按香港人的规矩，来年的聘书是要在年前送的，请吃饭则表示更高一层的礼遇，台湾老板当然也是讲究这个的。

陈太说，阿临你对公司的贡献大家都是看得见的，所以肉麻的话我就不说了，只希望你认真地替我问候太太，说我谢谢她，一定要带到哦。

他说好好，一定带到，喝了一杯。

陈太说，你回家打算买什么礼物给太太，要不要我帮你参谋参谋？然后就把一个礼品盒推了过来，上面有一个大大的红包。

他说不用不用，真的不用，又喝了一杯。

陈太说，你太太一定好漂亮好温柔的，不然你那么柳下惠？我算服了你了。

他说是是，没有没有，再喝了一杯。喝到第八杯的时候，陈太就把意思说出来了：公司里已经走空了，放大假期间总得有人守着，不然她不放心。再说开年就有一个大单，谁来张罗啊？

要是搁从前，他不会有二话的，单位里有事情，理所当然要有人顶起来。可现在这个话就不能说了，这是一份老板工，捞过界是犯忌讳的。马明阳说得好，马仔就是马仔，不为钱你来深圳干吗？马仔和老板就是一个结算关系。何况，他也确实有难处。袁敏在电话里暗示过好多次了，端午没回家，中秋没回家，过年总不能不回了吧？又不是隔着几千几万里。老人家会怎么想？他们以前对你是有点过分，他们已经后悔了，你还要他们怎么样？你不为老人想也不为女儿想吗？这些话是能说出口的，还有说不出口呢？说不出他也猜得出。

记得临出发那天老岳丈心情好了很多，还亲自给他斟了一杯酒。这让他很感动，还说了几句一定要努力表现，不辜负岳父岳母大人养育期望的话。

袁敏说，搞得这么严重，好像去了就不回来似的，深圳又不远，说不定礼拜六就回家了。话是这么说，眼圈也是红过的。

接着自然是一夜缠绵。袁敏泥鳅似的拱到他身上说，别动。已经很久没有这样的情形，更多的时候好像只是为了证明他们还是夫妻。一周一次的证明，不多也不少。到了那一天，袁敏就会问，来不来？他要说来，她就会把衣退了，直挺挺地等着。如果不说来，她就会把身子一蜷各睡各的。袁敏很累，两个人都没有正经工作心就很累，里里外外地张罗，又要在父母面前护着他。这他都明白，所以不管白天说话有多么亲热，夜里这个姿势就没变化过。

那天女儿已经被外婆早早带过去睡了，他明白这也是一种安排，一家人都是识做的。天没那么冷，但赤裸也会着凉的，他替她搭上了被，却被她一把扇开。那时，这个娇小柔弱的袁敏完全被释放出来，抽搐令她一次次癫狂——又不敢喊出声，只能张着嘴，大口哈气。他明白，这就是别离，是爱。于是他眼里也慢慢地蓄满了泪水。他们是高中同学，从恋爱到结婚生子也经历过多次别离，还确实没有过这样的记忆，因为那时她不担心。

后来，她才蜷伏在他怀里说，我要让你一辈子都记得。他问怎么会这么想？她说，深圳，那是个什么地方啊？他说别以为深圳女人都不穿底裤，我也不是那种人。她就在他耳朵上咬了一口，说我知道，你是个劳碌命。小耳朵。

陈太再三说不好意思，说你要实在为难就算了。

常来临只好说不为难，现在人家老板已经开口了，他就不能让她难堪。这一点他还是做得很绅士的。

他给袁敏打了电话，开头就说对不起，然而原因还没说完，电话就挂上了。这样心就一直悬着，不知会发生什么事，也不知袁敏会跟老人编什么样的瞎话。其实什么事都没有，什么都不会发生，可心还是悬着。

年初一的上午,他一觉醒来,发现电视机还开着,还在说些恭贺新禧给你拜年之类的话,那些主持人个个表情夸张激动无比的样子,说了一夜也不累,让他觉得十分搞笑。于是心情好了很多,便起床,洗漱,然后一个人在公司里闲逛,四处走走看看,好像一切真的要从头开始了。

这时便听见头顶上有人喊,常、书、记,新、年、好!

新年好新年好,你们没回家吗?

没有,我们留下来陪你过年啊。柳叶叶调皮地说。

谢谢,谢谢!那一刻心里突然就有种滚烫的感觉,好像鼻子也酸了一下。

然后他们就在一起煮饭吃,把猪肉和豆腐白菜炖在一只锅里,用一只茶缸轮流敬酒。这种吃法他不是第一次经历,不过那时是在部队,现在这种感觉又回来了,觉得真是很快活。

他郑重其事包了两个红包送给柳叶叶和张毛妹,两个人都不愿拿。他说,入乡随俗啊,在广东,小孩子拜年都要拿红包的,不拿就是嫌少,认为长辈孤寒,是大不敬的。孤寒你们懂不懂?

张毛妹说,我们不是小孩子了。

他说,在广东没结婚的人都叫小孩子,明白吗?

于是她们愣一下,都说明白了。

于是他也似乎找回了尊严,尽管其中多少有一点点酸楚。他说,想不到啊,想不到跟你们在一起过了一个有意思的春节。现在我一点都不冷了,这几天好冷啊。

柳叶叶问,常书记老家下不下雪?

常来临把眼睛闭上,想一下说,我好像不记得下过多大的雪,就是最冷的时候,下雪也就是一点点,反正很快就化了,跟下雨差不多。我当兵的那年,广州下了雪,全城人都激动得不得了,穿着拖鞋跑出来看雪，把雪抓起来往脸上擦，宝贝一样。

柳叶叶尖叫起来，那还叫什么雪？我们老家下大雪都不敢出门，雪把山沟沟都填满了，到处都是平的，一不小心滑下去就完了，那才叫个雪！

女孩们说得常来临也兴奋了，说将来我一定还要再去一次，去好好看看西水江，看看九龙抢水，看看你们柳树桠。

说话算话？不带赖的哦？

常来临伸手拍了两个女孩的手，认真地点了头。

22

毛妹对柳叶叶说，常书记好奇怪哦，你没有注意到吗？我们喊新年好的时候，他眼里都有泪花花了。

柳叶叶想一下，也觉得问题很严重，他是有家有室的人，过年也不回家，公司里放长假，他一个人留下来是看房子吗？但吃饭的时候他又好像快活得很，不像有什么心思的样子。她搞不懂，常书记那样有本事的人，能有什么烦心的事呢？

毛妹说，男的跟女的不一样，有天大的事也憋在肚子里，一般看不出来。要是女的，早就疯了。

话是这样随便讲讲，两个人都各忙各的事情，说过也就忘了。总之常书记是个好人，她们都是这样认为的。好人有好报，她们坚信不疑。

毛妹在外头找了当保姆的活，给人家看娃儿，半个月就打发过去了。

柳叶叶在忙着背书，准备开年去考夜大。等到过年的人陆陆续续回到公司，一切都恢复了原样，这个事也就丢在脑壳后面了。新的一年已经来了，大家都想努力奋斗，在新年里有个好运气。

这一年公司里有一个新变化，就是文化活动比以前多了。听说是幸福村领导作出了决定，要加强对外来劳务工的遵纪守法教育，所以村里办了文化夜校，办了图书室。公司里也办了黑板报，在周末组织大家乐活动。文化夜校参加的人不多，没有文凭不说，那个老师也讲得人打瞌睡，另外还要收费。所以柳叶叶很得意自己去报考了夜大，不管怎么说，再辛苦那也是个正经文凭。

其实所有这一切变化，听说都和寰宇公司那次罢工示威有关。那次事情柳叶叶不清楚，只是听说炒掉十几个人，对寰宇公司也罚了款，提出了黄牌警告。警告他们用童工，扣发工人工资。这些话听上去还是蛮公平的，大家出来打工是为挣钱，不是出来闹事的，哪个也不愿闹事。她们说，这叫各打五十大板。

三月的一天，公司里突然停了工，说是区里来召开万人宣判大会，外来劳务工必须参加。在幸福村的广场上，密密麻麻坐满了打工仔。先是听村里的赵顾问作报告，这个赵顾问听说是个大学教授，所以柳叶叶就格外注意听讲。他那张嘴好厉害，讲话不看稿纸，还能说一串一串的顺口溜。不像那些干部，照着纸念还念错了，弄得底下哄堂大笑。其实他们说的也都是一个意思，现在治安形势严峻，犯罪分子猖獗，要树立法制观念，自觉维护社会稳定。当然对打工仔来说就是要遵纪守法，不要知法犯法。

然后就是把一批犯罪分子押上来审判，一个个五花大绑，后背上插了个牌子，抢劫杀人犯，强奸杀人犯，还有爆炸杀人犯，等等，全部死刑，立即执行。然后把这些人抓到汽车上围着会场转了一圈，开走了。然后就宣布散会，大家一开始还有点莫名其妙，怎么好像还没说到劳务工的事，大会就结束了？就为这几个犯罪分子，那么多公司停工半天？好像是开玩笑一样。

后来有人说，怎么没关系？他们哪个是本地人？哪个不是内地来的打工仔？就是有关系，关系要你自己去想。

有的人还问，幸福村去年有一个烂仔贩毒杀了人，这次怎么没有判？对本地人和对外来人就是不一样。

这样一想就明白了，明白了就心里好不舒服。其实对于本地人排外，欺负外来工的说法柳叶叶一直不赞同的。有些女孩子一到深圳就学白话学客家话学潮汕话，以为那样就比别人高一头，买东西就比别人便宜一些。其实你就是把脑袋削尖了，装一个广东人又能自信了多少？

他们的议论柳叶叶都是不吭声的，但是不等于她没有看法。她觉得相比较而言，宝岛公司里组织的文化活动，比如办黑板报，组织大家乐，游艺室等等还是比较讲人性一些，你的目的是要大家遵纪守法，好好工作，不是要劳务工害怕。那么杀气腾腾只能吓唬好人，坏人反正是坏人了，他又不怕你吓唬。

柳叶叶给黑板报写了一首小诗，写了那天看到毛妹给家里寄钱和大家排队的情形。题目叫《寄钱》：

　　千个万个都是排队的人
　　千颗万颗都是恋家的心
　　千言万语都写不完
　　20个空格挤不下万万千千

这是她第一次写诗，本来就不会写，是那个办黑板报的人逼着她写的。那个人说，你不是考上夜大了吗？考上夜大还不会写诗吗？这样她就只好写了。

不料想常书记找来了，把她拖到门外说，想不到啊想不到啊，柳叶叶还是个才女啊。

她脸通红说，不是不是，真不是的。

可常书记却认真问了那天寄钱的事，怎么排队，怎么寄钱，为什么只能写20个字。后来说，我想搞一个活动，"算算寄给亲人多少钱"，你看怎么样？

她说好啊。

常书记就在她头上轻轻拍了一下，走了。

就那一下叫柳叶叶触电一样愣了半天。那种感觉是从头顶，脖颈，后腰，一直到脚后跟，是慢慢麻下去的，然后身子就软了，跟地板连到一起了。是感动？还是温暖？她说不好，反正这件事是件大事，让她后来付出了好大代价。

柳叶叶说好啊的意思本来很简单，就是那天看到打工仔寄钱的样子真的让她好感动。没想到这个事一搞就搞成了算账，又搞出了好大的新闻。

先是区里的报纸上登出来，说是宝岛电子公司开展"算算寄给亲人多少钱"活动以来，外来劳务工不算不知道，一算吓一跳，单是这家公司的劳务工几年来汇往全国各地的汇款就达数百万元。接着，又是好多家公司开展了这项活动，汇款达到数千万元。最后搞到市里，报纸上的数字是数十亿元。结论是，深圳从一亿元起家，不但为国家贡献了十几亿的税收，而且使全国的贫困地区受益好多好多亿。有个电视主持人干脆说，深圳不但养活了近千万外来劳务工，而且养活了他们的家属。算一算，这是个多大的数字多大的贡献啊。

算这个账，而且是这样的算法，让大家好不开心。柳叶叶也没有想到，本来是一件让人好感动的事，怎么最后变成了谁养活谁的怪问题。报纸上的文章越多，公司里骂人的话就越厉害。

有一天她被几个男的堵在了饭堂门口，说就是她，就是她！

他们问，你不是会算账吗？你为什么不算算，我们给老板挣了多少钱？

她说，又不是我要算的。我不也跟你们一样？

他们就阴险地笑了，说你怎么会跟我们一样？你会写诗啊，你会拍马屁啊，你红得发紫了，紫过头了就要出血了。

柳叶叶气得不行，又没地方说，只有跟毛妹去哭。毛妹也说她，你写什么诗啊，那都是些吃饱饭没事做的人想出来的花样。打工仔就是打工仔，到什么时候都不要忘记自己是打工仔。

她说，那我不也上夜大了？夜大不也要读诗？

毛妹说，那就不要读了，又费工又费钱。

柳叶叶知道跟毛妹说不通，不过哭哭心里也好受多了。她搂着毛妹撒娇憨说，反正你也不心疼我。

毛妹说，我要是不心疼你，早就骂你个死丫头了，你以为你写20个空格我看不懂吗？

说得柳叶叶又笑了，原来你也晓得啊。

毛妹说，没吃过猪肉，没看过猪跑吗？我文化是浅，可心思一点不比你的少！

她们两个现在见面的机会也少了，不是周末就难得见面，所以柳叶叶就赖到毛妹被窝里，话也格外地多，讲讲就讲到小青和香香。讲到她们两个心情就格外沉重。

小青开年是没有回到公司里来，但家里人却说她早出来了。问桃花和香香，她们也不说，这个事就放下了。头天毛妹听说香香也要辞工，好生奇怪，找香香人也找不到。现在也不知在哪里。

说着说着心情便沉重了许多。本来辞工也不是什么大事，在深圳大家常便饭了。但五个姊妹一道出来，这么快就分手了，柳叶叶总归有一点点内疚，觉得对不起小青似的。但香香又是为什么事呢？是回家了吗？

第二天一早，两个人就去问桃花。桃花刚下班，困得很，说你们以为她回家了吗？才不是呢。

那她去了哪里？

桃花说，你们去龙华就能见到她们了，在桥头，做洗头妹。

柳叶叶脸色都变了，说不会吧？

现在大家都晓得了，所谓的洗头妹不是真的给人家洗头，洗头能赚到好多钱？洗头妹一下子就让人想到是做那个事情的人。

桃花说，稀奇死了是吧？本来我也要去的，一个月六千大毛累死人。不过我不想卖得太便宜。

柳叶叶说，我们一道出来的，大家讲好的，还要一道回去的，连个招呼都不打？她要哭出来了。

桃花说，你们都是要往高处走的人，打招呼有用吗？还不是拦到，道理一大堆，都是骗人！

柳叶叶还想说，毛妹拉着她就出来了。

毛妹说，其实她们早就跟村里那帮烂仔玩到一起了，你不晓得？天天都有人来接。

柳叶叶说，我怎么晓得？

她记起来，有一次下夜班，是看到公司门口有两辆摩托车，后来就碰见香香和小青要出门。当时还问过的，她们说出去买东西。现在想想，还真是那么一回事。

柳叶叶说，我们去龙华找她们。

毛妹说，找一下也好。反正我们把话说到，是好是歹，都是大人了，她们自己晓得。

这样就搭车去了龙华，问了好多人，才问到桥头。可越是走近，脚杆就越是沉重，好像不是香香小青她们做了洗头妹，倒像是自己做了亏心事。见面怎么讲？讲什么？洗头妹不好？你怎么晓得不好？你们好你们的，你们管到人家做什么？

正这么胡思乱想着，毛妹拉拉她说，就在那边。

她站住了，远远地看见香香和小青正靠在一根柱子上嗑瓜子。两个人穿的超短裙，烫黄头毛，一边嗑一边说笑。有路过的人，就跟人家搭话，搭不上就接着嗑，瓜子壳被她们吐得乱飞，有一粒瓜子皮还粘在香香的嘴唇上，一翘一翘地颤动。不知说了一句什么笑话，两个人哈哈大笑。有过路的还一遍一遍回过头看。

毛妹突然脸色煞白，说，回吧。

柳叶叶也说，回吧。然后她们又搭车回来了。

在车上，她脑壳都大了，做洗头妹那样开心吗？那种瓜子那么好吃吗？就那么随随便便一边吃一边吐？吐得满地都是？然后，把自己也随随便便吐成了渣子？

毛妹说，我一辈子都不想吃瓜子了。

柳叶叶说，我也是。

其实她从前最喜欢嗑瓜子，现在看到瓜子被嗑成这个样子，就有点反胃，就好比钻到自己的肚子里，亲眼看见肠子在蠕动，和那些绿颜色的胆汁和黄颜色的黏液搅在一起，淋了一头一脸。

路边的树干很高，很粗，飞一样地倒下去。这些新栽的树是南方的特色树，叫大王椰，或者啤酒棕，反正是那种只长树干不长叶子的树，几片树叶就像插在上面的小旗，她们说这叫三毛流浪树。现在，这些三根毛的大树一棵一棵压下来，压得身上好重。

23

家是一个麻烦。这点从前在部队体会不到，在部队里顶多是干柴烈火烧不到一起去，探一次亲三下五除二也就解决了。这点在待岗的两年里也体会不到，待岗时候要看人家脸色吃饭，顶多听两句寡淡无味的话而已。现在就不同了，现在就觉得麻烦。

年初三的早晨，常来临一开门，一个女人就倒在他怀里，原来是袁敏靠在门上睡着了。这一吃惊不小，四处看看，没有女儿的影子。他问，你怎么不敲门？嘟嘟呢？就你自己来的？你什么时候到的？打个电话都不会吗？

袁敏进来坐下说，好了好了，问乜呀问？算我猪头。然后就笑了，笑得嘎嘎的。

常来临还是一头雾水，说你要来就带嘟嘟一起来。

袁敏说，我不想让她看见。

看见乜呀？愣怔一会，便有点明白过来，说，那你就一脚把门踹开好了，站在外面冻死了，看又看不见打又打不着。

袁敏说，本来是想踢的，又怕你太难堪，不好做。

这样常来临就把袁敏抱起来亲，拼命亲。然后又猛地把她扔到床上，摁住了打屁股，打到手软。打到后来，倒是把自己打得泪流满面。他原本以为夫妻感情是简单明了的，没什么好啰嗦的，没想到现在也会这么复杂。他说深圳女人不穿底裤是句玩笑话，真是那样他也不能胡来。

两个人是在中学里好上的，算起来也20年了。从前当兵时候也是分多聚少，从来没有出现过这样情形。而现在，一切都好像在变，变得连自己也不相信。

他知道袁敏早就不自信了，只是她不说。失望，对自己失望，对常来临失望，唯一的希望就是嘟嘟，这是袁敏无数次内心问答的结果。袁敏从不跟人争辩，但不等于她心里没想法。相反，她固执得很。当年那个小鸟依人的女孩，满校园追着他喊哥哥的袁敏早就退场，她已然长成一棵大树。大树就必须傍上一棵更加高大的树，是橡树。这意思早就被诗人写在诗里了，天底下的女生都是这么读诗的。

那时，他是校园的明星，也可以看作一棵未来的橡树。那时，他是多么得意啊。他来自农村，可城里所有的时尚玩意他都来得，而且文艺体育也都能来两手。当然，最重要的，他样子很酷，个儿高，棱角分明，突然有一天嗓音变得浑厚有磁性，这些都是那个年龄段男生最缺乏的。有一次他无意间评论过女生的染发风，好像是说只有少数女孩子适合染发，多数人染的都不好看，一个一个脑袋都是干草枯黄，看上去都跟营养不良似的。这话不知是怎么传出去的，一夜之间周围女生的头发都变黑了。过了两个学期，他已经跟袁敏正式好上了，问，你怎么不染发？袁敏答，还不是你不喜欢！这才发现，女生们差不多又五颜六色了，只有袁敏仍是黑黑的小辫，一百年都不变。那时的他，真的很威。

现在他还是想威一下，还想挣扎一下，只是袁敏已经失去了当年的自信，也不相信他了。岁月磨人，分开不过半年多，距离不过几百里，她的神经已经脆弱成一根烤煳的橡皮。

袁敏你不用走了，听见了吗？留下来了，再也不用分开了，这是他在一瞬间作出的决断。他说，你回去不也是扫马路？在这里扫马路还扫不到吗？我还就不信了。

袁敏想了半天，那嘟嘟怎么办？

嘟嘟暂时委屈一下先，等我们站住了就接她过来。你跟爸妈好好解释一下，他们不也是不放心我吗？

袁敏涕泪滂沱，在他身上又掐又咬。

那一刻，也痛快。结婚这么多年好像才刚刚认识。

但实际情况是，找一份工还真不容易。几乎所有的公司都在招工，几乎所有的公司都只招35岁以下的女工。那些人事主管们对袁敏说，阿姨你都这么大了，在家享享清福算了。袁敏回来家问，我真的那么老了吗？其实她不老，只是人家更年轻。

深圳的环卫部门是有年纪大的，但那都是"拓荒牛"们的家属，属于照顾对象。连幸福村的环卫站也都用本地的困难户，还真是扫马路都扫不到。只有一种工作是不限年龄的，搞推销，那也算不上工作，推销了就拿提成，推不出就倒贴车费。还有就是传销，一进去就洗脑，"五三制"金字塔理论，美国最先进最人性的致富经验。只是袁敏做不来。

看着每天一脸疲惫的袁敏坐在床上发呆，常来临说，有什么了不起的？不找了。你就在家当太太好了，我养不起你吗？从前我待岗，不也是靠你养着？

袁敏眨了一下眼皮，又眨一下眼皮，半天都没吭声。这天夜里袁敏突然叫起来，好累啊，好累啊。她说扫马路也没有这么累。

常来临知道那不是身体的累，是心累。袁敏不是那种要人养的女人，她过不来这样的生活。但他没有办法，实在是没有办法。本来在宝岛电子也不是不能安排，看看仓库总是可以的，陈太也说过这个意思，但他开不了这个口。他能听出来，陈太的话是说到了，但笑得并不自然。

有一天陈太突然到宿舍里来，捧了老大一束鲜花，把鞋子脱在门外，躬着腰把花献到袁敏手上。不好意思啊不好意思，陈太说了很多不好意思。本来早就应该来看你的，实在不好意思！两个女人拉了好多家常，临走陈太留下一封介绍信，让袁敏到区里一家企业去上班，说是都安排好了。

去了几天就清楚了，原来是一家供货商的企业。事情明摆着，人家才不会无缘无故给你开工资，人情是用来交换的。

袁敏说，会不会搞出事情来啊？

常来临说，那就别去了。

袁敏说，你们老板倒是真的很体贴，有风度，人又漂亮。

常来临叹了气，没脾气了。

袁敏没事干，就在村子里瞎转。有一天看到公司黑板报上的小诗就回来跟常来临说，你们公司的女工还真有点才，能把一点小事说得那么动情。袁敏从前在学校就是个文艺爱好者，进印刷厂当排字工接触的也全是文字，后来虽说扫马路了，鉴赏口味并不低，经常会对着电视机指手画脚，她说好大概真的就是好。

这样常来临放下碗就去看，看过了也还真是有一点触动。他说，这些打工仔真是这样的，想家，可又不得不在外面苦。真叫个千言万语不知该怎么说。

袁敏瞥着他问，你想家吗？

想，怎么不想？你以为我嘴巴不甜就是不想吗？

真的吗？

你讲呢？现在就证明给你看？

袁敏就尖叫起来。

后来他说，我想在公司搞点文化活动也是这个意思，你总得让打工仔有个发泄的地方啊，他们也是人！

袁敏说，那也不能个个都写诗呀，你要是让人人都算一笔账，不是大家都参加进来了？肯定是个不得了的数字！

"算算寄给亲人多少钱"活动就是这么搞起来的。本来只是想活跃活跃气氛，在他看来外资企业私人企业也可以搞得生动活泼一些，整天死气沉沉闷头打工有什么意思？谁知一算账就把事情算大了，算歪了。

先是村里跟着算，区里跟着算，接着市里也算起来，然后报纸电视都来算。起初算的是寄回家的钱，后来算的就不知是什么了。起初不过是活跃一下企业文化，搞一个活动，让大家都有点自豪感，并没有其他想法。后来报纸电视来采访多了，他就有点骨头轻，经不起再三再四地引导，也说了几句不着调的话，好像他真的有什么深刻的想头，想掀起什么浪花似的。

对这个活动，陈太倒是很高兴，说啊呀呀，你不算账我还不晓得，阿临你真有办法，现在我都很有自豪感了呀！

直到有一天总公司的赵顾问把他找去了解情况，他才有点发憷。赵顾问说，你真是那么想的吗？深圳养活了多少多少人？

常来临说，那都是记者算出来让我讲的，我哪能管那么多？

赵顾问说，这就对了，记者总是语不惊人死不休的，你可不能上鬼子当。他说你注意到没有？这两天突然一下销声匿迹了，谁也不再提这个事了，为什么？

这才把嘴巴张开，半天吐不出一个字。他哪能注意到这些？

又过了两天，赵顾问打电话给他说，我估计得一点不错，果然是上面有了批示！舆论导向啊，开玩笑。

你别吓唬我啊赵顾问，到底出什么事了？

上面批下来了，绝不能引发谁养活谁的讨论！你懂不懂？这个事一讨论就天下大乱了。我们的方针是不争论，闷声大发财。可是你非要把它说出来，一争起来怎么收场？

常来临说，怎么越说我越糊涂了？我不过是活跃活跃企业文化，哪有那么严重？

赵顾问说，你也不用紧张，我们都看出来你是个老实人，是想干点事情。如果有人追下来，我们就这么解释。企业文化就是企业文化，我们不跟外面掺和就是了。

常来临说是是是，赵顾问你一定要帮我们圆过去。

袁敏脸都吓青了，说，怎么会这样啊？不是以经济为中心吗？这么神经兮兮谁受得了？

常来临说，是我自己不好，我不该听那些记者胡说八道的。以后再也不提这些事就是了。

可是袁敏还是走了。她说，在这里老是像客人一样，帮不上忙，还给你添乱。早晨，她把屋子收拾一下，自己就要走。

常来临拉着她，说你这又何必？我又没有怨你。

这种感觉很奇怪，明明是自己的老婆，却又像隔着千里万里，不得不客客气气，就好像捧着一碗水赶路，生怕出点什么岔子。而她呢，明明在老公身边，却总以为是别人的家，怎么坐都不自在，好像是个多余的人。

袁敏笑了一下，可那种笑要多难看有多难看。她说她放不下嘟嘟，以前你不在身边，心老是悬着。现在天天看着你，心还是悬着。再说回家总归会有一段路给我扫的，你放心啦。

他无言以对，在她心里头，家还是那边。

那天，一直下着雨，是那种密密的细细的雨。他要送袁敏去汽车站，袁敏死活不让，看见一辆的士，把他一推就钻了进去，好像她是个打的的老手。其实平时买一把生菜她也要挑挑拣拣。

第七章

24

春节期间赵学尧回了趟内地,把身后乱七八糟的事务处理干净了。房子给了老婆,儿子给了奶奶,这是以壮士断臂的姿态处理这些事的,一刀砍下去,眉头都不皱。新的一年开始了,他要以崭新的面貌拥抱这个时代,全力以赴。

这天回到写字楼,赵学尧看见几个小姐神色庄重地嚼舌头,一问,才知文太出事了。头天晚上,他就听见文总反复说我怕"冰果",当时误以为是一句粗话没往深处想。回一趟内地把"冰果"给忘了,"我怕冰果"其实恰恰说明他是怕着某件事,是很有内涵的。

原来是文太一时想不开,昨夜拌几句嘴早上就没醒过来。文总一检查,满满一瓶安眠药只在地毯缝里找到一粒,文总当时就落了泪。七手八脚往医院送,现在还不知怎么样呢。

胡小姐说,文姨也不好,骂句八婆有什么了不起?又不是没钱花,八婆就八婆好了。年纪大了,黄脸婆了,想穿一点啦。

赵学尧昏头涨脑往医院赶,一颗心也苦苦涩涩沉下去,脸色比文总还难看。好容易铺垫到如今,一台大戏眼看拉开大幕了,主角却出不了台。万一文太回不来,文总心情肯定好不了,肯定什么也不想干。就是他想干也不能硬叫老母鸡变鸭。万一文太能回来呢?能回来这样一闹也等于把问题公开化了,主角横竖是"冰果"不怕的,只是苦了编剧跟导演。何子钢也没事,大不了他不扶阿斗扶东吴，他总归要找出题目来的。只是赵学尧这一年岂不白熬了？还搭上一部书稿。

想想这文太也是的，看上去挺和善，谁知面善心不善，文总这点事又不是不知道，偏偏赶在这时候闹。闹就闹是了，何必非往绝路上闹？连个思想工作的机会也不给，实在违背了客家妇女的传统美德。

赵学尧一路这么想过去，正面反面的可能性都令他灰心。又找个僻静的地方把何子钢叫通，那头一听也傻了，半天才回话说，怎么会出这种事？

赵学尧说就是出了，现在不是让你提问题。

何子钢说，他老婆早干什么去了？非等他改邪归正了才自杀？这不合情理！

赵学尧说，没时间了，我快到医院了。

何子钢说，要是真过去了，倒也省事了。

赵学尧叫起来，你这人怎么这样？要是那样就更麻烦，这我早就想过了。你要没有其他主意我就关机了。

何子钢说，等等，她就没抢救过集体财产？没参加慈善活动？她没有一点闪光的东西可以挖掘吗？

赵学尧不耐烦，说我没有时间跟你磨牙了，你能不能过来一趟？

何子钢咂嘴，我要是有个头衔就好了。

赵学尧说，对呀，市委领导派你来的嘛，你代表市委关怀一下嘛。

红会医院离何子钢家不远，赵学尧前脚到何子钢后脚也跟上了。半月没见，何子钢好像瘦了一圈，眼镜架老往下滑，眼底血红。

赵学尧说，你是赌钱了还是吃死人肉了？

何子钢撇嘴一笑，样子怪怪的。

两个人在门口商量了一下，觉得现在关键还在文念祖身上。还是要争取文念祖挺住，不能放弃。不到最后一步就不能认输。抓住文念祖这个中心不动摇，一百年也不动摇，出现任何情况也不动摇。只要我们自己不乱敌人是乱不起来的。

何子钢说，现在就看你识做不识做了。

于是两个人并肩往病房里闯，信心百倍的样子。

找到病房一看，才知有惊无险。文太已然没事，正在输液。文总痴愣着，坐床头上茫茫然有痛苦状。他家三个女儿都在，冲赵学尧点点头。他俩也不吱声，垂手陪着，大气不出，睁眼看着药液在导管里一点一点膨胀，变圆，拉长，滴落。

终于等到文总有了表情。来到外屋，何子钢沉痛地代表市委领导表示慰问，领导有话：念祖同志是个好同志，向念祖同志问好。

赵学尧解释说，小何同志是下来了解工作进度的，今天一听说就向领导汇报了。

文总说，多谢多谢。

何子钢说，不容易啊，你们过去吃了那么多苦，把幸福村搞成这样不容易啊。说得文总眼也红起来，拉着他的手不放。又说了些宽慰话，何子钢就告退了。

文总这才低声问，怎么这么巧？

赵学尧说，文总放心，大家都知道文太是食物中毒。

文总叹了口气，脸色苍白地说，想想我也是对她不起的。我心里真的好烦好烦。

赵学尧说，交给我来处理吧。你该休息一下了。

文总于是把手搭在他肩上，拍了拍，又拍了拍，最后握了手才离开。赵学尧心里热着，有种异样的感觉，虫子一样慢慢爬，有点感动，又有点庆幸。他想到了老郭和打工妹，想到了唐源，还有何子钢，比较起来竟还是文总人情味重一些。

原来文太并不是为迟小姐的事闹，是两个人说岔了才扯出她来的。文总的细女很会说话，三句两句赵学尧就明白了。

根本的原因还是他们不争气的小儿子。他俩一共养过六胎，死掉三个，直到快关门了才养出这个带把的。谁知养着养着就养出坏毛病来，如今初中没毕业戒毒所已进了两回。文太的心思是，戒毒所里太苦，跟坐监一样，隔不几天就想把儿子弄出来。可人一出来就旧病发作。两口子脚镣手铐也用过，头也给儿子磕过，到底没能治住。再想往里送，人家就要赞助，开口就是一幢楼。这边才把人送去，那边文太又受不住了。唠叨多了文总不免心烦，搁谁身上谁也烦。于是就吵，吵开头了就鸡婆鸭公地胡扯。这样文太想想就没意思了，钱再多也没意思了。

谁知如今安眠药也改良了，只管睡觉不管杀人。

赵学尧做思想工作是行家里手，加上二女细女在一旁呼应，文太也就把热泪喷将出来。

文太说，赵老师我好苦啊，我请过黄大仙的，他讲我命苦啊，一辈子苦丈夫苦儿子。

他发觉文太相当耐看，嘴唇丰满，眼睛特别大，深深扣进去有海洋色，年轻时绝对一流。看着不觉就走了神，还叹了口气。

文太说，赵先生？

赵学尧见文太脸红了，便胡诌道，文太命是苦，不过已经苦到头了，过了这一坎往后一定越来越好。

文太瞳仁一跳，说黄大仙也是这么讲。

赵学尧说，下次我请个高人来给你看看，他是专门给中央首长看的，天目一开几千里外都能看见。不过这种人一般不愿给人看，很伤身体。

文太叫起来，没错，大师都是这样的。赵先生你一定要帮我请他来，要几钱你话我知。

赵学尧笑，这种高人是不收钱的，他们要钱没用。他们是吃素的。

细女说，赵老师是大知识分子，他讲请就一定请得到的。妈妈要相信他啦。

文太说，赵老师你们知识分子脸皮薄，家里有难处也不愿讲，你不讲我也知道的。不然你不会到我们农村里来。以后你有事就话我知。我是识得做的。

赵学尧嘿然，说惭愧。

文太又说，钱这个狗东西最不是东西，没它不行，有它也不行。早先我阿爸就是没钱送医院才死掉的。要是现在，腰子病算个乜呀，活人腰子也买得到的。

正谈得融洽，胡小姐到了，双手高举，两眼通红，从门外直扑进来，把高跟鞋也踢掉了。文太于是又眼红红地想哭。

从医院出来赵学尧头大了一圈。原来识做是这么回事，倒也不难。比起胡小姐的夸张，赵学尧认为自己还不算太过。胸中开头那点忐忑顿时被牛气弥漫了。他忽然想起何子钢的高论：这世界人跟人比的不是知识，不是智慧，而是胆量，是一股子不按常理出牌的凶狠劲儿。事实证明他是对的。早有这个认识，也许早就把那个造就中国小地主的策划搞得轰轰烈烈，他也就不是现在的他了。

何子钢家里乱得像是刚刚被打过劫，衣服扔了一地，两只箱子张着大嘴竖在桌上。赵学尧本想跟他上楼去交流心得体会，却碰见了这种难堪。

何子钢倒是说得很平淡：离了，昨天。然后吹一声口哨，去打火烧水。

赵学尧怔了半天，说，你倒是真够凶狠的。

何子钢冷笑道，真有狠劲儿的不是我。儿子过年就送走了，回过头来再找我签字，一切都在人家的计划之中。当然这期间也没忘安排一两次做爱。

赵学尧说，你们不是挺好的吗？

何子钢不吭，拿脚把衣服踢到墙角，好像是要腾出一条道来。

赵学尧问，她到哪去了？

何子钢说，你怕她没地方去？好地方多着呢。道不同不相谋，就是这样。

赵学尧心里发冷，知道劝也没什么好劝，喝酒何子钢又不会，干坐一会儿便要告辞。

何子钢说，也好，我要睡一觉。拉开门又说，该怎么干还怎么干，我没事，谁也不能挡住我，谁也不能！

赵学尧背对着他下楼，没回头。不用回头也能想出他的模样，蓬着头，红着眼，凶光四溢面色如铁。

25

晚上迟小姐来了电话，声音甜甜的软软的，问过新年好又说了一会儿天气，抱怨几句孩子，还讲最近好闷好想出去跳舞，可惜走不开。赵学尧明白她是催问款子，可是文总不开口他也无法回答，便吹迟小姐舞跳得好音乐感觉好审美趣味一流，又提醒迟小姐给孩子养成良好的习惯，最后告诉她年底村里接连出事，文总已经三天没合眼了，相信再有几天那件事一定可以办妥。

赵学尧说，我也着急啊，我不也想挣点钱吗？听到这样的坦诚，迟小姐就很清脆地笑了。

赵学尧没把这事告诉文总，文总不急他理所当然也不能急。他都在深圳混一年多了还能不进步吗？他该为自己着急才对。得空他就把稿子拿出来改两笔，体味一下这个"幸福模式"，想象一下他将如何面对理论界新闻界的轮番轰炸，他急个屁。

这天中午胡小姐来通知，说文总让他下午不要走开。赵学尧刚问一声文总在哪里，胡小姐酸话就出来了，你都不知道我怎么知道，那意思分明是失宠了。她说她的作用就是养在那边搭通天地线，早就心知肚明的。赵学尧便不敢再多话。

赵学尧听说胡小姐有个叔叔在省里做事，村里有事都要请他出面，有很大的威慑作用。心想蛇有蛇路鳖有鳖路，你能搭通天地线也是个专利级别的本事，何必非要贴得太紧呢？

正想着，老郭一脸严肃地进来了。老郭这几天好像老是有话要说，又好像要等着他先开口，弄得赵学尧很厌烦。

老郭说，首先我声明，我不是看你走红嫉妒你，我这个人最淡泊的。

赵学尧心里明白，这些日子他的努力已经见到了效果，他在众人的心目中地位已经发生了奇妙的变化，老板和他关系已经引起大家嫉妒了。于是赵学尧努力摆出一副大大咧咧什么也不在乎的样子来，没有什么，真的没有什么，你们也太敏感了。心里却有根鹅毛轻轻挠着扇着，感觉到了脱颖而出的快乐。

老郭其实也没什么大事，也就是想发点牢骚，很有点壮志难酬的意思。依他的说法，这么大的资本交给他来操作，早不知发到哪里去了。现在这样搞，比私人口袋还要没数，一弄就是几百万的缺口。现在这样管理非闹出事情不可。

这个老郭和当初自己一样天真，还是一副主人翁腔调，而他又没有何子钢这种尖酸刻薄的合作者来提醒挖苦，赵学尧只能为他惋惜。皇帝不急太监是不能急的，太监一急朝廷就要乱了。古人给太监去势不尽然是为了后宫安全,还有一层含义是,不能让太监有血性有人格,否则当皇帝的还有什么劲?当然赵学尧并不想当太监,这不过是个比喻。列宁也说过比喻都是跛足的。

文总是提前在帝豪大酒店定的位,澳洲龙虾,还有路易十三。赵学尧听说过这种酒,据说连瓶盖都是天然水晶的,立马诚惶诚恐。赵学尧说,文总你要是没有其他客人这酒还是退了吧。文总摆摆手不愿再提。

文总说,本来是请小迟一道来的,可她死活不肯见面,门也不开,没办法啦。

赵学尧也陪着叹气,说天下事就是这样。又说文总你是做大事业的人,应该以大局为重。迟小姐心里好受吗?总归是旧情难舍嘛,要下决心的嘛。

喝着酒,文总还是情迷意乱的样子,眼角也湿了,说你不知啊,这里是我第一次见到小迟的地方,我真的是好中意她的。

赵学尧说,文总有情有义啊,是条好汉。

这一大杯就为好汉干了。

文总说,我不是跟你吹,我要是想玩玩的话,找什么样的找不到?要几多要不到?我这个人最讲义气的。我老婆跟了我几十年,吃过不少辛苦,不是中意这一点早就休了她。我讲的就是义气,你敬我一尺我敬你一丈。

赵学尧说,文总是不是有点后悔?

文总说,后悔就不会,心里好烦是真的。

赵学尧劝道,文总你要有长远目光,你的事业这才刚刚开始。现在这样处理,对你对迟小姐,都是最英明不过的事。你千万要坚持下来。

文总不吭,想想又说,你不知啊,我做到今天这样容易吗?

不容易。可是自己家里的人都不能明白,还要来捣乱,我一天到晚烦也要烦死。老婆烦,小迟烦,现在老豆也要来烦!说着把桌子一捶。

赵学尧一惊,以前只听说文总的老父亲还留在文山岛不肯上岸,还不知有这样的烦恼。

文总说,我老豆不上岸,还野人一样跑来跑去,我脸上还有光吗?村里那些年纪大的阿公阿婆还能不闲话吗?你们的心事我心知肚明,只是脚杆上这点泥巴怕是一辈子都洗不净了。

赵学尧因为不了解内情,不敢妄议,只是说,古话说得好,尽人事看天意,天时地利人和,文总你眼下都有了。你的机会还是大把,综合各种因素,说白了,其实就是两个字,决心。

文总说,你们那个什么城市化,要不是我在这里话事,早就见鬼去了。

赵学尧说,这正是你文总高瞻远瞩的地方啊。改了城市户口人还在不在?还在。集团公司还在不在?还在。产权关系还在不在?这些东西还在你怕什么?反过来讲,政府想改,你能不改吗?你拖到最后改,还不如抢在前面改。将来的社会就是个讲实力的社会,你把实力抓在手里进北京也不怕,到美国也不怕。

文总就笑,说赵老师我话你知,人没钱是没用,钱多了也没用。人人都以为你钱来得容易。要钱的时候跟你笑,钱一到手脸又板起来,鬼都不认识你。台上的还在台上,台下的还在台下。

赵学尧就来劲了,说钱也要会花才行啊。文总你要真想坐到台上去也容易,只怕你坐上去又嫌不自由。

文总说,没坐过嘛,总还是想坐一坐的。

赵学尧大喜,站起来把胸一拍,文总你有决心,往后的事包在我身上。有粉要擦在脸上,不能擦在屁股上,这就是窍门。你别看老郭,这句话还是说得很有水平的。

文总不懂,又问了一遍,然后就盯着酒杯不吱声,渐渐地就把眼翻白了,五魂出窍直上斗牛。

有咨客进来问要不要小姐,文总问赵学尧,赵学尧说不要,文总说无所谓啦。赵学尧说真的不要,文总便把手一挥,接着喝路易十三。喝了几杯,都觉着没劲,又换茅台来喝。

文总说,小迟那边,你要负责给我搞掂。我怕她会做出傻事来。

赵学尧心想这怎么可能,却应道,你放心啦。

文总说我不会亏待你。

然后就点歌来唱。文总唱的是《春天的故事》。赵学尧唱的是《敖包相会》。最后又合唱《东方明珠》。差不多了,文总把迟小姐的牡丹卡扔给赵学尧,说2000万搞不到,太多了,只搞到400万,400万也不少啦,她才跟了我两年。

赵学尧说,不少啦,一个工厂也不过如此。

文总就怪怪地笑,说她肚子就是一个工厂。说你没见过她的奶子,巨无霸啊。

赵学尧想起小李也有过类似评论,心想他们肯定在车上议论过巨无霸。然后便觉头晕,进洗手间把舌根压了,呕出一些,又出了一身汗。

回到家连楼梯也爬不动了,是小李背他上来的。进门就扑进马桶又吐一通,冲了凉,这才醒过来。看见屋里又是杯盘狼藉,知道老郭也没闲着。正要回屋,就听狼嗥似的一声长叹。看看,灯黑着,再听听,却是交欢的声响,方明白老先生这回是真的发火了。

早上赵学尧要了台车,准备给迟小姐去送牡丹卡。刚下楼,何子钢领着市体改办的人到了。何子钢恢复得不错,新修了边幅,眉宇间还夹着喜气,拉他到一边说,这回真的玩大了,省委领导安排下月来参观,你好好准备吧。

赵学尧大喜，却说道，是不是太突然一点？

何子钢把眼睛一翻，嘴角就斜上去。

迟小姐那边，本来准备费一番口舌的，不料也顺汤顺水，一点障碍没有。迟小姐明显瘦了，她说天天都在健身。该锻炼锻炼啦，再不锻炼卖不出好价钱了。说着随手把卡扔在沙发里，一脸的自虐。

赵学尧见她每每把话说到绝处，也就不绕弯子，便直说文总是尽了力的，大概是实在筹不到你要的数。

迟小姐说，比我想象的还要好，该知足啦，不就奉献了两年吗？一年200万。又说，他要是真不凭良心，雇个黑社会把我干掉，花十万也就搞掂了。见赵学尧把嘴巴张开像看牙医，她说这又不是什么新鲜事，有钱人处理问题一般都比较干净。有钱才有资格"讲卫生"，不对吗？

赵学尧只好装出呵欠打不出来的样子，忙不迭地告退，连滚带爬冲下楼去。

接下来果然开始忙乱。

区委组织部来总结文总的个人材料。市人大来村里搞基层政权建设调查。政协领导带着省客家研究会来商讨在幸福村召开年会。武警和驻军部队分别要求开展军民共建并创办经济实体。还有什么城管办爱卫会工商税务派出所各新闻单位，连北京一家报社也要在幸福村设个点以便追踪报道。又有作家协会的几个作家，软缠硬磨非要给幸福村出个报告文学集。这触动了赵学尧的一根神经，自然要坚决顶住，每人塞个红包打发了。这一来村委会八层写字楼的客房全部住满还要到外面临时包房。小餐厅已经不够，大厅摆开十几桌从早吃到晚，把餐厅经理阿宾嘴都笑歪了，见面就给赵学尧拱手作揖。

文总倒也豁达，任谁一开口就说好，好啊。过后私下里就问赵学尧：要几钱呐？

赵学尧成了当然的接待总管，却也说不清要花多少钱。文总索性给他定个每家三万的盘子，归他统一掌握。这样赵学尧便成了众矢之的。

　　老郭更加不满，到处说就是从前吃大户，那也是分季节有名堂又讲法度的，现在简直连科目也不要了。胡小姐就说，她叔叔最近也很有看法，再这样下去她也不想管了。

　　这天省电视台来采访，在写字楼拍完了，记者们兴犹未尽，又提出要拍几组领导与群众同劳动的镜头。

　　文总还随和，几个副老总却不耐烦，嘀嘀咕咕说外面太阳晒得死人。陪同的区委宣传部干部慌忙打圆场提建议，却又没法跟记者解释。偏偏领头的记者不识做，憎嚓嚓说这点阳光都晒不得，是不是太娇气了？你们祖辈都是打渔种地的还能比我们还不如吗？不会忘本吧？结果当下就冷了场。

　　赵学尧只好拉记者们先开饭，说餐厅的阿宾已经催得很急，有一种石斑鱼怪得很，一离海水就不好吃了。席间赵学尧考虑再三，给每位记者包了1000港币，另备一份礼品叫小姐送上去，他窥见记者们脸灿灿地装进了口袋，才把一颗心落进肚里。

　　这样一来不免是要对文总诉诉苦的。

　　谁知文总当晚就把全体干部集中起来训了话，丢你老母丢了十来遍，骂得两个副总当众把金项链摘下来才住口。说你又不是狗，用这么粗的链子拴。还说今后谁敢驳我面子，我叫他全家都没脸见人。

　　赵学尧这才知道坏了，不由跌足长叹。

　　文总安慰说，你怕什么？有我在，你冰果都不要怕。当初要不是我坚持不分家，他们现在不跟胜利村一样？他们不照样守着几间屋一块地，收房租食白粉？有今天这么威？当个副总就不知天高地厚了？

赵学尧说，话虽如此说，毕竟我是个外人，以后就难做了。

不料文总当即许愿说，你要不放心，明年我给你一个公司你自己出去做好了。我这个人是不会让你吃亏的。

赵学尧狂喜，夜里吃三粒舒乐安定都不解决问题。实在按捺不住就给何子钢拨电话。

何子钢在那头也把大腿拍得叭叭响，说，怎么样？你按计行事不会错吧？我计中自有黄金屋。计中也有颜如玉，你等着吧。

赵学尧说，将来有我的自然也有你的。

何子钢说，将来的话就不用拿来哄我，深圳人只认现在不认将来。再说我也志不在此。

两人哈哈大笑。赵学尧又说了出书的事，何子钢认为找个出版社拿书号太小菜了不值一提。只是书名用"走出地平线"不好，太文化太没气魄，应该用"撬动地球"那一类的话，应该站在人民大会堂的主席台上想问题。

赵学尧再一次感到何子钢的可爱，和他的深度。他说，你老婆要是再忍半年就好了，也许半年以后她就不会走了。

何子钢愣了一会儿，说，她已经忍了五年了。又说，最近市面上很时髦一种疲惫美，你知道吗？你不知道。

26

兴奋一夜，早晨正搂着枕头迷糊，迟小姐打来电话，很活泼的样子请赵学尧出来饮茶。赵学尧说这几天我头都忙大了。迟小姐说会忙的人一般都讲究节奏是吧？赵老师不至于忙得连回扣都没时间拿吧？又咯咯笑，说十万怎么样？

赵学尧一个激灵弹起来，半天才答，开玩笑？

迟小姐也僵冷了半天说，我挣我的，你挣你的。我是规规矩矩办事的。要嫌少就明说。

赵学尧被打得措手不及，头脑已不在肩上，竹蜻蜓一般悬了空乱飞，眼前一个个假设光斑似的闪烁不停，实在是没有把握认定真伪。如果这是一个圈套，那么她必定在孩子问题上还有文章，那赵学尧就有口难辩因小失大了。可万一人家是诚心给的呢？你赵学尧就在扮傻了，做作不说，还落下笑柄。让人觉得你赵学尧是个可耻的局外人，是对现代生活的一种抗拒。赵学尧这半辈子也没攒够这个数啊，他对人民币没有意见啊。赵学尧嘴张着手举着，半天吐不出个声音来。那头喂了几声，电话挂上了，赵学尧才跟枪打的一样倒了下去。

又过几分钟，电话再响，迟小姐问刚才是怎么搞的？赵学尧说可能是电池不足了。迟小姐问，你到底是怎么个说法？

赵学尧说实在不能来，谢谢你的好意。

迟小姐说看来是嫌少。

赵学尧说不是。

迟小姐问究竟什么意思？

赵学尧心一横，说你挣的是血泪钱，我挣的是良心钱，吃你的回扣在某种意义上……还是不谈意义了，不谈了。

迟小姐就不吭，过一会儿才说，先这样吧。

赵学尧跳下床洗漱，又冲一个澡，镜子面前照了又照，陡然就看到自己的高大伟岸之处。心想将来手上有一个公司，稳稳当当赚钱比什么不强？区区十万算得了甚？

第二天中午，赵学尧跟客家研究会的人正谈着文氏家族的历史渊源，胡小姐探头叫赵学尧出来，说赶快到文总家去一趟，表情怪兮兮的。

到了一看，文总也在，女儿女婿坐了一屋，赵学尧立马紧张起来。

文总说，他们开我斗争会哩。

文太说赵老师不是外人，再丑也不怕的。现在弄成这样，只好麻烦人家赵老师来擦屁股。说着眼泪就下来了。原来全家正商量接纳新成员的事。

文总的三个女婿有两个在村里做事，女婿不比儿子，到底是外人，闹不出多大动静。把这个形势一看准，赵学尧脸上就笑得比较自然了，说你们是不是担心上户口麻烦？

两个女婿说，户口不是问题，花不了几个钱。

赵学尧说是不是怕迟小姐不愿意，以后有麻烦？

大女说，她有什么愿意不愿意！

她男人也附和道，不怕她搞事的，她要敢搞事，包在我身上。他瞥一眼老丈人，又把头勾下去。

文太说，死老头子给了她200万，她还会不愿意？200万哇。说着又哭。

两个小女儿就劝道，给都给过了，还话乜呀。反正男人都不是好东西，你看他两个现在老实，在外不是一样花心？

于是几个女婿就只剩勾头吸烟的份了。

赵学尧就说，文太你有什么想法我帮着做就是了，你不要急，慢慢讲。

文太说，我是看那个仔可怜啊，那个仔没罪过啊，就是不知是真是假啊，那是个鸡婆啊。

文总说我讲过100遍了，你都不相信。

文太说我就是不相信。

细女怕他们又要吵起来，在一旁讲，要是亲生骨肉，抱回来也很好玩的。

这样赵学尧心里就有底了，便说办法倒是有的。

细女说，亲子鉴定喽，就是怕阿爸没面子。

文总吼道，要做你们做，我不做。

赵学尧就大包大揽，这件事就交给我来办吧。他瞟一眼文总，文总没反应。

告辞出来，一家子都送到门口，文太还说改天请你来吃客家饭。细女恭维他说，赵老师生得高高大大好威好猛好靓仔啊。

赵学尧嘴上千不好万不敢，心中也不免得意，现在文总一家都这么信任他，连这种事都不瞒他了，便有了种进入核心层次的感觉。

不料何子钢对此大为不满，责怪赵学尧节外生枝。他认为文念祖这个人并不简单，做事很有法度的。他自己家里人闹闹算什么，他自有办法摆平，不然那地方就不叫农村。糊涂。

赵学尧不服，心想你只顾眼前把事情弄成，我却不能没有长远打算。不管怎么说这次是上了他家的船，只会对今后有好处。

何子钢说，万一真查出问题怎么办？

赵学尧说怎么可能呢，他们是有协议的。迟小姐也不像是个胡来的人。

何子钢就冷笑，说这都什么年头了，还相信协议。这种狡兔三窟的事完全有可能。说文念祖都那个岁数了，派出去的兵将也是老弱病残，我越想越可疑。

赵学尧说你非要抬杠吗？我都表过态了。

何子钢就只好抓头皮，想想又说，你先不忙，等我找个关系再做，真不行也有个退路。看来这回只好动用一级战备关系了。

赵学尧哼哼说，关系还真不少！

何子钢说那自然，没有这个你能做成事？这几年我就积累这么一点资源，你看我赚到钱了吗？

赵学尧说，我就不相信，真查出问题你那个关系还管用？睁眼说瞎话？

何子钢眼一瞪，就是个猴子他也是文念祖的种，没有这种把握就不要做！连个假鉴定都不敢开，还能算关系吗？

看他那黑头青脸咬牙切齿的劲头又上来了，赵学尧就憋不住想笑，说你这种人真当了官也是个祸害。

何子钢僵起脖子道，那你就看花眼了，共产党都用我这种人风气早就正了！道理很简单：我不爱钱。

赵学尧说，那你爱什么？

何子钢说，赢，我要赢要成功。说着眼皮又垂了下来，又露出那种光。还说，你小看我啦赵老师！这个社会就是一台老虎机，要么你像炮弹一样打进去，把它炸得稀巴烂，要么你就被它吃掉、嚼碎、排泄精光、渣都不剩。你以为靠你那一套八面玲珑四两才气可以安身立命？狗屁。

27

经过这些内外风波，赵学尧的形象完全树立起来，走到哪都有人跟他呲嘴问好，打工仔们自不必说，就连村里的行政事务，小姐们也都来问他。感觉好到了十二分。上级机关的干部中已经有了一些说法，说幸福村幸亏有个赵老师。赵学尧听了也只是谦虚谦虚，并没有给予驳斥，总之骨头轻了不少。

但他的兴奋还是过了头，有一次文总他们关在屋里开会，赵学尧没敲门就闯进去，屋里顿时哑了场。一个副总挡住他说，赵老师还不是党员吧？赵学尧说惭愧惭愧。那副总就笑，说没问题的啦，村里也可以发展的嘛。今天是开党委会，不好意思。接着就把门关到赵学尧额头上。

又有天下午快下班时胡小姐过来悄悄说，郭老师被炒掉了你知道吧？

赵学尧一惊，为什么？

胡小姐说，还不是为去年寰宇公司的事，有人说罢工就是他幕后策划的，我不信。

赵学尧说那怎么可能？他不过有一点情绪罢了。

胡小姐就戚然一笑，说他早走也好，免得以后难做，财务部早就在骂他了。

赵学尧问，骂什么？

胡小姐说，还不是老一套，讲他连账都做不平。

赵学尧说，人家是老会计师了，不至于吧？

胡小姐就笑，说特区的会计要有特别的本领，这你还能不知道？

赵学尧的脊背就凉掉了，像一条蛇从那里慢慢爬过去。他明白，这其实是胡小姐在提醒他注意，不要太嚣张。说到底幸福村是当地人的幸福村，不是你们这些外来户的。你吹上天也不过是个打工仔，神气什么？

兔死狐悲，于是忽然想起老郭还有许多可爱之处，有些地方竟是和自己那么相像。但人家毕竟是退休以后出来打工，他是安全的。这样一想，立马又悟出兔死其实狐不该悲，而是兔子的同类悲。花溅泪，鸟惊心，都是因为用情太过，而不是相反。他是个理性人，怎么会这点道理都忘了？

直到小何交给他一张名片，告诉他可以找此人做亲子鉴定时，赵学尧才想起这几天有一个重要的疏忽：那天答应文太，大包大揽，好像他是文家的家庭总管，事后都没跟文总作个解释。文总不是傻子，他能没觉察出来？见到文总只好又编一堆鬼话，说那天完全是身不由己措手不及，这个亲子鉴定做不做完全听文总的，文总的决定就是他的行动指南。

文总听得十分不经意，冷冷地说，我不知道还有这种玩意，早知道的话她们不讲我也要做的。

赵学尧顿时瘪了，热脸蹭了冷屁股，蹭得心灰意冷。他觉得文总有了一个很大的转变，究竟是什么转变一时还看不清，总之灰灰的，隐隐的，神情凝重而且决心很大的样子。

起初他是以为文总在上次的罢工风波中受到惊吓，至今心有余悸，便安慰文总，做大事的人不要在意这些小风波，幸福村几十万人口，哪能一点事情不出呢？再说罢工这样的事情深圳天天都在发生，为它生气你还气不过来。

不料文总说，你在讲乜呀？我会为罢工生气？这样的罢工也算是罢工吗？不过是小伙计讨工钱罢了，能成什么气候啊？我们老文家的人，什么样的风浪没见过？听我老豆讲，当年广州闹工潮的时候，那才叫个威。罢工是这样罢的吗？从前的老板见到赤卫队脚杆都要软的，老板娘是拎着裤子来找赤卫队的！

赵学尧笑起来，说这话我还是第一次听到说，有机会我一定要和老人家好好聊聊，向他请教。然而文总不接这个茬，说到他老豆他总是很烦，却又怕他接触老豆的样子，联系到这几天的微妙变化，他不能不保持低调。

文总端起架子鼓励赵学尧好好干，夸奖他工作很努力，还说要把精神文明搞上去。越说越令赵学尧感到这是在给他做规矩上笼头，越明白那几天的轻狂实在是很愚蠢的。

这些天因为接待任务重，村委会大楼全部腾出来给外来机关用，他们自己又重新回到了从前的办公室里。这个建在大楼后面的村委会，是一个仿古建筑群。一个石拱桥架在河道上，河里的水早干了，是用自来水做的人工河。河边有假山有喷泉，石拱桥的栏杆完全按照颐和园的样式，每个汉白玉柱上都蹲着一个小兽。过了桥是一个圆门，圆门后是影壁，影壁后才是三进三出的办公室。盖这个建筑群的时候据说是请过香港的风水先生，前青龙后白虎，左朱雀右玄武，一点不含糊。没山就堆一座山，没湖就挖两个湖。室内也全部用的仿古家具，一色的黄花梨紫檀木。如果对外说，这是哪个王爷的府院还真能乱真。他们有了钱，能想到的尊贵大概也就是这样。赵学尧在这样的环境里接受文总的鼓励，确实感到了一丝庄重。想到了文总的志向，也就明白了他的从前，这就是当初的他能够想象到的全部。

出来后赵学尧有点恶毒地想，如果他突然趴地下磕头谢恩，文总会不会接受呢？也许真会。

到了天香花园，赵学尧在楼下狠吸了两口烟。迟小姐这张嘴使赵学尧有点紧张，生怕说砸了。

迟小姐没有寒暄，只顾找出一张存单从茶几那头推到这头。存单是定活两便的，果然写着自己的大号。赵学尧瞥一眼却不去接，说迟小姐你的好意我心领了，我不是为这事来的。

迟小姐说随便你。

赵学尧干笑，说我这人胆儿特小。

迟小姐说深圳不相信眼泪，同理它也不相信清高。

赵学尧噎了一会儿，问，今后有什么打算？

迟小姐说，本来就是想挣点钱出国读书的，现在弄成这样就更加要走了。

赵学尧还想问去哪里，想学什么，迟小姐就不耐烦了，说谈你的事吧。赵学尧只好说了还要做亲子鉴定。

冷了有十几分钟，迟小姐才缓过气来，抖抖地问，他文念祖自己还不清楚吗？

赵学尧说，文总当然清楚，可他家这一关还要过。我也不想开这个口啊。

迟小姐顿时热泪汹涌，身子也软掉了，捶着茶几骂：我是下贱，我是不要脸，我丢人丢到这份儿上了！

赵学尧不吭也不劝，都是明白人，劝什么也是白劝，每回的精心构思全是屁话，还不如干干脆脆。只是被她哭得惨兮兮的，面部微笑就比较艰难。

不想迟小姐骂开头了就一点体面也不顾，索性连赵学尧也搭进去一起骂。说你自以为很有学问，其实你也不是个东西。别以为你喜欢谈意义就很有意义了。你不要我的钱就说明你干净了？你比我还不如，我还敢作敢当你连这点勇气都没有。你挣的什么良心钱？你鞍前马后跑的是什么？那都是太监干的活儿，就差没让你扶家伙了，你神气个屁。

赵学尧起初还硬撑着，然而那点笑容只在脸上挣扎了几下就支撑不住，一落千丈地跌下去。这些日子刚刚建立起来的那点自信，就这么轻轻一碰就崩溃了，忽然就觉得那些策划和目标既远大又渺小，既清晰又模糊，即形而上又形而下。他始终被身不由己推着走，始终有滋有味地陪别人跳舞，他脸色一惨，鼻子也酸了。他说，骂得好，骂得好！

哭痛快了，迟小姐就说对不起，说不是故意伤害你，说这几天总想大哭一场没有机会，说你其实是个好人，我很明白的，真的很明白。

赵学尧说，我能理解，真的很理解。

迟小姐说，我现在才懂，女人的心其实是跟着身子走的。女人其实根本就没有心。女人的心长在阴道里。他包我，我被包，本来就是一场交易，头脑里清醒得很，可心还是跟着身子走，明知是假戏还要当真唱，还要给他生儿子！

赵学尧说，男人何尝又不是。男人其实也很难守住自己，谁又不在随波逐流？

迟小姐说，我要多留一个心眼也不会受这么深伤害，我会高明得多，这是真实思想。

赵学尧说，我现在都怀疑自己还有没有思想。

迟小姐说，我要是坚持按协议办，早就飞得和老鹰一样了。现在还得把心劈下一半来！还得受这个污辱！

赵学尧说，人生就是这样啊，做对了就是做错了，做错了也就做对了。

迟小姐说，你真的相信我吗？

赵学尧说我相信。

迟小姐说你是不是有一点喜欢我？

赵学尧抬起头说，是有一点。

迟小姐就哽住了，说谢谢你。

然后就突然没话了。哭够了，骂够了，便觉得近了不少。然后迟小姐说，就这样吧，我答应了，做吧。

于是赵学尧的眼就像被阳光刺疼了那样，不敢看她。

迟小姐拿起那张存单，很难看地笑着，说还是钱好啊。如果有一天你感到失落了不平衡了，只有它还能撑着你，又把它从茶几那头推过来。

这回赵学尧便不再多话，很沉重的样子双手接过。

临出门，赵学尧发现门口鞋架上横七竖八插着几束礼品鲜花，有点吃惊。

迟小姐咻咻笑着，说你们那个司机小李想抠我呢，挺殷勤的。

赵学尧脱口骂，狗胆不小。

迟小姐却直盯赵学尧的眼睛说，那怎么啦？司机就没权力吗？

晕头搭脑在街上转了一圈，原记着要做一件什么事的，却怎么也想不起来，便找个大排档坐进去喝啤酒。喝着，便品出自己的丑态来。后来又想到迟小姐的暗示，品出那里的报复心理。又想到连个车夫都如此张狂，更品出自己的窝囊来，连泪也有了。你当时如果把迟小姐抱住，给她一个吻，给她一点抚慰，或许人家还能高看你一头。现在她说你是个好人，好人是什么人？好人就是智障者残疾人。

何子钢一见面就说，这次你一定要组织好安排好，还说成败在此一举。

赵学尧心不在焉说，亲子鉴定还没结果呢。

何子钢叫道，那还是个问题吗？早安排过了。

赵学尧说，看来文念祖是真的有点疑心的。

何子钢说你管他疑心不疑心，鉴定早给他预备下了。现在关键是推他朝下走。

赵学尧说，文念祖这两天有点变化，比我们还关心精神文明呢。

何子钢说这就对了，沐猴而冠就是这个意思。你最好能再多敲几遍锣，比方讲能不能组织打工妹演点小节目？要不来一首幸福之歌？

赵学尧说幸福不是樱桃树。

何子钢一愣，说樱桃好吃树难栽？你老先生今天不对劲啊，我注意到你两次不叫文总，改叫文念祖了。

赵学尧便发了呆。

何子钢于是拉赵学尧出去逛街，说今晚你不能回去了，你不能把这种世纪末情绪带到新世纪，搞得幸福村不幸福。说我领你看鸡去。

赵学尧并不多话只是跟了走，一时间满眼晃动的都是肉体，长的短的肥的瘦的，各种曲线与色彩。何子钢在一边点评，指出气质美与体态美的各种差异，职业鸡与兼职鸡的不同风格，说没有夜生活的都市就不能叫都市，更不能叫投资环境良好。走了一会儿酒劲发作，出了一身大汗，话才多起来。看见塞车就说这些都是去赶场的，是去冲去杀去占领的，看见霓虹灯广告就说这些许诺真慷慨真浪漫。大戏院门口有一个巨大的电子广告屏，不断显现出一个"狂"字，是为某个节日做宣传的，赵学尧见了就嘿嘿傻笑，笑得何子钢渐渐有点发毛。后来又到了艺术馆，赵学尧指着吊在顶上的激光灯球，问何子钢为什么每个舞厅都吊着这东西，何子钢说是刺激呗。赵学尧就拿手点着他的脑门，说你的理论底子还不够扎实啊，说这是满足大众欲望的一种给予嘛，说这是一种抽象的浓缩的按摩嘛，很形而上的。说完就把嘴巴噘起，一脸油汗地朝他把头直点。

何子钢比龟孙子都乖，连声道是的是的，确实是的。

何子钢果然挖出一个预测大师，按计划给发过来。名片上是一太极图，烫金的狂草名讳，是中国预测协会的副理事长。人长得精瘦，留两撇山羊胡子，秦晋口音，一说话就翻白了两眼，浑身玄机。何子钢认为自己不便露面，赵学尧也觉得在办公室里不太好，便约了文太到宿舍里见面。

赵学尧问，大师是哪里人。

大师答，是山人。

赵学尧说，我的意思是您是哪个省来的。

大师说，从来处来。

赵学尧说，大师看上去很年轻啊。

大师说，入得门来皆圣贤。

赵学尧问，大师练什么功。

大师说，无功。

赵学尧本来很想请教天目是个什么器官，见他那样也就不愿再多话了。这种水平的回答还不如自己现编。

刚坐下，文太就到，见了大师纳头便拜。

大师并不谦让，就让文太跪着，也不言语，捻着胡须将两眼直翻上去。

赵学尧只好退在一边。

须臾，大师开口说，夫人好福气啊。

文太愣着，回头看赵学尧。

赵学尧忙说请教。

大师说，老年得子必是有福的。

文太叫起来，说有没有搞错啊，我四十八岁了。爬起来坐在赵学尧床头。

大师一惊，说我再看看，眼又白将上去，脸却青了。看了半天，自顾笑出声来，说声是了。

赵学尧心中也有点数了，便跟着吹箫按眼儿，说大师还是细细拆解。

大师说，你命中原是有子的，可惜有也是无，此子反倒成了一劫。

文太脸色大变，说咳呀咳呀，我命好苦好苦的呀。

大师说，现今你又得一子，否极泰来，终身受福。

文太问什么叫否极泰来，赵学尧给解释一遍，文太便就不吭。

大师说，此子命硬，在东南方请神压一压才好。隔一会儿又倒吸一口气，把脖子向后一甩，仰天长啸道，出墙红杏人自怜，你还有段情缘未了啊？只是万事不可太过，好自为之吧。

文太似懂非懂，想了一阵，脖颈一点一点红肿上去，金项链也灿烂了许多。

大师有了倦意，打呵欠说就这样吧。

文太却跪倒再拜，说先生你看得好准，求你明白一点话我知。大师只是闭目养神，不再发功。

赵学尧也说，再详细一点嘛。

大师白眼就翻到赵学尧脸上，站了起来，说夫人还是随缘吧。天机不可泄露呀。

文太无奈，只有爬起来拍腿，想想又把赵学尧推到门外跟大师一个人嘀咕。大师却高声叫了起来，不承认说过任何话。

吃饭时，赵学尧可着鲜鲍鱼翅大虾点了几味，大师并不推辞，只是吃得相当文静雅致，餐巾用了一堆，剔牙也以手遮面合于时尚。赵学尧便心中有数了，让小姐送来两瓶精装马爹利，将红包放进袋内道了声不好意思。

晚上再通话时，赵学尧就责备何子钢，不该找这么一头货，胡扯什么情缘未了，弄得文太春心萌动的样子，很麻烦。

何子钢笑道，这就对了，看来这是个练家，对女人这是一道必不可少的菜，说不定还让你还拣个便宜。

赵学尧说，扯淡。

何子钢哧哧笑着说，不拣白不拣，对待革命工作可不能挑肥拣瘦哦？

赵学尧本来还想跟他探讨一下迟小姐的回扣问题，见他已完全没有正形，便又多了一层顾虑。

第八章

28

其实真正叫文总心烦的是他老豆。老婆烦，迟小姐烦，都是女人在烦，有恩有威一手软一手硬总归搞得掂的。只有老豆他搞不掂，搞不掂他就坐不稳，心里老是七上八下，怕他有一天冲上台来揭他的皮。他老豆做得出的，他相信。现在市里领导区里领导都来打招呼了，他就要成为典型了，老豆怎么办？

文总的老豆，人们都叫他文叔。

其实文叔一个人守在岛上过日子，并不敢招惹是非，从前他当干部都恨不得把两只前爪放下来才稳当，下台了还敢多事吗？可关于他赤身裸体天天坐在崖头上等待红云的传说却十分出名，编得有眉有眼。说他那张脸已经和岩石一样坚硬，目光比锥子还尖厉，浑身长满长毛，渴了喝雨水，饿了就下海抓活鱼吃。有一天有几个记者上岛转了转，要给他拍几张照片，他又不知自己名气几大就答应了。结果记者写了一篇文章登在杂志上，说文叔是"一个拒绝现代生活的人"。有照片为证：文叔蹲在红泥礁上一只眼睁一只眼闭，吸香烟的样子像是刚从牢里放出来，嘴角还挂着一丝嘲讽的微笑，也不知他在笑哪个。

你不下岛就留在岛上好了，你愿意怎么活就怎么活好了，你偏偏还要拍照片。你拍照片就正正规规拍好了，偏偏还要做出那种恶心样子来。仔女们这才知道闲话杀得死人，约齐了气哄哄地回岛上来。

文叔的仔女如今都是上亿身家的体面人，老大念祖是村长董事长就不要讲了，老二念虎也不得了，生意做得好大，北京上海都有他的楼，不知几威几猛。报纸夸他爱国，学堂里老师夸他有爱心，政协请他当委员。老豆这样搞法真是搞得他们好没有面子。

幸福村如今人人都赚到一些钱，念祖念虎胆子大就赚大把钱，胆子小的就赚小小钱，顶没料到的也可以把自家楼屋租出去收钱。有钱就有面子，面子从前可以放在脚底下随便踩，现在就要贴在门楣上挂在嘴头上，再简单不过。所以面子念祖、念虎要，念书要，阿楚阿从也是要的。

五个仔女把杂志拍得啪啪响，说你看看，你自己看看！又说阿爸呀，你以为你玩得很有名气吗？你要玩到几时才玩够呢？

他们说，你不为自己想也要为仔女们想一想，你这样搞仔女还要不要做人？还要不要出去做事？现在全村还有哪个留在岛上？人家在背后骂我们不孝，眼泪只好吃进肚里你知不知啊？你不体谅仔女也就罢了，还要做出这种恶心样子来！他们还嚷嚷着，要记者赔名誉损失赔精神损失，还有什么什么损失。

文叔尴在墙角，嘴头肌肉讨好似的朝两边拉，哭不出也笑不来，眼皮拼命跳。说算啦算啦，莫搞啦。心想这记者也是，我一个人在岛上过，有开罪过你们吗？照了那么多好姿势你不登，偏偏登了这一张。登了就登了，还拒绝，还生活！搞——错啊。

那张照片被他拿在手里颠来倒去左看右看，看看就看出点心思来。他说，算啦。

算啦？算啦是乜意思啊？

文叔撕下那张纸贴到床头上，嘿然道：是我叫人家照的。又说，算啦。

阿爸呀你究竟搞乜鬼啊？

文叔讲，我一辈子只照过四次相片，一次是土改当村长，一次是入党，还有一次是发身份证，这是最后一次了。照得不错，比照相馆还像。丢你老母，还真是像我。说着便眯起眼睛又去体会上镜头的样子，十分陶醉。

五个仔女左看右看，脸上已然花了，嘴上却说，阿爸呀你有乜话只管讲出来好了，要打要骂都随你，有什么要求也尽管提，我们几个凑到一起也不容易，二哥把几千万生意都推掉了，今天就是帮你来解决问题的。你仔女如今大小也是个人物了，有乜事情搞它不定？你讲出来好了，你讲啦。

又说，村里那些破烂事你不要去想他，你看不惯就不要理他就好。你放心好了，没有人在背后乱讲的，哪个敢乱讲？幸福村有今天，不就靠你搞来这片地吗？没有这片地幸福村在哪？嚼舌头的人在哪？想不穿！

又讲，你不要老想从前就好啦，也不要老想这个破岛。向前看就好啦。大家来就是要接你下岛的，下岛享享清福不好吗？你肯下岛，皇帝也没你快活！

还说，你要不想住村里，住市里也行，海景楼大把，天天都能看海。再不行就出去玩玩，北京，上海，香港，出国也都没问题啦。你要欢喜拍相片，买一个照相馆给你玩！你讲啦。

文叔给搞烦了，冷冷回道，好了没有？讲好就滚，有几远滚几远。滚啦。说话便扒裤子要屙屎。

念祖从来都是前呼后拥的人，念虎念书也都是穿西装握手机的人，说话都捏鼻子吊眼睛的，阿楚阿从也是描眉画嘴的货，不知几文明。文叔真上火了，他们也搭不成架子，只好一脸灰灰地劝老豆注意冷暖当心身体，然后丢下生活用品和钞票，满脸沉重失魂落魄的模样下岛去。

文叔见船开远了，才一屁股坐下地，手在红泥礁上捶了半天，心里抓空一样透着冷风。明明不是想骂人的，一张嘴却恶声恶气打仗一样，自己也好奇怪的。从前有过这样吗？没啊。仔女回来不高兴吗？不是啊。

文叔依旧一个人在岛上过。不是为了等红云。红云也没可能老来。

红云本来只是个传说。

此地古来就有不少大话传说，主要是关于文天祥，以及因他而出了名的这一片海。老百姓认为百多年战乱和民族耻辱之所以发生在这一带是有根源的，是冤沉于海的报应。传说中的文大人并没有倒下，他的冤魂提着自己的脑袋又回到了伶仃洋，反复吟哦那一句千古绝唱。他出现的时候，血衣血袍血糊糊的头颅映红了天，腥风惨雨天崩地裂。这就是红云。红云现身出来必有大灾大异，可哪个也没有见到过。

文山岛的最后一代族长叫文复斋，人称斋老。斋老说他见过红云，就在土改工作队上岛的前一夜。那时土改已经是扫尾，各地都有故事传来，摆明了斋老是在找死。土改工作队看中在广州打工的文叔是个苗子，把文叔请回来参加工作队。一查一问就证明斋老那一夜其实在宝安县城相好的屋里吃酒过夜，根本没可能看到红云。

文叔是本地人，从小就给斋老做过马仔，人又老实，他是不会撒谎的。族内的和族外的人们于是恍然大悟，拖长了声音说，有没有搞——错！

总之这场关于红云的大讨论很快就过去了，并没有出现工作队预想的那样一种效果，没有骂，也没有打，很不过瘾。甚至关起门他们还是一家人。抓到一条大鱼还是先把鱼头给斋老送去，斋老摇头说不想吃，他们才拿回家自己吃。工作队员就有些气愤，认为此地人愚顽不化，阶级觉悟不是太低，而是根本没有，连喊口号都发不出声，喉咙里塞着一把草，呜里呜噜不知是个什么意思。

后来到县上参加培训的文叔回来了，见多识广的文叔成了大红人。他同队长悄悄讲：他们给斋老送鱼头又不是真送，不过是嘴上讲一下有什么要紧？斋老说不想吃也不是真的不想吃，他都几个月不见荤腥了怎么不想吃？不要急嘛，急不来的嘛，大家知道搞错就好了嘛。队长想想也是，此地人真是这个古怪脾气，温开水似的，心里有数嘴上不说，怀里好像老是揣一把算盘。仔细想一想他们其实就是不愿吵架害怕冲突。他们热爱和平有错吗？算不上什么大错误。他们不愿做恶人那就工作队来做好了。

　　文叔的工作方法是给家家都算一笔账，算算究竟谁养活了谁？此地人讲实惠，字可以不认得，算账却不可以不会。他们更愿意相信文叔的话，是他们养活了族长。其实这个账不用算也都心里有数，族长不下海不打渔，剥削是肯定的啦。大家世世代代都是这样熬日脚，剥削就剥削一下也没有关系的啦。现在既然政府不喜欢剥削，不要它就好啦。既然红云是编出来吓唬人的鬼话，不理它就行啦。这种事本来好简单，给工作队一讲就讲复杂了。

　　从那时起文氏家族就不存在了，文叔成为文山岛的老大。老大的名字叫村长，后来叫书记。为了巩固这个成果，文山村也改了一个靓名，叫幸福村。工作队宣布，宗族士绅是剥削阶级的统治工具，红云是你们的精神枷锁，从现在起你们是国家的主人了，还要枷锁做什么？现在解放了，民主了，一切都改变了。队长是个大学生，对明天的幸福生活作了担保。

　　其实什么也没变。他们还姓文，性情还很温，还和从前一样小心做人大胆吃饭，慢腾腾地说搞错恶狠狠地骂老婆。他们内外分得很清是非却很含糊。

　　文山岛南高北低，有山有水，曾经是个不错的避风港。受冷落是近几年的事。岛子的北面和西面，还有东面的一个拐角，从前是一大片碧蓝碧蓝的海藻，海浪一起，海藻就像一条巨大的兰花裙，将岛子严严实实裹了起来，海浪尖利的牙爪怎么也撕不开它。从前，海藻下面是数不清的珊瑚树，白的，粉的，红的，还有花的，数不清也不见底。岛子就像长在这些树上一样，屋瓦就像树上的花，白的干绿的冠红的花，被海水托着拥着，远远看过去，不知几好。到了冬季，全世界的鸥鸟都认它作洞房，叽叽咕咕在这里亲爱。有一种黑嘴鸥，不知几高贵，整天挺个雪白的肚子晃来晃去，要人家喂它才肯吃，公主娘娘一样。还有鱼呢，从前乜鱼没有啊？上边来了人，随便抓几条就哄得他们哇哇乱叫。就是最困难的年代，也没有饿死人的事。那个工作队长后来做了县里粮食局的股长，饿得摇摇晃晃，跑到岛上搞到一点鱼干就说幸福啊幸福啊。那时小鱼小虾总归搞得到的，不像现在。

现在这些全都见不到了。

现在，十几辈人从大陆带过来的泥土，全都烂肉一样，一点一点，一块一块，臭了烂了滑到海里。就像一个泡在海水里的麻风病人，眼睁睁地看自己的肢体在腐烂在缩小在融化，一点办法也没有。现在，只有岛的南端还有一点活物，真像这个家伙翘起来呼救的一颗大脑袋。而它的身子已经同废机油废塑料还有鱼虾的尸体混在一起，成为一片恶臭的泥沼。连海水都黑掉了，黑得让人心冷。

有一段时间，岛子几乎空了。老文家的祖屋，那个经历了三个世纪也许是五个世纪的围屋像一只巨大的鸟巢，海鸟做窝都嫌它孤寒。如今谁养活谁的问题没人再去提它了。也许它本来就是一个先有鸡先有蛋的问题，有没有剥削都是一样的过日子，只不过把族长换成了支书，把支书变成革委会主任，又把主任换成了董事长总经理。

世事轮回，如今回头一看，老辈人已走得七七八八，文叔还是文叔，老大的位置传给了儿子文念祖。如今只要能赚到钱，剥削也好，什么也好，都无所谓。如今上了岸的打渔佬都当上了大小老板，顶没用的也能把小洋楼租出几间去，靠租息过上了好日脚。早些年是文叔跑断了腿，上粮食局上县政府搞来了这片大陆地，又是文叔求爷告奶请他们上岸种粮食。如今这些打渔佬的脚趾已经被皮鞋收拢再也站不稳舢板，手上的老茧也换成金戒指握不住船桨，就是机关枪也不能把他们撵下海了。这些从前只知打渔种地的人有一天早上醒来，发现土地不仅可以种稻子，还可以种房子。房子不仅可以住，更可以出租，卖钱。钱还能下崽，变出越来越多的钱。那些用来种粮食的土地成为挖不完的金山，盖上房子就变成票子，票子又变成更多的票子，岛子再也不是他们的家了。这样，盖房子租房子卖房子成了打渔佬的主要营生。

有一段日子，有人想出石灰也可以自己烧的，不用花钱买更不用去外地拉，岛子四周就是现成的石灰矿。于是珊瑚礁就遭殃了，岛子成了他们的石灰窑。后来珊瑚礁也挖完了，这帮人又蝗虫一样飞向了别处，岛子再没人过问了。到了这时大家心里都有数，小岛已是穿烂的衣衫啃光的骨头，再也没油水好榨了。抛弃它是迟早的事，只是嘴巴上不这样讲罢了。

文叔从前也有劝过他们的，莫搞——错啊，兔子不食窝边草啊，你有见过掘祖坟发达的吗？没有你们这样搞法的嘛。可是没人听啊，人们抓钱抓得两只手已不够用，看见钞票眼睛里也要长出牙齿来，如果有人告诉他们红泥礁石也能卖钱，他们能把岛子挖平，一直挖进海里去。有谁还来相信一个背时的下台干部的话呢？连文叔自己的仔女也不信啊。

文叔的仔女都是成家立业的人了，当然有权决定自己怎么样做。文叔甚至怀疑炸珊瑚烧石灰就是念祖念虎的主意，那段日子就是他们几个在海边转来转去，也只有读过书的念祖想得出这种阴损恶毒的办法，也只有当过兵的念虎敢用炸药，敢下毒手。可是问谁谁都一推九二五，念祖念虎被逼急了就鬼喊：我不知啊，我只知这些珊瑚也有我一份，我不拿别人也要拿。你不会当干部就不用装干部啦，在家享享清福会不会啊？不识做!

文叔脸色灰白，张大嘴巴，好像喷嚏打不出来，好像给枪子打中一样。识做不识做是此地很厉害的一条标准，一个客家人不识做就好比北京人不会来事，上海人不会轧苗头一样，一个男人不识做就好比没长家伙一样，一个老头子不识做就好比不懂规矩不知轻重一样，就等于被开除出局了。文叔真是不识做啊，仔女都没当你是一回事，何况人家。

文叔当干部当了几十年吃苦吃了几十年，的确没让大家赚到钱。钱是没情面好讲的，最最现实的。现实是文叔就像一双旧鞋一张烂网一条穿了帮的舢板，好比当年被文叔自己打倒的老族长。当年他还要一家一家去算账去做通思想，现在人家不用思也不要想，捏捏口袋就有数了。

文山岛再也不是从前的文山岛了，世事无常啊。

29

奇怪的是，那朵红云偏偏给文叔看到了。换一个人看到也都没事。

那天下半夜，闷热得不行，喘不上气来，文叔以为要落雨，摸摸墙角却是干的。他心想一定是哮喘病又要来了，往年是过了冬至才来的，这年也许会早一些，便伸手去摸药瓶。结果那瓶子就掉下地摔得粉碎。他清清楚楚看见红云从海尽头飘过来，聚拢来，然后就定在伶仃洋上不散，一直不散。文叔爬起身跟出去，文叔走那红云也走，文叔停那红云也停。文叔一直向岛子南端的断崖走过去，腿在簌簌抖，脚一软就跪下来了。月亮在天边上挂着，好大的一盘。一丝风也没有，海浪也停了，电熨斗烫过去一样，一切都看得清清楚楚。那红云并没讲话，只是默默地严厉地盯牢他看。文叔好害怕，文叔拼命地磕头，后来那红云好像叹了一口气，就开始落雨了。文叔脸上也落了几滴，文叔发现那雨竟是红的，像淡淡的血水，还有点烫！文叔心里好像一下子什么都明白了，文叔好伤心好伤心，便也跟着哭出声来。哭了好一会儿，文叔抬头再看，红云已经退去，而断崖下的那片海里却有星星点点的小东西在摇晃。紧跟着，原本晴朗的天空也变了颜色。接着便是狂风大作。

这是那一年的第九号台风。

那场台风原来不在珠江口登陆的，天气预报明明讲它在潮阳普宁一带，不知怎么就改变了方向，跑到文山岛来了。三天三夜的暴雨，把天都下穿窿了。小岛终于被腰斩了一般塌裂开来，成了现在这个样子。

报应啊，文叔逢人就说，这是报应啊。

至于报应了什么，谁在报应，文叔讲不清，人们也懒得去想。是啊是啊，大家讲，报应就报应吧，有钱赚就行啦。他们反倒要劝文叔，凡事有得就有失啦，叔公你想开一点就好啦。

文叔说，是真的红云呀，本来我以为是哮喘病又来了，我就去拿药，药瓶掉在地上，红云就来了，红云好厉害呀，红云……

讲得多了，人们就不再理他，反而会讲，叔公你昨夜又看见红云了吧？

文叔讲，真的是红云啊，我怕是做梦，还在大腿上掐，腿都掐紫掉，不信你们看好了。说着便要卷裤脚。

人们挤眉弄眼一笑就走开了，却在背后讲，七婆死得太早，叔公身体又这样好，手伸进去自己玩玩也难免的啦，红云就不要吹啦，红云是乜啊？

文叔把仔女拉到断崖下指给他们看，那些豆荚一样的小东西已经抽出枝条长出叶片，在海水里摇摇晃晃。文叔讲，这就是红云带过来的啊。仔女一个个看着老豆不吭声，逼急了就鬼喊，是啊是啊是红云带过来的,好了吧?还要怎么样?

文叔就不好怎么样了,他也想不出怎么样。文叔捏捏膀子,筋肉还硬得很,抓抓头皮,也没有几根白发,可他在大家眼睛里已经老成这种样子!他是没有帮大家赚到钱,他是不会做干部,可他有做错吗?他有讲过瞎话吗?他有吹过牛吗?现在凭什么不相信他?

人们在背地里干脆把文叔叫做了红云,搞笑时文叔一副诚惶诚恐的模样成了保留节目。大家摇头叹息,文叔真是老糊涂了,怎么玩也不要玩这种过时的把戏嘛,而且是被自己亲手戳穿过的把戏。这些当干部的没了权真是好可怜,官服一脱就只剩下开裆裤了,幼稚得一塌糊涂。

渐渐地,此地人把头脑发昏异想天开统统叫做了红云。说某人会吹牛,就说那个人红云大得不得了;说某人发疯癫,就说好了,红云又要来了。

渐渐地,文叔的目光直了浊了,再也不会讲什么了,也不想讲什么了,他差不多成了一个哑巴。

这一年过年,文叔嫁掉了细女阿从,一个人把铺盖搬上了断崖。老文家的祖屋终于熄灭了最后一盏灯。这个经历了几百年风雨的客家围屋像一个落光了牙齿的老人黑洞洞的大嘴巴,浮在海浪间向苍天唠唠叨叨追问不休,红云啊,红云啊。

30

文叔搬上断崖离群索居起初人们并不在意,以为他在赌气。没权了嘛,讲话没人听了嘛,他是干部嘛,大家都能理解。可他一个月不回来,十个月不回来,两年还不回来人们就有点闲话传出来。有人上岛看见文叔赤身裸体在海边跑,还有人看见他一个人又哭又笑。人们传说文叔身上长满长毛,在水里抓生鱼吃。大家这才有点怕,现在日子好过了很多,把文叔一个人丢在岛上算个什么啊?不能不讲良心啊。大家觉得总归是同宗同族,文叔这样搞大家都不体面,好像一只脓疮长在额头上。

有几个老阿婆壮了胆上岛去看他,七嘴八舌劝道,想开一点算啦,享享清福算啦,要惜命,你知不知啊。

文叔嘴上说咳呀咳呀,身子却不动。

她们问:真的没事吗?

文叔讲,有乜事啊?

她们讲,你敢把衣衫脱落来吗?

文叔想想,不知是乜名堂,说,搞笑啊?

几个阿婆喊声一二三,扑上来就把衣衫剥落了,摸摸看看,没有两样。

文叔于是就把两只拇指插进裤腰里说,还要脱吗?你们是作痒了吗?哪个要试试力道吗?

几个阿婆这才疑疑惑惑下岛去,嘴里很稀奇地喊:没啊没啊。

文叔好笑又好气,究竟是哪个不知惜命呢?搞乜鬼呀搞?

断崖面对的那片海就是传说中那个小皇帝自尽的地方,从前乱礁丛生海浪汹涌,不太适合渔船泊岸,先人就在这里建了一座土地庙,专门用来清明祭奠。后来这一带决心终生不嫁的女人也选中这里,作为她们发愿自梳的场所。还有就是寻死,那些断了生活念想的人也喜欢在这里追随先祖。所以断崖自古就是个鬼兮兮的地方,岛上人家平日只在岛子的北面平坦的地方活动,大人吓唬细罗仔,说再哭送你去断崖,马上就乖。有一年有几个顽童站在崖头上比赛呲尿,看谁尿得远,结果有个细罗仔跌下崖头连尸骨也没能找回来。后来土地庙毁了，自梳的女人少了，想死的人也不再浪漫了，断崖就更加荒凉了。再后来，岛上都没剩几个人了，断崖还能有多少活气？每天早晚只有文叔的寮棚里还有一缕淡淡的炊烟。

　　只要不刮大风，文叔都要出工的。落雨不怕，落雨暖和，雨丝就像一只只温软的小手在你身上挠，挠得你直想哼哼，舒服得不得了。另外一下雨这些大肚婆们肚子就咕咕叫啦，它们要分娩啦要下仔女啦。这时候你就不能不在它们身边，不然它们就会乱下一气，一窝一窝地挤在一起，搞得你好麻烦。这时候的胎芽最好活，把它们拿到远一点的地方，只有一点点泥巴就行。然后它们就活过来啦，好快好快它们就抓住了一大片泥，好快好快它们又怀胎又下仔。这世上没有第二种树像它们这样胎生胎养的。它们简直就是在生育大竞赛，一个比一个能生养，弄得你给它们编号都来不及。后来号也没得编了，糊涂了，干脆一爿给一个号，是七月的统统靠在一起，叫七，是八月的统统靠在一起，叫八。

　　现在，文叔晓得这些大肚婆的名字了，她叫红树林。他拿到城里去请教过人了，粮食局，农科所，植物园，一家一家找过去。一个老头子听他讲了大肚婆的来历，眼睛子跳了一下。他一定要跟文叔回岛上来看看，看了以后又不吭声，把眼镜拿下来擦了又擦，后来就叹了一口气。他讲，这叫红树林。

　　红树林是什么？是红云带来的树林啊。

　　红树林不知几可爱，像女人一样。文叔讲，不好乱来的！它们就扭扭捏捏摇动身子。文叔讲，要排队的！它们就嘻嘻哈哈挤在一起，不知几听话。

　　在八也当上奶奶的时候，文叔心里动过一下，好像有点什么事情一样。后来九也下仔了，十也下仔了，文叔的心就格嘣格嘣地跳了好多天。后来心不那么跳了，脸上却光亮起来，换了一个人似的，心里好明白好明白。好像是另外一个人突然从自己身上跳出来，看得清自己的五脏六腑一样，他知道该怎么样做了，也知道要到哪里去了。只是他讲不出来。

也没有人要听他讲。

文叔盘算着把这些大肚婆分散开，让它们到东面到西面去养仔，去传宗接代，把那些泥巴统统抓回来，最后再到北面去，把岛子重新围住。

这一爿海从前是没有滩涂的，从前这里是一片乱礁，海浪太大，没有泥土愿意在这里安家。从前在断崖跳海的女人是找不到尸身的，所以才会有那么多想成仙的人。如今，连文叔自己也糊涂了，这才几年啊，一下子冒出来这么一大片，少说也有几十亩啊。这些大肚婆们好比一支军队，文叔就是大将军，在指挥调动这支娘子大军，好神气好威风。

这还不是祖宗显灵吗？从前有哪个见过红树林吗？这一带从前有海藻有珊瑚，祖宗八代有哪个听讲过红树林吗？不相信！

不信就不信吧，文叔如今也懒得再啰嗦了。想一想他们就是信了又能怎么样？红树林又不是钞票。他们不相信不知道也许反倒还要好。这样谁也不会回来，谁也不能捣乱了。岛子活过来比什么不好？人活精神了比什么不好？

这样自由自在的日子到哪里去寻啊。

早上就下海，晚上就吃吃老酒听听戏文。天热时候，出门可以不穿衣，赤条条地来去，谁也不来管你。不穿衣有几好啊，清爽，凉滑，浑身上下都是缎子一样的古铜色，连屁股也不像死鱼眼睛一样地难看了。这时候人到了海里就是回了家，你站着躺着仰着趴着，没人看见也没人来管，你随便好了，跟那些鱼虾没有两样。这时候那些大肚婆简直就是你老婆一样，它下的仔全都是你的，你是世上最威最猛的一个。这世上没人有这么多的儿女，没人这么厉害，皇帝也没有。碰上运气好还能抓两条鱼回来煲汤。现在终于可以看见鱼了，红衫，乌头，还有白鳗，这个东西最滑头，老在你大腿边转来转去，居然没有抓到过一次。其实抓不抓它倒也没所谓，主要是有啦，它又回来啦。想想那些住在村里的打渔佬，还要跑到菜场里买鱼来吃，搞笑有这么样搞法的吗？

　　这样的日子他一个人过了几年，小岛的南面已经围满了红树林。红树林把海水变蓝变清了，变得一眼就能见底。人在海水里可以引到好多小鱼，一口一口在皮肤上嘬，不知几亲几爱的样子。有时候还有扇贝赖在腿上不走，好像一定要犒劳文叔一样。有鱼就有鸥鸟，有时候他身后会突然嗵的一响，回头看看，却是海鸥黑箭一样蹿上天去。他骂一声，死啊，他好开心好得意它们不怕自己。

　　哪个讲他不识做？哪个讲他不惜命？

　　有一天收工回来，文叔一回头却见阿从站在了崖角下。文叔吓了一跳，不知给阿从看见了多少，慌里慌张竟忘记自己没穿衣。阿从啊呀呀叫了起来，身子赶紧背转过去。文叔没办法，只好两手戽着水，郎里郎当洗得十分畅快的样子，赤条条地迎面走上岸来。

　　阿从跺着脚喊叫，阿爸呀。

　　文叔怔了一下，慢腾腾擦干身子慢腾腾穿起裤头，又慢腾腾地讲，一人一套，谁不知道，你不知吗？大惊小怪。

　　阿从说，人家吓也吓死了你还要讲，现在是文明社会你不知吗？也不怕人家笑。

　　文叔吼道，我又不在你们那个文明社会！我怕哪个？

　　阿从替他披上衣，怨道，天凉了，冷也不怕吗？

　　文叔哼哼半天才想到一句话，以后你不许来崖角找我！

　　阿从摸不着头脑，只好夸他这副身板好厉害，讲大哥才四十几岁的人，肚腩都比他还要大许多。阿从在身上画了一个大圆，哈哈笑了起来。

　　文叔这才把心放进肚皮里。心里话你们吃饱饭不做事不肥才怪，牛为什么不肥？跟猪不一样嘛。不过现在他不想骂人了，仔女到底还是仔女，没可能改变的。自从迷上种树，文叔是把仔女们冷落了不少，心里也有了愧疚一样。一头是红树一头是仔女，想一想其实两样他都是要的。

不料阿从是想来气死他的。阿从说有个事情同你讲一下：我同宾仔离掉了。文叔眼睛子也要弹出来，阿从反倒在嘻嘻笑，就像剔掉一根鱼卡。阿爸呀你思想解放一点好不好？现在是21世纪了离婚还稀奇吗？你怕我没人要吗？

你在讲乜呀你知不知啊？

阿从说，反正你又不中意宾仔，离掉不是更好？

从前他不大中意宾仔是不假，生得白白净净混身刮不出几两肉，一条膀子伸出来他都能捏得断。不过那时就作兴奶油小生，阿从要死要活他有什么办法？两个人婚也结过几年了，现在又来讲这种话。倒像是他在蓄谋已久拆散他们一样。结婚不要仔，说是美国也时兴"丁克家庭"。骂过没有？劝过没有？放屁也不如啊。讲这种话。

他对红树林发牢骚：你们不知啊，一个人头脑清楚不是好事，要多操几多心，要多吃几多苦。你们不知，你们只会笑。你们哭过没有？没有。什么时候你们会哭你就明白了。

他对红树林说，咳呀，你们顶快活。阿楚阿从都没有你们快活，你们不要看她们脸上在笑，嘴巴里牛逼哄哄，其实心里流泪你们看不到。这个阿楚的老公养二奶养得七七八八，她心里能好过吗？这个阿从一天到晚嘻嘻哈哈，一套一套新潮得不得了，实际活得不开心，我看得出的，苦得很！

他唠唠叨叨说，我这几个仔女没有一个省心的。这个阿从更加不同一点，她妈妈死得早，我没可能不操心啊。女人不会生养是什么呢？女人不会生养好比雌鱼不会打籽母鸡不会下蛋，母鸡不会下蛋只有拿来杀掉。做人也是一样道理。人有乜本事呢？人最大的本事就是能养出活蹦乱跳的小人来，这个小人跟他娘老子血脉相连，走到哪里都没得变。这才叫个人，这才叫个好女人。老文家凭什么在这爿海里生根立足？杀不光斩不绝？盖大楼？开公司？搞笑啊。那些东西有乜灵性啊？搞错啊。人啊，就要像你们一样才牢靠。你们不知啊。男人都是为女人忙。女人是为哪个忙？女人是为仔女忙。所以讲来讲去都是为仔女啊。

每天，做完一天的事，文叔就对着红树坐在红泥礁上等落日，讲讲谁也不要听的闲话。等到海面上阳光不再跳了，像摔碎的镜子一样跌进浪底，脚边涌起一堆堆泡沫，他还要亲自看着白昼一点一点融进海水里，海浪花涨大了一点一点舔湿脚背才肯离去。只有这时他才显得衰老和悲凉，这时他才肯睁开半只眼睛看一看这个世界，就像那张照片里的样子。

接下来两天，文叔心里好烦。

文叔对红树讲，不行啊，我要问问这个衰仔。两个人究竟为乜事情呢？阿从不是客家女吗？酿豆腐做不得吗？老火汤煲不到吗？端茶弄水孝顺公婆，她都不识做吗？弄不好是要出人命的。你们不懂的，这是个大事。这样他就跳上舢板回村里来。

可是凭什么呀。现在宾仔算你什么人呢？人家会问：你自家仔管好没有？你识得做吗？这样一路想过去，气竟短了不少，腿脚也软了不少。文叔在村里兜了三圈。第一圈，他看见宾仔站在酒楼门口正同人家讲笑，他觉得不好，他不想当着外人同这个衰仔吵架。第二圈，他看见宾仔指挥两个小姐挂宫灯，正要过去却见那个衰仔伸手在小姐雪白的肚皮上摸了一把，顿时踩到一泡屎一样把脚缩回来。第三圈他下决心要过去的，步子跨得很大。想了一肚子话如果三圈兜下来还不敢讲，那一定比屎还要臭的。可是他又看见了阿从。

阿从从一辆轿车里钻出来，又牵牢一个男的手。那男的点头同宾仔打招呼，那个衰仔马上像九节虾跳进汤锅里，上下身粘成一团将他们迎了进去。

　　文叔就呆掉了，眼睛里模模糊糊，像是看到电影一样。头脑却一点一点涨大，这个衰女仔啊，你还是个客家女吗？就算离婚了也不好这样张狂的，你牵了男人来做乜呀？来示威的吗？人家是要做生意啊，不好这样欺负人的。现在，他竟然同情起宾仔来了，想想这个衰仔也是的，一点骨头也没有，猪大肠一样，拎起来一大挂放下来一大摊。

　　他昏昏沉沉来到码头，糊里糊涂跳上船，划了一气船却不动。原来是船缆还系牢在趸头上。他想，你这个老鬼气昏头了，没有用场了，自家仔女也管不住，连缆绳系牢了也不晓得。

　　正在这时香蕉桔子橙子像雨点一样飞过来，原来他被一帮细罗仔盯牢了，他们看到一个猿猴一样的东西，胡子跟头毛连在一起，眼睛通红像一头怪兽。细罗仔们很久没有这样刺激的节目了，从家里把整筐的橙子香蕉搬出来，一只只丢过去。

　　他们快活地喊：猴子上岸了，鬼要划船了，猴子上岸了，鬼要划船了。

　　文叔抓一只橙子就冲过去，他眼球突出来，嘴角吓人地歪向一边，嘴里喊，打！打！打！叫你打！口水一串串流下来，一直挂到胸前。

　　细罗仔们吓退了。文叔却没玩够一样，跟了细罗仔后面撵，嘴里喊，打，打啊。又把村里村外游了个遍，吓得那些阿公阿婆钉在门口张着大嘴一声不出。

　　文叔剥了一只香蕉，又剥了一只橙子，香蕉咬一口，橙子再来一口，香蕉再来一口……于是他就快活起来了，嘻嘻哈哈笑着回到码头去。

第九章

31

陈太从台湾回来以后又请常来临单独出去郑重其事吃过一次饭，直截了当问：阿临你能不能同我讲一句实话，我看你最近情绪一直不高，我能知道是为什么吗？

常来临说，没有啊。

陈太说，不可能。阿临你不把我当朋友。

常来临只好说了是袁敏的原因。袁敏这次来探亲虽然没出什么事，可心里总觉着像是出了什么问题，他也说不上是个什么问题，反正情绪不高。但这个事和公司没有关系，完全是个人的事。他说，我不会影响工作的，陈太你放心。

陈太吁了一口气，又盯着他看了半天，轻轻地一笑，说真的没事？

他说真的没事。

陈太叫起来，哈，我以为是什么了不起的事，吓了我一跳。然后举起杯子说，恭喜恭喜，你终于得了时代病。

常来临尴尬着，不知答什么好。

陈太解释，时代变啦，社会也变啦，家庭当然也要变的，太正常了。台湾也经过的，动荡得一塌糊涂，大陆才刚刚开始变。又说，我不了解你太太的情况，但我相信你，你是个好男人。其实你太太不一定非要工作的嘛，女人嘛，谁不想过得舒服一点？在台湾，女人结婚以后就是养在家里当太太的。

常来临说，我也这样想过的，只是她不习惯。

转不过来？觉得失落了？慢慢就习惯了。陈太又给他斟了酒，不由分说碰了一下，先喝了，说我可不想失去你哟。我这是真心话，你是个优秀的职业经理人。至于经济上，我会考虑补偿的。说实话，介绍你太太去那家公司，本来就是想补偿你，只是你们太要面子了。这也好，说明你太太自尊心很强，一个女人是要有自尊心的。

听到这话，常来临多少有些感动，想一想就说，陈太你放心，我会努力去做的。

陈太说，我自己带过来的人，虽然内部管理懂一些，但对大陆实在是不了解。我是要老老实实做生意的人，不赚黑心钱的。但我对大陆的政策搞不懂呀。哪些是只讲不做的，哪些是少讲多做的，哪些是多讲少做的，哪些又是只做不讲的，啊呀呀，听得来头脑都要爆炸了。原来嘛我是想依靠阿阳的，可这个马明阳又不争气，现在我只有靠牢你了！

陈太的脸部表情不多，不像有些女的总是那么眉飞色舞，但她的语言很丰富，而且总能把事情说得面面俱到绘声绘色。这已经很不简单了，常来临认为女人的头脑一般来说是要情绪化一些的。他望着陈太电影明星似的面孔，一时出了神，已经听不清她在说什么。只是觉得自己和陈太都错位了，本来应该是自己对陈太提出客观冷静的建议，现在反过来了，倒好像陈太是个男人，告诉自己应当如何面对现实。

这一晚，他们谈了很多，谈政治，谈政策，谈公司的人和事。他发现陈太其实很会做工作，就这么轻轻松松就把自己笼络住了。是因为她的美丽？还是她的坦诚？他也想过自己是不是头脑太简单了一些，是这个女人利用了自己的处境？但想来想去觉得陈太说的都很实在。生意人，关心的就是利润，这没有错，一个正常的社会就应该这样，凭什么要求公司老板去玩政治？可是一个企业的运转涉及方方面面，不懂这一套还真的不行，所以他们才想方设法在政府里找靠山，在企业里设公关部。

"算算给亲人寄了多少钱"活动，本来不过是想活跃一下文化气氛。因为总公司开了会要求各企业都要搞活动，要搞遵纪守法教育，那个赵顾问还特意点名要宝岛电子搞，因为出过事，要他搞出点创意来。谁知这样一弄，还真是搞出响动来，当然，后来是越弄越离谱了。也许正是这件事，让陈太觉得在大陆办企业要有大陆的一套办法，进而对自己也刮目相看了？

随着对公司内部情况的逐步了解，他发现陈太这个人也确实不容易。除了在社会上八面玲珑，还真的要有一副好神经。有一次他亲眼看见，陈太跟什么人通电话，讲得泪流满面。当时他是去请她开会讲话，可到了会上她照样谈笑风生，纹丝不乱。

还有一次也是打电话，他听见她又喊又叫，以为出了什么事，进去一看，她瘫在地板上，手里抓着话筒，两眼直直，一个劲说完了完了。当天晚上是宴请管委会和市工商局领导，他真担心她还能不能出席。可到时间她还是照样盛装浓抹春风依旧。

在公司饭堂吃饭，每次吃完，她都用餐巾纸把碎骨头鱼刺之类的垃圾擦干净才离开，这个小动作一下子就影响了很多女工，饭堂里只要有她在连声音都小了很多。

这个女人确实猜不透，越猜不透就越想猜。她确实漂亮，少有的漂亮，也确实高雅，没见过的高雅。

这天夜里，快两点了，财务总监来敲门，说陈太有急事要请他去商量。到那一看，陈太和财务部的人都在吃盒饭。

陈太拉他到办公室说，不好意思这么晚请你来，现在我要做一个决定，想听听你的意见。

宝岛电子是家做贴牌产品的公司，面对着国际市场的残酷竞争,这他都是清楚的。但公司一直宣称是红宝石的加盟厂商,所以订单不成问题,其实公司的情况并不那么美妙。比如做一个电脑鼠标,在美国市场卖40美元,公司只能挣到九美分,盈利空间非常小。这样公司只能依靠劳动力低廉的优势,向下寻找空间。另外"三来一补"企业的普遍困境是,必须以同等备用金作台账抵押,银行才能开出信用证,这又加大了资金成本。现在红宝石集团再次提高门槛,要求公司降低成本,否则下一批订单就给别人做。限期是早晨八点。

常来临问,这算是最后通牒吗?

陈太说,我骨头已经跑散脱了,一点办法都没有。

常来临说,我们为什么一定要跟红宝石绑在一起?不接受不行吗?

陈太说,当然不是,请你来商量也是这个意思。红宝石有核心技术,它后面还有一系列大订单,但如果这次我们拒绝降价,就意味着我们失去红宝石了。人家也是吃准了我们才开价的呀。竞争对手太多呀,大陆就有三家,还有台湾,还有越南。当然我们还可以想别的办法,毕竟是大客户呀,丢掉多少可惜?

常来临想想也就明白了,说,陈太的意思是,希望我能说服工人降低工资?

陈太把手摇得很坚决,说不是。但又说,我们刚才仔细算过一笔账,如果我们降到八美分,这一单就能做平,我们就为下面赢回了时间,还有机会。我真的不想说降工资,太难听了。加班,行不行?我想每个工人多加两个班,只要两个班。

看到陈太可怜巴巴的两个手指,还有那双撩人的水汪汪的眼睛,常来临笑道,看来我只有说行了?

陈太说,你当然可以说不,因为需要你去说服工人呀,我晓得这是很难的呀。

可这种时候常来临怎么能说不呢？他点了头。

陈太没再说什么，只是飞快地拥抱了他。

他们贴脸的那一刻，陈太还小声嘀咕了一声，他没听清楚。没听清也足够能量了。

常来临不是神仙，但他清楚打工仔的心思。陈太看重的也是这一点。

人家打工仔远道而来是为挣钱，更是为寻找出路，他们不怕吃亏，就怕把他们当傻子。他们也是人，你占了人家的便宜，就多说几句软话，不要搞得那么理直气壮。人是有情有义的动物，你真有难处就讲清楚，谁还不能帮一把？那次搞"算账"活动，本来大家给家乡亲人寄了钱，算账算得还有点自豪感，结果给报纸电视那样一炒，适得其反。这件事也让常来临震动不小。

他的才能在于，他腿勤，也能说。他先给主管、拉长们说，再给班组长说，再一个宿舍一个宿舍去说。从前国营企业里那一套他一点也没忘记，思想工作就是交流沟通工作，爱国主义、民族气节等等自然也都是嘴边的现成话。

他说，他妈的这就是美帝国主义啊，他们赚大头，咱们得零头，他们吃肉，咱们喝汤。你有什么办法呢？核心技术在人家手里啊，定价权在人家手里啊。咱们落后啊，落后就要挨打，落后就要被人欺负。咱们要承认这个现实，要为民族企业争口气，一定要拿下这一单，给美国鬼子看看！绝不能让他卡住我们的脖子！

你们说，能让他卡我们脖子吗？

不能！

要不要争这口气？

要！

有没有信心？

有！

于是打工仔们一个个都被激怒了，说，干，狗日的不干。像柳叶叶那样的铁杆小朋友，一个个都眼泪汪汪了，都是奋不顾身的样子。于是在厂区里挂出了一些奇怪的标语，写着：

大干30天，迎接新挑战！

我们都是中国人，不争馒头争口气！

有一天管委会的赵顾问路过宝岛电子，觉得很新鲜，太新鲜了，简直就是个奇迹，说，你们公司有一种奇特的企业文化。他本来还想谦虚几句，可赵顾问已经摇头晃脑起来，对外是生意，对内是主义。高，实在是高！这比日本企业的归属感教育还要高，这个经验一定要好好总结！

常来临慌忙打躬作揖说，赵顾问你做做好事，千万不要给我们总结了，上次算账搞得我们还不够被动吗？千万千万，赵老师！

赵顾问无比深刻地说，你不知道，你们的做法实际上解决了一个重大的理论问题！

常来临一惊，什么理论问题？

赵顾问说，现在的经济理论界都喜欢说比较优势，意思是我们劳动力成本低，跟人家比是优势，用这一套来解释中国改革。实际上这是个非常浅薄的认识。改革前劳动力不廉价吗？现在的东南亚劳动力不廉价吗？

常来临说那又怎么样呢？不懂。

赵顾问就把手摊开了又合拢，说，过去中国搞工业化是靠意识形态凝聚力，今天搞工业化是靠资本输入诱惑力。所以问题不在于劳动重要还是资本重要，在于社会采用什么样的机制！而你，他点着他的胸脯——现在把这两个东西结合起来了，懂不懂？赵顾问一连声地谢谢谢谢，然后一溜烟地跑了，说要把这个思想发现赶紧记下来，说他有一本书正等着这个发现。

常来临懵懵嚓嚓，在原地转了一个圈。

总之这一仗打得十分漂亮，本来常来临在公司里总有些名不正言不顺，谁都不清楚书记是做什么的，总有点不尴不尬，现在他的名字在公司里就是一张名片，提到常来临没有人不服气。你有本事你来呀，你能让2000多人为你白干一小时吗？

到了七月初，陈太从纽约发回电传，直接给常来临本人八个字：大获全胜，拥抱祝贺。

也就是说，红宝石的几个大单全部到手了。

与此同时，常来临在社会上也有了知名度。有一天赵顾问打电话到公司来，通知常来临到区里开党建工作会议，常来临有些摸不着头脑，问是不是搞错了。

赵顾问就笑，说你去了就知道了。到那一看，原来区委组织部要抓党建工作了，找不着活典型。听说幸福村有个企业搞得不错，立马叫幸福村的赵顾问报了一份材料。那赵顾问笔头何等厉害，把宝岛电子的几件事一吹，既有高度又有深度，好像常来临到深圳来就是带着党的秘密使命似的。

常来临嘴上说没有没有，我哪能啊？谦虚一番，心里当然也少不了快活，有点扬眉吐气的意思。

常来临想想，平时与赵顾问来往不多，对自己竟然如此关照，一再给他机会，可见真朋友是不来虚的。事后再三致谢，表示要找机会一起出来坐坐，赵顾问一口就答应了。

大会给宝岛电子发了一面锦旗：党建工作优胜单位。授旗的正是当初介绍他来宝岛的区委杨副书记。他握着他的手连拍了好几下，干得不错，干得不错。然后杨书记还亲自送他出来。

有意思的是，杨书记还提到了袁敏，说，我是看着小敏长大的，我怎么能把你们忘了呢？

他说，是啊是啊。感谢领导栽培。

杨书记说，问你岳父岳母娘好。

他说，好的好的，一定一定。

但这个举动大家都看见了，好像他和杨书记早就有点什么关系，搞得他有些不好意思。人很奇怪，谁都希望能和领导走得近一些，谁又都不愿意被别人看出这层近。因为如果太近，似乎就是受到了什么照顾，好像不是凭本事干出来的。但如果没有这层关系，别人又会觉得你没料，拿你不当一回事，确实很麻烦。

直到有一天陈太问，你是不是和杨书记很熟？他才突然明白过来，其实这不是坏事。他已经从一个旧网络里跳了出来，一个新的更大的网络正等待他去建立，这没什么好沮丧的。每个人都在网络中，关键在于你怎么去利用。这就好像钻出茧子的蝴蝶，外面的天空大着呢，美丽的翅膀多着呢，就看你敢不敢亮出来。陈太是很容易从司机那里得到信息的，陈太立刻就意识到了它的价值，而自己还在庸人自扰。

陈太说，好啦，心烦就歇歇也可以啦，不要搞得太深刻的样子，我都吃醋了。改天请杨书记吃饭，你去牵线！做人嘛，不要到求人的时候才给人家见到笑脸。

32

八月的一天，张桃花突然提出来要请几个老乡吃饭，并且说也请了小青和香香。柳叶叶看看毛妹，毛妹又看看桃花，都不知道怎么答。不过年不过节的，好好的突然这么说，两个人都有点发呆。桃花这个人，做事从来就这样没头没脑。

桃花说，要分手了，这点面子还不给呀？

柳叶叶说，这叫什么话嘛，怎么就要分手了？什么意思嘛，东一榔头西一棒子。
　　毛妹说，莫不是你也要辞工了吧？
　　桃花拍拍肚皮，你们还看不出来吗？
　　柳叶叶小心摸了摸她瘦瘦的肚子，说开什么玩笑。
　　桃花哈哈大笑，说现在还没有，马上就会有的。
　　毛妹说，你发昏了，吓人巴拉的。
　　桃花这才说出来，辞工是真的，嫁人也是真的。大家姊妹一场，怎么说也要对你们有一个交代。
　　毛妹问，嫁个什么人？怎么没有听到说起？
　　桃花说，什么都定不下来，我怎么好说？直到前天晚上才把他搞定，昨天辞工，今天就来请你们，还要我怎么样？再一说，嫁一个什么样人，很重要吗？
　　柳叶叶看看毛妹，毛妹看看柳叶叶，又没得话说了。半天，有句话还是问不出口。其实她是有好多话要问的，但她那个样子，摆明了是不要你问，连嫁个什么样的人都不重要，还有什么重要？
　　桃花说，好了好了，你们不问，我也晓得。我直说吧，他是香港人，是个小老板，大老板我也靠不上，都给别人搞完了。买了一套房，三室两厅，还过得去。他答应一个礼拜回来一趟，一个月3000块零花，生娃儿另说。就是这样。
　　既然这样，大家也就没得话了。算计周全。
　　请客是在一家大酒店，包了一间房。那个男的没有来，就她们柳树桠的五个小姊妹。她和毛妹都包了100块，换了最好的衣。毛妹说，不管怎么样，二奶也好，三奶也好，人家这是大事，也算是姊妹一场。
　　话是这么讲，可两个人心里都怪怪的不舒服。好像是一盘苍蝇包了饺子来吃，吃过了还得说饺子好。

小青和香香倒是欣喜万分，直夸桃花有眼力有办法，不像她们，到现在还在水里头漂。

桃花说，我也帮你们留心，该上岸时候就要上岸，老是在外头打野食不是办法。

小青香香慌忙给她敬酒，说拜托。

桃花又说她们，你们两个心高我晓得，愿意守到8000大毛干净身子，我也没得法子劝。反正大家一道出门，有什么事就说一下。

然后大家就举了杯，算是仪式过了。

回来时，柳叶叶直想哭。心想你自己走那条路，还以为是登高上楼了，还要摆出那副架势出来，以为别人都稀奇，给哪个看？

可毛妹不这样想，她说各人有各人的活路，她自己觉得好，那就是好。人家说得也有道理，你真的以为8000大毛能过一辈子吗？就算9000大毛了，能活一辈子吗？

柳叶叶就抱住毛妹，说我求求你，千万别跟她们一样，你们都走了，我怎么办？

毛妹说，好啰好啰，把你嫁出去我才走，行了吧？

其实仔细想想，当初一道来的姊妹，真的没剩下几个。一眼望过去，全是生面孔。现在两个人虽说都升了拉长，可心里好像还不如当初踏实。当初还有点新鲜感，还有许许多多不切实际的幻想。可如今，一切都好像已经定局，一眼就把一切看穿。

自从当拉长以后她就觉得自己忽然苍老了，一点同情心都没有，像一块被炭火烤着的猪肉皮，一点点地干了，硬了。有时候新鲜的事情刚刚发生，转眼就疲惫了，都长出老茧了，这些老茧划在皮肤上，既不痛也不痒，铁锹刮在老树上一样。她的脾气也见长了，性情焦躁，特别是来例假的那几天。有次一个江西妹子出错，她去教了几次还出错，她就不耐烦了，骂她手指跟脚趾一样笨。事后才知道人家还不足16岁，她不是笨而是胆小，从来不敢拿正眼看人。没办法,又回过头来骂自己。她觉得已经不认得自己了。

她看到一个个的工友们,来了,又走了,最后又不晓得去了哪里,转眼消失,什么也没有留下。有时她也去回忆这些面孔,但给她留下的只是一副副来自四面八方的大同小异的表情,麻木的,冷淡的,惊慌的,焦急的,如此而已,最后全部消失。柳叶叶觉得好奇怪,她和他们有过交谈,也很快就忘记了,谈的什么也都想不起,很快又有了新的表情来代替。曾经有过的那种短暂兴奋亲热寒暄很快就会无影无踪,像飞过窗前的飞机,好像是清晰的又好像什么也没有发生,只有一声声来自东南西北的口音在重复。他们来了,又走了,这里就好像一个迷宫的走廊。他们什么也没有带走,什么也没有留下。这让她很疑惑,担心自己也在这样一次次认识一次次忘记的重复中渐渐老去,麻木不仁,像一根根生锈的废铁丝,随便扔在露天里。

有一天,公司里贴出一张求助公告,大意是说,有一个英俊青年,不幸患有白血病,需要定期换血。这使他痛苦异常,几度轻生。治好这种病的唯一办法是骨髓移植,可是他的血型极其稀有,很难配对成功。现在这个青年从台湾来到大陆,希望得到大陆同胞的爱心证明。后面是两张前后对照的照片,和一排大字:献出一点爱心,挽救一个生命。

照片上的青年确实英俊,高鼻梁大眼睛,扛着两块滑雪板,很洋气。后面的一张头发没有了,显得憔悴无力。柳叶叶当时看了并没有什么特别的感觉,也没有什么冲动,这样的新闻已经很多。进了工房才听说,这个青年是老板的弟弟,是常书记在亲自张罗这件事。

大家都在议论,原来老板也有难处,原来那么有钱的人,那么漂亮的人,也有烦心的事。她心里一口气拧上来,好像有根琴弦被拨动了,然后就一直轻轻地响。

到了晚上,在饭堂吃饭的时候,一辆献血车开进公司,常书记手拿麦克风站在踏板上。工友们,兄弟姐妹们,我给你们讲个故事……常书记穿短衬衫打领带的样子,讲到动情处眼角噙着泪光的样子,还有他把五个手指插进头发里捋捋,然后脑壳猛地一抬的样子,一下就把她抓住了,觉得好亲切好感动。

……她对弟弟说,你一定要坚持住,不管用多少钱,姐姐都去挣回来。姐姐爱你,姐姐只有你一个亲人,你就是姐姐的一切,你要每天给姐姐电话,每天,每天……

有一股暖流慢慢流淌,然后开闸奔腾,感动再次回到了她身上,心里腾起火焰,花朵开遍了身体的角角落落。就好像那天被常书记摸过的头发,一根根都通了电,事后一根根都汗湿了。他的每一个手势,每一个眼神,每一个动作好像都是有意思的,都是对着她来的,而她全部都看懂了,接收到了。

琴声再次在耳边响起来。

那个医生刚刚开始解释骨髓移植并不可怕不会伤害到身体,柳叶叶就上车了,她头一个签下协议。后来毛妹也上来了,还有好多她熟悉的不熟悉的也都来了。

从人群中挤出来,她的脸蛋通红,毛妹跟在她身后哧哧地发笑。她看着毛妹,说我有什么不对劲吗?

毛妹说没有,就是太对劲了,都写到脸上了。

她摸摸脸,我脸上有什么?

毛妹说,爱呗,你爱上那个人了。

她哎呀叫了一声,就抱住了毛妹。还犟嘴说,那你不也签协议了?

我是怕你孤单!毛妹说,你不用犟嘴,刚才那个样子,眼泡红红的,眼皮跳跳的,泪水汪汪的,傻子也能看得懂了。

柳叶叶想,看得懂就看得懂,她也刚刚才把自己看懂。常书记就是她的偶像，要嫁就要嫁他这样的男人。有什么好怕的？

33

有一次在外面喝酒，陈太有点过，回来在车上就把头靠在常来临的肩上。常来临就拿肩顶着，不敢让开也不敢用手，很别扭。

陈太面带桃花，娇喘吁吁，闭着眼说，阿临啊，我现在把什么都告诉你了，公司对你已经没有秘密了，我已经完完全全把公司交给你了。

有股暗香，是那种说不出的幽香，从陈太脖子里钻出来，令他偏了脸去嗅，顺便看见那里白如凝脂般的乳沟，瞬时间心襟摇曳有点恍惚。

陈太说，阿临我对你怎么样？够朋友吧？

常来临说，那当然。

陈太学他，那——当然！可见你还是有保留的。

常来临顺势就换了姿势，把胳臂展开搂着她的肩。陈太就把脸仰到胸前了，呵出的气一下一下撩着他的下巴，撩到他心慌，他有些胆怯地看了看司机老胡。

陈太不依不饶说，你还没回答我呢。

他说，我没有保留。不过……

不过什么？

不过我看见你有次打电话打哭了。我就想你肯定有心事，而且对你很重要。

就说了这么一句话，他便感觉怀里的陈太慢慢身子僵硬了，过一会儿就像弹簧反射似的板直了身体。他没看她,但感觉那张脸也慢慢恢复到原样,便再也不吭。他那只搂肩的胳膊也就硬了,慢慢地悬了空。陈太的家住东海花园,每次都是开到楼下下车,这次在小区外就停了。

下了车,陈太才开口说话,不好意思啊,拜拜。

他也说,拜拜。

对常来临来说,这样的关系其实挺好,亲近,但又不失分寸。陈太对他也确实放手,他现在差不多就是公司的常务总经理了。陈太经常出差,日常的事务基本上交给了他。他还有什么不满足?还想怎么样?

但人是贪婪的,有时很难控制自己,就像这一次。这一次的冒险让他忐忑了好几天,他知道自己是过分了。老板生气了。但陈太是自己靠过来的,他如果摆出一副惶恐抗拒的姿态又会怎么样?陈太就能满意吗?一个下属怎么做才能让老板放心?答案是明摆着的。但是你自己不可以要求老板把你当真朋友的,特别是女老板,尽管她嘴巴上那么说。这个念头一直在纠缠着他,令他夜里失眠了,然后就一直耳鸣,好像有一面锣在里面敲。

陈太是亲和的,女人味的,甚至是随和的,但她绝不放浪。她的那种随意或者亲热是一种文明,是一种高雅,不是随便什么人都能装出来的。有一次他亲眼看见庆丰公司的黄老板喝多了,说了一些过分的话,又把陈太的酒杯拿去舔了一下,是那种把舌条伸到酒杯里转一圈地舔,动作很下流。当时都有点冷场,大家都不知该怎么办,陈太却一直微笑着,轻声吩咐侍应生替她换了酒杯和碗筷,然后重新招呼大家。这件事让黄老板很受震动,后来到处跟人说,人家宝岛电子的陈太,那才叫真正的有钱人!

事情很小,但在圈子里的影响很大。当时她的动作也让人印象深刻:眉梢轻轻一抖,然后笑着对侍应小姐招手,自己却抽出纸巾在嘴角按一按。这就像一部老电影里的镜头，蜜蜂落在杯沿上，端杯子的人不是挥手去撑，而是轻轻一吹，于是蜜蜂展翅落入花丛，舒缓的小提琴声绕梁不绝。

总之，他不知该怎么办，很折磨。

又过了几天，他被叫到陈太办公室。陈太让他坐下，一句话不说，伸手就摁下电话机的免提键，然后拨号。陈太也不看他。

然后他听见了艰难的喘息，和咳嗽。

姐，今天怎么这么早？

陈太说，姐姐今天心情不太好，想你了。

姐你怎么了？生意不顺吗？

姐姐是个女人啊，有时候真是挺没用的。

姐你不能啊，你要垮了我怎么办？

他看见陈太那张美丽的脸在变色，在抽搐，像是很多条河流在那儿汇集，冲撞，但没有声音。他大体能猜出点什么了，明白这是一个家庭破碎但又必须维系的信念。就像两个搁浅在孤岛上的人，他们需要互相安慰互相打气，可又无法互相帮助。

于是他眼里蓄满了泪。他说对不起陈太，那天我不该那样说，我不知道会刺痛你，我只是……

陈太瘫在椅子上，说现在我没有秘密了，我把我的故事全部告诉你……请你不要打断我。

他说不要，真的不要再说了。

一个女人，在她最爱美丽最爱幻想的时刻，做出了一个最理智的决定，为什么？为了钱。她做过舞女，做过伴娘，可是远远不够，这个理智的决定就是做一个老人的情妇，这个老人有钱，她需要大把大把的钱。因为她唯一的亲人就要死了，得了白血病。因为她没有父母可以依赖，因为她需要弟弟活下去，因为她对爸妈作过承诺。她有过屈辱，也有过轻生的念头，觉得人生没有意思。但后来她没有死，因为弟弟不能死，因为这个病是无底洞。后来她就拿这个钱出来投资，想赚更多更多的钱，想买更多更多的血。就是这样。

常来临不是那种没见过苦难的人，各种各样的人间惨痛他都听说过，有的还亲自处理过。可这样的故事在陈太的嘴里说出来，用这样的方式说出来，在这样的场合说出来，就好像有了不一样的效果。他觉着自己浑身都在颤抖。

他说，难道没有想过别的办法吗？比方讲，骨髓移植？

怎么没有？台湾的医疗不比大陆落后，找不到啊，办法想尽了呀，我想把自己的血换给他都不行呀。然后她就哭了，瘫了，一点一点滑下去。

常来临抱住她，托住她，然后她整个身子就在他怀里簌簌发抖了。然后他就说，把弟弟接过来吧，让我也分担一点吧。

她哽咽着，接过来又能怎么样呢？

他说，你公司里有2000多人啊，你忘了吗？一人献一份就是2000份啊。

陈太问，可以这样做的吗？

他说，怎么不可以？这是爱心活动嘛，在公司里搞搞爱心献血，是企业文化嘛。那一刻，他是那样的强大，那样的自信，这个女人柔软的肉体在他怀里又是那样的真实。他对自己说，这是一个值得纪念的时刻，对他，对陈太，是双赢。他相信，这个果断的决定可以感动很多人。

采血车进公司的那天，他有些激动，比以往任何一次讲话都要激动。麦克风抓在手里已经汗湿了，他相信这是一个朋友，一个女人的故事，这个女人怀着爱的信念在这个冷酷的世界打拼，为的是对父母亲的一个承诺，她历尽沧桑遍尝苦痛矢志不改，这本身就够动人，何况她是那样美丽！至于这个女人是谁，是不是老板，很重要吗？说到这里，他简直要哭出来了。

后来的一切，果然跟预想一样，甚至比他设想得还要好。打工仔们快要把献血车挤翻了。他们有些是跟风的，有些是不情愿的，但更多的人是出于同情，出于爱心。他看见柳叶叶张毛妹们的激动模样，就确信已经成功了。

当时陈太没有出现，可她已经哭成一个泪人。后来她跟他咬耳朵说，阿临，我现在已经赖上你了。

话当然不能这么说，陈太爽快豁达，陈太见多识广，已经令他获益匪浅。她看什么问题都和一般女人不一样，这是常来临特别佩服的地方。同样一件事，她要问欧洲人会怎么想，美国人会怎么做，日本台湾又是怎么处理，她都会比较，从中找出最佳选择，这样的全球视野确实令常来临大开眼界。另外，是与大陆女人截然不同的生活情趣，她不爱养花花草草，却喜欢小动物，她不那么娇柔脆弱，却每天坚持跑步，还喜欢各种各样精致的小玩意，经常会买一些小物件送给下属。有一次让老胡开车跑遍了全城的精品店，最后买到一盒酒心巧克力，然后双手捧过头顶献给老胡。原来那天是老胡的生日。老胡当时泪就下来了。这些，还有其他许许多多细微的一切，时常令常来临目瞪口呆。

34

请杨书记吃饭那天，陈太一下子在海边包了好几套客房，其中还有一个总统套房，常来临不解，说这也太奢侈了吧？他们都有车，回家很方便的。

陈太说，我们做到了说明我们的心到了，人家要不要那是人家的事。然后挺诡谲地眨眨眼。

其实杨书记是个挺随和的人，没有架子，人家讲什么都说好。他也不掩饰自己，一上来就说自己已经是兔子尾巴了，就要退到二线去了，陈太还这么客气让他很感动。还说可惜过去不认识，帮不上什么忙了。很有点开门见山的意思。

陈太答得也很得体，她认为交朋友是不能有附加值的，生意归生意，朋友归朋友，人生苦短友情长存。

于是第一杯就为人生为友情而干，大家都有许多相见恨晚的感慨。啊呀啊呀，人生啊缘分啊。

常来临因为请了赵顾问，这种感受就更加深刻。

他说，赵老师，我们平常来往不多，但你对我多次关照，我真是不知怎么感谢你才好。

赵顾问说，说感谢应该是我感谢诸位才对，我来广东两眼一抹黑，还不都是靠你们关照？

然后就轻松了，大家都放开随意了，不劝酒不说事更没有目的，只是放开了随便聊天。这样的酒席就是休闲，房卡也都搁在饭桌上，用一只金色小碟托着。周末嘛，本来就是休息时间，何况酒店后面还有高尔夫球场。陈太早就清楚，深圳很多领导干部都是高尔夫的爱好者。杨书记起初还说一定要回去的，见有球打，大家都这么随便，他也就客随主便了。

但来的客大都是企业界的人，聊着聊着还是回到了生意上。话题也很有意思，是杨书记提的，他问，你们都是大老板，你们说说，现在究竟做什么最赚钱？

众人立刻否认大老板的说法，都说，在这里真正的大老板只有一个人，你杨书记才是大老板，我们都是马仔。至于做什么最赚钱，却是众说纷纭。

幸福村的老大是文念祖,因为临时有事没来,便由他二弟文念虎代替,也算是给足了面子。这个文总是做房地产的,他认为如今做什么都不容易。他说,别人都以为做房地产最好赚,天天坐在家数钱玩。其实十个开发商只有三个赚钱的,有两个是亏钱,还有五个找平。那么容易啊?

这个话立刻遭到反击,鬼才相信!陈太嗤嗤地冷笑,摇头,说你把我们都当弱智儿童好了,你干脆也把我卖了吧,卖了你也要说亏钱的。

庆丰的黄老板,可怜兮兮地对杨书记诉苦,说书记你去调查调查,现在有几个做实业的还想做下去?不是因为欠了一屁股债,早就不想干了。

杨书记倒吸了一口气,说这话我还第一次听到讲。

黄总是有名的木材大王,市政协委员,说出话来还是有点分量。他说,做房地产跟做实业不一样,他们只要把银行搞掂什么都搞掂了,做实业的中间环节太多,风险太大。

文总马上跳起来,房地产没有中间环节吗?没有风险吗?房地产的周期有多长你知不知啊?

黄总说,我知,可我们的事情比你麻烦得多,你承认不承认?就是工人一条就让你吃不消。跳槽啊罢工啊,马上还要买强制性三险啊,你有吗?搞死你!

文总也承认,工人确实难搞,我顶怕和工人打交道了。什么都能搞掂,就是工人搞不掂。

陈太给杨书记的干捞翅里加了点香菜,又招呼大家趁热吃,然后轻叹一口气说,吃吧吃吧,这些没用的话少谈。

黄总说,马上工会也要搞了,也是强制性的。

陈太蹙起眉问,真的吗?

黄总说,那还有假?现在麦当劳肯德基还想抵抗,那就能抗过去了吗？还不是老老实实去办。

陈太叹了口气，老讲特区政策没变，我看就是在变。杨书记你千万别多心啊。

杨书记笑一下，没吭声。他不吭大家也都不吭了。

陈太赶紧说，总之做什么最好赚？印钞票。

这一说，都笑了。

赵老师笑道，我最近倒是听说一个最时尚的路子，收购国营企业，也叫创投公司。听说只要在四大金融公司里有路子，就能很低价格买到打包的国营企业，这些打包的企业里一般都有一些好资产，只要有十分之一的优质资产，你就赚大发了。

黄总哼哼说，公关费用恐怕也不低。

赵老师说，那就是另一回事了。

黄总说，怎么能叫另一回事？本来就是一回事。不信你问问念虎，他最清楚。

文总就摇头，说我不跟你抬杠了。我现在告诉你们一个最好赚的方法，我也是刚刚听来的。他指指地板，就是这家酒店大老板干的：你从银行贷它几个亿出来，最好几十亿，然后到人民银行总行把数字核销掉，就当什么事都没发生。哪里还要办实业办公司啊，太麻烦了。你什么都不要办，直接刷卡就完了。

大家本以为真是什么高招，原来是这样的可望不可即，于是哄堂大笑。又不得不佩服，连连说厉害，真他妈的厉害！

赵顾问毕竟是个书生，想来想去想不通，直说不可能不可能，这怎么可能？

倒是杨书记冷冷哼了一句，慢腾腾说，他有本事把钱弄出来，就有本事把钱核销掉。反正他们的烂账也没有数的。

又是哄堂一笑。

这一晚吃到八点就散了，酒没大喝，菜也没大吃，现在大家都有了点绿色环保意识，倒是高雅运动高尚活动比吃更能吸引人，于是各自回房随意。

陈太解释说，这样最好，他们爱干吗就干吗，爱叫谁就是谁，互不干扰，各得其所，不是吗？

跟在她身后的常来临，正对着一个翘起的后臀，隐约滑动的半圆球令他一时走神，没反应过来。

陈太又哼一声，说问你呢，不是吗？

陈太没给他房卡，本来他也没打算留下来，陈太也没让他回去，这会儿该不该问一声？可问题突然变得严峻起来，这么不由自主地跟着，究竟什么意思呢？现在电梯里就剩两个人了，空气越来越稀薄了，常来临突然慌乱起来，胡乱说是……啊。

是——啊——，呆子！陈太瞪了他一眼。

这种责备像是指甲划在丝绸上似的，声音细微但很顽强，嘶啦嘶啦，越来越强，把他笼罩住了。心底的阀门一点一点打开，热浪一点一点喷涌，忽然欣喜若狂，忽然心动过速，他觉着口很干，他喃喃着，说我不知该怎么样说……

进了房间，陈太两手搭在他肩上，现在还不知吗？

常来临于是更没话说了，他觉着浑身都在颤，骨头都要脱榫了。他发现陈太的眼皮上有一粒极小的红痦子，只有闭眼时才能看得见，平时都躲在双眼皮的褶皱里，这个发现又令他一阵激动，仿佛只有他知道这个秘密，而这个秘密根本就不该给他看见。

然而他的胳膊是僵硬的，僵硬到抬不起来。他口很干，听见自己喉结在拼命滑动，还是很干。

在失眠耳鸣的那段时间，他一闭眼就能看见袁敏直挺挺倒过来的样子，袁敏说本来是想踢门可又怕你不好做的样子，还有以前每次到部队探亲时那种装出来的满不在乎的样子。这些日子他也一直在琢磨，怎么做才能让她放心，怎么尽快把她们母女接过来，而现在，这一切全都又跳出来了，鬼打架似的。

他知道在深圳这不算什么，谁也没要求他负责任，也清楚陈太并不是那种随随便便的人，可毕竟这一步他跨不出去，他不是那种人，他干不了！

冷了好一会儿，他才说不好意思啊，真的不好意思。

陈太好像也愣住了，飞快地瞥了他一眼，指了指沙发，没吭声。然后她就走到窗边去，窗外是一大片璀璨的沙滩灯。

他看见房间里有一张大床，正方形的，雪白的床单上躺着陈太的一件套裙，紫红色的，色彩对比强烈。

他突然来了灵感，跳起来说，这附近出产一种生蚝，就是牡蛎，去不去看一看？我还没见过是怎么弄的呢。

陈太头也不回地问，是现在就去吗？

他没回答，然后就逃了出来。这就好像无意间撞见了邻家女孩在冲凉，尽管不是故意的，也免不了心惊肉跳，有种负罪感。

紧跟着另一个问题又出来了，你这样不领情陈太会怎么想？一个女人，遭到拒绝，会发怒吗？会报复吗？炒他鱿鱼？或者从此不再信任？如果真是这样，那他也无话可说。可陈太又不像是这样的人。她爱美，虚荣，会享受，但绝不……那样。

这样逃回公司，反而不能踏实。想想还是拨通了电话，说了几件不相干的事，最后再道一声对不起。

陈太一直嗯嗯着，没有表示什么。电话里声音很嘈杂，好像是电视机的声音，又好像很多人在嚷嚷什么。

他想，就这么着吧，想怎么样就怎么样。

第十章

35

八月节前几件大事凑到一起了。

首先是省委领导来幸福村视察。省委领导来，市委区委本来都有一整套的接待班子，没他们什么事，可何子钢坚持认为这是关键性的一战，好比打营口意在图东北，三十六拜都拜过了关键就看那一哆嗦，总之鬼话说到赵学尧耳朵疼。后来话才说清楚，原来是他们劳动局政研处的处长位置出缺了。

赵学尧笑道，这都八竿子挨不上的事，那么紧张干吗？

其次是幸福居民委员会的挂牌仪式，这事跟何子钢还有点关系。但他们那个工作组也就是挂个名的影子内阁，连会都没开过几次，主要的工作都是赵学尧在做。要不是他在这儿话事，牌子猴年马月也挂不上去。

再其次是客家文化节。省客家文化研究会经过调查研究，已经正式确认幸福村这一支是文氏的嫡传。过去一直含糊不清完全是行政干预的结果。现在胜利村的后台老人已经作古了，那么被颠倒的历史理所当然要重新颠倒过来。所以这一届客家文化研究会的名誉会长一定要请念祖同志来担任。这当然也是大事。

再再其次是文总的小公子怎么接回来？偷偷摸摸地弄回来当然也是一种选择，时间长了别人也就认可了，但好像总是不太完美，好像缺少一个环节。最好是通过某种仪式，某种正规的形式，把内容固定下来。形式即内容，赵学尧和何子钢都是当然的完美主义者。经过讨论,他们决定把这几件大事放在一起,该做的做,该说的说,轰轰烈烈,浑然天成。当然这一切都取决于亲子鉴定的结果和文总的态度。

何子钢斜着眼说,我讲是大战役吧?不相信。

赵学尧嗤他道,战役是够大,可你的枪炮也太小。

何子钢只好笑了,主要是你离阵地比较近。天时地利都在你这儿,我有什么办法?

赵学尧突然忧虑起来,说文总现在最担心他老豆出他洋相,万一这老头真的跳出来怎么办?

他老豆能出什么洋相?还是文念祖有什么把柄在他手里?

赵学尧说他也不清楚,反正挺蹊跷的,文总也不愿谈。

何子钢扣着下巴想了半天,说封锁消息总可以吧?到时候实在不行就把他控制起来。

赵学尧想想,也只能这样了。

回到村里赵学尧便找人打听文艺骨干。情绪归情绪,革命事业还在继续,不到最后都不能动摇。一打听才知道,人才根本不是问题。现在南下打工的人群中,别说有点文艺才能,就是专业团体出来的也都大把。至于请几个国家一级导演一级演员,更是湿湿水,一个小红包就勾来了。但他突然又有了自己的想法,为什么不利用这个机会建立自己的文艺演出队伍呢?比如宝岛公司庆丰公司这样的实力企业,抽几个人不是很简单吗?花钱少,效果好,问起来这就是打工文化,何乐不为?至于排节目找几个人指导一下就完了。

当然开头老板经理们还不大痛快,赵学尧眼一横就都怂了。现在他们都知道赵学尧是有点料道的,跟上面都是通着的。至于上面是谁,谁都不清楚,不清楚反而更有效果。你的底牌永远别全部亮出来,偶然一闪才有效果,这一点也是受到了文总的启发。

文总听了他们的想法也很高兴,说你想到什么只管去做,怎做我不管，我是只要精神文明的。

　　说话时文总正在熨钞票。拿一只小电熨斗把每一张票子都熨过，一点褶皱都不放过，做得十分仔细。然后把这些票子装进小红包里，写上数字，存入保险柜。赵学尧看得发呆，心想难怪每次拿到红包都平整如新，原来这样加工的。又有点不好意思，好像看到了人家最私密的细节，便想退出去。

　　文总解释说，要敬惜银纸啊，你拿了钱随随便便一揉，不敬财神的嘛要罚你的嘛。你看电视里香港人点钞票是怎么点的？人家是朝怀里扒的，是这样。大陆人怎么点钞票的？大陆人是朝外面翻的，是这样。所以香港人老是大把赚钱，大陆人老是没钱花，不一样的嘛。

　　赵学尧从前也注意到过香港电视新闻里的这个动作，是觉得不同，但居然没有想到过这一层。

　　文总舞着小熨斗，说你们知识分子讲文明，不就是唱歌跳舞玩嘴巴皮吗？我讲文明就是实实在在。我敬惜银纸文明不文明啊？

　　赵学尧想一下，这的确应该算是文明行为，不像那些卖菜的打工的，钞票掏出来阄阄团团一大堆，脏兮兮的抓不上手。这样多好，对人民币显示爱心，防止细菌传染，又高扬了现代商业精神。于是便一二三归纳了几条。

　　说得文总哈哈大笑，喘着道，你们这些知识分子啊，知识分子！

　　只有在医院文总才是瘪三，被何子钢的关系户呼来喝去捉弄了半天。赵学尧看得实在不过意，就过去跟他套近乎，亮出何子钢的底牌。不料那关系户说，这帮土财主你不鸟他，他就鸟你，我知道他是谁，你少管！

　　文总的脾气也实在好，能伸能屈，不管那关系户怎么骂怎么挖苦，就是一声不吭，由那小子折腾。本来也许不需要检查小便的，可他坚持要取他的尿样，取的时候竟然还让文总双手把便盆举过头顶站立十分钟，说是这样的化验结果才准确。后来那小子自己都没劲了，文总还一口一声多谢，晤乖晒，塞过去老厚一个红包，把赵学尧看得服服帖帖。心想广东百多年的商业历史确实了不起，这种商业文化已经改造了几代人，所谓和气生财，所谓笑口常开，不争不斗闷声大发财。都说香港人有一种殖民地人格，其实广东人何尝不是这样？人格是被塑造出来的，是这方水土浸润出来的。他们的绵软他们的韧性，千锤百炼钢，能做绕指柔，他们才真正懂得什么叫"黑猫白猫抓到老鼠就是好猫"。

那天文总唯一不满意的人是迟小姐。偏偏迟小姐不给他面子，一点面子也不给，抽完血抱孩子就走。文总本来有心留她吃顿饭的，但怎么说她也不搭理。文总就在车上发狠说，早知她这么没良心，真不该给她那么多钱，你对她越好，她越不懂事。

赵学尧劝道，她现在心情不好可以理解，等过两年回头再来找你也不一定。

文总长叹一口气，说人啊，要知足实际是没可能的，临死了也还要想，我不是最好，我比人家捞得少。

赵学尧很严肃地点头，说深刻，很深刻。

36

省委领导视察那天非常成功，一切都按计划到位了。一大早赵学尧就起来检查了各个环节，还组织了村里的烂仔摩托车队进行操练，为领导们保驾护航。烂仔们跟在警察车队后面十分威猛，很过了一把瘾。连村里几个老阿婆也对赵学尧赞不绝口，说他们家仔从没这么听话过。

烂仔们拍他肩膀表示，今后你赵老师有事，千万不要不好意思开口，歪歪嘴就搞掂了。

赵学尧说，我有什么事？你们不给我惹事就好了。

烂仔不服气说，你怎么会没事？比方讲，抠女抠成了老公，哪个给你摆平？还不是要靠我们？

这样赵学尧也就无话可说。

省委领导是个女的，穿连衣裙，低低的领口上挂一串珍珠项链，很新潮很开放的那种。女领导参观了村民回字形别墅建筑群，又进到村民家里仔细看了厨房和洗手间。有一家的浴缸有半人高，价值两万多，抽水马桶可以自动洗屁股，连拉手都是K金的。主人介绍说这些全是意大利瓷器，女领导大为惊叹，抓着文总的手直摇，说，这难道是农村吗？

文总谦虚说，我们祖祖辈辈都是农民，不过很快就要挂居委会牌子了，我们也都市化了。

女领导把大拇哥一翘，你们是超级都市啊。

大家都笑了，认为这话真幽默真有水平。

这时何子钢不失时机钻出来，说幸福村是城市化的试点单位，市委选在这里搞是有特殊含义的。

女领导就把头很优雅地侧过来，说，嗷？

何子钢就把文氏家族文天祥的历史底牌一翻，说这一带曾经是改革开放前农民逃港的重灾区，如今不但逃出去的想回来，而且文氏在香港的一支也回来寻根求源认宗亲了。这些话他们俩反复琢磨过多遍，何子钢的表达既丰满又精炼，既有高度又很煽情，特有感染力。

女领导于是严肃起来，一张脸上出现了很多政策信号，她对市委领导说，这个经验非常典型啊。

何子钢表情庄重地连连点头。

市委领导也发出指示：文念祖同志的事迹你们工作组要拿出点气魄来，你们怕什么？要杀出一条血路来，要做大文章，要敢于突破，要在更高层次上开掘意义！

何子钢一个深呼吸把脸都呛紫掉了。

赵学尧本来很希望何子钢趁机提一提他的那本书，这些现成的意义他早就给他们预备下了，可他打了几次手势，何子钢居然装看不懂。心想自己去说总是不太雅观，抢镜头的样子，失掉了学者的风度。

报纸第二天清早就取回来了。这篇通讯的标题很妙：《圆了一个城市梦》，副题是女领导的原话：这难道是农村吗？

文章中的文总被描绘成夸父式的英雄，从小立志改造农村，追日不止，要和隔海相望的香港斗一斗。一幅通栏照片上文总居中，叉腰站在女领导身边遥指大海的那一端。何子钢也小头小脸地挤到一个位置。可惜赵学尧连边也没挨上，这令成功中多少夹进一点酸涩。心想何子钢说不定连夜杀进报社电脑房，帮记者选照片的，说不定还剪辑过，不然哪能这么巧？正好让他露了脸？不过这也算不得什么，巨大的成功早把那些日子的不祥阴霾驱散了。那点阴霾不过是前进道路上的阴霾，波澜不兴的成功是没有味道的成功。他和何子钢不同，他和老郭更不同，甚至他和迟小姐也是不一样的，他们这些人都不是文总身边的主导力量，不反映幸福村的本质要求。而正是在这一点上，他赵学尧的价值是不可替代的。

接下来的一切就像春天里的溪水，欢快喧腾节节高涨。他的书稿顺利杀青了，何子钢搞到了书号，文总出了支票。幸福村评上全省精神文明建设先进单位，文总当选先进个人参加表彰大会。何子钢提拔有望，有情报说他行情看涨，就等组织部批文了。另外省党代会代表名额已经下到区里,文总已是板上钉钉。市人大对幸福村的考察满意而归,赵学尧代表文总把谢意一直送到了家里。

还有什么呢?想不出再怎么完美了。

何子钢甚至突发奇想,说他妈的再来一道中央级别的光环就好了,你有没有部委的关系?见赵学尧眉头一皱,何子钢就把眼球挤到外面来,说这个世界上没有办不成的事,都是清水衙门,给个破称号,花几十万就搞掂,你以为很困难吗?喊!

关于客家文化研究会在幸福村开年会的事,赵学尧没等文总回来,也没跟任何人商量,就自作主张定了下来。不但要开,而且马上就开,就在幸福村开。

文总在省里开会,只是电话里问了一句,要几钱呐?

赵学尧答,开会做东不算,一年5000块。

文总说,5000太没面子了,我出两万吧。

赵学尧认为,这帮文人酸得很,以后说不定还有别的要求呢,不如先答应他们5000。

文总于是就说,好,好啊。另外文总告诉赵学尧,会议上有人倡议认捐希望小学,看到人家都三所五所地捐,文总生怕落了后,一口气捐了十所,好容易才抢个头牌。这下子要花不少钱。

赵学尧大惊失色,也脱口问,要几钱呐?

文总说,一所100万,一共1000万。

赵学尧说,这件事我都策划了好久好久,办学校谁能比我更熟悉?我就是山村民办教师出身的呀。我们自己做不是更好?哪里要用这么多钱?

赵学尧好生懊恼,一着好棋竟被别人抢了先。如果自己来搞,光是它的宣传效应,足够让幸福村风光好几年。实在可惜了。

何子钢看他那副痛心疾首的样,就学领袖腔:你要当心咧,要注意老毛病咧。

赵学尧这才安稳一点。心想文总的表态是代表幸福村的表态，让幸福村的企业分担一点也不是什么大事，比如什么陈太啊黄总啊等等，人家巴不得有机会表现呢，你给他们奏上乐自然有人上台去跳舞。

这天晚上，文太坚持要请赵学尧吃饭，派细女来，说再不给面子就真的生气了。赵学尧就不能不给面子了。到了文总家，先是细女陪他说一会儿话，赵老师好威好猛好靓，菜端上来她就回家带孩子去了。

其实客家菜特点并不鲜明，无非苦瓜腐竹霉干菜扣肉一类。倒是酿豆腐还有点意思，文太解释说，客家人不忘从前在北方过年吃饺子，就用豆腐来包饺子啦，南方不种小麦没有面粉啦，其实就是想念的意思啦。她说，其实我们也是北方人来的，我也姓赵，几百年前是一家也不一定。然后嫣然一笑。然后就喝酒。喝的是洋酒，用的是高脚杯。

第一杯感谢赵学尧赶走鸡婆帮助念祖做个文明人，第二杯感谢赵学尧帮忙做亲子鉴定让全家人放心，第三杯祝赵学尧青春常在阖家幸福。文太说，赵老师很好人很忠厚来的，从不拈花惹草，没有理由不幸福。

赵学尧说，家家都有难念的经啊，烦心的事人人都有。

又上了一道油炸雄鸡卵，说是好补好补的，一定要赵学尧尝尝。赵学尧尝了，不得其味，忽然想到是鸡的睾丸，知道补的不是地方，脸也渐渐有了烫意。想想，索性放量来喝酒，免得尴尬。

文太三大杯下肚，早已喝出少女的风采，眼涩了许多，话也碎了许多。说赵老师你不知我这辈子几多苦。说念祖他要不是我拦着早逃香港几回了，哪有他的今天？说有一次解放军的枪子擦着脊背打过去，不是我下海去背他回来，不是早喂鲨鱼了？可他怎么对我？鸡婆养了一个又一个还养私生子！说着就哭，哭着还喝。说我好委屈啊，委屈要死了啊。

赵学尧一惊，心想文总一直怕老豆出洋相，可能就是这件事了。怕老豆出洋相是假，怕自己露馅是真。其实这也不算什么，这恰恰说明了改革开放的必要性，说明了任何人都有追求幸福生活的本能。当然，放在一个英雄身上毕竟不够完美。

文太的名字叫美吉，赵学尧只好劝阿吉，大道理劝小道理也劝，又给她担保说，你吉星高照，你好日子在后头呢，高人都看过了你还不信吗？

然而阿吉却抓住赵学尧胳膊不放，抓着，身子就抖起来，话也越说越低呢喃不清，辛苦很了。

赵学尧心中恍惚，脸上并不敢太失体面，努力笑出各种内容来，也辛苦很了。

忽然，他就松了一口气，伸手替她抹了一把泪。僵持了这么长时间，他觉得，也就僵持不下去，再僵下去就不识做了。不但愚蠢，而且危险。有了在迟小姐那里的经验，赵学尧也就知道该怎么做了。

赵学尧也不是圣人啊。革命工作不能挑肥拣瘦啊。

一觉醒来天已微明，隐约听见嘤嘤的抽泣声。赵学尧一惊，慌忙跳起穿衣。

却见文太从洗手间出来，早已穿着停当，只是眼泡肿得厉害。文太幽幽地看着赵学尧，并不吱声。

赵学尧窘了半天，说从前你肯定是个大美人。本来还想恭维多几句的，却再也想不出词了。

文太不吭，愣了一会儿就下楼去

又吃了早饭，两人还是想不起话头。

文太低着头，眼眶有亮闪闪的东西在转。

赵学尧一急，就来了灵感，忽然把桌子一拍，说阿吉，我有一个绝妙策划!

文太一愣,痴痴地把火炭一样的脸抬起来。

赵学尧说,过几天就是八月节,区委要来宣布成立居委会,客家研究会要开年会,你干脆把小公子接回来做一百天生日晚会,好事连在一起办。完全按客家的老规矩办。干脆就叫做客家文化节!把家事族事国事结合起来!把都市文化和传统文化结合起来!赵学尧调门越喊越高气势逼人,兴奋得不能自持。

文太一头雾水看着迷迷瞪瞪的赵学尧,目光渐渐就冷了下来,说声对唔起呀,扭身上楼去了。

赵学尧擦一把汗,盯着饭碗看了许久,心里也在说,对唔起呀。

赵学尧是个什么人?赵学尧既不贪财也不好色,可财也要了色也取了。他没有办法拒绝。拒绝就意味着风险,这是时代的主旋律,难道你非要扮演那个不和谐的音符吗?既然苏格拉底认为自己是一只快乐的猪,那么赵学尧也不妨做一只幸福的猪。他并不后悔,只是有一点后怕。文总回来第二天赵学尧还在打鼓,想不出如何出去表演。

正好何子钢来了,于是拉他一起去见面。

何子钢认为办文化节的想法极好,简直可以得最佳创意奖。说世界观问题果然是个根本问题,这家伙的想法越来越上路了。

文总也说,正发愁这个仔怎么接回来,不声不响好像偷的一样,请客吃饭好像也没什么面子。这个办法好,体体面面就把事情办了。好,好啊。

发现文总并无异样,相反倒是踌躇满志,张嘴都是省委领导如何如何,精神文明如何如何,赵学尧脸色这才比较自然。他有点庆幸地说,这下好了,过了八月节,一切都圆满了。

何子钢又煽道,文总你还没听懂赵老师的意思,他这个人阴险得很。

文总说，嗷？

何子钢说，刚才讲的那些意义都是表面的，他的真正含义是，借这个活动一巴掌把胜利村打翻在地永世不能翻身，从今往后文家的龙头老大是谁？是你文总！

文总说，嗷？

何子钢解释，办文化节要不要老传统老风俗？要。要不要祭祖宗？要。祭祖是谁领头？是你文总。客家文化研究会是什么意思？那些学者教授为什么要开这个学会开那个学会？是争夺文化领导权呀，这就是话语权呀，定价权呀，是软实力，不得了！

文总云里雾里听着，便有些飘，说胜利村只知盖小楼收房租食白粉，社会上早就不鸟他们了。

何子钢说那可不一样，文化节是社会活动，你文总是社会公众人物。胜利村来给祖宗磕头其实就是给你文总磕头。是这意思吧赵老师？

赵学尧显得无比深沉，说，有些话一说透就没味道了，你这个人就是嘴快。当年幸福村这一支被挤出文家老宅，有谁说过什么没有？没有。人家到荒岛上重新创业，人家什么也不说，人家的想法在心里。文总的爷爷死得那么惨，文总的老豆说过什么没有？不说。文总也是不说的，去做。这就叫境界。这是特区，我们什么也不说，说有什么用？去做！

文总听得发呆，立马有了肃穆庄严的感觉，好像亲手策划了这个阴谋，好像引来了创造冲动，说，这个事我们三个人知道就算了，外面不要再讲了。事，一定要办好。钱，一定不要省。

何子钢说，花钱的任务太艰巨，只有赵老师来承担了。

文总说，好，好啊。

出来后，何子钢歪着脖，把赵学尧从头到脚打量了几遍，笑道，看不出来，现在油得很了嘛，进步真快！

赵学尧却把脸阴着，说，你以为你那套特区观念很新潮很时尚是吧？不就是丑字当五字写吗？你真把脸扯下来了，什么事不敢干？

37

广东老年人喝早茶是一道风景。一个人一壶茶能喝几个钟头，这中间只要一只包子或者一块糕。如果是几个街坊邻居聚在一起喝茶，也是每人一壶茶，各吃各的食，各付各的账。这在赵学尧看来简直太孤寒，酒楼应该最头痛这些老年人，然而事实上他们最受欢迎，因为他们带来了人气。久而久之，赵学尧也学会了，一壶茶一张报，几样小吃几多悠闲。有天正喝着，看见了在大街上仄着膀子过斑马线的唐源。

这个曾经让他很感兴趣又很头痛的年轻人一瘸一拐从马路对面走过来，他一下子就冲下楼去。

唐源唐源，你又回来了吗？他兴奋地喊，哈哈，回来好，还是深圳好啊。

唐源也笑了，说是啊是啊，赵老师还好吧。

还好还好。

然后就动手拉唐源一起喝早茶。唐源愣怔一下，说不行了，来不及了，法院要开庭了。

攀谈两句才知道唐源根本就没走，买了票没上车又回来了。回来也罢了，不死心也罢了，工会搞不成，他就开了一家劳动争议服务社，专门替外来工打官司，今天是法院开庭。这令赵学尧心里顿时不快，似乎一个病人不但讳疾忌医，还披起了白大褂，干起了挑战医学的营生。

赵学尧说，你怎么还在搞啊？

唐源说，是啊，还在搞。你不是说过吗？这个时代不讲理，要讲法。这个话对我教育很大。

我是这么说的吗？我是说不讲合不合理，要讲合不合法。

差不多，都一个意思。

你腿怎么瘸了？

维权维的。

你呀就是不接受教训。

我接受了，我的教训就是，要按你们的规则出牌。

赵学尧就冷了，拖长了调子说，皮包都夹上了啊？

唐源回说，我怎么就不能夹皮包？破坏了规则？

唐源掏了一张名片给他，说欢迎他有时间过去坐坐，然后招呼都不打，又一瘸一拐地消失在人流中。

这样就有种酸楚一点一点在胸中滋长起来，早茶也没有味道了，喝不下去了。照说老赵也算是个坚守理念的人，也算是个有着文化自觉的人，居然每每被一个工人说得一愣一愣。每次都在他面前吃瘪，不知是怎么回事。这一晚与何子钢的晤面，脑子里还一直在思考这个问题，总是发呆。

何子钢说，又跳神了。

他说，我是在想，今天的工人阶级到底有没有自主性？按照马克思的说法，脱离了手工业劳动，工人就已经失去了自主性，成为机器的一部分。到了高兹，就进一步分析了现代工业的公司制、流水线生产方式、和母子公司的控股关系，他认为传统工业的工作伦理已经完全瓦解了，现代社会的生产组合已经不再是为提高效率，而是为了加强控制，工人完全成了一件商品。可是现实，又不完全是这样。他感叹道，还培养出了一个唐源。

何子钢眼睛又翻起来说，扯鸡巴蛋呢吧？

赵学尧摇摇头，你不明白，这是我书中的一节，很重要的。然后又说了说唐源的情况。

何子钢说，不就是刁民一个吗？反党反资本主义分子，这种人我见多了。不值得你那么伤神。

也不能那么说，你怎么能那么说呢？我这个人，最反对扣帽子。凡事都得讲个道理，起码在学理意义上能说得过去。

何子钢说，我才懒得扣帽子，我们只是把帽子抓在手里。知道吗？你也够深圳之最了。现在全深圳只有你一个人在想这么愚蠢的问题。现代社会根本不是马克思、高兹描绘的那个样子。什么泰勒制福特制，扯鸡巴蛋。人早就不重要了，重要的是资本在流动，是现金流创造了财富，劳动？狗屁不是。工人？灰都算不上！

赵学尧说，也不能那么说，怎么能那么说呢？这正是中国经济学界的浅薄之处，我这本书算是找对了路子，我已经感觉到了，我要把这个问题说清楚。

何子钢吼道，你还是把花钱的感觉找到先！

花钱的感觉的确是上帝的感觉。以前体会不到，那是因为钱不足够多。幸福村举办客家文化节的消息一披露，一下子扑上来四五家广告公司的美腿小姐，都是一副通吃的架式，都说可以全资承办，都回扣大得惊人。美腿小姐一边拿着自己公司的画册请赵学尧过目，一边把屁股撅起来在赵学尧胸前慢慢蹭。赵学尧这才体会到，现金流确实伟大，文总确实是个意志十分坚强的人。他能和迟小姐保持长期关系，确实不容易。

对回扣赵学尧不说要，也不说不要，只说再看看吧。那帮小姐都识做得很，做的比说的更漂亮。赵学尧不忍心让这么漂亮的小姐互相残杀,就把任务分解开来,给每个公司都吃一点。

只有一个节目是他自己的杜撰,他要定做一只乒乓球台那么大的酿豆腐。

赵学尧想象领导人来切豆腐的样子一定很出彩,那一定是个新闻特写镜头。他想,有一个人看见这么大的酿豆腐一定想得出,那是他赵学尧的用心良苦。赵学尧并非铁石心肠,该记住的他一定会记住,永志不忘。

文艺演出队的节目都是成熟的,客家山歌也不难找,只有客家人的服饰文化不突出。研究会的老先生就建议去借梅州采茶戏班子的演出服装。这也不难办。最后一个难点是螭魅魍魉和觋公巫婆的挖掘问题,商量半天也由研究会负责到粤北山区去找。总之赵学尧认为,不把点子挖空了他的头脑不能关门休息,他给文总总结了这次活动的"三个不一样"。

吹得文总连声说好,好啊,好啊。

当然,他也没忘记给文总出主意,让他派人在那天上岛去陪陪老豆,免得老豆突然回到村里来。

中秋节这天省里市里都来了人,没来的领导也来了贺电,光贺词就读了一个小时。社会各界贤达和港澳的文氏宗亲也有不少,光小轿车就排了一里路。至于胜利村,专门派几辆大客车去接。好在有烂仔摩托队配合,没出什么差错。

赵学尧一早就领着文太和细女赶到市里把小公子接出来,一路无话。迟小姐抱儿子眼红红地送到楼下,也没多话。她们似乎也意识到这一天的不同寻常。

赵学尧因为要赶回村里,就叫小李陪她们逛街采购。直到领导宣布幸福村从此进入大都市行列了,披着红绸的居民委员会的大牌子被举起来了,礼炮的轰鸣中才看见一辆白色大林肯缓缓开进村来。

文太这天是一套紫色西装套裙,新做的头发,还抹了口红,很抢眼,跟满街的籴杜鹃秋菊花十分相宜。她们一下车就有一帮妇女围上去,把小公子传着看,说些吉庆话。赵学尧在台上都看见了。后来,文太就踮起脚尖看那块奇特的酿豆腐,几个领导切下豆腐放在托盘里给大家示范,群众鼓掌欢呼,文太也跟着笑了。笑着,忽然就开始抹眼睛水,一把一把地抹,细女就一张一张递纸巾给她擦。后来两个人又说了几句,就挤出去消失了。赵学尧见状,自然心有戚戚焉。

这时正是演出队合唱的时刻,大喇叭把这咏叹调雄壮地送出去很远。

幸福是什么
幸福是什么
幸福是一代代的奋斗
幸福是一颗颗的硕果
幸福是什么
幸福是什么

晚上九点,把省市领导送走以后,祭祀活动才正式开始。

一个巨大的神龛推到写字楼前,神龛里是浓墨重彩的纸塑,牌位上写着大宋信国公右丞相文宋瑞文山先生天祥大人之位。楹联写得也好:

大宋信国公官拜一品诗冠华夏
开元真男子神传万世气贯虹霓

有国有家,有文有气,好。相传,元世祖忽必烈劝降文天祥不成,柴市问刑时曾经顿足感叹,真男人也!故有开元真男子之说。

那客家文化研究会的老先生自然熟知这段历史,他们都以古汉语会话为骄傲,楹联写得工整对仗平仄讲究也很自然。只是"惜命"二字是文家家传的内经,可意会不可言传的箴言,现在却贴在了神龛的背面,有点不伦不类。

在赵学尧想来,从真男子到惜命,再到如今后代人的性格绵软只做不说,恰恰是个合于逻辑的殖民历史过程,所谓适者生存。当然这念头也只是陡地一闪,他并没有想清楚,当然更没有说出来。现在他也参透了,心中有数嘴上不说,真经也。

这边香烛纸马早已准备停当,两对跌足散发的觋公巫婆分坐两旁。有人吆喝:起!只见四位礼仪小姐手托银盘款款走近,银盘上卧着烤乳猪。然后鼓乐齐鸣,小姐们把乳猪屁股在觋公巫婆脸上慢慢摩擦。那原本闭着眼的觋公巫婆舔了猪屁,便作苏醒状,伸懒腰打呵欠,随着鼓乐缓缓起身起舞,渐渐便有了节奏。一班魑魅魍魉于是跟在后面长袖挥动,脚下轻踏,口中念念有词,作出各种行状来。

文氏族人早在门厅里候齐,在专家安排下鱼贯而出,打头的自然是文念祖。文总的老豆没有出现,自然别人也就无话可说。随后是香港文氏和胜利村的老大至尊,而后才是各族中的年高德劭者,以及晚辈子侄。众人逐一对祖宗拈了香磕了头,又逐一按地位分两旁站好。因文总儿子尚小,是由细女抱着行礼的,也没有作介绍,但他的出现还是醒目。那孩子许是不满意这一点,刻意要求家族承认似的,突然放声大嚎,一根阳物愤怒翘起,滋了细女一袖子。

哄笑中,有家属女眷议论道,这个仔一定要把手脚绑绑牢,按客家老规矩办。将来他是要接班当老总的,是吃脑袋饭的,不文静一点怎么行?

文总脸都笑扁掉了。

午夜时分,文总已然醉了还不肯回家,看见赵学尧还在忙里忙外指挥卸台,便由人搀扶过来,非要跟赵学尧再干一杯。

文总咬着舌头说，我没有看错你，你很好人来的，我不会亏待你。没有你就没有我，我不会亏待你的啦。又讲了好多才被人强拖回去。

说得赵学尧浮想联翩，睡在梦里还在咂嘴。

谁也没有想到，就是这天夜里，宝岛公司出事了。

第十一章

38

失火的时候柳叶叶还没睡，那天是夜大考试，考政治经济学，她考得不好，正在生气，正在骂自己笨蛋，就清清楚楚听到了那一片凄厉的呼救声。

等她冲到楼下，PVC仓库的那栋楼已经被大火撕裂了，火苗从窗户里门缝里和被掀开的屋顶上喷射出来，隔着几十米都能感受到灼人的气浪，不一会儿就接连发出沉闷的爆炸声，然后楼顶跳了一下就塌了，那些火苗像是被憋在汽车轮胎里憋得太久，突然放开了一样，呼地一下冲到夜空里，有五层楼那么高。

起初，柳叶叶并没有那么害怕，只是因为紧张身上才发抖，后来她看见有几个保安把水倒在身上，顶着棉被冲进去救人，这才想起毛妹也是夜班，而且刚刚调到注塑车间那边没有几天。她的心一下子就揪了起来，她腿都软掉了，不祥的预感也像那些水一样从头淋到脚。完了，完了，她心里只有这一个声音在响。

后来救火车来了，救护车也来了，汽笛响成了一片，一副一副的担架抬出来，抬上车，车又呜呜地开跑了。毛妹呢？毛妹呢？可哪里见得着人啊，毛妹！她踩着脚喊，毛妹呀，她坐到地上哭得昏天黑地。

火，是从啤机房里烧起来的，啤机里那一点PVC材料还起不了这么大火，但楼上还有十几吨PVC材料，那就是一颗大炸弹。本来楼上也准备安啤机的，因为工期来不及，就做了临时仓库。公司又接到几个大单,准备把这几单做完好好装修一下的。哪个能想到呢?哪个也想不到就在这一天啤机出了问题。本来人要逃也可以逃出来的,可张毛妹是那一班的组长,她还想着去灭火,结果她带的那几个人全部堵在了里面。据逃出来的人说,张毛妹太认真了。她非说火不大,能扑灭,就一定要去扑,结果把自己扑在里头不说,还把别人也搭进去了。

只有柳叶叶最清楚,毛妹是为啤机房的150元保健费自己要求调到那边去的。本来在这边做拉长做得好好的,可是舅妈又来了电话,电话里不知说过什么,把毛妹说哭了。刚好那边要人,她就提出来要去。柳叶叶还骂过她的,说她不管自己了,想钱想疯了,可她还是去了,就为多拿150元。毛妹认真不假,认死理也不假,但她不是傻子,她一定是觉得那个火能扑灭才去扑的,她怎么晓得PVC这么厉害?

见到毛妹是在三天以后。准确一点说,她见到的是几个纱布包裹。有几根管子插在这些包裹上头,那些药水,还有血水,把她们和外界联系起来。只有毛妹的声音从那里面传出来,让人相信这是个活着的毛妹。毛妹的嗓子烧坏了,还不能多说话,可她还是拼着命说,不能对家里头讲!记到啦?她的声音很粗,好像是锯子锯到烂木头上,嘶啦嘶啦响。

柳叶叶的泪水就是被这种声音割破了一样,哗哗地下来了,怎么忍也止不住。她不晓得这些绷带撤除以后的毛妹是个什么样子,但那肯定是个可怕的情景,可怕到想一下就心里发抖。烧伤面积70%,呼吸道严重灼伤,这些名词听上去有些遥远,她能想到的就是毛妹才22岁,还没有处过对象,她的青春才刚刚开始。可如今这一把火,把一切都带走了,来得这样容易这样简单,好像有一个开关喀嚓一下就把人生的轨道扳斜了。这几天,这些念头和着泪水,一直是那样汹涌,在她心里翻滚,把心都腌得痛,怎么能忍得住?

她说，你放心，我不会对家里头讲。

毛妹动动脑壳，她已经不能再说了。

她说，你安心治伤，公司里都会对你好的。

毛妹动动脑壳。

她又说，你现在什么都不要想，公司说要全力抢救的，有常书记在你就放心好了。她不是公司的头头，没有人让她来说这些话，她不知道该怎么样安慰，但她说的也都是实情。和她一起来看毛妹的几个姊妹也都这样劝。

毛妹的性子有点憨，有点内向，可她绝对是个好女孩，她善良，勤俭，克己，哪个能娶到她都是福分。这几天公司里大家都是这么议论的，再没有人去责备她救火，相反她是为公司的利益才那样做的。没有救成，算不上英雄，起码也是因公负伤。所以公司也做得很好的，很尽力的。病房里摆了花篮，还有工友们送的水果，她们说，公司财务部的小姐每天都送一张支票来，要是因私负伤哪个付得起？还不是等到死？

正说着话，有一个男的找到病房里来，他说他是外来工协会的，现在办了一家"春风劳动争议服务社"，掏出名片给了每个人一张。他名叫唐源，说有什么事需要帮助的话可以跟他联系。

柳叶叶有点奇怪，说我们能有什么事？

那个人就笑一下，说，话不能说早了小姐。有事没事要过一段时间才晓得。他是个瘸子，一说话两只脚就在地上倒来倒去，踩在跷跷板上一样，好像病房都晃起来。柳叶叶看着就想笑，不是因为在医院，早就撵他出去了。

可是他说，我也在幸福村打过工的，宝岛公司的事我早就知道。从前专门赚试用期工人的黑心钱，我还能不清楚？话不要说绝了。

柳叶叶说，从前是从前，现在是现在，哪里有那么多废话？心想这些人真是缺德，骗钱骗到病人头上。不过她没说出来。

那个人愣怔一下，不吭了，然后给每个人发一张纸就走了，原来是一张"告外来工朋友的一封信"。

……我们广大外来工为深圳的繁荣发展无怨无悔地作着贡献和努力，尽到了我们作为一个公民和市民应尽的义务。然而，由于种种原因，广大外来工却享受不到劳动成果的回报，虽拥有却无法得到和实现公民权利，我们只能寄生在这繁华城市的屋檐下，感受着这城市给我们的冷暖和温差。……我们什么也不是，只是一群只尽义务、做贡献，不能索取和拥有什么回报和权利的外来人口。现在全国各行各业大都有自己的利益代表组织，如作家协会、律师行业有律师协会、个体工商户有个体工商协会等等。……我们外来劳务工算得上一个庞大的群体，到如今还只是一盘散沙，利益得不到应有的保护，这些大家都是有目共睹的。

我们只有有了组织并紧紧团结起来，外来工这个新生和庞大的弱势群体才不会像一盘散沙，遭受别人的恣意欺负。只有有了组织才会引起政府的注意和重视，我们外来工才有反映问题的渠道和有效方式。只有有了组织，我们外来工说话才有分量，并通过建立协商机制，经常、及时、有效地同政府和社会交流和沟通；协助和配合政府部门对改善外来工各方面的条件做出努力，使我们外来工的合法权益在制度上得到良好有效的维护和保障。……

话是说得好听，如今哪个广告不好听？她们几个都这么说，把那张纸扫一眼也扔掉了。柳叶叶本来也扔掉的，可想想又把它折起来装到了包包里。

她忽然想到，应该去找一下常书记，她已经好久没见到他了。她不是不想，她经常在想，只是没个由头。人家那么忙，隔得那么远，见到了也不能总是傻笑。你好？你好。没有了。她只能远远地看，细细地看，然后慢慢地回想。哪一个眼神是有意味的，哪一个手势是好玩的，她都在心里头悄悄学过。但就是远远地看，也已经好久没有看到了。这个久不是一个月两个月的久，而是一年两年，好像几百年。

常书记对她好不好？好。心里喜不喜欢这样的男人？喜欢。只是没有可能，真的是没有可能。倒不是他有没有家庭，结没结婚，那个不重要，重要的是距离太远了，远到想都没法子去想，天上的牛郎织女一样，编编故事罢了，根本不可能走到一起。他们本不是一种人，只是自己一厢情愿地崇拜，悄悄静静地喜欢，就好像喜欢那些歌星影星。所以，碰到有机会去见一下，哪怕一刻刻，也是好的。找个理由去说两句，哪怕一两声，心里也舒服。现在，有了毛妹的受伤，有了那张广告，她就有了见他的理由。起码是有了说服自己的理由。

常书记一见她就笑了，呵呵，大诗人来了。

她就把身子扭扭。

常书记说，还写不写？

她就把头摇摇。其实她一直是偷偷在写的，他说喜欢她就会写的，只是不好意思说。

常书记说，那天我听到张毛妹的名字，头就嗡地一下，这么大。一下就想到了你！

她就愣怔了，鼻子慢慢酸了，眼睛慢慢模糊了。

常书记说，还好还好，你不在里面。

她就哇的一声哭起来，哭得好伤心好委屈。她是替毛妹哭，也是为自己哭。她和毛妹，还有好些贵州来的娃儿都是你亲自招工来的，你最了解我们了，现在走的走散的散，只剩下我们两个了，现在毛妹又成那个样子了，毛妹怎么办啊，我怎么办啊？

常书记说，怎么啦怎么啦？好好说，不要哭。

本来她有好多好多话的，她是好感动好感谢的，可她说不出口。她想这时候如果他来拍拍自己的头，或者像上次那样多看她一眼，她就能说出来了。她甚至能扑在他怀里痛痛快快哭一把。但这是在办公室里，有人来了，人家就在门口等着。她就只好摇摇头，把那张纸掏出来给他看。

常书记把那个东西看了一下就丢在桌子上，然后手指在上头慢慢敲，哒哒哒，哒哒哒，敲了半天才说话。他说出了事故我也痛心，刚才我还讲张毛妹呢，我头都大了。你的心情我明白，我也理解，可是这不是张毛妹一个人的问题，我也不可能因为张毛妹徇私舞弊，你明白吧？公司会尽力的，你要相信公司，明白吧？不要搞什么乱七八糟的劳动争议。社会上什么人都有，小心上当！

她说不是，不是……她没有去搞，但她说不出来。

常书记又说，先救人，好吧？有什么事以后再说，好吧？OK？

她愣怔着，想了一下，明白OK是常书记要她走的意思，于是她就退出来了。出来后她才想起应该解释一下的，她其实不是来说劳动争议的，也不是来说毛妹的事情的，她是来干什么的？她就是来看看他的，没有别的意思，怎么变成了这样？本来她以为来见常书记心里会好受一些，现在却觉得更委屈更想哭了。

隐隐地，她就有了一种不太舒服的感觉，好像知道了一点什么，明白了一点什么，好像是关于毛妹她们的。但好像又不完全是，他说了不是一个人的问题，那就是所有人的问题。到底是什么问题？是不是自己说错了什么？仔细想想好像也不是，她统共也没讲过几句话。还有，就是那个OK，好奇怪的，一下子就把她推得老远。也许让人不舒服的就是这个OK？其实在公司里也经常会听到人讲英文的，只是在他嘴里说出来就有点怪怪的。

　　柳叶叶好后悔，这时候不该到写字楼里来，来了也不该说毛妹的事，他够烦心的了，更不该拿那张纸给他看。那个东西跟她没有关系，那不过是个说话的由头。但他一看到，气氛就紧张了，脸色马上就变了。如果他因为这张纸冷淡她了疏远她了，不再关心她了，那真冤死了，她不是来搞劳动争议的，她怎么能跟他争议呢？她是那样子地崇拜，那样子地爱……现在她已经相信，这就是爱了。

39

　　出事故的时候，常来临和陈太在一起，在医院里。阿弟正在抢救，医生正在解释，为什么同类的血液也有排异现象。医生都是好医生，都是花大价钱请来的老资格专家。血液都是好血液，都是最新鲜最有活力的年轻血液，而且源源不断无限供给。但还是排异。没办法，要怨只能怨上帝了。

　　就是这时来的电话，当时他并没有喊叫，但脸色可能一下就变得非常难看，他说我有事走先了。

　　陈太追出来问，什么事？

　　他说公司出了点事，没关系我去处理。他当然不希望陈太受惊，对陈太的每一点打击都痛在他心里，特别是这样的时刻。可陈太还是看出来了，追出来了，他只好承认说是失火了。

　　陈太摇晃一下，没吱声。眼见着身子就软了，骨头突然瘫了似的。他赶紧一把托住，找到椅子扶她坐下。在医院里，又不好怎么样，他只能说，你不要急，急也没用，还是我先回去看一下。再说阿弟这边也很关键，放心吧。啊？

可陈太竟然叫起来，哪头重哪头轻我不知道吗？说完挣脱他就冲出去。坐上车，她才慢慢缓过神来。她叫道，完了，完了，公司没有了，不要说阿弟，大家统统完蛋！

常来临也有点毛躁，说情况还不清楚呢，你叫什么叫？陈太这才闭嘴。转而他又道歉说，对不起，我也不冷静。

现在他是这样坚定地支撑着保护着她，生怕她受不住打击。现在他已经完全把陈太当作了自己的姐妹，优雅的举止，高贵的谈吐，温馨的细腻的小动作都令他心动。他是在仰慕一个明星，不是在追逐一个女人，这样就心安了。唯一的区别就是不能有那种关系，那样的话他又无法去面对另一个人。他相信大家都是成熟的中年人了，早已过了不管不顾的年龄，这样的定位陈太也应该理解。即使不理解也不要紧，日久见人心，总会让你看清楚的，常来临不是一个无情无义的人。

上次那件事后，再见到陈太他什么也没解释，一解释就无聊。陈太也没再提起，一切都和以前一样，好像什么都没发生过，照样面对面地说话，头对头地研究，肩并肩地出去吃饭。这样的结果其实是他最希望看到的，由此他也更加对陈太心存感激。他看见陈太冷静下来，擦干眼角开始补妆，心里也踏实一些。

所幸的是，只烧掉一幢楼。

他们赶到，火还没有完全熄灭，消防队正在现场清理最后一点隐患。呛人的焦糊味还在空气里弥漫，到处都是白色的泡沫和褐黄色的腐酸水，陈太拿一个头盔就要冲进去，立刻被消防队员拦了回来。

常来临简单了解了情况，受伤的有七个人，其中最严重的就是张毛妹。人已经送去医院了，他便安排办公室去送钱，表示要尽力抢救，买花慰问等等事项。这边刚交代完，就听见那边的一声尖叫，啤机呀，我50台啤机呀！是陈太。

常来临赶紧跑过去把陈太抱住，好说歹说生拉硬扯才把她弄进车里，让老胡把她送回家。他不是不心痛50台啤机，不是不清楚上注塑项目对宝岛电子是何等重要，但事情已经发生了，哭也没用喊也没用。事已至此，头等重要的就是稳定人心。人心平复了才能尽快恢复生产挽回损失。而不是在大家惊魂未定，伤员刚刚送走的时候痛哭流涕。这个道理其实很简单，你越是关心伤员，人心越是安定。你就是为自己的财产考虑，也不能当众失态。

幸亏他处理得及时，这个动作并没有多少人看见，他心想你毕竟没有经验呀姐姐，你还不知道怎么跟工人打交道。你不仅是一个女人，你更是一个老板。

接下来更是忙得焦头烂额。要配合消防局查找失火原因写出整改报告，要向劳动局工商局民政局申报事故写出整改报告，还要跑医院安抚伤员接待家属，当然更重要的还是恢复生产安定人心。这一切都要他亲力亲为，陈太一点忙都帮不上的，她只会心疼她的钱。而钱，自然也是用一点少一点的。

这么一来他又颇为得意，所谓家贫出孝子国难见忠臣，宝岛电子不是他在这儿顶着也许就此消失了也不一定。这么想想，他和老板还分得清吗？陈太的事业就是他自己的事业啊。

有一件事让他非常恼火，烧了一幢楼损失一批设备伤了七个人，对企业是个非常具体的数字，如实呈报就完了。但各个管理机关却有着不同的要求，因为他们对于上报事故等级有着不同的考虑。市消防局告诉他，必需写明"特大事故"，整改报告才能批准，否则不能恢复生产。而劳动局工商局告诉他，只能写"重大事故"，写"特大事故"必须停业整顿。民政局更怪，通过幸福村管委会告诉他，区里的"特大事故"和"死人指标"早就用完了，让他们处理的时候要顾全大局，否则后果自负。

来转达这些意见的赵老师也止不住要苦笑，说这就是体制啊，体制在扭曲人啊。

他说，这简直是要我们五马分尸，我究竟该顾哪一头？

然而，赵老师也是主张要顾全大局的，他说现在正是文总的关键时期，如果因为一把火，烧掉了他的前程，你们还有好日子过吗？再说，这幢楼不也是他的吗？

当然，这些也都算不了什么，生气归生气，生意归生意，事情办得好不好，关键还要看你识不识做。常来临觉得，自己现在已经很识做了，起码比原来有进步。

他对陈太说，买路钱还是要花的，要考虑长远呀，你说呢？

身心疲惫的陈太抬了抬眼皮，飞快地看了他一眼又黯淡了，她说阿临，我是个女人呀，我干吗要管那么多？我不管了，我不想管了，我烦也要烦死了。

陈太老是强调自己是女人，常来临只好自己来管了，现在他俨然是个二老板了。他本不用替老板当家的，可是他没办法。谁让他是个职业经理人呢？他的岗位就在这儿，这就是他的事业。他天生就是劳碌的命，这个命从前怎么卖今天还得怎么卖。

常来临打听到杨书记已经到人大去做主任了，算是退到二线了，也正处于59综合征时期，他也就知道该怎么办了。

聚会是在观澜高尔夫球会。由杨书记，也是杨主任出面请客，请的自然是几位局长。观澜球会是个经常举办世界顶级球赛的地方，其宾馆的服务设施一直在追赶当今世界最新一流水平，据说冲马桶的水都是有标准的，那草坪上的叶片都是用卡尺量过的，那推车递包的球童都是有大专以上文凭的，自然价格不菲。好在主任和局长都有会员卡，所以常来临大包大揽的时候倒也底气十足并不发怵。

起初陈太听说定在观澜还在皱眉头，这段日子花钱确实太多了，但听说他们都有会员卡眉头也就舒展开来。转而又叫起来，可我穿什么呀，我没衣服穿啊，只好又陪她去选衣服。一边试衣一边还在埋怨，说他们怎么能都有会员卡？讲起来我还是个海外客商呢，想过几回都不敢买，哼！

这天的陈太是一身雪白，西式猎装模样，宽肩束腰，紧臀长腿，红色长檐帽，配着紫红的太阳镜和长靴，一出场就把他们震了，哇噻！

这个词让常来临也暗自得意，就好像自家珍藏偶然曝光一回，收到溢美之词自然是开心的，何况这珍藏是那样一种知己。总之想法多多，当然他也不便说什么，在公开场合他只是一个经理，如此而已。

高尔夫球其实玩的不是球，是人。一堆人说说闹闹，半天才打一下，害得那些球童满场乱跑。常来临不明白杨书记和那几个局长怎么打得那么好，球飞得远不说，每个人收尾的那个姿势都特别漂亮，转体，扭腰，双手将球杆定格在脑后，脸却偏过来直视前方，目光锐利且果毅。这姿势一般都要定格几秒钟，慢慢品味这潇洒似的，等待照相机喀嚓似的，真是酷毙了。轮到陈太去打，她比划半天，又把收尾动作反复模拟体会多次，才一杆挥出去，结果球没打着，人却原地旋了一圈，然后正好扑在杨书记怀里，众人哈哈大笑。陈太在他怀里扭着，跺着脚喊，是指导有错嘛，指导有错嘛！

常来临也上去打了一杆，自然不爽，那杆子明明对准球去的，结果球没滚出多远，却把草皮铲掉一块，草皮高高飞起来落在十几米开外。他们倒是没吱声，自己已经觉得惭愧得很了，那动作就好像是在拿锄头挖地一样，怎么想怎么是个农民。这样他就索性放弃了打球，专职给他们拍照。单个的，集体的，摆姿势的，自由交谈的，倒也累得浑身大汗。还有一张是陈太搭在杨书记肩上咬耳朵的，两个人都是一只脚翘起来，好像振翅欲飞。

有意思的是，庆丰公司的黄老板不知怎么也打听到了，慌急慌张赶过来。他们已经打完一场了，吃晚餐的时候，他到了，不由分说插了进来。陈太自然表示了欢迎，该谈的早谈完了，其实也用不着谈，该怎么做就怎么做是了，她有什么理由不欢迎呢？但黄老板带来一位不速之客马明阳，让常来临不舒服。好在总台的小姐悄悄告诉常来临，他们的单已经买过了，全部记在黄老板账上，这才脸色稍稍好看了一点。

原来马明阳也当上老板了，这次是黄老板帮他出面打围子。他开了一家劳务派遣公司，专门到内地偏远山区招工。那些山里人只知特区能赚大钱，打破头卖家产也要把孩子送过来。那些交得起保证金的，他们就介绍到别的公司去做，交不起的就留下在公司里做派遣，他收管理费，越来越聪明了。那马明阳自然一口一声后生晚辈，请教提携什么的敬酒敬个没完，可在常来临听来就是两个字：无耻。

陈太倒是很大度，主动向马明阳表示祝贺，还跟大家说，这个小马可是一匹猴精猴精的马啊，聪明得唻一塌糊涂！

席间，自然免不了投资环境政策导向之类的话题。官员们关心的是上面的最新提法，不提"跨越式超常规发展"要提"科学发展"意味着什么？老板关心的是为什么民工荒越来越严重赚钱越来越难？只有一个话题是共同的，就是网络上的一篇文章，《是谁抛弃了深圳》？是谁？背后还有谁？话说给谁听的？给谁施加压力？

然而这些问题在常来临看来全都不是问题，全都是胡说八道。真正的问题是劳动局长提出来的，他问，黄总，你最高水平是多少杆？

终于，真正的大老板发话了，杨主任说，差不多了吧？于是马仔们也都说，差不多了，各自方便吧，休息吧，晚安。

只有一个黄老板，出了门还在嚷嚷，在中国办什么实业都是傻瓜，办什么都不如炒股炒楼！

进了屋，陈太看见那么一大片挂毯似的草坪也呆掉了，哇地惊叹一声就扑到了凉台上。这时晚风习习，月上树梢，正是良辰美景，他看见一只白色小球飞过起伏的山包草地，沿着小河慢慢跳跃奔跑，最后停在草丛里一动不动。

两个人看了一会儿，气氛渐渐局促，他就打算退出去。

陈太身子没有动，也不回头，声音却嘶哑了，说，阿临，你是不是觉得我很老了？

他说，我估计你会喜欢这里的。

请正面回答我。

他迟疑了一下，还是说出来，我是怕对不起袁敏。

他说，我们在一起过了很多艰苦的日子，那样对她不公平。他说陈太你也看得出，我是一直是仰慕你的，否则我不会那么死心塌地。你一点都不老，你比我还小一岁，我见过你的护照。

你是不是觉得我这个人太夸张了，你不喜欢？

不是不是。他说，其实你真的很高贵很优雅。

你一点都没动过心吗？

当然不是。我很矛盾。可是我不能。真的。

陈太转过身来，定定地看了他一会儿，说阿临，我真是好感谢你。这段时间我心里真是乱极了，可能你觉得我过分你了，其实我是有数的。

他忙说没有没有，真的没有。

陈太说，难道你就没有一点自己的要求吗？我不信。

他说，那天你说我是一个优秀的职业经理人，我想要的就是这个。说实话以前我在国营企业干得也不差，可是没有文凭总是受欺负，有朝一日我也要弄个MBA读读。

陈太叫起来，这个呀，太容易了！等我们缓过气来你就去读好了，公司出钱。

常来临也笑，那我就先谢谢你。

那你一定答应在任何时候都要保护我，支持我。她把嘴巴噘起来说，你说过的，我比你小一岁，是吗？

然后他就把她拥抱了一下，这是陈太的方式。

他说我会像爱妹妹一样爱你，你信不信？又说人都会有走背字的时候，过了这段就好了。他向她保证倒霉的日子很快就会过去，一切都会好起来，而眼下的议程就是忘掉一切。

陈太在他胸前轻轻说，但我们今年全部白做了，后面还有那些工人还没了结，还要倒贴！

他两手一摊，看看，叫你别想非要想。你不要认为我不是老板就不心痛，其实我比你着急，我压力比你大！

陈太说，那好吧，今天好好休息。晚安。

但又休息不成。这时她的手机突然响了，她一连声说好好好，马上就到马上就到。他还愣怔着，陈太只说一声麦瑞来了，便匆忙消失。

麦瑞是红宝石集团的亚太部总经理，这混蛋他见过，每次来都跟太上皇似的，提出一些莫名其妙的要求。而陈太又对他怕得要死，这让他觉着宝岛电子对红宝石的依赖是个战略性错误，你怎么能在一棵树上吊死？为什么不把鸡蛋多放几个篮子？他觉着这种被动局面已经到了非改变不可的时候了。

但反过来想想，陈太也确实不容易，她说得不错，她是个女人，女人面对强者是不能硬拼的。她干吗要操那么多心？这样的女人只适合在海边在草坪在客厅里在舞会上微笑，这样的社交场合和这些琐碎的事情搅和在一起多不协调啊。他又觉着自己太无能了，也太倒霉了，如果不发生这些事那该是个什么感觉？

夜里，实在燥得睡不着，他就拨了陈太的手机，可居然是关机。这下吃了一惊，就更加睡不着了。陈太是从来不关机的，从来没有过。出了什么事？她和谁在一起？是麦瑞？这样一想，鸡皮疙瘩都起来了。麦瑞是个皮肤松弛一身红毛的衰老头,怎么可能?太恶心了。那么还有谁?她一直不让他进家,难道家里还藏着一个?好像也不像。难道是杨书记?他是看见她和杨书记一直在说笑的,那个老东西显然已经到了最后时刻,在酒店里拼掉老命疯狂一下也不是没有可能。这样一想,又把她想成一个荡妇,似乎和谁都有可能,那又不是他心目中的陈太了。

到了一点钟,他又拨了一次手机,还是关机。

他把枕头扔起来,一拳打到了墙上。那枕头也出了鬼,居然挂在墙上坚挺不倒,也不掉下来。

40

报纸上登了柳叶叶的两首小诗。一首是写男工在灯下补衣服的,题目就叫《缝补》:

> 东奔西走的是尖锐的脑壳
> 一下一下很想突破
> 那些柔软而又
> 经纬密布的网络
> 他粗大的骨节
> 怎么也扮不成娇娘
> 此时的日光灯
> 把心田晒焦了
> 男人辽阔的天地

> 被那些棉纱
> 拉着拽着捆着
> 越缝越窄

还有一首是写献血车的，她说：

> 流动的吸管
> 美丽的触须
> 正在把爱意汇集
> 小心点，节省点
> 说爱也不那么容易
> 年青的口袋瘪瘪一无所有
> 鲜红的期盼都在一点一滴

　　这些情景都是她亲眼所见和亲身经历的，写起来一点不费力。她看见报纸一天到晚都在说打工文学，就把它抄了寄过去，寄出去也就忘了，谁知几个月以后竟登出来。确确实实，一点不假，柳叶叶三个字清清楚楚。看到报纸她一下就晕了，醉了，疯了。正是她打工生涯最灰暗的日子，正是心情最沮丧的时刻，就像一缕强光突然投射过来，她都不知该怎么笑了。

　　她想应该先拿给常书记看，这回她已经有了完全的理由，他叫她大诗人不是白叫的，她算不上大，现在登在报纸上了，小诗人总是可以算吧？

　　常书记每次到工友活动室来都会鼓励她写诗，你很有天赋，你应该朝这方面发展！他也不光是鼓励她一个人，对所有的打工仔他都在反反复复说一个道理：这个时代是竞争的时代，是强者的时代，深圳不相信眼泪，你就不要流泪嘛。你顺着它来，它要什么你给它什么，千万不要对着干，你比别人更强，你就行了。那个美国的乔丹怎么说的？让别人尊重你的唯一的办法是什么？就是打败他！

常书记把报纸翻来覆去地看了，讲好，好，有点意思！他把头晃着，一下一下抬起手来，有两次她以为该拍到她的头了，可到了半空又缩了回去。她憋住的气一点一点吐掉，她咬紧了嘴唇，脸却烧得通红。

常书记说，这就对了，你朝这方面发展就对了！

她说，那个报社的编辑还让我去参加开会呢，是个打工文学的研讨会，你说我去不去？

常书记说，去呀，去了你就是打工作家了。为什么不去？你是不是要请假？

她忙说，不是，不是，我是有点那个……

常书记说，你不要瞧不起打工作家，这也是个事业啊，现在好多打工作家都当老板了，开了好多公司。我祝贺你！然后他就伸出手来，跟她狠狠握了一下，他的手好有力。

本来她还想说，她没有瞧不起谁，她瞧不起的是自己，另外她也不是要想跟谁对着干，那天给他看的广告实在是个误会。可办公室里又来了人，她就只好抽出手退出来了。她很怕他再说OK。出来了，脸还在发烧，她就用手捂了好大一会儿脸，那是一种比羞涩还要强烈的东西，是兴奋。她忽然就有了这种感觉，好像长高了，看到了很远。生活已经在她面前敞开了另一扇门，道路很多，请随便走好了。就像早晨的阳光穿透阴云，一束一束地发散开来，花坛那边鲜花和草木，都在向她招手。天更蓝了，水更清了，喷泉里现出了七色彩虹。原本的那些不自信那些莫名其妙的灰暗，通通消散了。

这个周末，本要上医院陪毛妹的，突然接到个电话是报社夏编辑打来的，他说他叫夏悦，夏天的夏，悦耳的悦，很多人都念成了夏说。他说他仰慕她的诗已经很久了，一听就是鬼话。但他说要请她参加打工文学研讨会，夏编辑说，这个会很重要啊，一定要来啊，北京的专家也来了，作家协会的领导也来了，大家都想见见你。好像人家是专门来见她似的。她当然不会这么傻，愚蠢到连客气话都听不懂，不过还是很开心。开心也是一种麻缠。

本想把报纸带去给毛妹看的，可是毛妹会怎么想呢？毛妹不是那种小肚鸡肠的人，可毛妹这两天正在焦心，正在等待拆绷带的时刻到来，她不晓得自己会变成什么样子，她怕得要死。不知劝了她多少，她还是怕。现在柳叶叶已经长大了，已经懂得，即使让别人分享快乐也是要看时机的。于是柳叶叶就只好把这份快乐暂时压住，悄悄藏在包包里，看情况再拿出来。

会议在报社的九楼，她一登记名字，一个男的就跳过来，你是柳叶叶啊，我是夏悦。然后就抓牢她的手不放，抓进了会场，一个一个给人家介绍。夏悦个子高，年轻，是个帅哥哥，拉着她好像特别亲热熟悉的样子。就有人说，柳叶叶这么年轻啊，是个美女啊，"瞎说"你有福了，说得她好不好意思。

她不喜欢"美女"这个词，可是现在大家都这么说，在夜大里也是这么说。是个女的就叫美女，是个男的就叫靓仔，难听死了。不过这也不算什么，倒是那些人的发言叫她惊奇，他们说的一套一套，好严肃好深刻，只是听不懂。后来就叫她讲，她说不会讲，真的不会讲。

夏悦就启发她，你们公司怎么样？你们老板怎么样？

她说老板好啊，经理也好，又说了毛妹的事情，说他们都是好人。说自己运气好，碰到的都是好人。

然后大家就鼓掌，说这才是真正来自底层的声音，打工者的声音。总之又一颗新星诞生了。

她没有参加吃饭，她还要去医院陪毛妹，夏悦追出来说要送她，她说不用，真的不用。

夏悦说，你是很特别的女孩，跟别人不一样，然后就定定地看着她，看得她很难为情。然后又说了许多话，意思是要经常来找他，他那个圈子很重要，有多少多少人想进都进不来。

她噢噢答应了好几回，才算分开手。夏悦的意思她不是不明白，只是这个人味道太馊，一见面就熟成要拍拖的样子，她接受不来。她想，人和人本来就不一样嘛，张三和李四不一样，自己和别人不一样，她早就晓得。

明白了这一点，也就晓得了自己喜欢的人是个什么样子。他是平和的，也是刚烈的，是大气的，也是细心的，是忧郁的，也是乐观的，是普通的，也是超人的。总之是那样一种人，他像老师，也像兄长。明白了这些，柳叶叶一下就快乐起来，似乎终于看清了自己，好像一个迷路的人突然晓得要到哪里去了。能不能去是一回事，晓不晓得是另一回事。

带着这些遐想走进医院时，脚步是轻快的，心情是放松的，四层楼小跑着就上去了。她想把这些快乐慢慢讲给毛妹听，让她也一点一点快乐起来。

可是毛妹昏过去了，病房里正在抢救。

一进门，她们几个就对她喊，惨了，惨了。

一起受伤的七个人有三个是轻伤，已经出院了。另外三个，小王小李小许，因为是呼吸道严重灼伤，还在治疗。只有毛妹伤得最重，不但她们那些伤全有，更可怕的是脸部溃烂。尽管有了很多天的心理准备，医生也再三做了思想工作，可毛妹还是怕。嘴巴上说，我晓得了，我不害怕，我有准备，可柳叶叶晓得，毛妹最怕的就是这张脸。毛妹不晓得这些纱布的后面，是一张怎么样的脸。

毛妹问她说，要是有一天，一个熟悉的声音跟你讲话，你一回头，是一个陌生的人，你会怎么样想？柳叶叶听得毛骨悚然，鸡皮疙瘩都起来了。嘴巴还硬得很，那我照样答应，毛妹就是毛妹，我不信你能变到哪里去。又劝道,你想变一个明星脸啊?不要瞎七搭八好不好?

毛妹生得不是顶好看,可也绝对不难看。她身材也好,又瘦又长,有1米62,比柳叶叶还高一厘米,走在大街上不会输给任何一个人。问题是现在一切都成了未知数,医生只是说,变化是会有一点变化的,但变到哪里去,哪个也说不好。柳叶叶明白,毛妹不想变一张明星脸,她只是希望不是那么太难看,太怕人。她还要活下去,她才22岁,她连恋爱一下都还没有尝到过。

小王小李小许说,惨了惨了,本来是昨天早上拆线的,但临时有手术,就说今天,谁知今天是周末,毛妹就等不及了,自己偷偷把绷带解开。结果一解开就惨了,喊都没喊一声就从床上一头栽下去。

还有一个说,她又不跟人家讲,讲一下也好。她就那么自己解,哪个也不晓得嘛。把镜子都摔烂了,咚的一下我们才晓得……

柳叶叶觉得心里被捅了一下,本来心就是悬的,现在又晃晃悠悠沉下去。有一种味道,一种醋的味道,针刺一样地从鼻子里头往外头冒。尽管人人都希望知道真相,早一点知道,快一点知道,但真相一旦来了,还是不敢相信。总以为不是希望的那一个,是搞错了,是暂时的,是假的。

天,这是一张怎么样的脸!眉毛全部没有了,变成一块透明的红皮,而且永远不可能长出来。鼻子化掉了,只剩下部分鼻骨,两只鼻孔露在外面,像两个黑洞把脑袋贯穿了。左边的外耳不见了,内耳还残留三分之二。更可怕的是嘴巴,整个错开了,有半边嘴唇张着,露出里头的两排牙,整张脸就像鲜肉上贴着一层塑料纸。

医生说得轻巧,重度毁容嘛就是这个样,冷冰冰的一个名词,医生说能把命保住就很好了。他们说这些话的时候一点表情都没有,好像成绩很大的样子,问急了就把口罩戴起来。柳叶叶不相信他们心就那么硬,做手术好像切猪肉那么随便。把人弄成这个样子他们心里不发抖？罩起口罩别人就不认得他了？

现在，一块纱布盖在毛妹的脸上，只有粗粗的呼吸把纱布掀动了，才晓得那是一个活物。哪个也不敢讲话，生怕触怒了毛妹，也不晓得该怎么样劝，劝些啥子。时间就这样一秒一秒地挨过去。开头毛妹还在流泪，柳叶叶还能给她递递手巾，后来连泪也没有了，她就不知下面该怎么样办。

这一晚柳叶叶没有回去，她不敢回，不知毛妹会怎么样。她怕她万一想不开。放在哪个身上也会想不开，换了自己，也许不是一头从床上栽下去，直接从楼上栽下去也不一定。这么一想，就看出毛妹其实比自己坚强。毛妹到底是比自己成熟，她更懂得啥子叫做责任。

深夜，柳叶叶去找了值班医生，她的想法也忽然变得坚强起来，人伤到这种程度，害怕啊痛苦啊伤心啊都那么不重要了，你再哭再叫都没有意思了。这样一想，也就理解了医生的冷酷，他们见得太多，他们早就麻木了。现在最重要的问题是，毛妹今后怎么样活下去？有没有劳动能力？能不能得到赔偿？

她把这个意思讲了一下，又说了好多请教的话。那个医生是个年轻人，好说话，看看就问，你是张毛妹的什么人？她说是老乡。医生就说，你要找她的亲属来，你处理不了这些事。她说我们是表姊妹，她的爸妈都是农民，也没有多少文化。医生说，那就请律师，这种事没有那么简单的。她说我们老板对员工蛮好，有规定的话肯定好办一些。医生哼地一笑，然后就找了一本书，要她自己去查。

回到病房，见毛妹没有动静，她就关了灯准备到外头看书。毛妹突然说，不要关。这个声音很熟悉，是毛妹的，但又好像突然老了几十岁，是那种老人家的声音，那样地苍老那样地冷静，吓得她一抖。毛妹曾经设想过的情形终于出现了，才隔了一周。

她说，你困一下吧，我到外头去翻翻书。

毛妹问，什么书？

她说是《职工工伤与职业病致残程度鉴定》。

毛妹就把手动了一下，然后就抓住她的手不放。毛妹的力好大，抓得她生痛。

她说我想把这个事搞搞清楚。

毛妹说，好，手却不松。

她说，你放心，我是你妹子。

毛妹就一下哭出那种破碎的声音来，这是她醒过来以后第一次哭出声音，不大，却是好像风箱漏气一样，撕扯破衣烂布一样。她赶紧抱住毛妹喊她莫哭，说影响别人休息，自己却也止不住地热泪滂沱。

什么是面部重度毁容？面部瘢痕畸形，并有以下六项中的四项者：(1)眉毛缺失；(2)双睑外翻或缺失；(3)外耳缺失；(4)鼻缺失；(5)上下唇外翻或小口畸形；(6)颈颏粘连。

面部重度毁容、中度毁容、轻度毁容在评定伤残等级时分别定级为3级、4级、5级，这是说的一般情况。另外规定40周岁以下的女职工发生面部毁容，含单项鼻缺损、颌面部缺损和面瘫，还要晋1级。因此根据这个鉴定标准，毛妹伤残等级至少是2级或者1级。

柳叶叶说，我们公司最讲规矩的，会按标准做的，何况还有常书记呢，你放心吧，好生睡一下，啊？

毛妹听她这样说，手才渐渐松开了。到早晨三点多，她才把灯关了，趴在床沿睡了一小会儿。

凭良心讲，柳叶叶不是讨好毛妹，也没有讨好公司，她只是按照书上的规定去想。毛妹是她表姐姐，是她的依靠，她的感情一点不掺假的。可是这样一个千真万确的事实，在桃花她们看来全都是虚的。

41

　　桃花她们几个，柳叶叶已经很久没有见到了。倒也不是瞧不起她们，每个人都有生活的权力，蛇有蛇路鳖有鳖路，哪个也管不到哪个。只是在柳叶叶看来，她们那种选择，自己做不来。谈不到一起就少谈，免得生气。只有毛妹，偶尔还在联系着这些老乡。

　　她们也不知从哪里得来的消息，已经来医院看过一次了，这次争吵是发生在毛妹快要出院的时候。她们也不知怎么就那么坚定地认为，公司的态度已经变化了，一定要先讲好条件才能出院。不讲好条件就赖到医院不走。其实也就是公司的支票有两次送迟了，医院里停了药，才发生这样误会。这期间常书记也来看望过，还买了花，还跟毛妹开了玩笑，说公司一定会处理好的，要她们放心。她们也不是不晓得，公司这次损失大得吓死人，住院治疗，接待家属，吓死人。但她们还是不放心。理由就是小王小李小许都去打过电话了，听出话音来了。

　　一个公司那么多事那么多人，哪能事事想得周到，一点岔子都不出？再说公司财务的态度也不能代表公司的态度，这个道理本来好简单的，柳叶叶每次一劝就劝好了，但给桃花她们一讲就讲复杂了。

　　桃花说，听话听声，锣鼓听音。财务的话其实刚刚好就是老板的意思。老板我见得多了，我老公就是老板，他们那点心思我还不晓得？话拣好听的讲，事拣缺德的做。好听话又不值钱，随便讲好了。真到点票子的时候恨不得每一张都撕下一条边边来。

　　桃花挺着个大肚子，人也发福了，说话粗声大气，一副过来人的样子，什么话都敢讲。她们都喊她大姐，好了不起，其实她比毛妹还小一岁。但她真把自己当成大姐大，那个气势让大家都不能不相信。加上小青和香香在一边帮腔，柳叶叶一下就矮掉了半截。

小王小李小许也说公司态度变了，她们的心思跟毛妹还不一样，她们没有毁容，还能继续打工，她们胆子壮一些，大不了跟公司闹翻。但毛妹就不同了，毛妹的一辈子也许就要靠这次的赔偿，所以更加疑心重重，格外担心。万一真跟公司闹翻了，你能得什么好？

不过争一下也有好处，一些理不清楚说不明白的要求，争一下就简单明了了。要不要公司赔偿？怎么赔？赔多少？讲到底还是一个钱字。只是在争吵的过程中，话说得难听，说着说着就撞出火星来。

起初是为一个年轻女人的容貌到底值多少在争，但后来就是对宝岛公司的真面目在争了。在桃花她们看来，公司就是公司，任何公司都是一样的，老板就是老板，他不抠钱就不叫老板了。任何人来开公司就是为赚钱，没有钱赚他马上就走，一天都不会耽搁。连这个道理都不懂！

桃花进一步举例子说，在公明镇有个公司也是失火，把个19岁的潮州佬女娃儿烧成了老太婆，结果连医药费老板都不付，就跑回香港了，政府出面他也不理，任何人打电话他都不接。这个事还是香港的《天天日报》登出来，香港人倒是捐了不少钱，我们这边的报纸连屁都不敢放一个。为什么？因为哪个老板都一样，登出来哪个老板都不高兴，宁愿政府买单算了。

柳叶叶就不能同意，她认为这恰恰证明这个老板是个坏老板，坏老板才没有良心。宝岛是个好公司，老板是个好老板，好老板跟坏老板是不一样的。这样一来她好像是在为老板在辩护，好像她捞着什么好处一样，连毛妹都跟着摇头。其实伤残程度，毁容程度，国家都是有规定的，不是吵嘴打架能争得来的，这个道理还能不懂？

　　这样柳叶叶就觉得理直得很，她说桃花，老板那么不好，你还要嫁个老板做啥子？还要给他生娃儿！

　　桃花就笑，说你这个道理都不晓得还讲个啥子？嫁人跟好人坏人是一回事吗？嫁人跟爱情是一回事吗？骗骗学生娃儿去！再一说，我讲老板抠钱，我又没讲老板不好，我说这跟人品没有关系。老板好得很，好就好在他会抠钱。抠了你的钱还在心里笑话你，还把你当傻子玩，给你9000大毛还要夸他好。

　　小青香香就跟到说，你们还是9000大毛啊？

　　柳叶叶气得七窍生烟，耳朵都红了，脱口就说，9000大毛怎么啦？9000大毛是我双手劳动挣来的，我靠我自己奋斗，张张都是干净的。

　　桃花撇着嘴，摆出一副泼妇的样，啧啧啧啧，你干净，我们脏，了不起！奋斗？又奋又斗，我好怕哦，我听不懂哎，你们听懂了吗？这话到床上说说还讨人喜欢。完了还嘎嘎的笑，小青香香也跟到笑。

　　毛妹忍住嗓子疼，慌忙沙哑了声音拦住大家说，好了好了，越讲越不着调了，你们都是来相帮我的，哪个也没有错，吵什么吵？

　　可是柳叶叶已经忍不住了，一下就冲到走廊上，眼泪也不争气地流个不停。她想不通，一个女娃儿怎么一旦跟男人有了那种关系，就变得这么下作，这么不要脸，无拘无束。好像她们什么都懂了，什么都不在乎了，一眼就把世界看穿了，一下就把所有的人看出了猴子的原形。桃花本来也不是这个样子的，也怕羞，也爱美，也虚荣，怎么现在说出话来句句都像流氓？

　　她已经不想再争论下去，桃花还在屋里不依不饶：说妹子我还有话说把你听，快收起你那套奋斗！啥子时候你晓得那是鬼话了，啥子时候你才会讲人话。啥子时候你会讲人话了，你才晓得这是啥子世道!

　　这天是个礼拜天,来医院里探望病人的很多,有送花的送蛋糕的,还有过生日的,笑声不断掌声不断,热闹得很。但她的感受却是更孤单了,好像这样的气氛不太适合她,好像这些人都特别庸俗。

　　这样想想又觉得自己其实也很庸俗,很无聊,好像是为了表现自己有爱心,为了证明自己对毛妹有感情才跟她们争的。其实她有必要向她们证明什么吗?她完全可以有自己的生活自己的道路,她已经在深圳的天空底下看到自己的曙光了。努力奋斗,努力向上,有什么不对?怎么就是鬼话?满世界都是这样的声音,每个人都可以当太阳,不对吗?但这样一说就好像自己高过她们似的,这又让她有一点点怀疑。你真的跟她们不是一样的人吗?就因为发表了两首小诗?那一刻的心情真是好奇怪好复杂,好像鸡笑鸭子跑调,鸭子嫌鸡烧包。柳叶叶真的没有瞧不起哪个,各人有各人的活法。说穿了也没有什么,不过就是拌了几句嘴,可当时居然觉得无法忍受。

　　其实桃花做事很周全,想得也实在。她带来一套惠安女的服装,那种上身很短,有帽子头巾可以包住脸的衣服。她说,你可以比划一下,穿不穿随便你。一套这样的衣服你就能走出去了,把帽子上加一个黑纱,哪个也认不到你,惠安女都是这样穿的。

　　毛妹看着那套衣,伸手去抓抓,一下泪就下来了。她说,我穿,以后我就是惠安女了,贵州妹子惠安女。

　　一时间屋子里就静下来,大家心里都不好受。桃花眼红红地,哽咽了说,主要是想,还要活人啊。

　　听到桃花这样讲,柳叶叶也呆掉,心里咯噔一下有些震惊。本以为这样的话只有自己来讲的,最关心最体贴,可这样现实的问题偏偏自己没有想到。毛妹还要活人啊,她怎么走出去,怎么生活啊？为什么自己就想不到？

　　事情就是这样，本来都是姐妹，各人有各人的活路，犯不着水火不容，你见不得她们那个样，她们就能见得你着吗？你比她们又高在哪个地方？这么想想，也就平静了。她进来把那个衣服摸摸。说这个也怪好看，还有花边呢。然后又把桃花的手拉拉，看着她张张嘴，算是和解。她很想说一句对不起，只是说不出口。但桃花立马把她的手抓紧了，放到自己肚皮上摸宝宝。小青香香看到她们的样子，也觉得好笑。那一刻，她们五个妹子才好像重新认识一样。

　　香香把小青撞撞说，把你的点子讲一下。

　　小青说，我讲不好，你讲。

　　香香就说，小青认识一个种菜的老板，也要招人打工，就是工资少，只有500，又要在田里晒太阳。我们想，毛妹讨到赔偿恐怕不是一天两天的事，有个地方落脚也好，不如做起来先。现在她们说话也学广东腔调了。

　　毛妹忙说，我去我去。我本来就是庄户人，怕什么太阳？然后愣怔一下，又低声说，要是没有你们，我还真不晓得怎么样活。谢谢你们大家了。

　　桃花摆出大姐大的派头说，废话废话，赶紧打扮起来！然后七手八脚，大家一起动手把毛妹变成一个惠安女。没有黑纱，医院里有的是纱布代替，看看，觉得也还像那么一回事，总之走出去是没有问题了。

　　柳叶叶看着，觉得连小青那么笨嘴拙舌的人想事情都比自己实在，觉得自己真是出了什么毛病。是哪根筋搭错了？毛妹怎么样出去见人，今后怎么样生活，都是眼边前的事，为什么她们能想到自己就想不到？讲起来文化比她们高，关系比她们近，可脑子硬是没得她们好用，一定是出毛病了！

大家正热烈着,准备出去吃午饭,那个瘸子又来了。龇着两颗虎牙说,你们好,我是唐源。

柳叶叶说,晓得你是汤圆,还是个赖汤圆。

唐源笑道,赖汤圆不好听,可好吃着咧。说着又一跛一跛地给大家发广告。

这回发的不是告工友书了,而是他那个劳动争议服务社的经办案例。又是一大张纸:

案例一:外来女工谭秋信在龙华一家工厂上班,怀孕后想请假回家生孩子,工厂迟迟不批。一个月拖一个月,月底总说下个月,眼看着肚子越来越大,工作越来越吃力。面对经理冷漠的嘴脸,怀孕期的谭秋信特别敏感,一时绝望之下,乘经理外出,当场在办公室割腕自杀,血流遍地,从门缝中流了出来。眼看活不成了,在本服务社的帮助下,住进龙华医院。工厂只同意给医疗费用,服务社免费提供公民事务援助,他们联络媒体,出面与工厂谈判。最后工厂支付了医疗期间的工资7000余元。

案例二:三友和公司拖欠全公司80名工友三个月工资,工人罢工,41位工友决定走法律途径,服务社每人象征性收10元,41人共花了200元请服务社代理。当时情景十分危急,工友咨询:"我们是不是应当出去游行了。"服务社果断劝阻,并通宵打印出41人全部法律文书,当时41个工人已决定离开工厂,如果这样,工厂将按工人工龄每满一年补偿一个月工资,这个公司将失去41个工人还要给付80万,工厂就彻底垮了,工人也随之受损。经过服务社与工厂交涉,双方达成协议,工厂赔付每人半月工资,共30万元;加班费与最低工资标准按《劳动法》执行,工人复工。工厂与工人都得救了……

唐源解释说，他今天是做工伤探访的，你们有事的话可以打电话跟他联系。

大家都没吱声，倒是小王小许她们问，你是不是要收钱？要收好多钱？

唐源愣了一下说，我不收钱怎么活啊，但我收得少，你打听一下律师费要多少就清楚了。我的梦想是为工人讨公道，有时候一分钱我也收不到。骗你我都是这个，他伸出小指比划说。

小许笑，这个是什么呀？

唐源说，这个是王八蛋。

桃花说，那你不是傻子？

唐源说，傻不傻要看你怎么样想。

毛妹问，那我怎么相信你有这个本事呢？

唐源说，这么讲吧，我是文化水平最低的律师，也是工人维权最成功的专家。你们有时间可以到我办公室去看看，我们楼上楼下住了20多打官司的人。

柳叶叶就笑了，心想这个人倒还真是敢吹，文化低反倒成了招牌。就说我们有律师，麻烦不到你。实在不行还可以上访，还可以靠政府。你快走吧。

唐源就瘸到她面前，慢慢地回头说，话不要说早了小姐，你以为上访能帮到你吗？你下楼的时候去看看大屏幕，那上头都写着呢。然后瞪她一眼就走了。

这个人的目光很冷，刀子一样，看得柳叶叶心里一抖，那种眼神就像锥子一样坚硬，让人很难忘掉。深圳这个地方怪得很，什么样的古怪人都有。

出去吃饭时她们几个都在大厅里站住了，不约而同回了头，真

的去看了医院的电子大屏幕,看完了哪个也没吭声。那上面果然滚动着一条信息——深圳市信访者"六不准":

> 根据《信访条例》第二十条规定,信访人在信访过程中应当遵守法律、法规,不得损害国家、社会、集体的利益和其他公民的合法权利,自觉维护社会公共秩序和信访秩序,不得有下列行为:1.在国家机关办公场所周围公共场所非法聚集,围堵,冲击国家机关,拦截业务车辆,或者堵塞阻断交通的;2.携带危险物品,管制器具的;3.侮辱、殴打、威胁国家机关工作人员或者非法限制他人人身自由的;4.在信访接访场所滞留、滋事,或者将生活不能自理的人弃留在信访接待场所的;5.煽动、串联、胁迫以财物诱使、幕后操纵他人信访或以信访为名借机敛财的;6.扰乱公共秩序,防害国家和公共安全的其他行为。

医院里为什么放这个?哪个也没有说明,就是明明白白滚动着播放着。当时的感觉,好像眼睛蒙了一层纱,好像是进了法院而不是医院。她觉得那个赖汤圆正躲在哪个角落里,望着她们阴阴地笑。这个礼拜天真是邪了,把她搞糊涂了,先是跟桃花她们莫名其妙地吵,后来又跟这个赖汤圆讲不清楚。而她深信不疑的努力奋斗,向上向前,在桃花她们眼里就是老鼠药。是这个世界疯了还是自己疯了?

第十二章

42

马明阳这次回来是真的想大干一场,他把公司的铜牌钉在了深圳最具标志性的帝王大厦18楼,深圳市现代劳务派遣公司,既现代又派遣,一点都不含糊。也有人劝过他,既然是跟劳动有关系,还不如在劳动局楼上租几间房,又便宜又沾光。他的回答是,劳动局懂现代劳务关系吗?谁沾谁的光还不一定呢。一个代表潮流代表方向的新生事物只能让制度跟上他的步伐,而不是由他来迁就制度,这一点他确信不疑。

当然,他账上的数目字并不富余,但这并不能影响什么,他的签名让明阳二字直接骑上马背,龙飞凤舞,笔力恣肆,寓意多多,让那个大厦的经理好几次抬头仰望那张白净透明的脸。一个好的创意何止千万?区区一点租金又算得了甚?

起点当然还是幸福村,在那儿有他熟悉的人脉,也有过他的辉煌和耻辱。不过这一页已经翻过去了,马明阳又回来了!

他对从前的老板说,不好意思啊陈太,过去我确实对你不起,我不该那么贪心,我再次向你赔罪了!他跪在榻榻米上向盘腿的陈太咚地磕了一个响头,转而又说,陈太你用的是什么牌子的香水?连袜子都这么好闻。

陈太一下就乐了,说阿阳这孩子,嘴巴真是抹了蜂蜜一样,啊呀呀不得了不得了。

作陪的黄老板也笑了,说那还不是你调教出来的?阿阳你要是个女人，我就包了你，还做什么做？累死。

陈太说，你要包多少女人才够？你早就该累死了。

他是在一家叫樱之乐的酒店包的房，艺伎的歌声透过隔扇门飘进来，轻柔而节制，房间里弥漫着一种未饮先醉的气氛。目的当然是想做他们两位的生意，他并不隐瞒这一点。

他说，二位老板都是我的前辈，我马明阳有今天，全靠你们提携了。请多多关照，多多指教！再次叩首。

黄佬堂看着陈太，说我是搞不懂他那些新名堂，这小子周游世界一趟，好像是多了几根花花肠子。所以我特意请你来听听，你对外面的事情知道得多，你要做我就跟着做啦，无所谓啦。

陈太说，我哪里晓得什么派遣啊？我也是第一次听到。

马明阳问，二位前辈都是办实业的，最头疼的事是什么？

黄佬堂说，头疼的事多了，资金，技术，市场，人工，哪样不头疼？哪样都能要你的命。

马明阳说，从前最难搞的是前面几样，资金，技术，市场，还有政府部门，现在这些都不难了，花点小钱就搞掂了。现在最难对付的是人，是工人。从前人不值钱，你随便挂个牌子就能办公司，人比狗都多，现在你试试？钱多了你花不起，钱少了他们又不干，特别是新劳动法就要生效了，时代变了你还不变？

陈太哇哇叫道，是啊是啊，就是工人最难搞！陈太的公司出了点事故，吐出来一肚子苦水。她说一个个狮子大开口啊，凶得咪不得了啊，好像我欠了她们一样。辛辛苦苦做了白做，哪里是她们来打工？明明是我替她们打工啊。

马明阳问清楚事故情况，笑了，说陈太呀，这种事情完全可以技术上操作一下的嘛。

怎么操作？

他说，常来临是老企业了，这点手段还没有？

陈太说，常来临就是太老实了呀。

黄佬堂笑道，老实人可以做老公，做情人也可以的。

陈太捶了他一拳，说你这个脑子激素太旺盛，不跟你讲了。阿阳你告诉我怎么操作，我不会亏待你的。

好简单的啦，不承认她们员工身份可不可以？不承认工伤可不可以？电脑在你手里嘛，工资单可以删除的嘛。实在不行就跟她打官司，拖死她。

陈太好看的眉毛挑起来，可以这样的吗？

马明阳说，我给你介绍一个律师，他们是这方面的专家，不过这帮家伙收费很高。有时间我也给你去劳动局问问，看有没有空子可钻。办法总是人想出来的。

陈太就说，那就拜托你，帮我想想办法啦。

然后就是他介绍业务了。他说，像日本这样的富裕国家，传统企业的老办法都搞不下去了。终身雇佣，早就跟着经济泡沫一起破灭了，像松下丰田宣扬的那种终身归属感早就见鬼去了，中国还能撑多久？90年代以来日本就开始盛行"派遣社员"制，其实就是临时工制。好处就是企业可以规避法定责任，你只管赚钱好了，责任全部由我派遣公司来承担。这种方式已经占到全日本劳动力的三分之一还强，我相信中国很快就会全面铺开。新劳动法就要实行了，这是个机会，你们不做别人就走先啦。

黄老板看着陈太，陈太看着马明阳，三个人互相看着好半天，谁也没吭声。只是黄佬堂咕咕噜噜说道，如果工人都改成你的人，我当老板的还有什么劲？我的王国不就被你控制了？

马明阳笑，你到底想赚钱还是想当国王？这个想法我还是第一次听到讲。

黄佬堂说，钱也要赚，国王也要当，两样我都要的。

陈太的想法不同一些，她满脑子都是事故，说阿阳你要是帮我把事故赔偿处理好，看看能找出什么空子来钻钻，我就同意你来派遣。我晓得你脑子灵光，办法总归想得出的。拜托啦？

　　这一天，并没有什么实际收获。可是马明阳还是很振奋，他相信眼前这两位一定是他的第一批客户，跑都跑不掉。而陈太，他过去的老板，更是眼巴巴地等着他出招呢。他分明听到了他的市场在喧嚣，有无数只抓着钱的手伸出来买他的产品，我也要，我也要，像海啸到来时海平面通常会突然陷落一样。

　　买单时他对领口很开的和服小姐轻轻一挥手，不用找了。那小姐一躬到地，说了声不好意思。

　　他说，既然干了，就别说不好意思。

　　小姐一愣，脸红红地退出去。

43

　　从观澜回来以后，常来临眼前总有一只高尔夫球在滚动，摸不着也抓不住，而那一大片青草也茂茂盛盛地在心里成长起来，弄得他有点心烦意乱。表面上他还得维持住温文尔雅的微笑，有条不紊的工作安排，内里其实一直是撑着的。想来很是奇怪，既然跟陈太已经把话挑明了，就应该更加轻松才对，而事实上他比原先反而更操心了。似乎陈太的一举一动，一点一滴的变化都在他的职责之内。陈太说，你要保护我，常来临就真的要去站岗放哨了。他不是那种轻浮外露的人，一般的事都可以隐忍不发，但这样艰苦的把持确实很累。

　　陈太没有解释那天她和谁在一起，为什么关机。她不提，他便不好问，好像他也不在乎。其实他试验过两次，故意半夜两点打电话过去，跟她讨论受伤女工的处理问题，搞得她要疯了：几点钟了呀？阿临！

这说明，她不关机是正常的，关机一定是有特殊的理由。他相信这一定和性有关。那么是谁呢？谁那么有魅力那么有权威？是麦瑞？太不可能了。是杨书记？似乎也没多少迹象。那还有谁呢？是她家里躲藏着另一个他不知道的人？似乎也不太合情理。

本来他已经了断了一种可能，可是却冒出无限多样的可能。没错，他是拒绝了陈太，他不能对不起袁敏，他决心做一个好人。可是内心里又觉得她不应该和别人有，这种感觉很奇特，就好像他真的成了兄长，要保护自己任性的小妹妹。其实即便是妹妹，也不好去干涉她私生活的，这个道理是明摆着的。而另一个显而易见的道理是，陈太和陈太的公司确实在心里分量越来越重。

陈太还是那么忙，出差很多，应酬很多，有时带着常来临，有时候不带。不管带与不带，都是正常的，只是常来临觉得不正常。也许那一晚只是出了点小岔子，她早就忘了。但这一切在常来临那儿竟比天大。当然这一段陈太的心情不好，一直很焦虑也是真的，她在吃药，甚至常来临都提醒过她好几次要吃药。

阿弟的情况不太好，换血已经不能挽回什么了，已经到了针管插不进去的程度。生命正在一点一点地离开他的躯体，这种离开是眼睁睁看着的，所以悲痛已经变得不那么剧烈，就像一堆七彩的皂泡尽管绚丽，吹它的人其实是等着看它的破灭。

当时他们就在阿弟身边，陈太请了几个嬷嬷为他做祷告，为他最后送行。他们包的是带套房的病房，病房里站满了医生护士，墙脚堆满了鲜花，但谁也没有办法留住他。午后的阳光一点一点爬过来，从窗下爬到床上，最后停在阿弟苍白的脸上。医生说，节哀吧，大家都尽力了。陈太晃了一下，常来临赶紧扶住，那一刻她的身体在他怀里簌簌地抖,弄得都挺伤感的。

这样,就更加不方便追问。

这天,在陈太办公室,她突然说,对不起!

常来临没吱声,只是抬眼看着她。

陈太说,我知道你一直对有些事情耿耿于怀,但是……实在不好意思!

他有点乱了,说,没有没有。

陈太说,我不傻。你不问我也清楚,但你不问你就更可爱了。

他赶紧说,这段时间倒霉的事太多,不要再提这些了。

其实他是来商量放粮的事。公司已经三个月没发薪水了,连写字楼的钱也发不出来。火灾以后,各种开销一日紧似一日,但还是不能停工,一旦停下来那后果更不堪设想。财务总监也说不清楚是怎么回事,总之要出货就要开工,要开工就要进货,最后出货还要开出信用证,要开信用证就要资金抵押,所有这一切都是要花钱的。他本来是想问问这件事,但陈太的情绪太糟糕,话到嘴边又咽回去。而且她还主动提起那些疑惑的事,还道了歉,让他突然觉得这个妹妹好可怜好辛苦。以往,她还能说我是个女人呀,我干吗要管那么多?而现在,她连撒娇的力气都没有了。这样一个妹妹遭受接二连三的打击,你还要她怎么样?她越是敷衍和冷淡,越是显示了她的柔弱和凄美。你不帮她谁来帮她?

他突然觉得确实是太注意自己的感受了,完全忽略了别人的想法。这样想想就突然来了灵感。他说,陈太?

陈太抬起头,示意他去把门关上。

他没去关门,而是说,七祭那天,我们为阿弟办一个哀悼日,你看怎么样?

陈太睁大眼睛,这样行吗?

他说,有什么不行的?他们庆丰公司早就做过,黄佬堂父亲去世，全公司都披麻戴孝呢。他们公司天天唱《大海航行靠舵手》不也没人管？我们不搞披麻戴孝，我们搞新式的，戴黑纱。这样对你是个了结，对员工也是个交代，毕竟很多人是献了血的。

在常来临看来，陈太是为弟弟伤心是可以理解的，但长期这样下去对陈太对公司都没什么好处，应该有个解脱的办法。当然这样的突发奇想也不是完全没有来由，那天他们路过庆丰公司，亲眼看见黄老板给员工训话时，先让合唱《大海航行靠舵手》：

大海航行靠舵手
万物生长靠太阳
雨露滋润禾苗壮
想发财靠的是黄佬堂思想

当时陈太还不太明白这歌曲的来历，还一个劲问黄佬堂这个歌是什么意思，为什么要唱这样的歌？难听死了。

黄老板是个木匠出身的木材大王，坦率得很，说，这个歌不知道吗？好有名气的，你问问小白脸书记就知道了。又说，我是个粗人，现在名也有了，利也有了，还想怎么样？不就是想过过瘾吗？其实他们公司这样的小段子还有不少，大都出自黄老板本人的嘴巴。比方："东西南北中，发财到广东，广东有能人，能人在庆丰！"其实这也是企业文化，只是上不得台面罢了。所以赵顾问每次大谈企业文化，就是谈不了庆丰。其实他也很想谈庆丰，但谈不了，只能谈宝岛。宝岛有能人，能人就是常来临。

这天早上，公司写字楼蒙上黑纱，奏起哀乐，2000员工进来时都戴了黑纱，有人还主动扎了白花。陈太站在大门口，素衣素裙，神情凝重，不住地对大家说，谢谢了，拜托了！

幸福村的文总亲自来献了花篮，鞠了躬。赵教授还把常来临拖到一边狠狠夸了他几句,说你们宝岛电子越来越像一个大家庭了,这都是企业文化啊。好好搞,你一定会有发展的!

这次活动花钱不多,但效果奇好,陈太非常满意。她说,在台湾哪能办成这样的事?想都不要想。在越南也不行,越南人也厉害得不得了。

常来临笑而不答。心想那要看什么人来办事,在大陆也不是什么事都办得到的。更重要的是,他感受到了事业,每一个念头,每一项措施,都在为事业添砖加瓦。这是一种实实在在的付出,也是一种确确实实的收获。

这晚,两个人在外面酒吧里喝了点酒,陈太在幽暗的烛光里嘟嘟哝哝,一刻不停地说,自言自语地说,声音越说越低,越说越低,也不知她在说什么,听得他耳朵痛,可他还一直坚持着听。后来陈太自己也笑了,说,我赖上你了,以后恐怕舌头都会肿起来的。你烦不烦?

常来临也轻轻笑了。什么叫成功?这就是。什么叫得意?这就是。人生啊,人生啊,多么奇妙!从前在彩练毛巾厂,他也有过很多策划,搞过很多活动,得过不少奖励,但是还没有过这样的满足感。怎么说呢,这是一种更加充分的释放,一种更加自由的创造,你随便想一个点子就能变成现实,从前有过吗?

不过这样的状态并没有持续多久,陈太不久又心情灰暗了,回到神情恍惚里去。她懒得再听公司的事情,把公司的事务完全交给了常来临。问她什么,她都提不起神,啊呀阿临啊,这些小事情你自己处理好了,我忙得唻是焦头烂额!问她在忙什么,她说是在找钱,找钱啊你知不知?不找钱这些打工仔你怎么办?你有没有办法贷到款?

陈太的这些变化让他有时很满足,觉得陈太完全放心让他去做,很有成就感。有时又有些疑惑,感到她对自己其实是失望。她是用慵懒的方式表达她的失望。

找钱，这当然是最大的当务之急了，公司三个月没有放粮，还有好几个受伤的人没有善后，都要用钱。钱从哪里来？当然得靠陈太去找。

只要陈太找来钱，一切都好办了。他对员工们也都是这样说的，大家要有耐心，解决任何问题都要有过程，你们要给人家时间。当然常来临是相信陈太是能找来钱的，她在越南还有工厂，在世界各地都有不动产，她还有好多好多的朋友。他甚至设想过，如果有一天陈太完全把公司交给自己，绝不能让她再为这些事操心了，这对她是一种残忍，绝对不能。

但是有一次，他发现陈太和马明阳黄佬堂他们在一起有说有笑地喝茶。当时他去干什么来的，忘了，反正肚子咕咕叫，顿时就来了气。还有一次他去劳动局办事，去商讨伤残人员的补偿政策有无变通办法，却意外地碰见了神色诡异的马明阳。更加意外的是，马明阳匆匆出去，坐上了老胡的车。他追出去，想看看车后是不是坐着陈太，可是没看着，后窗是拉着窗帘的。这令他大为恼火，这种感觉非常不好，非常地不好。

当时就拨了电话，问她和谁在一起。

陈太说，和阿阳啊，你来不来一起吃晚饭？

他说，不吃！

马明阳是什么人？一个长着一张娃娃脸的无赖、流氓、贪污犯，开一个公司就成人物了？跟这样的人在一起还有什么好？他骗了你那么多钱都忘了？那常来临还鞍前马后跟着你陈太累个什么劲呢？他那种破公司常来临一天开十个。

陈太很快发来了短信：生气啦？他不理。接着又来短信：拜托，不要那么小气好不好？他还是不理。紧跟着又来了电话，他坚决不理。

仔细想，常来临也觉着好笑，马明阳是什么人？手下败将一个，跟这种人有什么可计较的？说下天来，陈太还不至于相信他吧？这倒确实是显得自己小气了。反过来想，也说明自己陷得太深不能自拔，才会这么反应激烈。说不定，是陈太故意用马明阳来刺激一下他也不一定，她总是认为自己不够灵活，不如马明阳鬼点子多。现在宝岛公司还能离开他吗？他要走了立马完蛋。这样到了晚上，陈太再来电话时，他已经完全平复了，甚至还有点小快活。不管怎么说，是她先打来的。这种枯燥的千篇一律的生活有时候来点小刺激，斗斗小心眼，也还蛮有意思。

他说，不好意思，下午是我冲动了。

陈太说，哈，你吃醋了吗？你也会吃醋的吗？

他说我怎么不会吃醋？我是很人性的哦。

陈太说，哼！

然后他就舒服了，彻底舒服了。他说，你跟你那个阿阳是借到钱了还是贷到款了？

陈太噎了一下，说阿临，你这个人太传统了呀，做朋友做大哥都是可以的，做生意就差得远。阿阳这个人是不太可靠，但人家头脑确实比你活络，听他讲讲有什么坏处？又说，生意场上没有永远的敌人，也没有永远的朋友。这个道理你总是晓得的。

常来临不服气说，那他给你出什么点子了？

陈太说，具体倒是没有，但我一讲工伤事故，他马上第一反应，就是怎么样规避，你想到了吗？我倒是委托他的，帮我想想办法的。

常来临说，他那些办法你敢用吗？那都是阴招损招，一肚子坏水，你又不是没上过当！他的点子无非就是翻脸不认账，改电脑资料，耍无赖，我闭上眼都能想出来。是不是这么说的？他反正是光棍一条，你是个正经企业家！

陈太不吭声了。

他越说越气，其实马明阳的劳务派遣公司他和陈太议论过的。所谓派遣，就是他把工人招来，让用工企业使用，这样就可以规避三险和长期合同，他坐收管理费。那些交过保证金的他负责买三险。那些没钱交的，人没到公司就已经欠下债了，有四个月是给他白干。总之是钻《劳动合同法》的空子，空手套白狼。当时陈太还把头直摇，说这家伙越来越聪明了，现在还把他当个宝！

陈太说，马明阳确实把全世界的劳力市场都考察了一趟，听他讲讲，开开眼界嘛。你怕什么？

他只好说是，我怕什么？心想那倒也是，公司是你的，花钱是你花，我怕什么？

宝岛电子只买过一次员工三险，当初是强制性的，后来就再也没买了，这笔开销太大。但真是事到临头了，又觉得还是买了划算，可谁能想到能出这么大事故呢？你能把劳动局长搞掂，谁又能把那么多工人搞掂呢？眼下发愁的就是这个事。

陈太说，你再想想吧，我也再想想。

他说，好。

起风了，一股气浪突然把窗帘掀起来，刮在了他的脸上，啪地一响，就像冷不丁被谁抽了一个耳光。转身四顾，纸片吹了一地，看看，都是空白的。他下午复印的那张纸呢？

那张纸就在他裤兜里，已经被他揉烂了。

伤残等级，一级。常见伤残情况：1.重度面部毁容，伴中二级伤残之一；2.双眼无光感；3.双下肢高位缺失及一上肢。一次性工伤补偿（个月），24。一次性工伤补偿金额，70214。一次性工伤辞退费（个月），108。一次性工伤辞退费，315963。补偿总额，386177。

深圳市最新的工伤补偿标准是他从劳动局复印来的，本意是让陈太有个心理准备，当时就被陈太阉成一团摔在他身上。其实她看不看都一样，这些都是登在报上的。他明白，陈太反感的不是这些数字，而是这些数字背后传递的信号。

陈太问，一张脸值这么多吗？这才是关键。

在陈太的印象中，一条命才20万，报上一直在这么说。工人的脸是不值这么多的，别人也一直是这样告诉她的。现在突然冒出来一个新的标准，38万！就好像上了公共汽车才告诉她汽车票比飞机票还贵，有种被敲诈的感觉。陈太说，我这张脸卖给你30万，你要不要？

常来临越是明白陈太的感受，越是不明白自己究竟应该怎么做。一个优秀的职业经理人当然应该提供最准确的信息和判断，这没有问题。可问题是，张毛妹伤成了那个样子，不该多给她一些补偿吗？一个好经理应该怎么做呢？

44

柳叶叶没有想到的事终于见到了。

先是医生催毛妹她们去办出院手续，而后是住院部说她们几个都欠费，不能办。她们拿着单子楼上楼下来回跑，傻子一样被人家训来训去。柳叶叶就给公司的财务打电话，会计说，公司几个月都没钱出粮了，你不知道吗？

她说，那你叫她们怎么样办？

爱怎么样就怎么样。啪！挂上了。

倒是毛妹比她们冷静，目光直直地说，走吧。

她们说怎么走啊？

毛妹说，就这样空身子走，什么都不要拿。

然后她们几个就贼偷一样逃出来了。

回去是坐的中巴，柳叶叶怕毛妹的样子给人家看到，一直在前面护着，她们几个也都不吭声，搞得气氛很凝重。但毛妹包脸顶纱的模样还是很惹眼，一车的人都在指指戳戳。停车的时候，有几个男的就喊，什么美女啊不给人看。柳叶叶开头也没吭声，后来说多了就发火说，人家是受了工伤，一点同情心都没有！

毛妹拉拉她，叫她不要理。可那几个还在起哄，毛妹就把纱布掀起来。

车里啊了一声，然后全部蜡住，再也没人多嘴。那一刻她看见毛妹的眼里有亮光一闪，不是眼泪，倒像是一种坚决的声音。这是无声的语言，把所有的人都震住了，也让柳叶叶心里一咯噔。她相信，也就是那一刻，毛妹把所有的事情都想通了。

进了公司写字楼，更是鸦雀无声，大家都过来看了，都摇摇头然后走开。毛妹倒是平静下来，那块纱任什么人想来掀掀就让他掀掀，她不说话也不着急。

柳叶叶说，医院里手续还没有办。会计笑笑。

柳叶叶问，这个事找哪个呢？会计又笑笑。

柳叶叶问，常书记在不在？

会计这才开口，说我们也在找常总呢。

毛妹想想说，还是先回宿舍吧。几个人就出来了。

但宿舍的床位已经被别人占了，毛妹的东西都被拣在纸箱子里。柳叶叶也没有想到会是这样，怎么会是这样呢？毛妹看看，说就这样吧，我先跟你挤一晚。柳叶叶点点头。

但其他几个妹子就受不了了，那个小许住在七楼，从七楼一下飞出一个包，一下飞出一只盆。而楼下更是骂成一片吵成一片。

这一晚，柳叶叶翻来覆去困不着，她搂着毛妹，好想劝她几句，就是不知该劝什么，觉着劝什么都好像是假的，是装出来的。

毛妹一直不吭气，怎么问都不吭，弄得她好怕。事情到了这一步，她只有希望常书记快点回来，给毛妹一个说法。不管人家怎么样讲，常书记是好人。好人也不是万能的，好人解决问题也需要过程，你要给人家时间，也许人家现在正在想办法呢。

到了后半夜，落了点雨，空气里有了点花香，一点一点飘进宿舍里来，这时毛妹开口了。说叶叶你不要担心，出了工伤就要辞退，我早就晓得。我这个样子也不可能留下来，还不如自己走。我明天就到小青那边去种菜，一边种一边等，等拿到赔偿金我就回家。我好想家啊。

柳叶叶心酸了，眼泪水一下喷出来。你们都走了，我怎么办啊？一起来的老乡一个都不剩。

其实她难过的不是这个，这个结果她已经晓得了，她难过的是公司，这样的结果太冷酷了。她说无论如何你都要等到常书记回来再走，他不会这样对你的，那些人不代表他，那些人也不代表公司。怎么这样冷漠这样绝情啊？怎么连一点慰问都没有，一点人情味都没有啊？你还是个拉长啊？

毛妹替她理着头发，说，我以后要是跟公司有麻缠，你千万不要出面。你的心思我晓得，你出面对你不好，真的不好。

有啥子不好？常书记我一定要问的，常书记不是这样的，是他把你招来的。

毛妹说，公司不是常书记的，是老板的。常书记也是个打工的，也许他有他的难处。你说他们不晓得我们回来了吗？肯定晓得。只是他们不愿意见面。

这一问倒是把她问住了。但这一问又好像常书记在故意躲着似的。也许他们确实有事情呢？也许他们正在外头找钱，公司已经几个月不放粮了，没有钱他怎么好见你们呢？没有钱什么问题都解决不了。这样一想好像又可以解释了。

她说，常书记好有爱心的。

毛妹摇摇头，叹了口气，又摇摇头，叹了口气。不过这样说说也好，说说心里舒服一点，说说三星就偏西了，说说天就快亮了。有句话说得好，每一天的太阳都是新的。

毛妹说，你以后自己也要当心一点，凡事不要太死心眼，一厢情愿的事不要做。

她晓得她指的是什么。她说，好，好。然后她就困死过去。

毛妹什么时间走的她不晓得。

她晓得的是，常书记第二天没出现，第三天也没出现。等到他出现的时候，小王小李小许她们三个也走了，出了工伤的人全部都走了，走得无声无息。公司里平静得很，好像什么事情都没有发生过，也从来没有那七个人，只剩下烧毁的厂房像个骷髅躺在那边。哪个也不再议论这件事，生产还在继续，生活还在继续，只是以往的心情再也不能继续。这种平静太奇怪了，是一种令人不安的叫人害怕的平静。

直到毛妹走后第四天，主管让她到写字楼去一下，她才晓得公司一直是由律师在处理这件事。律师是个女的，很时尚很高贵的那种，问她能不能联系到毛妹。

她说当然可以，就留下了小青的电话。

律师又问，张毛妹家里是不是经济上很困难？

她说是的。律师说，你能不能写一个旁证材料，说明一下她家的情况？

她就写了，舅舅的缩骨症，舅妈的风湿腿，还有小妹得的怪病，这些都要花钱，都要靠毛妹打工。她问，写下这些是不是可以多赔偿一些？律师说你只要把真实情况写下来就可以回去了。她想再多问一句都问不到。

律师说，这些都跟你没有关系。

这句话让她很恼火，没有关系你找我干吗？扭身就去找常书记。这回常书记在。

常书记笑着，说我知道你会来。

听到他这样说，她就想哭，可她还是忍住了。她说这几天都在找你，打电话也不接，发短信也不回，她都急死掉了。她说毛妹好可怜，毛妹好想见你一下，毛妹怎么样办啊？

他一直静静地听她把这些牢骚发完，他才站起来，走过来，从她身边走过去，去把门关上，这些动作让她心里咚咚跳。她以为他会把手放在头顶上了，她好想他这样做，但是没有。

他重新坐下，才盯着她说，柳叶叶，你是个很有发展前途的女孩，爱学习又爱好文学，还是个打工作家，我是一直看好你的。公司还打算提拔你做主管呢。

她没有吭声，但已经不想哭了，她在等他说。

但常书记说，有句话我不得不告诉你，可能你接受不了，接受不了也没有关系，我只是把事实真相告诉你。大家一直都以为张毛妹是为了抢救公司的财产才去扑火的，我也是这么认为的，但事实上可能没有这么简单。社会太复杂了，人性是复杂的啊。

柳叶叶张着嘴，傻了。什么意思啊？

根据消防局的调查，如果当时张毛妹不去扑火，不去组织大家去冒险，而是主动撤离，她们几个人就不会伤得那么厉害，也就不会有今天的麻烦。

这话什么意思啊？

也就是说，当时她完全有时间撤离，可是她却去组织工人扑火。这都是有充分证据的，你看，消防局的结论，受伤人员王小娟李美丽许桂花都写了证词。当时她一定要那么做，是不是有其他的动机？她家里是不是非常困难？她有没有可能在利用这个机会？你对她家的情况是了解的，你说呢？

原来律师让她写的材料是证明毛妹有其他动机？她觉得天塌下来了，楼板都在摇晃。原来消防局也结论了，原来小王小李小许她们也写了，难怪她们都不见了。

她跳起来，扑到他面前说，你是说毛妹故意把自己弄伤的？不可能，毛妹根本不是那样的人！

常书记说，我也没有说肯定是，我只是说有可能，人性是复杂的啊，你以为你了解，我也以为我了解，实际上只有她自己最了解。所以我们才要实事求是，她家里是不是很困难？

她家再困难，也不会做这样的事啊。

你只要证明她家里困难就可以了，别的什么都不要说，我知道你们是好姐妹。

我怎么能做这样的证明？我把毛妹往火坑里推？说毛妹自己往火坑里跳？打死我也不信！她叫起来，她要去找那个律师。

常书记拦到她说，你不要激动，不做也没有关系，写了也可以收回，我不勉强你。其实公司也不敢肯定。我们只是要把事实搞清楚。但是不管怎么样，出于人道主义，公司也要给毛妹一定帮助的。

柳叶叶扑在他的桌子上，常书记你是个好人，毛妹一直都这样讲，我更是这样想，我们都把你当作亲人当作大哥哥一样的啊。

常书记怔了一下，说我是个什么样的人，你了解就好。我也没说要怎么样吧？实事求是，好吧？OK？

再一次听到OK，她已经没有上次那么反感了，相反她有一点明白了。明白了公司的态度，也明白了这两天的平静，明白了这种不安。她只是不明白为什么这样的话是由常书记嘴里说出来。这样的想法，会发生在他身上。有一个幻影，像冰山慢慢崩塌一样在她心中开始。她的心裂开了，好疼。

是的，毛妹当时是可以逃出来。是的，毛妹家里是很困难。是的，她就是写了也算实事求是。但是你要搞清楚的是什么？是毛妹别有用心？是她用自己的青春容貌在讹诈公司？你怎么想得出来？

她退出来，走到门口，想想又问一句：常书记，王小娟她们也是你喊她写的吧？实事求是？

常书记笑了一下，慢慢的，那个笑就硬在了脸上。

45

这是规避技巧培训班的课程大纲：

  第一讲 全球经济一体化下的劳工问题
  第二讲 《公司法》《会计法》中的法权关系安排
  第三讲 《劳动法》：管理劳动的法
  第四讲 问题员工的降职、降薪技巧
  第五讲 未违纪人员的辞退技巧
  第六讲 香港"八佰伴"破产引出的教训
  第七讲 世界各国的工会陷阱
  第八讲 《劳动合同法》：我们应如何面对

这是马明阳那个现代劳务派遣公司办的"技巧培训班"。马明阳博士，他说他是博士，此刻手中正拿着这张纸给学员讲解听课须知。这个培训班十分火爆，请的都是名校的教授，学费一万，120人的班三天就报名满员了。参加的都是企业老总,人事资源部经理和人事主管。老总们都希望知道如何依法规避责任,企业又不承担后果的妙方。所以陈太一定要他来听听,不来不行,不来她就要生气了。陈太说,拜托你阿临,不要小家子气好不好?说到底,常来临还是怕她的,陈太真要生气了他可不乐意。

现在陈太就坐在他身边,像个清纯的大学生。她没有化妆,可还鹤立鸡群引人注目。他们当然不用交费,这点面子马明阳还是给的,这使常来临多少有些得意。培训班的地点选在了帝王大厦,一下子就把档次提上去了,坐在座位上就能俯瞰深圳全貌远眺香港铜锣湾。

马明阳这小子聪明是聪明,不费事就把120万骗到手了。但这样的聪明又是常来临所不齿的:他只会夸夸其谈,他甚至处理不了任何一点企业的实际问题。带着这样心理他甚至有点恶作剧的想法,如果张毛妹那张恐怖的脸此刻突然出现,张毛妹直接上了讲台会怎么样?

其实马明阳不会讲话,这个这个,一口一声。常来临就是把嘴巴缝起来也比他顺溜。晚装里头打个领结手上拿几张纸就敢称博士,就是这世道。但这小子愣是成功了,你有什么办法?他说中小企业的存活期,全世界的统计数据是五到八年,办这个培训班的目的就是要破解这个难题。全世界都破解不了你能破解?

接下来的香港教授倒是真的很威水,上来就说,各位是老总,让你们来听课确实委屈了。但你们对资本流动有多少了解?对全球劳力市场有多少了解?不客气地说,你们的知识基本为零。你们只会发牢骚,埋怨政策变了,政府不给你们更多的优惠,你们根本不清楚,其实中国是个真正的投资天堂,没有哪个国家像中国这样好!中国有多少人口啊?这个人口红利有多少大啊?你们算过没有?你们有钱不赚让别人来赚?然后把一头雄狮样的灰白长发往后猛地一甩。哗——掌声。

他接着说,就在你们隔壁,前几年日资的"八佰伴"破产事件还记得吧?他下午宣布破产,晚上香港政府就出来说,员工不要慌,香港政府会对你们负责的。香港政府是傻瓜吗?当然不是。但香港有《劳工法》,《劳工法》规定企业的第一债权人是员工,他没有办法。他必须管。我们这边就没有,我们这边企业破产是按税、贷、费、债的顺序进行清偿。想想,员工在这个顺序里有位置吗?提都不提!这是多么大的优惠?我不是咒你们破产,而是说这里面透露出来的信息是多么诱人!哗——鼓掌。其实关于《劳动合同法》,我跟北京讲过多次你们要吃苦头的,不听,不听我也要讲!哗——热烈鼓掌。

接下来就开始第一讲,也很精彩。但他多次提到了马明阳,说马明阳亲自考察了各国的劳力市场,是个年轻的劳工问题专家,是企业界的又一颗新星。一顿生猛海鲜愣是吃出咸肉骨头来,总归是有点不爽。

听课后马明阳请张教授吃饭,一定要陈太留下来作陪。尽管心里不舒服,但陈太要留,他也就欲走不能了。另外作陪的是劳动局常先生和赵顾问,他们两个也对张教授的课赞不绝口,说是高屋建瓴惊世骇俗。

那张教授把头一甩,做仰天长啸状,说北京不听啊,听我的话中国早就不是这样啦。又说,我老啦,将来就要看小马他们的啦。说罢大笑,狮子头一颤一颤地仰上去,很苍凉很悲壮。

马明阳慌忙站起来摇手,惭愧惭愧,无地自容!我是晚辈,还要各位多多提携。不是陈太当年收留了我提携了我,我哪有今天啊?

然后第一杯就为陈太的慧眼而干。张教授说,是啊,你们多多提携,你们养那么多工人干什么?统统改成派遣,过了年新法就实行了，不改干什么？

陈太说，是啊是啊，我正在考虑。

常来临这才明白，马明阳这个老鼠拖的木锨大头还在后面，120万还是个小钱。可他究竟有什么本事把这些名人都糊弄住了？这样一想，问题就严重起来，一口凉气也呛进肺里。

陈太不是傻瓜，她眼界开阔得很，她说正在考虑就一定是个大的潮流就要来了。其实哪个企业家不想建立一个自己的王国？连黄佬堂那样的土包子都知道过过瘾，想怎么样就怎么样，要风要雨全凭高兴，为什么要接受派遣？派遣不就意味着管理权拱手让人？难怪陈太这些天一直跟马明阳接触，也难怪在受伤理赔这些小事情上寸步不让，还亲自指定律师来处理！

劳动局的小何也说，《劳动合同法》现在弄得是鸡飞狗跳，这边辞退那边跳楼，跟着后头擦屁股都来不及。整个广东都乱了知道不知道？这是严重倒退！他说，老板也不是傻子，他替你拿铁饭碗养工人吗？都要赶在年底前把人清理掉。所以省政府也慌了，马上要出台一个文件，凡是辞退20人以上必须报批。那有什么用？人家辞退19个行不行？

赵顾问说，我也感觉最近气氛有点不正常，为什么都赶在年底处理这些事？

小何说，新法过年就实行了，这个都不知道。

张教授说，你们也不用紧张，中国跟国外绝对不好比的，小马去考察过啦，那里的资本才叫紧张！

赵教授讲，快说说！

一时间屋里光线都黯淡下来，马明阳的白嫩的娃娃脸陡然大放光明。马明阳说，其实培训班里都会介绍的，我简单说一下我看到的情况你们就明白了。比方说工会，国外工会是非常厉害的，中国哪里有？比方拉美最大中资企业是首钢去办的，它开除了一个罢工工会成员，结果造就了一个秘鲁工人英雄，在工人支持下他先是当选议员，后来又当了秘鲁劳工部长，他的女儿还当选首钢秘铁所在市的市长，首钢一下就瘪了。拉美工人不好惹，中资企业又看上了非洲，那里不但穷，工资低，而且政治比拉美落后。但很快就发现非洲的新闻传媒厉害，竞选双方都要拉劳工的票，劳工利益也得罪不起。后来又发现，非洲人国家意识虽然淡漠，但部族意识却很强，一旦发生劳资纠纷，当地本部族人就来闹事。所以最后看来看去，还是中国劳工最顺从。一家中资企业从国内输入150多人当保安，占全部雇员的80%以上，实际上他们都是一线工人。这在当地是违法的，结果又引起了舆论风暴。

中资是这样，外资也一样，资本趋利避害天经地义。发达国家就不要说了，欧洲各国都是福利国家，美国加拿大动不动就闹罢工，跟玩似的。这次法国大罢工，表面看是为职工的退休保险，其实说白了就是资本和劳工的最后较量。如果政府赢了，罢工就会成为一个历史名词。如果工会赢了，资本就会更快地撤出法国。连印度这样的低工资国家，都因为工会太强大了，赚不到钱，印度的塔塔财团还想把汽车产业向中国转移呢。所有迹象都在表明，一场全球性的变革正在到来，它不是高工资地区向低工资地区的产业转移，也不仅仅是经济发展阶段上的产业转移，好像是全球一体化了，各国产业分工不同了，不是。那都是表面现象！

那你的结论是什么呢？赵教授问。

结论是，中国人最老实，中国才是真正的投资天堂。

一屋子人哈哈大笑，说妙，吃菜吃菜！

常来临不服气，觉得是天方夜谭似的奇怪逻辑，说，照你这样讲，不是中国在救资本主义？

马明阳的娃娃脸转过来说，很可能是。我瞎说啊，它很可能意味着地球上200多年的工人运动，100多年的民主福利制度，几千年的人类平等想象，随着资本的全球化最后哗啦一下，全都谢幕了。他把五指叉开慢慢垂落下来，那样子绝对恐怖。

陈太尖叫道，他们都谢幕了，我们赚谁的钱啊？

马明阳更加深沉了，说这正是我忧虑的问题。

劳动局何先生频频点头，说马总你是真动了脑子的。

哪里哪里，马明阳谦虚道，你们几位都是我的前辈，在你们面前我连灰都算不上。

何先生叹息，长江后浪推前浪啊，你才是真正吃透了政策的人，了解政策意图的人，思想解放的人，深圳将来就看你的啦。

赵教授还在笑，是谁想出来的？辞退20人以上要报批？尽干这些没用的事。老板管你什么省政府文件？

何先生说，话是这么说，压力还是有的。

马明阳说，现在中国劳力市场乱就乱在没有一个伦理规范，比如像三纲五常那样的东西。封建时代为什么稳定？就是有个三纲五常，有个工作伦理摆在那儿，每个人都可以对照对照。

何先生把筷子一撂，说得好，说下去。

张教授也说，这个思路好，软实力嘛，我们也要想出个核心价值观出来。

陈太说，你们一搞三纲五常，我们女人就要倒霉了。

何先生说，应该叫新三纲五常。不是针对女人，是针对社会的，马总你继续说。

马明阳说，我哪行啊？我就是随便这么一说，瞎说的。您是大机关，站得高。张老师赵老师都是大教授，学问大，我哪敢瞎胡说啊？

何先生说，他是搞哲学的，经济问题也是外行，还是你们这些在第一线的经理有想法，脑子活。一下就搞出一个劳务派遣公司出来，厉害！其实《劳动合同法》里的劳动派遣不是这个意思，厉害！

赵教授有些不服气，说其实在海外，哲学就是文科学问的总称，所有的文科博士都叫哲学博士，哪里分得这么细。

何先生把眼一斜，那你也想一条出来啊？

马明阳打圆场说，我瞎想了一条，算是开个头：你们看，资为劳纲，怎么样？

张教授说，有点意思。

何先生说，我提一个，官为民纲。

张教授把桌子一拍，也有点意思。继续想！

赵学尧说，西为中纲？

何先生说，对头！这就上路子了。西为中纲，官为民纲，资为劳纲，妙。你以为那些响亮口号怎么来的？就是喝酒喝出来的。再想，再想个五常出来。

马明阳说，我是想不动了，我只知道香港有个张五常，厉害。

赵教授说，这是一篇大文章啊，新三纲五常！可以搞得振聋发聩，举国撼动。我那本薄书一定把这个意思也吸收进来，变成一部全面指导新时期的大书，纲领性的，全面性的，伦理性的，贯穿一个时代的。

何先生看他已经出神，说这哥们又在幻想一夜成名了，三句话不离他的书。赵老师？赵老师你要能把新三纲五常搞出来，我包你一炮走红，青史留名。

赵教授说，这要慢慢想才行，要准确，要高瞻远瞩，要有概括力。

何先生就笑，说我先给你贡献一个字。

张教授说，你们都说了这么多，女士还没开口呢。

陈太就叫，哎呀你们这些知识分子搞得咪，我头昏脑涨！要我说就是爱，怎么样？这个爱字一定是少不了的。我们女人只要爱情至上。

大家都说，好！干一个，为爱情干杯！

赵教授说，除了爱，还可以说几个字，权，钱，信，不可少吧，还有爱，还有什么？

常来临忍不住了，叫道，耻！

赵教授说，对，就是耻，知耻近乎勇嘛，几个了？权钱信爱耻，已经五个了。

常来临心想，这个耻其实是无耻，可他们居然也叫好。

马明阳说，不好听不好听，听不清楚，还以为是权钱性爱史呢。

一桌人都喷饭，大笑，说过瘾，真过瘾。都认为今天这顿饭吃得值，有收获，又都认为这个事值得认真做，一定要把新三纲五常打出去，都答应回去好好想一想。

赵顾问总结说，其实文明都是被圣人教化出来的，没有哲学家就没有今天的世界。五四那一代人非要鼓吹激进主义，否则中国哪是现在这个样子？鲁迅在《一件小事》里写的那个被人力车夫撞到的老太太，其实在今天看就是一个碰瓷的，有什么大不了的？结果中国人就被教化成这个样子。

陈太问，什么叫碰瓷的？常来临给解释了半天，她才听懂。听懂了，她的眼神就直起来，直直地逼在了常来临的脸上，搞得他很不自在。

分手时，已经半醉的张教授嘟嘟哝哝，突然提出来要陈太拥抱他一下，爱一下嘛，就一下，那意思好像是说，他到大陆来还没有哪个女人敢说不爱他。

说得陈太很尴尬，脸上在笑，脖子已经僵了。常来临也一下紧张起来，随时准备冲出去。

好在陈太机敏，说阿阳都给你安排好了呀，是不是那个靓女？

阿阳？阿阳？

马明阳说是是，赶紧把他拖走了。

这一惊，更令常来临紧张不已，上了车还在骂张教授什么东西，说我真想抽他。

然而陈太一点反应没有，过了好一会儿才缓过劲来，一边拿出粉盒补妆一边说，你真那么怜香惜玉吗？

当时我真想上去抽他的，是马明阳拦着我。

谢谢，她说，你要是真有那个心，就先可怜可怜我！然后就抽泣起来。刚才还春光明媚，闹着笑着，转眼就变天了，倾盆大雨，抽泣个不停。

对不起对不起，他说，我真的是很难过，真的是不知道你心情不好。我还以为你愿意听他们胡扯呢。

陈太说，我心情不好你不知道吗？公司里搞成这个样，外面又弄不到钱，你不知道吗？打工仔碰瓷都碰到我头上来了，你不知道吗？文总那边又有希望小学要捐，你不知道吗？

希望小学的事，是文总在省里答应下来的，赵顾问的意思，总公司答应捐十所是替大家答应下来的，宝岛电子起码应该分担一所。当时陈太在外面，是常来临替她当了家。在常来临看来，这个事情值得做，又不是要你马上拿钱，又能上电视宣传，有什么不好？在电话里一说，陈太也就答应了。

至于几个受伤员工，已经按陈太的意思办了，尽管他也不能相信张毛妹是在碰瓷，但他也无法去排除这个可能，现实是什么样的可能性都存在的。现在连律师都是她亲自请来的，律师比陈太说得更可怕，说法律就是预防人性恶的。但凡事都有个过程，一起都在进行当中，究竟怎么样还要按程序办。

他说，眼下公司的财务状况是不好，工资发不出，打工仔没处理干净，损失了一点但也没什么大问题。他说我心里很清楚，我们手上这批货押得很大，只要货一发出去，马上不就周转开了？干吗心情不好？

陈太说，你清楚个屁！我欠了人家多少钱你清楚吗？我付出了多少代价你清楚吗？

这样他也就噎着了。他真的不清楚。陈太下车后他还在想，你不跟我说，我怎么清楚？想想，他还不如马明阳活得潇洒，钱也挣了风头也出了，骗了你的钱你还说他好。我都把心掏给你了，你还不跟我说实话，我怎么清楚你欠了多少钱？

46

其实马明阳这段日子也不爽。别人都不知道，以为他潇洒得很。其实他是在外头潇洒，他能把这个世界玩得溜溜转，能把大便玩成金条，唯独玩不了自己老爹。问题出在他老爹身上。

有些憋屈，是很难说出口的。

马明阳的爹在老家一个人过，本来也没想接来的，没想到，年头上为宅基地的事叫村长卡了脖子。他家的老屋开矿开塌了，村里早就答应给他挪个地。有天爹打电话来说，又要叫捐钱哩，不捐就不批地。捐3000给挂个匾，捐6000给个支教模范，捐一万就在小学校刻字。你看咋整啊？

马明阳说，不是刚捐过吗？怎么又要捐？

他爹就哭了，说孩啊，你在外头发达了，村里都知道，谁让你上回开个车回家来？我让你不摆席你非要摆，这是明打明放着要卡咱脖子，活抢哩。

深圳人天不怕地不怕，就怕老家来电话。来电话就是要来人，来人就要接待，来个一回一两千，来个两回三四千，来个三回一个月工资就白抓挠了。老板情况不同一些，老板财大气粗，但老板的时间就是金钱，钱出得起人赔不起。那马明阳刚爬上老板阶级没几天，刚威还没威够，且又是个孝子，他办公室里供的是关老爷，挂的字是个大大的"忠孝节义"，他怎么能听爹的哭声？

爹哭起来一抽一抽，就是在抽他嘴巴子呢。当年娘就是这么哭的，娘就是这么哭死的，生生地为自己哭死了，可不能再哭死一个爹。心想一个人的事业再大，再威再猛也得让人看见才行，荣华富贵你得让人家服气，否则人家不鸟你还是不鸟你。便说，爹呀爹呀，你千万不敢哭了，哭坏了身子我还咋整？我还活个啥劲？捐就捐吧，不就几千块钱吗？捐！

可过几天爹又来电话了，村长说了，想来深圳看看你，看能不能找点投资项目啥的，你看咋整？

这下他发毛了。那马明阳何等聪明，一听就毛了，心想我在外头连打带拼，敢情是替你们打工咧？一个穷山沟的破村长还真玩大了，玩到他头上来了，还看看，还投资，胃口不小。这样脖子便麻花一样扭硬了，说爹呀，我欢迎他来玩，深圳可好玩。你就说你手头没有现钱，请他带你一起来，坐飞机来。屋子塌就叫它塌吧，反正也不值个啥。

马明阳上头还有个姐姐，早就嫁到外县去了，村长就是报复也没地方下叉子。这样一飞机就把村长哄到深圳来了。

在机场，马明阳嘴龇得比木棉花还好看，手摇得比箭杜鹃还热烈。村长想掏香烟，他立马塞过去两包大中华，村长要提箱子，他立马抢过来扔到车上。然后一车开到王朝大酒店，开了一间总统大套房。说一声要领父亲回家看看，就鲤鱼摆尾再也没露头。过了些日子，打听到那位村长是叫收容站送走的，走之前还在樟木头干了几天活，这才把一口邪气从鼻孔里喷出来。

他爹一听就哭丧个脸说，你这是咋整啊，你叫我回去怎么见人家？说个甚他也是你外表舅哩。

马明阳说，你回去干啥？你还想见啥人？就在这住下了，不回了，我包你享不尽的福。啥叫荣华富贵？啥叫至尊至伟？你儿子这就是！

可老头是个劳动惯的人，一天不下地还行，一个月不干活就浑身骨头疼。马明阳安排公司的人陪他到外头去吃，吃了十天，吃不动了。又安排人陪他去参观游览，玩了十天，也玩不动了。然后老头就天天坐家里发愁。马明阳没结婚，也不想结婚，天天半夜才回家，有时忙了就不回家，屋子再大也就老头一个人。腰里虽说别着票子，可票子也顶不了所有的事。没想到，一架飞机把老头诓过来，气出过了，人却悬在了半空，想回都回不去了。再见着马明阳，老头又开始一抽一抽地哭。

正好第二天去幸福村办事，就把老头带上，说我领你看看人家的农村，人家也是农民，人家能过你就不能过？你要学会享福！这都啥时候了？你不会享福你就不是现代人。

参观了幸福村的大楼，就进到村委会的后院。从汉白玉石桥上过去，老头就把嘴张开了。瞧着那些古旧阴森的摆设，瞧着那些看着难看坐着难受的座椅，瞧着穿旗袍的服务小姐，老头突发奇想，问，皇帝就这么过日子吗？

马明阳说是啊，皇帝也不过如此，你以为啊？

老头问，怎么没见着三宫六院七十二妃？皇帝睡女人都兴翻牌子哩。

马明阳心里一动，瞧瞧老头还算壮实的身子骨，心想老头过不踏实确实有他的理由。心想只要让你表达充分了，你不就安稳了吗？当晚就带他到一个地方去洗澡。

那个地方隐蔽，一般人是不接待的，也消费不起，豪华奢靡之地，温柔富贵之乡，赛过皇宫。

一个小姐见他们是两个一起来的，愣了，问，是两位吗？

马明阳说，就一位。你好好照顾这位老板，要全套的，照顾好了有奖。

那小姐愣怔一会儿，没吱声。

马明阳又说一遍，还没吱声。

马明阳问，我的话听不懂吗？

那小姐这才动手替老头脱衣。

见老头懵懵懂懂慌慌张张还有点怕羞的样子，马明阳就退出来。心想，人人都想过过皇帝的瘾，还得有皇帝的命才行。老头那块地也荒久了，该给他松松土了，松过土也就消停了。再一想，人生无非就这么几件事，这几件事在马明阳这儿又是如此简单易行，操作简便灵活自如，不免有些得意，竟也笑出声来。再往深处想，所谓人生境界其实也不过就是几道坎，这个坎一旦跨过去，也就无往不胜无所不能。可怜芸芸众生又有几人能活到这个份上，明白这个道理？

当晚老头回家果然踏实了，一声不吭。一连几天都不吭，只是把两眼直着，放着光芒，拣着宝贝不便示人，只能暗暗窃喜的样子。

老头不吭，马明阳也不问，不好问，怕老头脸上挂不住。交流这个经验毕竟很难开口，虽说不是什么大障碍，但还是能不提就不提的好。

有一天，老头突然问，你咋不领我出去了？说着脸就渐渐红了，说，我还想去哩。

马明阳笑了，也有点不好意思，说想去就去呗，有啥哩？咋样？感觉不错吧？

老头说，比你娘还体贴，真会日弄人哩。

马明阳眉头皱皱，说你自己去呗。就告诉他怎么打车，到哪，进门就说马总介绍来的就行了。然后就给老头一张名片一张卡，心想这个办法也行，能让老头踏实了就行。他哪有时间陪啊，他的时间都是用码表掐着使的。

谁知又过了一段日子，老头竟把小姐领到家里来。老头叫她小徐，说小徐可会炒菜，叫她炒两个菜给你尝尝。又说小徐可会过日子，她买的菜比我便宜好几块哩。

这下马明阳慌了，问老头，你这是啥意思嘛爹？

老头说，你不是想让我享福吗？你只要让我娶上小徐我就享福了，我离不开她了。

马明阳说，你知道她是啥？她是小姐，是婊子。

老头说，我不管，我只认她这个人。

马明阳说，你这样做对得起我娘吗？

老头说，你娘也巴望我过好日子哩。

马明阳说，从现在起，我宣布，一天只给你十块钱买菜，多了一分没有。

老头又哭了，一抽一抽地哭，说我不想来的，你非要我来，我不想享福的，你非要我享福，我不想那个的，你非要我那个，现在我上不着天下不着地，你要我咋整？老头说，我都想好了，你要是看不惯，我就搬出去过。老头说，我不稀罕你的钱，我都想好了，别人能过我也能过，拾荒的捡垃圾的都能过，我咋不能过？小徐也愿意跟我过，她是苦孩子出身！

到了这时候，马明阳才知道傻眼。

但这还不是最头疼的，真正令他头疼不已的事还在后头。老头真的搬到出租屋去了，那个小徐也真的辞职跟他过了。直到有一天过节，他买了点东西给老头送去，跟小徐谈过几句不咸不淡的话，脑袋才真正被门板夹住。

以前小徐也没跟他谈过话，碰面她就躲开，大家都在避免尴尬，他想这也很好。能知趣就好，能让老头快活就好，他不也希望老头快活吗？不管怎么说，爹还是爹，改变不了。

那天老头不在，就随便谈了几句，那个小徐就提到她是贵州人，老家在一个叫棋盘乡柳树桠的地方，说着就拿眼瞟了他一下。这一眼让他心里一抖。这一抖才叫他品出了一点不同寻常的内容，从这点内容里看到某种熟悉的微笑。

他发现这微笑后面还有一种笑，眼睛后面还长着一双眼。

所以马明阳经常做噩梦，梦中他总能看见那个少年时代荒凉的河沟，河沟旁趴着老黄。沉思默想的老黄抬起眼皮偶然瞧他一眼，他心里就一抖。接着那眼神就渐渐愤怒起来，这眼神像谁？像娘，也像小徐。然后老黄就吼叫起来，但这吼叫是没有声音的，然后梦就断了，像一台电视机突然信号中断。马明阳脑子里一片惨白，只剩下雪花点和着电流声的沙沙轰鸣。

他想不通，命运既然让他来经营派遣，命运就不该派遣另一个人来经营他。

47

还有一个人也是老做噩梦。

这个周末，早起梳头的时候，梳下来一大把头发，同宿舍的工友都叫起来，柳姐你掉头发了！

柳叶叶扫起那些头发，装在塑料袋里，说，人家都讲广东的水硬，喝了硬水就掉头发，你们以后也会掉的。

其实这些头发是怎么掉的，她自己心里清楚，天天睡不着，想得头皮痛，能不掉发吗？她做了好多噩梦，梦见毛妹的脸，那张脸鲜血淋漓。毛妹一下子说，我不怪你。一下子又说，想不到你也来害我！她好怕啊，她不敢去见毛妹，可是越是不敢去，越是觉得心里害怕，就好像是她害了毛妹。她本来是要帮忙的，可是却害了她。那个梦就是她伸手拉住毛妹往坑外头爬的，可眼看爬出来了她又踹了毛妹一脚。早起她的脚还隐隐疼着。

现在已经清楚了，先出院的三个，拿了公司的一万元，辞工了。王小娟她们三个，每人也拿了两万，也辞工了。她们临走都写了保证书，保证不再来找公司麻烦，其他的事什么也不晓得。反正大家都用羡慕的口气在谈论。都说不少了，苦两年也苦不出两万元，保证就保证，拿着现钱才是真的。只是张毛妹怎么办，哪个也不晓得。张毛妹成了那个样子，人不人鬼不鬼的，公司也许能多发点善心，四万？六万？也不一定。都这么说。反正上班的还是上班，睡觉的还是睡觉，日子还是流水一样无声无息。

另一方面，有一种看法瘟疫一样在流传，说张毛妹是自己作死，你都不爱惜自己，怎么能让人相信你是爱惜公司？当个拉长就了不起了，你能救什么火？明摆着是做给人家看的，是作秀！这下好了，把自己做进去了。

听到这些话，柳叶叶开头还争两句，不是那样的，毛妹不是那样的人。但争得多了自己也怀疑起来，她们说，人心隔肚皮，你怎么知道她的心思？人性就是自私的，她为自己是正常的，为公司才是不正常。把人往坏处想想不会错，大街上碰瓷的装死的天天都有，哪个不像好人？就算从前是好人，现在也不一定！

那么，自己写的那张证明，究竟是写对了，还是写错了？从小一起长大的姐妹，究竟是真的还是假的？你应该相信自己的眼睛还是相信自己的耳朵？不晓得。你自己是个好人还是坏人？也都不晓得了。

买了早餐正要回宿舍，柳叶叶看见好多人往公司外头跑，去看热闹。他们一边跑一边喊，枪毙人了，去看枪毙人！懵懵懂懂跟过去一打听，原来是庆丰公司组织消防演习，头天有20多个工人偷懒躲进宿舍没有参加，上面批评下来，公司老板就发火了，命令经理把他们搜出来，让他们在草坪上一字排开，像枪毙人一样用高压消防水龙头向他们扫射。这些人被冲得七倒八歪，倒下，必须爬起，接着枪毙。公司老板在一边骂，丢你老母丢你老母，你丢老子脸，老子枪毙你。他们足足被枪毙了一个小时，老板才累了。看到在外头围观的也跟着拍巴掌，笑成一团，嘴里还喊，毙掉那个毙掉那个，那个还有一口气！老板也很开心，说，我可没有你们老板那么好讲话，哪个叫我难受一阵子，我就叫他难受一辈子！

自从上次失火以后，各个公司都搞了消防演习，但像这样刺激的，确实还是第一次。看到工友们这样开心这样兴奋，就像看到一台大戏那样地笑着叫着，柳叶叶心里突然一抖。接着就感到冷，整个身子也抽搐起来，一种寒意从心里往四肢扩散。平时，看到打人抓人，捉弄人虐待人的事情并不少，但他们大多数是一种麻木的恐惧的表情，但现在不晓得是怎么搞的，人人好像都换了一副面孔，好像大家都渴望见到血腥和残暴，连女孩子也是这样。好像不这样枯燥的日子就不能打发，生活就寡淡无味没有放盐。而庆丰公司的老板正好给了他们一个机会，把自己释放出来。

她晓得这就叫冷漠了。就像自己曾经有过的那种感觉一样，情感变得粗糙而又迟钝，神经变得肥大而又坚韧，不用刀子割斧子砍都不会喊痛。可这种冷漠麻木究竟从哪里来的？怎么像感冒一样会流行？

这样一想，她猛地打了寒战，气也一点一点虚了，自己比他们强在哪里？还不如他们！他们毕竟是看那些不相干人的笑话，自己呢?毛妹是一起长大的姐姐,怎么也把流言蜚语当了真?即使不是怀疑,也是怕沾边,生怕自己担到责任。你写了就写了,写了是因为不清楚他们的用意,没有恶意,有什么可怕的?即使说不清楚,毛妹误会了,也没有啥子了不起。讲一声,招呼一下,她也好有个准备啊。

这样就决定去找毛妹,讲清楚,一定要讲清楚,而且一下子就万分紧急起来。坐在车上还在奇怪自己,你一个打工妹有啥子可害怕的?怎么会有那么多复杂念头?这几天是鬼找着了?

小青把她领到一块大田里,指点山脚的窝棚给她看,然后自己就回去了。小青不爱讲话是一贯的,但回头看她的那一眼还是让她心里不舒服。在小青看来,自己就是那种猪鼻子上插大葱的人。她没有得罪过小青,跟她也没有什么矛盾,可人家就是有这样的看法。人和人没得什么道理好讲,气味不投就是拢不到一起。

这是一片山凹地,盖上大棚种蔬菜,毛妹能打上这份工确实是个暂时落脚的好去处,小青还真是有心人。

毛妹见到她也没有什么特别的表情,说不上高兴也说不上不高兴,来啦?她穿着一身公司里的工作服,只是草帽上加了个纱帘,也许惠安女的衣服要进城才穿吧。然后就领着她进窝棚,倒水,坐在地铺上,半天想不起一句话。

柳叶叶说,我做了件对不起你的事。你要相信我,我是不晓得他们的意思,才答应写的。

毛妹说,有啥子对不起?你又没说瞎话。原来那个女律师已经来过了,讲了好多难听话,毛妹全都晓得,她写的证明毛妹也有复印件。毛妹说,开头我也傻了,后来想想你不是那样的人,才晓得上当。

柳叶叶把头一点,眼泪水也跟着下来了,我哪晓得啊,我根本不晓得,我是想帮你的呀。

毛妹把她搂起，慢慢说，我们都不晓得。我们怎么晓得他们良心这样坏？那些话，他们是怎么想出来的？我是听了半天才听懂了，听懂了才晓得心寒。

柳叶叶叫起来，是的，是的，我也是听半天才懂！

哭痛快了，毛妹说，你不要担心我，我现在不怕了。我就在这里种菜，慢慢等，这里条件好得很，还有电视看。小青待我很好，以前是我们小看人家了。

柳叶叶问，小青是不是跟那个蔬菜老板？

毛妹点点头，又叹了气。

这间窝棚有三张地铺，一些简单的生活用品，哪个也想不到在深圳会有这样的地方。听到毛妹这样讲，她心里也踏实了不少。

中午，那个瘸子赖汤圆来了，毛妹现在是正式委托他了。一见柳叶叶就说，想不到吧？山不转水转！

柳叶叶说，那我也委托你了，好好地办。

唐源说，你不捣乱就不错了。见柳叶叶脸红起来，又说幸亏张毛妹了解你，不然我都懒得理你。

唐源这个人说话随便，但头脑清楚，办事也还认真。他把几份文件摊在地上，一样一样讲给毛妹听。劳动局的劳动仲裁受理书，卫生局的工伤等级鉴定书，还有各种文件的规定。他说，这些你都收好，我只要复印件就行了。现在我们不跟他们纠缠为公还是为私，也不听流言蜚语，我们只是维权，主张工伤赔偿。

柳叶叶问，那他们搞那些证明起什么作用？

那都是吓唬人的，气势上把你压倒。好像你是有过错的，你是理亏的，然后他就跟你私了。他出一点钱还是他发扬人道主义，你还要感谢他。很多打工仔不了解，都上了套。

唐源说，你要有长期打算哦，拿到钱不是那么容易的。

长期是好长啊？

唐源说，劳动仲裁，起码半年。他不服，打官司起码又是半年。一审判过了他还不服，上诉，二审又是半年，前前后后没有两年拿不到钱。这期间还有各种各样的费用要发生。所以说穷人是打不起官司的，拖都把你拖死掉了。不过好在你还能种菜，你一定要坚持下来，这一点很重要。我肯定会支持你的！

　　柳叶叶问，怎么样才能快一点呢？

　　唐源想一下，说只有两种可能。一是你们老板良心发现，不想拖下去，这种可能性很小。二是新闻媒体介入，成了一个社会热点问题，老板害怕了。

　　柳叶叶说，我认得一个编辑。

　　唐源说，那你一定要试一下，哪怕有一点可能都要争取。其实有的时候，只要记者采访一下，老板就害怕了。我们的目的是拿到赔偿，又不是想闹事。

　　毛妹送他们出来，走到路口要分手了，才突然有一点泪光闪闪的样子，在这之前她一直是很坚强的。她轻轻念叨说，我好想家，巴不得早一天回家，这里我是一天都不想多蹲了。

　　柳叶叶也眼睛红红地哽住，心想这才是本来的毛妹，她是不得不坚强呀。柳叶叶只好抱住毛妹把她拍了又拍，拉了又拉，却是一个字也吐不出。

　　唐源站在一边，好像是也有了眼泪，只是把脸向天拗上去。

　　那个报社的夏悦，这段时间倒是一直有联系的，又是电话又是短信，老是想邀她出去吃饭。有个短信说得还掉鸡皮：九十九朵玫瑰你不爱，因为就差我一朵，一千个故事你不信，因为还差我一个。柳叶叶晓得他的意思，只是她不能。

　　桃花早就传授过这个经验，要是哪个男的老是请你吃饭，肯定就是想抠你啦。要是你能闻得出哪个男人身上的味道，肯定就是爱上啦。

柳叶叶不是随便被人家抠的人，柳叶叶就想，等他下次再来电话的时候就答应他吃饭，然后在饭桌上把毛妹的事情说一下，看他能不能帮忙。然而一旦存了这个心思，夏悦又没得消息了。一等不来，二等也不来，她就有点急。想了一下还是主动给他打了电话，说，我请你吃晚饭。

夏悦说，怎么这么巧？我正要给你打电话。

柳叶叶说，你是大编辑嘛，万事通。

夏悦说，这叫心有灵犀一点通，就忙不迭地来了，来了还带来一束花，是那种玫瑰，老大的一捧。

柳叶叶不晓得旁人是怎么样处理这种事的，反正她见到花就晕了，心里怦怦跳，热血直往脸上冲。接下来就不做主了，夏悦说怎么样就怎么样。他把她带到一家熟悉的宾馆，说是安静。结果吃了几口就不安静了，起初柳叶叶拗不过也喝了一杯酒的，酒力发作起来也有些热，后来见到他那个眼神越来越不对头，就赶紧去洗了脸。

夏悦喜欢谈事业，他的事业正是如日中天。他说诗歌界的评委都是他哥们，他已经把路子全部铺平了，下一步就是要把知心好友隆重推出。那意思好明显，知心好友自然就是她柳叶叶，这样柳叶叶也就有了事业。而有了事业的人就是最幸福的人。他认为柳叶叶现在发表的诗歌还太少，这是一个很大的问题。太少，他摇着脑壳强调说，就意味着想象力不足！

柳叶叶说，我以后一定多写一些。

夏悦说，不是以后，是现在，马上！出名要趁早懂不懂？

对毛妹的事，夏悦是一口包下来的，他说新闻部都是他哥们，一句话。报道这样的事本来就是新闻良心的要求，何况毛妹还是你的姐姐。就算你是报料，报社也义不容辞，还应该给你发报料费呢。这样柳叶叶就放下心来，再三说了感谢。

夏悦问，怎么谢？

柳叶叶说，再敬你一杯。

饭吃过就是唱歌，夏悦的歌声有点沙哑，但是很动听，属于带磁的那种。这种声音让她很着迷，听着，身子就酥了，老是想喝水。幸亏这时上了一盘瓜子。

夏悦说，这叫茶瓜子，是女人的最爱。

这些瓜子确实可爱，翠绿，饱满，一粒粒都是心形的，经过挑选的。然而柳叶叶刚放进嘴里就觉得恶心，耳朵边有一个声音在响，我再也不想嗑瓜子了，是毛妹的声音！

立马想起那个下午，香香和小青的样子，她们靠在柱子上，懒懒地不在乎地嗑着瓜子，有一粒还挂在嘴唇上，一边说笑一边把瓜子壳吐得满地都是……

夏悦说，你怎么啦？头晕？

柳叶叶说，有一点。

夏悦就把膀子搭过来了，要给她揉脑壳。

接下来还有些惊心动魄的，不过柳叶叶已经清醒过来了，人就怕不清醒。逃出来以后又害怕夏悦生气，就给他发了个短信，说，九十九朵玫瑰已经枯萎，迟到的表态应该百分之百，随便他想去吧。

实实在在说，夏悦还是尽了力的。第三天就有记者来采访，还给毛妹拍了照片。他要毛妹把面纱揭开给他看，当时就往后一仰，差点摔倒，好半天脸色都没恢复。他要走了毛妹从前的照片，他说有了这样的对比，就更有说服力。

只是，那个报道和照片始终没有出现。毛妹天天去买报纸，翻报纸，翻到的只是一页又一页的失望。

时间一天一天过去，眼看就要到年底了。本来没有这个想法，还少一个盼头。现在找了人，反倒失望更多。就好像一个等车接站的人，总以为下一趟能来，但下一趟不来又舍不得走开，结果是要接的人根本没有动身。

这期间，柳叶叶又去找过夏悦两回，每次都说快了快了，然后又要吃饭，聊天，说一堆无聊的话，结果什么都没有。这样的拖延让她好心烦，好像她真是想跟夏悦拍拖，毛妹的事不过是她找来的一个借口，那些笑脸那些热情全都变成了她的本意。

这个星期天，毛妹闲聊了几句，突然就问，夏悦人怎么样？这话问得她心里一抖，立马就明白连毛妹也起疑心了。要在从前，她一定会委屈得不得了，起码也要撒点娇憨，可人到了这种时候竟是冷静无比，她一句都没吭，直接给夏悦打了电话。

她就直接问，你到底是怎么说？好歹给一句明白话。

这一回夏悦倒是讲了实话，复杂啊，报社也复杂啊，哪里都有不同意见。又要到年底了，正是抓舆论导向的时候，正是防止恶意讨薪的时候，你想想？

她说，我想不出来。你们报纸不是一天到晚都在登市民维权的事吗？不是说中国人维权意识差吗？怎么毛妹想维权就不叫她维呢？连登一下都不愿意登呢？

夏悦说电话里讲不清楚，还是见面再谈吧。

柳叶叶说，还见？见你的鬼去！

毛妹就在旁边，见到她脸色铁青，吵成了那个样，心里也就明白了。毛妹没有吭声，只是搂着她的肩，轻轻地哈气。那种哈气，是因为冷，是从前柳叶叶在县城那个车站的早晨经历过的那种冷，好像前后胸都敞开了，胸膛是个空洞，寒风在里头随便进进出出。

那天唐源也来了，是来送劳动仲裁受理书的。他带来一袋米一桶油，他们在一起煮了一顿饭。可是哪个也吃不下。

毛妹问，啥子叫个恶意讨薪？

唐源说，就是老板欠了你的工钱，你不能随便讨，要等老板高兴的时候才去讨。你惹老板不高兴了，老板脸上挂不住了，可不就是叫恶意吗？

毛妹又哈了一口气。

柳叶叶想，从前地主想长工多做活少给钱，还要半夜爬起来去学鸡叫，辛苦得很呢。现在不给工钱反倒得了理，还理直气壮了？讨工钱还讨个恶名出来？

毛妹张开嘴想说句什么，又咽了回去。那天她再也没开口说一句话。三个人顺着菜地走出来，看着那条小路蛇一样灰灰地扭出去，扭得心绞痛。

等车的时候，唐源说，我已经多次找过你们公司的律师了，那个女的硬得很。看来我们只有等劳动仲裁了，你要有耐心。

毛妹点了一下头。

唐源又讲了一件好玩的事，说是市里有一个劳动仲裁所因为长期不作为，牌子给人家摘下来扛回家了，就是大白天，扛着牌子从深南大道步行回家，好多人跟在后边看。好玩吧？这件事一报道出来，我们的事情也许能快一点也不一定。

柳叶叶明白，他的意思是想大家放松一点，不要垂头丧气。她看见，毛妹的嘴角翘了一下，算是笑了。不过她就是不翘，嘴角也是咧开的。

那天，大家都没有再说什么话。好像，该说的都说完了。

不过，柳叶叶还是去跟夏悦见了面，没有办法。点子是唐源出的，他也是被毛妹哭得没有办法。唐源说，你要是实在等不及，就去买通报社，买通哪个关键人物说不定就登出来了。不过他也说，你要是有那么多钱，又何必去送给他？

就是这个话，毛妹就当了真，非要缠着柳叶叶去，哪个是关键人物？要多少钱才能买得通？毛妹说，我试过了，再不行，我也就死心了。

这个话讲得那么凄凉，柳叶叶还能怎么样？

这一回夏悦没有推托，就把那个记者找出来一起吃饭，要记者直接跟她们讲清楚。

记者说，毙了，早就毙了。

柳叶叶问，凭什么啊？

记者说，我也没办法啊小姐。头头的原话，维权也要有新闻卖点啊，你这个事是不是"9·11"那样的事？不是。你这个人是不是名人？不是。你是不是见义勇为了？也不是。是不是能感动很多读者？更不是。读者看见照片吓都吓死掉了，还卖呢，卖给谁？

至于请客送礼，更是谈都不要谈。不想混了？不想混也得卖个好价钱啊？就你们？记者说。

她们是一起去的，毛妹一直没有动筷子，只是把脸埋在黑纱后面不吭声，后来黑纱就抖起来，一直抖一直抖，抖到那个记者坐不住，说了声还有事就连滚带爬地冲出去。

然后夏悦说了好多sorry，sorry，然后又说了好多复杂，复杂啊真的很复杂。

48

这天是公司里组织看电视。从来没有过的，停了工去看电视。本来是柳叶叶的夜班，主管过来说，要求停工去看呢，可见电视很重要，于是就把人带到饭堂里、写字楼底下。其实公司这批货很急，工人也很急，到年底了，几个月没放粮了，都急。

原来是电视台和幸福村共同主办的一次文艺晚会，幸福村的几家公司为希望小学捐了款，自然成了主角，幸福村的领导和公司的老板都坐在第一排。工人们在喊，老板，快看老板！

电视里，公司的陈太穿着黑底红边的旗袍，胸口绣了一朵鲜红的大花，红花一直连上肩头，镜头里出现了好多次她的特写。她面孔白中透红又细又嫩，五官分明顾盼有神，特别上镜头，尤其是那种沉静的微笑，矜持地鼓掌，显得又高贵又典雅，特别有文化。有些新工人没见过陈太，还禁不住地问，她真的是我们老板吗？哇噻。

常书记没有去电视台，组织大家看电视，看上去情绪不高，眉头紧锁心思很重的样子。这让柳叶叶有点解气，不晓得为什么。也许因为大家都在电视里看到了从前那个姓马的经理，穿着迷彩服出现在电视里，而他却在公司里忙前忙后。柳叶叶正犹豫着要不要跟他打招呼，他却从身边擦过去了。当时确实有种奇怪的感觉，好像被一股气浪冲得一趔趄。好像有什么事情要发生，但是又没有。

电视里，一首歌曲演唱完以后，身穿迷彩服的马经理一脸苦相牵着几个从贵州山区请来的孩子，这些面孔黑黑的有些胆怯的孩子和他们的老师一起出现在舞台上。说他一脸苦相也不对，因为他那张脸本来就不是严肃的脸，他明明是在笑，却像是贴上去的。

主持人用那种甜美的表情，煽情的腔调，介绍了这些孩子们天天在夜晚能看到星星的房子里学习和生活。她还说她问过孩子们，想不想来深圳看看，他们说想看看深圳的平房是什么样子。她说你们一定不要以为孩子们天真，其实这是每一个山区人的梦想。接着主持人兴高采烈地宣布，我们邀请孩子们到深圳来，就是为了帮助他们圆梦，让他们看看，深圳不仅看不到平房，连楼房都高得望不到顶呢。接着，美丽的主持人宣布，现在我们请出美丽的深圳市宝岛电子公司董事长陈、徐、钰、仪女士！这几个字有些绕口，她念得一脸通红。然后陈太上台送给孩子们每人一个书包，然后，陈太跟这几个孩子以及深圳本地的小学生们集体演唱一首歌曲《感恩的心》。

……
感恩的心感谢有你
伴我一生让我有勇气做我自己
感恩的心感谢命运
花开花落我一样会珍惜
感恩的心感谢有你
伴我一生让我有勇气做我自己
感恩的心感谢命运
花开花落我一样会珍惜
……

陈太唱得十分投入，十分感人，观众席上有不少人热泪盈眶了，不断擦眼泪了，陈太抱着孩子们挨个亲吻了，掌声和欢呼声达到高潮。然后是捐款，陈太把一个两米长的大牌子赠给了带队老师，上面写着100万。老师连连鞠躬，孩子们连连鞠躬……

柳叶叶觉得好奇怪，他们就是自己的老乡，他们的生活自己也有体会，照说应该和他们有差不多的感情，自己也是个爱哭的女孩，怎么一滴眼泪都流不出？也许是因为那些孩子们茫然的表情？生硬的动作？看得出来，他们还不晓得啥子叫感恩，感哪个的恩？为啥子感恩？是为了100万的大牌子，还是为了那个书包？是免费来深圳玩耍了一趟，还是因为唱了那首好听的歌？也许都不是。也许因为她看到了马经理牵着那些女娃娃的手，他把他们当作随意摆布的小道具，她心里才涌起了莫名其妙的厌恶。她想，你以为你换上迷彩服，我们就迷糊了，就不认得你了？

晚会结束了，电视机就关上了。本来都以为常书记还要讲两句的，可是常书记已经回办公室了，什么话也没有。就听主管们在喊，该上班的上班，该睡觉的睡觉。一切都很平常，就像一次例行的班前训话。一切又都很奇怪，奇怪到了一句话都没有。

谁也没料想到，这就是老板的最后一次公开露面。

当然更没有料想到，毛妹也在另外一个地方看电视。毛妹受到的是比她还要强烈十倍的刺激。

就是这天夜里，柳叶叶刚下夜班回到宿舍，还没坐下，就听到外面喊，出事了出事了，有人跳楼了！她一惊，拔脚就冲下楼，然后心就跳得急，眼皮眨得凶，气也透不过来了。

然后她就看见了毛妹。

在那座烧毁的旧楼底下，毛妹躺在一片血泊里，一点气息都没有。她是头朝下栽的，一点余地都没给自己留。她是从废墟的楼道爬上去的，是从容地换上了公司的工作服，怀里抱着惠安女的衣服帽子朝下栽，一点犹豫都没有。

柳叶叶抱住她喊，毛妹啊毛妹啊，毛妹合不拢的嘴角里吐出了一个血泡泡，算是回答。毛妹的眼睛还微微睁着，只是没有眉毛鼻子。

那一刻，柳叶叶嗓子是哑的，心是空的，她哭不出，喊不出。

为什么要死？为什么要这个样子死？公安带柳叶叶去做了笔录。她说不出，就指指她的衣服，指指这座楼，又指指自己的心。她心里晓得，毛妹在最后那一刻还想到了自己，希望自己来替她穿衣。毛妹还是希望自己走得体面一点，像一个惠安女，哪怕她不是。毛妹也是个爱美的女娃，晓得哪个样子好看，她不傻。但她舍不得吃舍不得穿，就是自己送给她的泡泡袖衬衫，也被她说得一钱不值！想到了这个她才终于哇哇大哭。

第二天，天刚亮，桃花，小青和香香都来了，来了手里都拿着一封复印的信。后来柳叶叶在宿舍也看到了那封信。后来公安就把信拿去了。后来唐源也把信拿去了，唐源还把信贴到了网上。再后来全中国，全世界都在传着毛妹一直希望在报纸上能发出的声音。这声音太微弱了，也太响亮了。

爸、妈、弟、妹：

你们收到这封信的时候，我肯定已经死了。二老别哭，不要难过，尤其妈妈你，更不能哭。我觉得爸的腰真该去彻底治了，大弟上学也要钱，主要是小妹的病，不能再拖了，再拖就太受罪了。光靠攒钱看病，不一定哪天才能攒够。如果我的死能换来你们不受罪，我觉得也就值了。

我现在还不知道是怎么个死法，但我一定要死，这样老板才瞒不住，打官司我们是打不起的。上面规定，像我这样的严重毁容可以赔38万。如果和老板私了，就问他要30万就可以了。我们这里去年死的那个人就是25万私了的。爸妈，一定不要来，路太远，又太难走，可不能受这个罪。你让大明大发哥来，他们见过世面，能说出话，个子又高，有派头。再让西头的三婶婶也来，她泼辣，能哭能闹。对他们说，先开口40万，老板肯定不给，就和他们闹。就说要找报纸、电视台，把这里出人命的事情说出去，老板就怕这个。但也别真去，去了也没用，就是吓唬吓唬他，我们就是多要两个钱，最低30万，当然能多要一万两万更好。你们可得咬死口，不要顾惜他们，他们赚钱好厉害的，哪天不赚十万八万的？只是他们不想给，怕开了口子，今后再有死人比着要。所以你们要对大明大发哥说，该闹就闹，软的硬的都得用。能多要一万，小妹就多活一年。但是你又不能让大明大发他们勒得太紧，逼急了，这些老板黑道上都有人，小心吃亏。

　　我的身子，你们千万不要往回运，雇个车要花一万多呢，不花这个冤枉钱。你让大明大发哥把我烧了，骨灰带回去就行。骨灰没有长脸，吓不倒人。我的零花钱都在枕头套里，那个小收音机，就让我带走吧。

　　爸妈，我打一辈子工也挣不到这么多钱，有了这30万，爸就能治腰病了，妈你也别再包别人的地种了，够吃就行，你俩先好好歇一歇。先给小妹看病，可真要花十五六万也治不好，也别往里硬扔钱了。你二老得留下一点养老钱，再给大弟留一点。他上学这几年怎么说也要五六万吧。还不知好不好找工作，娶媳妇什么的，花钱的事多得很。我没上出来学，可得供大弟上学。只有上出学，才能不受罪受苦，走出苦窝窝。再把借大姑、二姑、姨、舅的钱都还上，他们家也都有一大摊子事，也都是该用钱的时候。还有，二姑家的表弟前一阵也想来打工，你对他说，在家能挣300也别上这来挣1000，苦累不说，危险不说，男娃花销大，剩不下几个钱，你可不能让他们来啊。

　　爸妈，我不能给你二老打影旗摔老盆了，让大弟给你传宗接代养老送终吧。在这里，你的不孝顺的女儿毛妹给你磕头了。祝二老下半辈子过上好日子，祝小妹快把病医好，祝大弟事事顺利。

　　还有：家里的老屋也该翻一下，又漏雨又受水的，对爸的腰妈的腿都不好。还有就是天冷了，你们每人都买几件新衣来穿，再买一个电视。一定要买彩电，让小妹也看看外头是啥个样子。给小妹买个面包服,给大弟买一双皮鞋,一定得买,回家就买,记住啊。别怕人家说闲话,这是不偷不抢拿命换来的钱,笑话什么?你们都吃好了穿好了,我也就走得心安了。

还有,我在电视里看到我们老板了,她真漂亮。

不孝女毛妹

第十三章

49

快过年了，过年是个大日子。如今没有别的可以讲究了，过年就不能不讲究。

如今家家屋里都现代化了，楼外瓷片是意大利的，客厅地板是挪威的，电视机是日本的，音响是美国的。他们比美国人还要美国，连福禄寿三星和观音娘娘耶稣基督们享用的香火也电子化遥控化了。可是过年的时候，天南海北的生意人还是要回来，一家子还是要聚齐吃一顿年夜饭，少不了还是要传统一下的。老人们穿起软缎对襟小袄，领着穿西装的穿滑雪衫的子孙们给诸神磕头，给先祖磕头，讲究一点的还要给双亲磕头。老人早就预备下了红包利是，喜滋滋等着给尚未成亲的后生们派发。这个节目在这一带从年三十一直要延续到正月十五，凡是没结婚的后生，不管是本家还是外族，见面只要道声恭喜发财，那些成过亲的上了年纪的就不能不派利是。嘴巴甜一点的后生一个年过下来弄个三五千也不稀奇。老人的钱自然是儿女们预先准备好的，图的就是一个体面。所以哪家肥哪家瘦哪家威水哪家孤寒都在这个日子见了分晓。从前过年是想吃，如今酒楼多过厕所，吃太不重要了。过年过的是一种气氛，一种叫做幸福的感觉。老人们操劳了一生，也需要在这个日子里放松一下，显示一下，挥霍一下。所以小孩盼过年的说法过时了，现在是老人也盼过年。另外老人在这个日子里还有个重要的节目是拜年，一家一家坐过去看过去讲过去，几多稀奇几多沧桑都要在这时交流研讨，好像一支评估大军，一个顾问委员会，对村里的后生进行经济的道德的评议。

从前，年初五是接财神的日子，要有一个德高望重的老人站出来，站在高处大声喊：吉时已到，接财——神喽！于是一村人都从家里涌出来敲锣放鞭吹螺号，齐声欢呼财神来了。从前这个人就是文叔。文叔的年纪不是最大，辈分却是最高，再说他又是干部。后来文叔下台了，这个角色就一直空缺，使传统节日少了一个传统。从前节庆日子里也要玩玩狮子划划龙船的，有时还要请三神，驱邪魔。扮觋公的也是文叔。这个觋公不好扮，要一天一夜不吃饭只喝一点点水，叫做超凡；要泥胎神一样动也不动，叫做入圣。开始请了，人们抬来一只生猪，拿猪屁股对他脸上慢慢擦慢慢磨，这叫闻猪屁。闻过猪屁的觋公才能慢慢醒过来，不会调皮分心乱钻乱拱。然后觋公手舞足蹈，邪魔才能驱除。这样的事情一般人是不愿做的，只有文叔能吃下这个辛苦，让大家笑一笑。对这个空缺人们起初还不觉什么，以为这个改革没有什么不好，热热闹闹搞搞笑笑解决不了钞票问题。文叔接了几十年财神大家并没有发财，扮了几十年觋公倒霉的事依然不少。可是空缺久了也会觉得不对头，好像少了一点东西，好像菜里没有放盐，油再多也没有味道了。

再有就是博彩。此地人嗜赌，波谷浪尖上讨生活的人没有不好赌的。生死祸福全凭运气，运气好坏全凭一博。逢年过节空场上围了一堆一堆的男人，大人小孩见面就问：博不搏啊？从前没几个钱，小点的就玩滚铜板，量五七寸。大点的就玩牌，女人也玩，打扑克搓麻雀掷骰子推牌九。从前过年最热闹的地场就是赌档，赢了欢声如雷，输了少不了打架骂娘。博彩最怕不守规矩，赌也讲究个赌德，输急眼了打破头了就要寻个公道。主持公道的还是文叔。从前过年文叔就没在家吃过一餐完整饭。他的办法也简单：赢了没？赢几多？拿来。他抽头子，抽了钱偷偷还给输家，皆大欢喜，睡过一觉再接着赌。文叔就是规矩,文叔就是公道,文叔讲了哪个敢不听?文叔发话:你们要博就自家人博,哪个要同外面人博,我抓牢一次斩一根手指。从前,一村人加起来也没几个闲钱,今天你赢明天我赢,肉烂在锅里怕什么啊?后来不行了,钞票大起来,人人都够胆,谁也不怕谁。在村里赌不过瘾,要上娱乐城弹子房,还有的干脆上澳门。人人都有出海证,不用白不用。澳门一晚上赌过来脸色铁青,返来几个月都不讲话。没有几十万买不到这么老实。

老老少少都在讲:文叔在的时候,过年是这样过的吗?于是都记起文叔从前的种种好处,都觉得亏待了文叔。就算他老糊涂了,有一点点红云,可他人不坏啊。他不贪污不腐败不张狂,他吃得起亏,他是个好人啊。

腊月二十三,是吃祖宗饭的日子。早有几个阿婆过海把文叔请了回来。什么人都可以不来,文叔不能不来。文叔不在,还吃什么祖宗饭?

祖宗饭从前是在围屋的天井里吃,把桌子拼在一起,家家都出几个菜,人人随便吃,这叫大桌菜。送过灶王菩萨,拜过祖宗,烧了香烛纸钱,家家都要向族长敬酒的,族长也有几句话要讲讲的。小孩就不管,是最疯的时刻,童言无忌,这一天是什么话都好讲的。所以也有人把平时不敢讲的话,放到这一天让小孩子去讲。后来族长没有了,饭还是要吃的,话也是要讲的。再后来,文叔下台了。再再后来,村子搬到大陆上了。念祖是个晚辈,向晚辈敬酒总归是不大像。文叔不来,吃饭就改在酒楼里了,也不是人人都参加,改成大人参加,叫做股东大会。股东大会酒还是要吃的,话却讲得文文绉绉,非要编个一二三四五。大家就懒得讲话,怎么样就怎么样,有钱分就行了。

吃酒的时候,村长兼书记,董事长兼总经理文念祖宣布了一个决定:他要重新开发文山岛。他说香港一间娱乐公司要同他合作,把文山岛建成一个全世界都没有的神仙岛。这个人间仙境是乜样子呢？完全按照天宫的样式来建造，有广寒宫，有逍遥宫，有七仙女浴池，还有什么什么。小姐们全部身穿仙女的服装，飘飘浮浮隐隐约约好像能看见其实又看不清的那种封神榜服装。到时候全世界的富豪大佬都上岛来大把花钱，到时候美元港币就像自来水一样，没钱花了把水龙头一拧就行。到时候幸福村就真正幸福了。他说小姐生得漂亮是起码条件，还要有大学文凭，不然怎么听得懂外国鸟语？黑女白女都要，现在胃口都提高了，一般黄皮肤小姐就没味道了。他要把围屋改造成国际会议中心，里面的设备按五星级标准考虑，里面有桑拿浴有健身房有台球有保龄球还有麻雀和牌九，外面是高尔夫和海滨浴场，这样既有传统风格又有现代化内容。外面不改，他说他考察过罗马斗牛场，那个外形跟我们的围屋差不多少。到时候富豪们可以一边开会一边斗牛。

大家就笑：斗乜牛啊斗，摆明了是斗鸡嘛。

念祖也笑，大家不要吵，我们不搞争论，思想解放也不争论。要是没有意见，就算通过了。

这时文叔突然跳起来，喊：没啊，没啊。

念祖笑了：老豆啊，我好明白你的心事，你不就是放心不下祖宗留下的这个岛吗？现在文山岛就要出大名了。我从前也不是不管，是因为忙不过来。我们要么不干，要干就干世界第一。你放心啦。

文叔说：没啊，没啊。他脸涨红了，脖子粗起来，气也急了，声也哑了。他不知怎么搞的，只能喊出一个字，就好像哑巴一样。他不知道哑巴也是一种病，时间长了也是会发展的。

他想说，你那样一搞，那些红树林怎么办？红树林没有了，岛上的泥土还能保住吗？泥土没有了，文山岛还在吗？你是在挖祖坟啊。可他只能喊出一个字：没，没啊！

大家劝：叔公你消消气，有话慢慢讲啦，想开一点啦。

文叔喘着，没，没！他跺脚，他说，没，没！

广东白话，"没"字念某（mou），"没啊"就是说不好，不要，不同意，不能够，别闹，别说，少来，瞎搞，意思好复杂好复杂。

大家议论着，叔公怎么老成这个样子？真是想不开啊。一个人太孤寒了，脑子也会孤出毛病来的。又说念祖这个人虽然心太大太野，可这个计划也没有什么不好。你管他斗牛还是斗鸡？有钱赚就好啦。自己不去斗就好啦。香港不是也有红灯区吗？那么大一个岛，闲着也是闲着，闲着也是浪费。现在什么都要豪华，坐吃山空也不是办法。还说叔公也真是，不愁吃不愁穿，享享清福不好吗？操许多心思做乜呀？

文叔心里明白，他们其实都是一个心思。这个岛要是能卖钱，他们早就拿去卖光了。念祖今天不讲出来，他们迟早也都会想出别的花样来的。

文叔就没有办法了，说又说不出，讲又没得讲，他只有给大家磕头了。他趴地下给大家磕响头，咚咚咚，一个两个三个……

酒楼里乱掉了，大家逃开去。几个阿婆抹着泪：怎么是这个样的啊，怎么会这个样的啊。

……这天夜里，红云又来寻他了。

红云不是一朵，是好多朵。红云不讲话，只是默默地严厉地瞪着他。后来红云就动起来，聚拢来又分散开，聚拢来又分散开，像是在开大会。开什么会呢？讨论什么呢？

只有一朵不动，严厉地默默地看着他，一动也不动。他像一个人，像哪个呢？这么面善。

他像斋老！

文叔哭道，我没啊，我没啊。我还给你了，老早还给你了，文山岛就要变鸡岛了,不是你想要的吗?念祖是我的仔不错,可他没可能听我的啊。我没啊,我没办法啊。

他站在围屋大铁门外,他指着里面,你听!里面有了古怪的笑声,是鬼佬的,还有念祖的,还有各种肤色女人的。念祖还在讲他的策划,思想要解放一点,胆子要大一点,要提高知名度,要么不搞,要搞就是世界第一,你放心好了……

红云终于叹气了。后来,又落雨了。

……做人凭良心啊,就是顶乱顶乱的日子,也没把你斋老怎么样啊。要开斗争会了,就替你挑一担水倒进缸里,隔着窗喊,叔公啊,开会了。你噢一声夹个水缸盖就跟出来。盖上写着打倒大渔霸文复斋。斗争完了,上边的人走了,再把你扶回家,把水缸盖抹干净盖回老地方,嘴上没多少话脸上也没多少笑,但你心里当真没有数吗?凭良心啊。

斋老老了,依然不下海不打渔,集体分红依然有他一份。斋老的子女老早就跑去了海外,音信全无,是文叔陪了他几年。论辈分文叔只能算斋老的堂弟,人家讲做儿子也不过做到如此。文叔也有他的道理,他对斋老讲,共产党消灭的是剥削制度,不是消灭斋老你这个人,这也是工作队教给他的话。

斋老临死,还磨了他好几个月,快咽气了还拉着他不撒手,一只眼睛睁一只眼睛闭,好像是在哭,又好像是在笑,就跟几十年后自己蹲在红泥礁上的照片一样一样。后来文叔有点明白了,就讲,你要是实在不放心,我就认你做老豆好了,反正是你把我捡回来的,我叫你一声阿爸好不好?斋老这才放开他的手。

有一日,有个姓赵的老师上岛来,说是要跟他研究一下惜命的问题。惜命是冰果提出来的?怎么传下来的?为乜文家的子孙都知道讲"惜命"二字,但是又没有文字记载?为乜文叔的老豆爷爷早年都是革命烈士,可文叔一家还留在岛上?这跟惜命有没有关系?

有乜关系?

这个赵老师学问大得很,又没有架子,他说他是专门上岛来请教的。只是这些问题他想是想过,就是没有答案。因为没有答案,所以才会去想。本来他也是要同这个赵老师好好讲一讲的,就是为自己也要好好讲一讲的。可他讲不出来,他急得眼睛子也要蹦出来,他只会讲,没,没啊。

但是这个赵老师讲着讲着,就讲到念祖身上来,讲念祖怎么怎么辛苦,怎么怎么不容易,讲做老人的应该怎么怎么,做老人的不应该怎么怎么,这样他就明白了。明白这是念祖雇他来的,他也就不愿再听下去了。

有一年,上面来了两个人,也是来教他怎么样怎么样的,一开始他不明白,后来就听明白了。原来是他们害怕他把念祖逃跑香港的事讲出去,搞错啊。念祖不是他的仔吗?他讲出去念祖不是要坐监的吗?难道他希望念祖坐监吗?念祖再不听话也是自己的仔,不惜命了吗?搞错。只是他不明白,怎么上面来的人也是帮念祖的,难道他们也是念祖雇来的?

他不愿再听了,听下去头疼,疼得要死。

文叔下海去了,只有在海水里,他的头脑才是活的。只有在海水里,那些事情,那些道理才能重新活过来。也只有在海水里,他才能手脚灵活龙精虎猛。他已经变成了一头海洋动物。

……文叔的亲生老豆早就死了,是死在广州的,是跟着张太雷那些人闹罢工闹暴动闹死的,死得好惨,连尸骨也没收回。一共5000多尸体,哪个是他老豆?哪里找得回啊。

听人家讲,文叔是斋老去广州捡回来的,一条巷一条巷去找,找到的文叔饿得像一条狗。那年,文叔才四岁。四岁的文叔在岛上长到十几岁,又去了广州。他要去找他的阿爸阿妈,大家心知肚明,要去就去啦,却也不讲什么。讲乜呢,讲话莫讲绝,伤人莫伤心，到底文家多一个后代不是坏事。这些伶仃洋的打渔佬够伶仃的了，要惜命啊，斋老讲过的，要惜命。

听人家讲，文叔的爷爷阿爸就是不知惜命，跑到香港去闹罢工，跑到广州去闹暴动，闹来闹去把命也闹掉，把尸骨也闹掉，换来个乜呢？斋老同人家讲，我是看这个衰仔可怜啊，讲到底是文家的仔啊，我不管他冰果来管呢？他老豆他爷爷不是威水吗？六亲不认吗？拿了红标枪，系了红领带，了不得了，是个赤卫队就了不得了，六亲不认了。

听人家讲，出事情的那天，他阿爸就在惠爱西路上，是个赤卫队，眼睁睁看见张太雷被冷枪打死。打枪的工贼叫"体育队"，后来"体育队"又被赤卫队一个一个打死。再后来，那个张太雷就更惨，尸身被大钉子钉在门板上，从眼睛里鼻孔里嘴巴里一根一根钉进去，被钉满钉子的尸身在惠爱西路立了三天……

惜命究竟是乜意思？讲起来文家的先祖是最不惜命的，就是被拉到柴市上砍头也不害怕的，就是老婆女儿来劝也是不投降的，就是死了也要抓着脑袋驾着腥风血雨来讨公道的，可他的后代为什么偏偏留下这样的家训？惜命就是要保命吗？肯定不是！

接下来的日子，文叔垮掉了。红云老是要来寻他，眼一闭，它就来了。从前红云不来盼它来，现在来了他反倒怕了它！

他老是看到一个人影在眼前晃。这个人笑起来两排白牙耀眼得很，一只手把头发向后面罩过去，抓过去……威水得很啊。他看清楚了，这个人就是念祖。

文叔怕了他了，真的是要出事情了。念祖是个能人啊，念祖是逃跑香港的人啊，这个人从小贼头贼脑，心思又毒又狠。用炸药炸珊瑚礁的事，他都想得出来。他是个能人。

能人乜事情做不出呢？鸡岛鸭岛什么岛，这些能人都够胆做出来的。念祖一口牙齿白是真白，抓头发的样子真是够威，真像当年的斋老啊。只有斋老才这么威过。就是一套西装，穿在他身上就像那么回事，穿在念虎念书身上就是不像，怎么装都不像。

……共产党只有两件事我是服气的，一件是禁毒，一件是禁娼，什么党都做不到的共产党做到了……斋老的声音突然响起来，声音同念祖一样一样。

没啊，没搞啊。文叔两只手举起来，像投降一样叫道，没啊，没来啊。

……斋老临走的那两天，精神突然好了很多。有次吃过粥，他伸手去接碗，斋老一把捉牢他的手，两眼雪亮雪亮，声音比以前高了很多。他有些怕，却没有想到斋老会有这样的大力。这话是突然讲出来的，他也不知是个乜意思。只有两件事服气，禁毒禁娼，其他的事不服？

……后来斋老就问：老七啊，你晓得我没有看到红云吗？他不吭。斋老就笑了，露出一口白牙。我真的是没有看到，我没福气啊。他还是不吭。斋老就问：你晓得我为乜要那样讲呢？斋老说：你不知，你没可能知。等你做了老大，你就知道了。

这以后他来送饭，斋老就不肯吃了，打也不吃，骂也不吃，只是抓牢他的手。那只手枯柴一样簌簌地抖。他对斋老讲：你放心好了，到底我是姓文，是文家的后代，我认你做老豆好了。那只手就放开了，抖着抖着就软掉了，枯枝一样垂落下来。

没有看到偏要讲看到？为乜要骗人呢？明知讲了是找死，为乜要找死呢？不惜命了吗？

天水茫茫，白雾低徊。偶尔有流星飞过，令海面更加墨黑。

文叔没觉得黑。黑了，反倒更加看得远。

你放心好了，到底我是姓文……那时，他敢讲这句话的。那时，他什么也不怕。那时，他几多年轻啊。现在不行了，现在他真的老了，不够胆了，也看不懂了。现在，岛子……老早就垮掉了，念祖是我的仔不假，他不听我的嘛，没可能听我的嘛。念祖现在是老大，你要找去找念祖讲嘛，好简单的嘛。去找啦。

一代又一代，老文家的子孙凭乜在这深海孤岛上立足生根，传宗接代？一代又一代，没人教，没人讲，凭乜大家都知惜命呢？惜命究竟是什么意思呢？有哪个能讲得明白呢？

是灵性啊，是红树一样一样的灵性啊。

50

文叔的仔女们开了一个会：大家都认为老豆的问题一定要解决了，不能再拖下去了。再这样拖下去，还不知会搞出乜花样出来。

其实就是自家兄妹也难得聚在一起，现在大家都好忙。一到年底，更加要忙。念祖是村里老大，忙是肯定的。念虎生意大，嘘得不得了，一天到晚有银行请他吃饭，躲都躲不开。念书不忙吗？念书不是生意人吗？阿楚阿从不忙吗？除了忙生意还要忙仔女。可是再忙也要把这个问题解决掉，再忙也要过年。年关年关，躲是躲不掉的。

上一个大年夜，一家人还没开饭，村里人就开始上门了。叔公啊你还好吧，你要想开一点啊，人就是这么一回事啊，凡事都不要太认真啊。讲起来是来看文叔，实际上就是来骂他们兄妹几个。如今大家又反过来骂念祖没有良心了，不好这样对老豆的嘛，就算文叔从前没有领导好，也不是他的错。就算是他的错也不能这样对待他。几个老阿婆劝道：生活好了更要孝敬老人，做仔女的将来也会老的，不好只顾自己的，生意嘛是要识得做的，嘘寒问暖嘛也要识得做的。

几个仔女只有一连串地点头答应：咳呀，咳呀，咳呀！

这一夜，念祖露了一面就要走，念虎摔了筷子，念书倒是没摔，只把两根筷子当鼓槌在碗碟上敲。阿楚同阿从只有相对落泪，一个字也讲不出。

念虎说，再这样下去还要不要做人？

念书说，这种话讲了有一万遍了，放屁一样。

阿楚哭道，凭良心啊，哪个要对阿爸不孝，天打五雷轰，出门给风吹得死。

念书说，这话放屁还不如。

大家说，那你讲怎么搞？人人都放屁你也放一个。

念书说，你们都不知我怎知？哪个要把老豆搞掂，我出20万。

念虎吼道，更是放屁，我出50万你要不要啊。

体体面面和和睦睦一家人为什么要给人家讲？就算老豆真是为那一朵红云赌气，这气赌了几年了也该消了吧？就算红树真的好玩，玩过几年也可以收档了吧？就算仔女真的不孝，现在改过总是可以的吧？

他们自己赚得盆满钵满，可老豆却在岛上孤苦伶仃。养仔有乜用啊？100个人里就有99个这样想。这样想想倒也罢了，可人人还有一张嘴，一根舌条上下飞，锯子一样锯在他们的神经上。就是人家嘴上不讲，眼睛也会讲的。如今个个都是有身价的人，怎么走出去？怎么威起来？

人们碰见就要问：老豆还没回来吗？接他回来算啦。想开一点啦。

从前以为老豆的心思只有天知地知。还商议着，只要他答应住回家里来，什么条件都没问题，住在家里也行，单住也行，买楼也行，买车也行，出国旅游也行，统统都是放屁。

念祖说，有个问题其实早该想到的，你们都不愿讲，只有我来做恶人。这都快21世纪了，有乜想不开的？妈妈去世这么许多年了，老豆就不需要女人吗？你们都没想过吗？

念虎不吭声。

念书道，我没问题，你不要看我。我早就想讲了。

念祖就把眼睛放到两个妹子脸上。

阿楚和阿从其实也不是没有想过，现在既然挑明了，索性大家放开来讲。说如果有一个好阿婆，请回来喊一声妈妈没有什么了不起。如果没有现成的，大家替他寻一个也没有什么了不起。可现在他自己没有讲啊，你能捆一个人来拜堂吗？

阿从认为，从法律角度看，老豆的精神状况也是不能结婚的，不公平的，不可以这样的。

阿楚说，好了好了，美国规矩又要来了。

念书哧哧笑出声来：外面靓女大把，老豆想抠乜样的抠不到？要你们来操心！

大家想想，也跟着笑，跟着摇头，摇过了笑过了又骂念书缺德带冒烟，说他憋到现在总算憋出一个屁来。说你们这些男人有乜用啊？赚两个钱想的都是这一件事。

念祖端出领导的架子讲，你们的毛病就出在这里，没有站在老豆的角度上想问题，一点感情都没有。玩笑开过就算了。从现在起，只要老豆中意，大家都要满意。其实老豆好了，大家不就好了吗？这是个一加一等于二的问题。

念虎早就烦了，说我没有意见，要几钱我出好了。

总之话讲到这个地步，大家也就放胆出来想了。老豆要感情，没有问题，大家都希望老豆过得好，有自己的感情生活，一家人和和睦睦幸幸福福。问题是，老豆真的中意哪个女人吗？如果是真的，有病不是问题，有病看病就是了。法律也不是问题，摆平它就是了。女人那边也没有问题，花小小钱搞掂她就是了。如果……如果老豆不是这个心思呢？那就麻烦了，鸡飞蛋打了，烧香请鬼一样了。所以总而言之统而言之，话要挑明，行动不能急急忙忙，也还要看一看，观察一下，等到条件成熟。所以为今之计，还是要见步行步，稳妥为上。

还有什么问题吗？没有了。

要是老豆还是不肯回来呢？没可能。

这样做还不回吗？

大家觉得，要是这样搞老豆还不给面子的话，大家把面子都撕下来还给他算了。反正仔女是你养的，面子是你的。

51

那段日子，文叔整夜整夜一个人坐在红泥礁上发呆，他困不着，睁开半只眼睛慢慢想。有好多事情就是给他这样想出来的。

眼前是一大片红树林，红树林把海岛东面也快围住了，海浪在红树林里温顺了很多，浪头小了很多，细罗仔嬉闹打架一样。他想，要不了几年，这个岛就会重新活过来。可是活过来以后，念祖的手又要伸出来了，那又该怎么办？现在他宁肯这些仔女忘记他，忘记这个海岛，永远不要回来。

可是这些话同冰果讲呢？讲了又有冰果相信呢？

文叔瘦了，颧骨岩礁一样高耸，两腮凹进去像两片茅草地，只有一双眼还很精神，又红又亮饿狼一样地闪烁不停。他的眼睛在冒火,火舌长长地伸出去,一直探到了许多年以前,以前的许多事情被他一件一件翻出来重新看过。

他的寮棚已经好几日没有炊烟了。

他不饿,也想不到这件事。文叔不吃的时候,嘴巴也在动。文叔是在同人家吵架。他的嘴唇不停地动,有时候好快,快起来胸脯一挺一挺,嘴角里有白沫冒出来,一张脸像拧衣服一样会皱起来然后歪过去。

这样过了些日子,心里就慌慌地觉得不大对头,后来他自己也感到不对头了,他听见喉咙里风箱一样呼噜呼噜的声响,他想是哮喘病又要来了,他想回去拿药,腿脚却一点力气也没有了,结果就那样直挺挺地扑在地上。

他往回爬,他想,现在不能死啊。现在怎么可以死呢?

后来他看见阿楚阿从和大媳妇阿吉二媳妇阿珍围在身旁,慌里慌张地喊,醒返来了!醒返来了!吓死人了!

阿爸呀,你怎么搞的嘛,变成这种样子啊?她们哭道,本来早两日就要接你回去的呀。谁知又出了这种事情啊。

文叔被抬进寮棚,阿珍开始哇哇大哭:阿爸呀,快点救念虎啊。念虎快要没命了呀。

文叔被她们七嘴八舌喊了半天才明白过来,原来念虎被人家绑了票。

阿珍哭道:阿爸呀,你要救救他呀。迟了人家就要撕票了呀。

文叔勉强说,公安……

阿珍说:没用啊没用啊,人家要钱的呀,2000万啊,一报案就要撕票的呀……

终于明白,现在全家都在凑钱,念书去了外面借钱,阿楚阿从拿了自己的钱,阿从在他耳边讲:她是问你这里有没有钱?

文叔听懂了,她们只知道钱。但他也没有力气讲话了,他指了指寮棚的橡头。

几个女人一起动手，从木橡底下翻出一大堆塑料纸卷。算了算，存折加现金只有20来万。

阿珍说，怎么只有20万？这个死鬼呀，钞票也不知贴给哪个了呀。

阿从说，到这种时候还要这样讲。二哥是企业家，钞票当然都在生意里，哪个企业有几多现金？再讲这20万一定是二哥的吗？阿爸没有分红的吗？大哥没有给钱的吗？

阿珍说，我又不是这个意思。你们不晓得的，你二哥讲起来生意几大几威，实际上都是拆东墙补西墙，一幢楼盖一半就拿去抵押，借了钱再盖第二幢，结果到处都是他的烂尾楼，也不知欠了几多钱。

阿楚阿从互相看看说，是这样的吗？

阿珍说，我骗你们做乜呀？不然怎么会有银行来请他吃饭？银行会这样客气吗？人家是怕了他，要他还钱的呀。

阿从骇然道：绑票的会是银行吗？

几个女人叽叽喳喳在那里讲，文叔气得眼珠也要弹出来。他早知就是这样的，这个念虎迟早会搞出事情来。一天到晚牛皮哄哄，开口闭口都是钱，不知钱有几大几威。有绑票的不为钱的吗？从前有这种事吗？自作自受啊。他把床板捶得咚咚响，手颤颤地指着门外：走，走啦。

文叔闭上眼，一滴老泪不争气地慢慢滚落来。

醒来时已经在医院里，雪白的床单晃得眼睛疼。

阿楚阿从喜盈盈地拿来许多花，没事了，她们讲，乜事也没有了。阿爸你放宽心啦。

原来文叔没有什么大病，一点点老毛病罢了。原来念虎也没有什么大事情，人已经回来了，就住在隔壁的病房里。

原来绑架念虎的不是旁人，阿从说，你没可能想得出！这个主谋是哪个？是澳门岛的小舅舅！现在人已经捉起来了，没想到他真的要坐监了。原来念虎是到澳门赌输了，输得一塌糊涂，大耳窿又在逼，就找到了小舅舅，才想出这种花样来。知人知面不知心啊，阿爸你从前待他有几好？小时候他来家里吃饭，有靓汤大家都是让他先的。只要他来食饭，连大哥都不好上桌的。黑良心啊。这种毒手也敢下啊？现在好了，大哥出面搞掂了，没事了，一家人平平安安。死念虎把大家搞得七七八八，今年过年一定要多放一些爆竹烟花，好好出出晦气。两个女子叽叽喳喳讲给文叔听，来不及一样，兴奋得不得了。

文叔像是在听，又像是在想，他眼睛睁得很大，好深地塌进去，像是枯掉的两口井。井里没有火了，却也没有了水。风吹进去不会有波纹，石头丢进去也不会有声响。

他看见天花板上有一片水渍，黄黄的，很像一块地图在慢慢扩大。那图很像一个文山岛，长长的，南面窄北面宽。他看见红树林在下仔，红树抓住了泥巴，泥巴又养活了红树，于是文山岛便发面包一样发起来。于是他就笑起来。

阿爸呀，高兴啦？你高兴就好啦。

文叔嘴巴动起来，发出沙沙的声响，说，红。

阿从阿楚怔了一下。阿楚说，你讲。阿从说，你讲。

阿楚说，你讲啦，急死人了。

阿从又把口水咽进去一大口，讲：阿爸呀，大家都好明白你的心思，所以才会想出这个办法来。现在有一个阿婆，年纪不大才四十几，身材还蛮好，人又温柔，老火汤也煲得靓，只要你把身体养好了，你们就可以长久住在一道，好不好？只有你过正常生活，我们做子女的才可以幸福，对不对？所以大家商量一下，就替你定了……

文叔说，红。

阿从一急，脸就先红了，说不是红云。

文叔捶着床铺，脖子粗起来，胸脯一挺一挺，红！

阿楚慌忙把他按住，阿爸呀，你不要急啦。红树没事，红云也没事啦。你一乱动，药水就跑出来啦。药水好贵的，一瓶就是千百几。

阿从说，红树不在这里。二哥就在隔壁，等一歇陪你去看二哥，好不好？

文叔嚯地弹了起来，跳下床就跑，好恐怖地喊，红！

进来几个人，把文叔按牢在床上。那个赵老师也在用力按他，被他狠狠咬了一口，痛得他像狗一样满屋乱窜。

一个被大家称作博士的医生把他的眼皮翻了翻，问：他是不是受过什么刺激？有没有精神病史？

阿楚讲：没，没啊。

博士伸出手，这是几个？

阿楚说，讲啦，是几啊？

文叔呼呼喘着，眼球愤怒地突出来，他说：四（死）！

博士看着自己的两根手指，皱起眉头，说，奇怪。

阿楚阿从哭了，紧跟着阿吉阿珍也进来了，她们哇哇放声大哭，究竟为个乜事啊？现在没事了啊。阿爸呀！

刚出院的那几天，他安静了很多。住在念祖家里，整天对着一个细罗仔看，一看就是一整天。这个小男仔只有一岁的样子，也整天对牢他看，很稀奇的样，不哭也不闹。

文叔觉得，这个细罗仔在哪见过一样，好面善。念祖养了三个女仔一个男仔，男仔已经进了戒毒所，这个从哪里来的，他没问，阿吉也没有讲。文叔就整天对牢他看。

这一老一小像是有缘一样，文叔嘴巴一咧，这个细罗仔也把嘴巴一咧,文叔笑了一下,细罗仔也跟着笑了一下,文叔把两只手伸出来,细罗仔也把两手伸出来,好奇怪。

这两个人看着看着,就把眼睛对上了。

第十四章

52

　　听到张毛妹跳楼的消息他是在酒吧里，这一夜他有点失眠。常来临这种温吞水的人本来对酒吧是不会有兴趣的，可是跟着陈太去过几次以后，也发现了它的妙处。它表面嘈杂，实际简单，想刺激刺激也行，想发泄发泄也行，很适合那种情绪波动剧烈的人。有时想来点狠的，来点笑声来点挑逗，反正谁也不当真，掏钱就买，买了就用，方便。烛光，管风琴，还有流浪艺人，都很适合想象。这一回是因为没参加电视晚会，陈太让他在家组织员工倒也说得过去，可他在电视里看见了马明阳。马明阳那张娃娃脸实在让他心堵。这就好像精心设计的菜谱，亲自掌勺的丰盛晚宴，临到开席才接到通知，厨师是没有份的。马明阳算个什么东西？怎么陈太会对他感兴趣？他百思不得其解。不就是去贵州找几个小学生吗？贵州谁没去过？难道这小子又打上童工的算盘了？你千万别这么干，小子！似乎又一场争夺已经开始，这令他说不上是期待还是无奈，有点郁闷。

　　来电话的时候正琢磨这事。是陈太打的，陈太劈头就骂，你死到哪去了？开头他还想说两句赌气话的，撒撒气，可听到死人了，那些酒精才化作了冷汗。所有的委屈都变成黏稠的体液，蛇一样爬满全身。跳上的士他把方向都指反了。

　　张毛妹的事，其实他是讲过话的。这女孩老实，又肯干，他是清楚的。何况，张毛妹还是他接来的第一批女工，怎么着也算是嫡系。所以开头说她想去扑火,他也是相信的,说她不知道PVC的厉害也完全可信,但说她是讹诈,是碰瓷,就绝对不可能。如果当初能优待她一点客气一点,即使不按标准办,也是摆得平的,不是完全谈不拢,他了解张毛妹,那孩子老实。

但争取归争取,老板一口咬死,他能有什么办法?他不按陈太的意思说,他能说什么?陈太一句话就把他顶死了,你在讲什么啊?阿临你在帮哪个啊?企业利益还要不要?

这话是有道理的。企业利益当然不是老板一个人,当然还有员工,但主要就是老板一个人。你是谁?职业经理人。你帮谁打工?帮老板。从前在国营企业,这个问题是不存在的,企业利益就是国家利益,国家利益高于一切。你和工人谈话就是代表国家在说话,所以你才可以既有人情又有原则,既有政策又有灵活,既不违背组织又不得罪个人。而现在,一切都改变了,一切都变得简单而又尖锐:你在帮哪个啊?

事情搞到这一步,他明白,陈太也受不了了。陈太是个善良的女人,她的温柔,她的体贴,她的高贵和优雅,都不是装出来的,这点确凿无疑,他有亲身体会。她就是受了马明阳的影响,相信什么人口红利,不然她也不会那么坚决,陈太本来并不是很难讲话的那种类型。

只是,这些女孩子也太脆弱了,太不负责任了,太不珍惜生命了,好死不如赖活着啊,你也对不起你自己父母啊。事情明摆着,张毛妹不是受不了毁容,而是受不了冤屈。说她故意往火里跳这个话本来自己也不信的,可是他们都这样讲,那个律师还采集了证据,搞得自己也疑惑起来,搞得大家都疑惑起来,搞到最后神经终于绷断。

他忽然想起柳叶叶,那个挺可爱的女孩,突然扑到他面前说,毛妹根本不是那样的人!

事情搞到这种地步,他能有什么办法?

陈太也慌了,怎么办啊怎么办啊?我今年真倒霉啊,从秋天到现在,事情一件接牢一件,没有一天太平。阿临你是个男人啊?你说过要保护我的啊?怎么办啊?你讲话啊?这时候才想起他是个男人,是个大哥,要把所有的难题推给大哥去处理。她哭了,泪水是那样鲜亮地流下来,求你啊,拜托啊。他们在酒店的大堂里会的面,她说她不敢回公司,她实在搞不懂大陆的事情,她这个人顶怕血腥气了,见不得悲惨的事情。陈太给了他一张卡,里面有30万,说透支一点也行,先把方方面面摆平了再讲。他稍有迟疑,陈太泪水就下来了。

本来他也很想发一点牢骚,很想吼叫一番的,早听他的哪有这些事?也许根本用不了30万,张毛妹就回家去了。可她不听啊,非但不听还要弄出个马明阳来挤对他。但现在,泪水泡也把他泡软了。

陈太坐在他侧面的位置,因为背光反而显得脸色更加苍白,轮廓更加鲜明,哭的样子更加克制也更加动人。她两眼直着,让泪水悄无声息地流,流多了才用手指尖顶着纸巾去按一按。她没有埋怨也没有喊叫,只是那个样子让他心里真的很难受,好像生离死别,所有的委屈也就一点一点融化了。

现在他能怎么样?他不帮她谁帮她?还能靠那个马明阳吗?所谓家贫怎么样国难怎么样,关键时刻不还得靠他?起作用的还是他那颗倒霉的责任心。总而言之统而言之,他是非站出来不可了。他说,你要走就走吧,休息一段时间也好,家里的事不用太着急,你放心吧。

陈太瞟了他一眼,轻轻说,我哪里敢休息啊?还不是出去找钱?你赶快把这批货发出来,等我好消息。然后陈太定定地瞧了他好大一会儿,把嘴噘了一下,匆匆拉手又匆匆分开。

这种感觉是很难说清楚的，他们都是眼看奔四十的人了，陈太只比他小一岁，可竟是难以割舍似的，忽然就有了许多感动。说是尽职也不像，说是恋情也不像，说是远别也不是，说是盟誓就更不是了。这倒像是一种事业，是属于两个人的秘密事业，是那样心有灵犀那样心照不宣那样忠诚不贰。是的，那一刻他真的感受到了事业，是共同的，两个人的。

　　然而事情正在起变化，眼看就年底了，一年一度的潮水正在暗中涌动，公司里有2000多张嗷嗷待哺的嘴巴。他能怎么样？完全心中无数。

　　这段时间大环境也有些微妙。新的劳动合同法已经生效了，各种声音各种稀奇古怪的事情都冒出来。

　　华为集团出资10亿鼓励员工辞职！

　　东莞一纺织印染公司大规模裁员3700名！

　　在幸福村，先是一家香港公司突然人间蒸发，众多债主客户上门讨债，而后是几家小厂玩起罢工游戏。尽管平息得很快，逃跑的老板被请回来拍卖资产，罢工的工人被遣散，领头的打砸抢被拘留，但这场骚乱对各方面都产生了影响。

　　早上常来临一进写字楼就感到后背上凉飕飕的目光飞舞，可是回头却看不见一张面孔。每个办公室的门都开着，每个办公室都悄无声息，似乎一切都正常，一切又都不正常。以往总是有几个来问候的，早晨，早上好，常总早，常书记早，习惯了也不当什么，一旦消失了便又感到不习惯。由习惯到不习惯便意味着小环境也微妙起来。

　　他清楚，已经几个月没出粮了，大气候小气候都变化了，特别是张毛妹的自杀，已经让他们的神经绷到了极限。而这些，恰恰也是他心中无数的。他兜里只有一张卡，就是有十张卡也应付不了这些。

办公室主任进来问，今天的经理例会还开不开？

他说开呀，为什么不开？

主任欲言又止，出了门才很随便地嘀咕一句说，关先生也去香港了。关先生是公司的财务总监，家在香港，现在公司高层的一举一动似乎都有了某种暗示意义。谁都不傻，任何一点蛛丝马迹都在被揣摩。

所以常来临的策略是，一上来就把话挑明了。他说，我跟你们一样，几个月没放粮我也着急，公司处境艰难我也担心，可你们也别太神经质了，人家关先生回家跟老婆亲热一回你们也紧张啊？于是哈哈一乐，气氛才松弛下来。他说现在老板正在外面找钱，公司接连出了这么多事陈太能不着急吗？所以关键的关键是要稳定情绪，是要把这批货赶出来，只要货一出掉，大把钱就回来了，公司就缓过劲来了。他说我向你们保证，今年让大家过个好年过个肥年！

话是吹出去了，该布置该安排的也都点到了，连张毛妹的亲属接待也都预备下了，可是心里毕竟还是不踏实。也说不清是哪根筋不通畅，反正是有点虚。

下午，是赵教授通知他去参加幸福村总公司的座谈会，到了一看全都是各公司的老板，他想退出去已经来不及。赵教授拦着他说，是陈太让你替她的，否则我也不会给你打电话。

原来是区领导亲自下来听老板意见的会，杨书记亲自主持。幸福村原本就是杨书记的点，开年要开两会了，所以人大主任更是推脱不了。新主任上来就说，如今中央对新阶层很重视，区里各级领导都坐不住了，都想听听你们的意见。新法马上就要实施了，新情况也出现不少。现在维稳是个头等大事，幸福村能不能稳定，全区能不能稳定，就靠在座的各位了。

这样的会以往每年也开一次，但来的都是部门领导，老板们也都稀稀拉拉,说归说笑归笑,并不当真。可这一次显然不同,一个个神色严肃,气氛很凝重。常来临只是代替老板来的,所以在门口找了个位置,打算随时开溜,但听着听着也就铆在地上了。

意见主要集中在新法对今后的影响上,赚不到钱啦,工人不好管啦,再这样下去就要撤资走人啦。这也是老调重弹了,老板从来都是赚不到钱,工人从来都是不好管,撤资从来都是一张只说不打的牌,并不新鲜。另外就是特区政策变了,为什么不提跨越式发展"超常规发展"了?要提"继续科学发展"了?这不是变了吗?还不承认!都知道这是深圳领导干部的一个命门穴,一点就跳,屡试不爽。好像深圳是个永远长不大的婴儿,一断奶就哭,一不特区就没法活了。所以也不新鲜。

倒是他们对新《劳动法》的热情态度耐人寻味。要炮轰,一定要炮轰!炮轰本来是个最暴力的词,一直受到南方媒体的批判,可如今老板们也要炮轰了。你把投资者都吓跑了谁来养活你们?这是老板们的共识,不说也想得出。但领导干部一改往常的只微笑不表态,就特别令人吃惊。杨主任说得艺术一点,说是啊,我们也征求了各方面意见,但听到的主要是反对的声音。你们是新阶层,你们声音大了,比我们还有用啊。杨主任是那种很儒雅很深沉的人,一般轻易不表露立场,说话慢条斯理,一二三四,好像他那些条缕分明的头发,从来没见他乱插过打断过谁的话。所以他一说话屋子里立刻安静下来。

常来临从前就是个中层干部,也参加过不少正式的非正式的会议,一个领导干部怂恿这些老板炮轰自己的中央政府还是第一次见到,顿时就有了山雨欲来似的紧张,把脚也别到了椅子腿上,脖子伸得老长。

忽然就想到了陈太的那个问题,你在帮哪个?

其实《劳动合同法》他也翻过两遍,他看不出什么新意。不知为什么报纸电视这段时间不停地在发飙,不得了了,天要塌了,好像非搞颜色革命不可了。这些鼓噪声只是帮了马明阳的忙,让他借机大大赚了一笔。一个不谈工人阶级地位的时代,只讲劳动力商品的时代,工人能闹腾到哪去?至多改善一点福利。这是秃子头上的虱子,偏偏他们就喜欢大谈特谈。这些领导确实越来让人越看不懂,更民主了?还是更专制了?

最后是区长讲话,要求各个公司一定要成立工会,早成立比晚成立好,你搞比他们搞好,这个道理好简单的嘛。然后劳动局长苦着脸插话,说今后你们一定要和工人订合同,不然我们不好办,真的是好为难好为难。话说到这个份上,老板们也就不吭了。

其实这些跟常来临关系都不大,他关心的是宝岛电子怎么办。他的立场很简单,陈太不在家,千万不能在这时候坍了台,真出了问题于公于私都不好交代。他是个职业经理人,守土有责。在国营厂他怎么干,在私营厂他还怎么干,尽职尽力是他的本分,管那些事干什么?那些事和他有关系吗?

晚宴的时候,他找机会跟杨主任谈了几句,他的意思是,希望杨主任继续支持陈太,必要的时候能到宝岛电子视察一下。

不料杨主任对公司情况熟悉得很,没等他讲就打断他说,我对你们陈太支持不少啦,还要我怎么支持?你对她讲,快一些回来,怕什么怕?有什么好怕嘛?是谁在这里话事?不还是我们这些人吗?

常来临吃惊不小,赶紧似懂非懂地把头直点。他想说,陈太没有怕,她只是出差去了。但看到杨主任那么肯定地把嘴角一抽一翘,便没有说出来。

杨主任那种意味深长的嘴角一翘,就像一副卡通画里的人物表情,说不上是紧张还是夸张,印象深刻,一直刻进了他的大脑深沟里。这很奇怪,也许并没有多少道理,但偏偏他就记住了。

接下来的日子，就有些难熬。先是张毛妹的亲属来了，哭天抢地，搞得焦头烂额。而后就是工人开始有了骚动，牢骚和怠工也冒头了。再后来，也许是受了外界影响，写字楼和中层干部也加入进来，谣言像毒蛇吐出的信子，既蛊惑又恶毒，每时每刻都在舔着他的神经。

所有的困难都集中在一个字上，钱。没有钱，什么问题都解决不了，说多少好听话也都没人信。但反过来讲，在年底前不能把这批货出掉，耽误了工期，别说公司不能放粮，别说张毛妹的亲属还要接着闹，就是供货商逼债就把你逼死了，就是饭堂的老板不开饭，饿也把你饿死了。这番话他是在中层干部会上说的，他是实话实说，他不想隐瞒什么。

但他们问，为什么老板还不回来？老板为什么在这个时候出差？

他只有把两手一摊，我怎么知道？

有个女的小声嘀咕说，你怎么不知道？然后底下就哧哧地笑了。这些笑声很暧昧，但这时候的暧昧又恰到好处地掩饰了尴尬，所以他也跟着暧昧地笑了。

这是跟干部说的话。跟工人常来临说得就更加慷慨激昂。他说公司真的是资金暂时周转不开，写字楼和中层干部，包括我自己都拿不到工资，不信你们可以随便去问。他说你们不当家不知柴米贵呀，你们知道我们这种出口加工公司受到多少压榨吗？你们知道那些外国老板是怎么剥削我们的吗？知道我们生产一只鼠标才能赚几分钱吗？知道我们要给银行多少台账保证金吗？知道发一次货要把同样多的钱押在银行里吗？知道做一块钱生意需要两块钱的资本吗？你们不知道。你们要是知道气都气死了。这就是中国制造啊，这就是食物链啊，没办法啊，中国还很弱小啊，我们民族工业就是要受欺负啊。我们是社会主义国家，我们总不能去侵略，去抢劫吧？所以我们要有爱国主义精神，我们要当爱国青年。你爱国家，就会爱公司，就会做好本职工作，你们的利益和公司的利益是完完全全绑在一起的。你们做好本职工作就是最大最实际的爱国。

有人问，做完这批货真的能拿到工资吗？

常来临反问道，为什么不能？你为什么会这样想？大河没有小河干，大河有了小河满，这个道理你还不懂吗？这些话他也不是特意准备的，他真是这么想的，这全是大实话，从前在彩练毛巾厂也是这么说的。他这么说着，身心完全投入进去，就好像刷牙洗脸那么自然，就好像天是蓝的草是绿的花是艳的那么肯定，员工们自然也就夹紧嘴巴了。没办法，大家说，这个人太有个人魅力了，你简直没办法跟他生气。

在开头几天，陈太每天都来一次电话，问问情况，安慰安慰，说她正在越南处理工厂的债务，很快就会回来，要他坚持住。她说她要把越南的厂关掉，关掉以后集中精力办好我们这个公司。当然，越南厂关掉以后钱自然就不成问题了。通话以后，一般还发一条短信，短信很短，很急促，却是宣誓一般有冲击力。

谢谢你，大哥哥。

没什么，应该做的。

如果没有你，我真不知会怎么样。

你满意就好，你高兴就好。

你也会在乎别人的感受吗？

为什么不？我其实挺人性的。

真的吗？哼。

哼哼。

哈。

哈哈。

他相信，这是默契也是誓言，是调侃也是承诺，通话的内容已经不再重要，重要的是他接到了某种信息，得到了一个并不虚假的声音，玩笑后面是庄重，就像考上大学就一定能拿到文凭。

这期间袁敏也经常来电话给他打气。她说老板也不容易，女人当老板就更加不容易，这种时候你千万不能打退堂鼓，你们当兵的不也讲究人在阵地在吗？也许你们过了这一关后面就顺了。

他说你不知道，其实我想想，有时也挺委屈的。这算什么呀？这和坚守阵地不是一回事。他不敢说有一次和陈太差点出了轨，那样也太过分了，毕竟什么也没有。但心里总还是怪怪的，好像是欠了很多，欠陈太，也欠袁敏。

他说，我也想你们，嘟嘟可能都不认识我了。

袁敏说不会，嘟嘟天天都在跟你的照片说话呢。

他说我过年可能又回不去了，你来吧，带上嘟嘟一起来。

袁敏说，那我不是又要请假？上次好不容易才上班的。

他说，那个破环卫站还这么麻烦？扫马路都扫不到啊？

袁敏就笑了，说你脑子已经坏了，刚刚过去的事都不记得。

53

这天夜里，赵学尧已经吃过安眠药了，正迷糊着，文总打电话让他赶快到办公室来。听口气是没得商量的，他头一下就疼裂开，出一身大汗才缓过劲来。

这些日子，文总经常性地会提一些没来由的问题，而且马上就等着要答案，他比百科全书还厉害。当然这并不令人反感，恰恰相反，它说明自己的努力已经见到了成效。这心情就像一个老师在培养高考状元，考试的是学生，备考的却是老师。过完年紧跟着就要开"两会"了，文总有些紧张也属正常。

到了办公室才发现气氛不对，不但公司的两个副总在，胡小姐在，文总的弟弟文念虎在，连宝岛电子的常总也到了，紧跟着连何子钢也赶到了。

赵学尧看看何子钢，何子钢两手一摊。

文总说，我们内部开个小会，宝岛电子要出事了。你们说怎么办？文总是这个风格，话不多，总是直奔主题。显然文总担心的不是宝岛公司出事，而是出事以后的影响。两个副总把话就说得很明白：老板这边要去北京，那边又在闹事，像个啥呀。

都是内部人，省得绕弯子，话题也简单，可是疑问并不少。宝岛公司会出什么事呢？文总怎么知道一定会出事？赵学尧头还疼着，就把疑问推给了常总。在他看来，幸福村管理水平最高的公司就是宝岛了，它要出事，别的公司早就闹翻天了。

常总只是说，不会吧？虽然出了点问题，但主要是资金周转上的问题，事故处理方面的问题，公司生产还算正常，陈太出差还没有回来，等她回来这些问题自然就解决了。不会有事吧？

胡小姐忽然冷笑了一声，大家吃了一惊。

文总说，你们懂个屁。然后轻轻摇头。大家又吃了一惊。

这一惊，屋里就静下来。赵学尧这才觉得有些蹊跷，胡小姐以往是不参加领导们的各种活动的，可是她忽然就变成一个内部人，于是老郭的警告就在耳边响起来。文念虎只是文总的弟弟，从来都是一个局外人，怎么也热心起村里的事？常总可以理解为被叫来汇报情况的，但何子钢就解释不通了，就是要叫他来，也应该由自己安排才对呀，怎么直接就通知了？于是又想起何子钢的警告，你别看文念祖不吭不哈的，他其实并不简单！

这样一想，就意识到文总其实自有自己一套掌控局面的办法，以及了解情况的渠道，他平时可以不管不问，甚至装聋作哑，乐得坐享其成，但在大问题上一点不含糊。由此也就意识到这一次他非常重视，他不能容忍在关键时刻出现任何不利的苗头。

赵学尧抬眼去看何子钢，何子钢也正冲他打手势，一个手指头向上翘，什么意思看了半天看不明白。

何子钢只好自己开口了，说文总你也不用太担心，大不了不就是罢工吗？我猜你叫我来也是想听听这方面的意见。我就先说两句，罢工没什么了不起，罢就是了，兵来将挡水来土掩。既不是第一次，又不是你们第一家，怕什么怕？到年底了怎么也该犯病了，影响不了什么。北京照去不误，两会照开不误。

这一说才热闹起来，七嘴八舌。有的说是没什么了不起，又不是我们一个村。有的说今年不同，今年是幸福村的关键一年。有的就埋怨陈太不够意思，文总对她那么照顾还是一点面子都不留。有的就说法律不健全，早就应该地方立法禁止罢工的。说来说去，最后还是说到钱的问题上，是不是又想叫村里拿钱啊？

那个常来临慌忙站起来反驳，说陈太正在外面想办法，陈太根本没有这个意思，我们正在做工作，我们生产很正常。而且，我们也不认为宝岛公司会罢工！他非常强调我们，显示了团结，激动得脸通红，说话都结巴了。当然，他也表示了不好意思，这么晚了还让领导不能休息，为宝岛公司操心。

胡小姐说，讲来讲去还是中国人素质太差呀，经不起挫折呀，为一点小钱，动不动就跳楼上吊的，也太不尊重生命了。

何子钢瞟一眼赵学尧，没吭声。也许在他看来，这些事都太小，根本没有进入他的议事规程。

文总始终把脸黑着，后来说，我半夜把你们请来，是听这些废话的吗？我是问，你们有没有办法不出事？他说，下午他到区里，领导专门找他谈了维稳的事，维稳是个大事，稳定压倒一切。

文念虎也说，现在各级领导最害怕的一件事就是不稳定了，所以能不出事最好不要出事，有了苗头就要把它压下去。现在你到各个机关去看好了，不管你是讨薪的，受伤的，打官司的，只要几个人往办公楼前一跪，大马路上举个状纸，马上给钱，要多少给多少！为个乜呀？就是花钱买稳定呀。

这样一说，也就明白了，赵学尧也就不能不出手了。他想了一下，说，其实办法是有的，只是各个公司都不积极。

文总马上说，你讲出来，我看冰果不积极。

赵学尧说，其实上次老板座谈会上已经说到这个要求，那就是成立工会。工会成立了，自然就会去做事情，化解内部矛盾啊，组织文体活动啊，搞搞竞赛评比啊，情况就会好得多。就是要罢工，也是工会出面来谈判的，不会那么乱糟糟。

文总说好，这个办法好。你们宝岛公司就把工会成立了先。

常总说，本来我也有这个想法的，可是陈太还没有回来。

文总说，不用等她了，你们成立了先，就讲是我叫她成立的。马上就成立，年底以前就成立，手续你们给他办。文总用手指画了个圈，见没有反应，又问一句，听不懂吗？

那个常来临似乎挺高兴，站起来说，我是个当兵的出身，领导怎么说我就怎么做，我听领导的。

文总说，好，好啊。

于是就散会了，来得莫名其妙，散得也莫名其妙。

来到外面，赵学尧问，你是专门过来开会的？

何子钢说是啊，我还以为出了什么大事呢。

赵学尧说，不过今天倒是见识了文总的另一面，英气逼人啊。

何子钢眼翻着说，早就跟你说这个人并不简单，不相信！

话是这么说说，心中的疑惑并没有解除。回来以后反而更加睡不着了，想不通啊，为宝岛电子这么点莫须有的小事犯得着半夜开个会？这可不是文总的风格。

可是会出什么事呢？文总没说，而他却不能不揣摩，不能不未雨绸缪，摸清领导意图是他职责。从世界范围来说，这个地球是越来越不太平了，石油战争，次贷危机，通货膨胀，自然灾害……国内呢？国内也不安生，科学发展，又好又快，贫富差距，群体事件……总之社会成本是越来越高了。当然这些和幸福村都挨不上，离那个宝岛电子更是十万八千里，但他却必须思考，万一文总问起来，他总不能一推三不知。文总对这些名词也许说不清楚，但不等于他对这些动向不敏感。这是一个极聪明的人，或许他正是从宝岛电子的某些动向中看到了山雨欲来？或许他正是从这些似懂非懂的名词里感受到一个新格局的形成？他要为即将开始的调整做一些准备？然而这些事情谁又能说清楚？"可怜夜前虚半席，不问苍生问鬼神？"

54

柳叶叶的舅舅舅妈都来了，按照毛妹的要求大明大发还有三婶婶也来了。本来公司只同意直系亲属来的，可人来了他们也没有办法。毛妹被冷冻在殡仪馆里，每拖一天就要花好多钱，按公司的意思先把丧事办了，赔偿可以慢慢谈。但显然是不可能答应的，对公司的话现在哪个也不相信，连柳叶叶都不相信了。有意思的是，连公司负责接待的人也不劝他们答应，总之就这么一天一天地拖，一天一天地等。这很奇怪，就好像人人都在等待一个谜底的揭晓，等待一个最终的结果。其实这个结果真的出现了，对任何一个人都不是好事。公司如果真的破产了倒闭了，毛妹的赔偿金拿不到不说，2000多员工几个月的工资和年终奖金不说，就是这些人的嘴巴扎起来也是一个惊天动地的新闻。所以大家宁可相信不是真的，宁愿再等一等。该上班的上班，该猜测的猜测，有一点麻木又有一点好奇。反正死猪不怕开水烫了，大家都是一样的看法，老板耗得起，我们耗不起？耗！

常书记去看舅舅舅妈的那天，柳叶叶也在。舅舅一听说是公司的领导，咕咚一下就跪倒了。他一跪，舅妈也跪，大明大发还有三婶婶都跪下磕头，一边磕头一边哭还一边唱，搞得柳叶叶丑死了，觉得好难为情。从前这样的场面在乡下也不少见，可在深圳这样的地方就觉得太没面子了。她浑身簌簌发抖，好像一下子就回到了那个县城冰冷的早晨。

常书记也觉得不好意思，死拉活拉都不起来，就喊柳叶叶，柳叶叶也拉不起，常书记没有办法就自己也跪下去。他一跪，才把大家跪愣怔了。

舅舅哭道，常书记啊，你要为我们做主啊，我们毛妹死得冤屈啊，毛妹是个好娃儿啊。

常书记说，我也是农民的儿子啊，我也是苦出身啊，我受不起啊。他说，不信你们问问柳叶叶，我也是个打工的，我也没有办法啊。公司的钱不回来，一切都谈不上。但哪个有办法？哪个也不晓得。

要是在从前，常书记一下跪，非把她震晕过去。可是现在不晓得怎么搞的，在这个时候，就在她身边，她居然拉一下的表示都没有。她只是本能地向旁边跳了一下，好像是要让出一个位置来。她的脑子已经木了，心又冷又硬，神经变成了钢筋。

这期间，也时常有外面的消息传过来，哪个哪个老板跑了又被抓了回来，哪个哪个公司罢工，领头闹事的被抓了进去，到处弥漫着躁动不安，甚至是一种兴奋一种渴望，等着看戏一样的心情。好像这些跟自己无关，仅仅是自己赶上了。连幸福村里新贴的大标语也好像在渲染这种气氛：继续科学发展，构建和谐社会！维护安定团结人人有责！向来深建设者致敬！

对毛妹，人们的态度也发生了180度转变。连原来那些说毛妹作秀的都不见了，全都变成了毛妹的同情者支持者。每次舅舅舅妈他们进饭堂吃饭，都要经过一次全体起立的仪式，没有人号召，大家自觉站起来。那些排队打饭的人，自觉为他们让道，然后谁也不再讲话，静静地目送他们离去。连写字楼的那些文员，也差不多每个人都去探望过舅舅舅妈，有的还买了东西，有的还陪着落泪。毛妹生前的一些遗物也不晓得从哪里冒了出来，工牌、工资单，还有一张放大的工作服照。还有一些关于毛妹吃苦耐劳的小故事也开始流传，其中有几个段子说，毛妹当拉长的时候，差不多每个新工人她都手把手地教过，她从来不晓得生气，对任何人都是笑脸相迎。有一次主管骂她那个拉比人家慢，她就自己留下来加班把亏空补齐。还有到注塑房的事，并不是毛妹一定要去挣那个150元保健费，而是主管找不着信得过的人，压着毛妹过去的。这些事都是真的，都符合毛妹为人做事的习惯，但把它们集中在一起的时候，连柳叶叶都有点不敢相信。更不敢相信的是这样一种气氛，这样一种情绪变化。现在，毛妹已然成了大家心目中的英雄，一个难得的好人。然而这样一个好工人，就算她没有抢救公司财产，公司也没有理由不赔偿，更没有理由去污蔑她，还要跟她打官司！公司老板究竟是什么人？被电视里讲得那么有菩萨心肠，拿100万去建一个八竿子打不着的小学，为什么对自己公司的员工这样冷酷无情？这些话，还有跟这些话相关的各种各样猜测的话，像流感一样传染蔓延，让人人都变得激动多疑。

柳叶叶因为是毛妹的亲戚，突然一下就成了公司的焦点人物。

每天她都要去陪舅妈，然后每天她都要回答无数次关于毛妹的问题，然后人们就从这些问题中揣测公司的动向。连写字楼的那些人也在向她了解情况，好像她成了一个公司的发言人。不晓得，不晓得，她真的不晓得，她觉得神经都要绷断了。

有一次在舅舅舅妈住的小旅社里，她碰见了唐源，他正在跟他们解释赔偿的法律条款。柳叶叶一下就来了气，说你还有没有良心？毛妹就是信了你的那些鬼话才想不开的。什么规定什么法律，见你的鬼去！

这个赖汤圆见她气成那个疯癫样子，有点怕了，才跌跌撞撞地走了。走到外面，又对柳叶叶招手，说还有话要说。

柳叶叶说，我求求你了，让老人省一点心吧。

唐源说，我不是来劝老人家的，我是有话要对你说，我一直在等你。

柳叶叶说，莫非是又想兜我的生意哟？我暂时还不打算跳楼，以后也不会自杀。

唐源的喉咙里咕噜咕噜响了好一气，说随便你怎么看我，毛妹的事我真的很难过。我也不该给她说要买通路子的话，我要不那么说，她也不会那么自卑那么绝望，这些我都清楚。但有句话我一定要告诉你，如果你们公司要罢工，你千万不要出头，你千万不要上街，千万不要影响交通！

柳叶叶好奇怪，说你怎么晓得公司要罢工？

唐源说，感觉。

柳叶叶吼道，感你的鬼！滚！

这个赖汤圆摇摇脑壳，滚了。

对唐源，柳叶叶并没有多少特别坏的印象，毛妹走了那条路确实也赖不上唐源，只是因为自己心情太糟糕。糟糕的原因是因为常书记又来找了她。她不晓得自己为什么这样倒霉，越是怕的事越是要来。也许，她真的成了焦点人物。

常书记对她招手，柳叶叶柳叶叶，有好事了。

当时她在工作，不能不理，只好硬着头皮过去。

常书记说，晚上开职工大会，你准备一个讲话稿。

她问，我讲什么话？

原来，按照上级的要求，幸福村所有的企业都要在年底以前成立工会。今天是12月31号了，还没有一家行动，宝岛电子要带这个头，晚上就开大会宣布。

常书记说，晚上要来好几家媒体，你作为工人代表讲话，这是个机会呀。又是打工作家，又是工人代表，一上电视……你就行了。

柳叶叶说，我不想讲话，你找旁的人吧，然后扭头就跑。她不晓得为什么会这样，也不晓得为什么这样怕见这个人。以前，她巴不得有这样的机会，巴不得能够选上自己，多跟他讲几句。而现在，她心里没有机会，只有泪水，只有汹涌澎湃的泪水。

晚上她还是回了公司，参加了大会。她看见常书记又在发表激情演讲，他真的很会说话。他说，从今天起，大家都不要再提"打工仔"三个字了，也不要提"农民工"，哪个提我就跟哪个急！你们不尊重自己我还要尊重自己。从今天起，我们一律都是来深建设者，我们都是工会会员了，我们都是一家人了。我这个工会主席干什么的？还不是要为你们讲话！

这些话，还有以前讲过的那些话，都是她非常熟悉的。可是她已经麻木了，这些鼓舞人心的话已经那样遥远那样空洞，好像是很响亮，其实什么也没有。

55

  这次工会成立大会还是很成功的。杨主任到了，文总到了，还有区里总工会和相关的领导也都到场了。他们说，我们来给你撑腰，你的腰在哪里？我们给你撑！

  成立工会幸福村很重视，毕竟是第一个响应号召的企业。整个街道挂满了横幅和彩旗，花篮一直排到了马路上。

  常来临兴奋得脸通红，嗓子都哑了。谢谢谢谢！其实他并非有意要抢这个第一，这个第一算不上光彩，甚至还可能遭到耻笑，但他确实需要来这么一下子。

  说白了这也是激励全体员工的最后一招，公司搞到这个地步，不来一点够分量够意思的举措，恐怕确实难以维持了，大话要说，但总得有点新鲜内容。所以尽管老板不在家，他还是以董事会的名义给自己写了贺信，祝贺自己当选工会主席。从前他怎么会这么干？打死也不好意思。花篮、贺信、酒会、采访和掌声，都是宝岛电子需要的，不是他需要的，这也是强心剂，是救命索。他一直坚信，只要熬过这个空虚的年关，资金就回来了，公司就喘过气来了，一切都会柳暗花明艳阳如初。

  他对记者们那一排冲锋枪似的话筒挺起了胸膛，他说，宝岛电子虽然是一家外资企业，但我们一点都不放弃自己的社会责任，我们向贫困山区捐助过希望小学，我们公司上上下下集体献过血，我们有自己的亲情文化，我们团结得像一家人。

  记者问，你一口一声我们，听得出你很自豪。

  那当然！他说，老板现在不在家，但我完全可以代表她说话，这个公司就是我们大家的。老板自己也经常说，公司是靠大家做出来的，不做什么都没有。

说这个话也不假，陈太确实在电话里这样跟他说过。陈太说，阿临啊，拜托你别把自己当外人好不好啊？你让我好伤心哦，我的不就是你的？

同样的话袁敏也说过，她说这种时候你就不能退缩了，你不顶起来2000多人怎么办？人家那么看重你，你也不能把自己当外人。

是，他答应再也不把自己当外人，这是大家共同的事业，2000多人是一根绳上的蚂蚱，公司能活下来大家都能活下来，公司完蛋了大家统统完蛋。但他不是冲着这些财产，他是面对着这个公司的2000多张脸。他是那种小肚鸡肠的人？他是个不讲义气不重感情的人？现在他不仅是书记副总经理，还是工会主席，他是一定要带着这2000人同呼吸共命运，共渡难关，冲出重围的。

公司有困难，我们怎么办？我们不干，谁干？

这些话，还有其他的一些话，在年关的煎熬等待中一次次提高八度，一天天升级换代。有时候，他甚至暗暗思忖，如果没有这次陈太的远走越南，没有这一次的资金周转困难，没有这批货的年关逼迫，肯定自己不能这么大包大揽，这么义无反顾。自己从来都是实干家，是一个低调做事的人，这个境界也许还要在黑暗中摸索很多年。

直到罢工发生，陈太的电话完全掐断，他才听到那一声脆响，神经绷断，自由落体，有了大地迎面扑来的重力感。

开头还幻想，陈太是在飞机上，陈太就要到家了。但一天过去了，两天也快过去了，飞机绕地球一周也该加油了，还是联系不上，这才有些疑惑。他又去翻报纸，并没有找到飞机失事的消息。半点消息也没有。

而楼下，工人的歌声却比丧钟还要响亮。常来临这才感觉到恐慌，感到孤立，脚下松动了，地板塌陷了，一颗心晃晃悠悠沉下去。全体员工罢工，事先居然一点迹象都没有！

56

这天半夜,两点多了,有人来敲宿舍窗子,喊柳叶叶。柳叶叶慌里慌张披一件单衣就出来,却被他们带到楼下开会,没几分钟牙花就打架了。这天是真冷,在深圳少见地听到了风的尖叫,曜曜地,像是鬼在磨牙,一边磨一边还吹口哨。柳叶叶说,我不行了我冻死了我要回去穿衣。结果就有人把一件保安值班的棉大衣扔了过来。身子暖和过来她才听清楚,原来这是在商议罢工。一共有几十个人,激动得很。

他们说现在非罢工不可了。公司的货已经出得差不多了,老板还是不露面,还是一点动静都没有,如果我们还是这样傻等,真的没有任何指望了。他们认为现在动手已经晚了,剩下的这点货也许老板根本不心疼。有人提到了常书记,他们说,那个东西,茶壶打掉把子就剩下一张嘴。你们到写字楼去看看就清楚了,香港雇员早就跑了,就只有他一个人在蹦。说话的是一个经理。柳叶叶这才看清楚,在场不光有经理,有主管,还有好几个写字楼的文员。他们都认定,这一次是老板有计划地撤资,早就有预谋的,根本不可能是资金周转的问题,大家都上当了。

有工人叫,那我们怎么办?好几千人啊?工资,还有加班费!有几个女的还哭起来。

柳叶叶也想起来,常书记一开始还对舅舅舅妈表态说,等公司的钱一回来就先给他们解决。他拍着胸脯说,你们放心,我也是农村出来的,我了解农民的苦处,我还能不帮你们讲话吗?张毛妹是了解我的,她也是了解我的。他指着柳叶叶说,她们都是我的小朋友!可是这些话后来提也不提了,连人也见不着了。现在一家人连哭闹都找不着地方了,人们只是同情地多看两眼,连劝都不会劝,早就无话可说了。

怎么办？罢工。把货扣住。把事情闹大。让政府来解决。政府不解决怎么办？不可能。政府要脸面。

有人叫，不要空谈了，都两点多了！

然后就推举代表。出乎意外的是，第一个名字就是柳叶叶。

柳叶叶说，我不行，我不当代表。

大家说，别人都可以不当，你一定得当。你是张毛妹的亲属，又是公司的工人，你还是打工作家！

柳叶叶急得脖子肿起来，说我真不当，我跟到走就是了。哪个当代表哪个就坐牢，前车之鉴太多了，你们害我不是这么害法。

哪个不怕坐牢？连张毛妹的妹子都是这样！人们摇头了，愤怒了，但也没有人再吭声了。

冷了半天场，柳叶叶说，我有一个建议，不要推什么代表，也不要上街，不要影响交通……她的声音越说越低，低到自己也听不清。她记起这全是唐源说的话，她不知道为什么会重复这些话，但她又想不起别的什么话。

那你到底要怎么样？这也不，那也不！

可以把我们的要求写出来，交给政府……

哪个写？

好像有一万个电灯泡同时亮起来，齐刷刷照在她的脑壳上，她就像阳光下的一个雪人，一点点地萎缩融化。

我……我写。

最后怎么散去的，她已经忘记了。但她的意见还起到一点作用，第二天所有员工坐在写字楼底下的时候，她发现公司的不锈钢栅栏被拉上了，几乎没有一个人敢走出去。

毛妹的工装照被放大了，加了个黑框，挂在了写字楼的墙上。舅舅舅妈大明大发他们也被请出来，坐在公司的台阶上。人们好像突然间变得特别友善，对他们无比尊敬，他们都是为了毛妹来打抱不平的。

　　她不知道这是怎么组织起来的，她真的不知道。也许根本不需要组织，三个多月没见到一分钱的漂泊者流浪汉不需要动员，一个眼色就足够了，就好像从前某一个下午刮的台风。

　　也不需要宣传，唱歌就行。在这片土地上有很多流行歌曲，没有哪一首比《打工打工最光荣，嘿》流传更广，更能叩动人心。柳叶叶和大家一样，都是飘零的树叶，只是一个偶然才聚集到一起，这时又是因为一个偶然，轰的一声，火焰就燃烧起来，升腾起来，变得不可收拾。

　　　　我们打工是一家
　　　　天南地北你我他
　　　　……

　　这中间，她和那个人有过一次对话。那个自己崇拜过，被视作偶像的人对她招手，柳叶叶！柳叶叶！他还是像过去一样微笑，只不过在柳叶叶看来，那种笑是贴上去的，空洞洞的，干巴巴的。

　　她犹豫了一下，过去了。

　　他说，真想不到，我们现在是用这样的方式谈话。

　　她答，我也没有想到。

　　他说张毛妹的事我确实努力过，但我也是个打工的，我说了不算啊。

　　她问道，你也是打工的啊？

　　他说我还是个工会主席啊。真没想到会搞成这样！

　　她问道，你还是工会主席啊？

　　然后她就想走开，不想再谈，再谈下去眼泪就会不争气。而且他们之间，还有什么话可谈的呢？

常书记突然说，听说，你是工人代表？如果谈判的话，我们就成了对手了。他又笑了一下，脸上的皱皮堆起来，硬邦邦的，鬼脸壳子一样。

她被蜇痛了，说我不是代表！

奇怪，他们都说你是。

柳叶叶叫起来，我说过了，我不是！

常书记说，好好好，就算你不是。柳叶叶啊，有句话你一定要听，你是个有前途的人，你和他们还不一样，你还会有很大发展，还会有自己的事业。什么叫现代化？什么叫全球一体化？说白了就是大改组大分化。国家是这样，个人也是这样。一部分人要上升，一部分人要下降，当然，还有一部分人要牺牲。这个是没有办法的事。

你是说，毛妹这样的人只有牺牲？

这个世界上有很多事是可以做不可以说的。我这样讲是为你好。我也是个打工的，真的……

后来，她就听不清了，只看见他的嘴巴在动，他的眉毛在跳，她想不通自己过去为什么那样崇拜他，甚至偷偷地把他和别人作过比较，为他激动得要死要活。可是现在，这个人的魅力到哪里去了？他除了会讲，还会什么？他忽然变得那样地丑恶，那样地小人。那样地走狗，那样地工贼。她想起来了，他当初用那么优美的腔调，动员大家长期为老板弟弟献血，原来只不过是为了自己的上升，为了上升就心安理得让别人去牺牲。明知别人会牺牲你还要做，那不就等于谋杀？

本以为跟他谈话会流眼泪的，可是竟然没有。也许刚开始有，可谈着谈着就没有了，干了。她只觉着有一点头晕，眼底里有白光在闪，太阳穴突突地跳。她晓得这是身体快顶不住了，已经好几天没有合眼了。脑子里突然蹦出一句诗：

为了你的上升
　　我们献上肩膀
　　如果高度不够
　　我们还有血浆

57

　　罢工的当晚，赵顾问来电话了，说让他来村里一趟。他放话筒的时候，手已经颤得厉害，几次都没有放到位。他在想，这回是真的完了，在这之前他还一直找这个谈找那个谈，他还企图说服大家不要这么极端。极端是非理性行为，不能解决任何问题。

　　到了总公司，文总和杨主任他们都在，脸都青着。

　　文总问，陈太最后和你通话是什么时候？

　　前天。

　　文总看看杨主任，说怪事。

　　杨主任摇了摇头，苦笑。

　　看样子似乎是前天陈太也和他们通过话，这时一线希望似乎又升起来。他一下就扑到办公桌前，说文总你一定要救救我们公司，陈太她一定是出了意外，她会回来的，她不像是那样的人！

　　文总看看赵顾问，又看看杨主任，没吭声。

　　杨主任好像是对文总也好像是对大家说，总是这样的啦，稳定压倒一切啦，人民内部矛盾人民币解决啦。

　　文总哭丧着脸说，我哪里出得起这么多钱？上次把一栋楼烧了还没算账呢。

杨主任冷笑说，闹得还不够大！闹大了……他连连摇头，不知是什么意思。

赵顾问插话说，如果能先把中层稳定下来，工人就闹不起来，我看写字楼的人都参加了，很可能就是他们在背后组织的。

常来临似乎已经看到了希望，可怜巴巴看着杨主任。

但杨主任又不吭声了。

文总想想，大概是顶不过去了，说我反正只有100万，死也好活也好，只有100万。

又冷了半天，杨主任终于开口了，说100万就100万吧。就按赵老师的意见办，你去执行。他指着常来临。

常来临迟疑一会儿才说，主任的意思是先补发给谁？

杨主任也会失去理性，也发火说，你这个人怎么这么笨？给中层，给文员，给嗓门大的，给闹事凶的，你愿意给谁就给谁！我要你去把事情摆平，不是让你去分钱！

他本来是要说，这么多的工人，100万是打发不了的。可是憋了半天还是没说出口。但这又不是他的原意，他真正的意思也许是，领导能出面把事情平息下去，把工人安抚下去，把公司保住，只有公司保住了才是根本解决问题的办法。可是哪个领导能去说这样的话？这样的话又有谁信？他完全乱了。

赵顾问说，算了，还是村里直接处理吧，你让常总去办，他也很难做的。给谁？不给谁？

这件事当时他并没有想清楚，如果他稍微聪明一点，还不如先答应下来，也许都不会是这样的结果。如果知道会是这个结果，他宁肯先把钱给了张毛妹家属。

但他太想保住公司了，他太不想认输了，以前他就经历过一次毛巾厂的山穷水尽，他太不想重复那样的结局了。他甚至觉得人生难得一回搏，搏一回说不定就搏出来了。

他是那么的希望保住公司，保住他最后一块阵地。他还有很多的设想很多的计划没有实现，要搞技术培训，要搞岗位竞赛，要办文化夜校，要组织文艺演出。甚至，他还想过，要亲自主持一次公司的集体婚礼。当然，他还要把袁敏接来，把嘟嘟接来，在深圳安一个家，然后自己去读一个MBA……

他把自己关在办公室里。他知道公司的文员一个一个跟小偷似的进来，又跟骗子似的溜出去，他实在没有脸面再去见工人。一切都在心照不宣中进行，每个人都答应要守着秘密，尽管谁都清楚，这不过是小孩子玩过家家的把戏。

他觉得自己真是很冤，这样想方设法想组织生产，不就是为了员工拿到工资吗？这样千方百计想保住公司，不就是为了陈太的名誉吗？可这一切似乎都是在表演独舞，表演到最后一个观众等着锁门的时候还在舞。工人不领情，老板居然也不领情。这样想想，好像自己是为了证明什么才去表演的。他是个合格的工会主席才会对工人苦口婆心的，他是个合格的经理人才苦苦硬撑局面的。他所做的都是在证明他还在做，做就是一切，又好像是为了做才去证明的。可这样的证明又是给谁看的？谁要看？一条丧家的狗，找不到主子才会到处撒尿留下记号。

中午，马明阳突然打来电话，劈头就问，想不想听一句忠告？

显然，马明阳已经清楚公司的情况。他答，想看我笑话？

你那样想就没劲了，马明阳说，对宝岛我还是有感情的，陈太在我最困难的时候帮过我。而且，我还曾经想做她的生意。

说说看。

马明阳说，拿上你的钱，赶紧走人。当然，如果你愿意，我们还可以做一笔交易。

什么交易？

把公司的人转给我，或者把花名册卖给我。

想让我当人贩子？当逃兵？他冷笑，牙花都在打架了。

你这样想？那只能证明你长着……

长着什么？

猪脑子。马明阳飞快地说，也许你认为陈太还会回来？

为什么不回来？你凭什么这么说？

凭我对人的认识。没什么道理。你爱信不信。

其实这才是常来临最关心的。如果陈太回来，他还有什么不踏实的？如果她不回来，他还有什么理由坚守到底？

他说，你说说看。

陈太是个挺不错的人，重感情，她不会亏待人的。

你这话是什么意思？刚才还说她不会回来。

我问你，她走之前有没有给过你一笔钱？

常来临怔了一下，说是有一笔钱，但那是让我处理公司事务的。办了各种事情，钱也差不多了。

马明阳冷笑道，这就对了！她不会亏待人的。你自己没悟性，就怨不着别人了。

什么意思？你是什么意思？

我的意思很明白，她不会亏待别人，更不会亏待自己。她是个生意人。

你是说，她走的时候就没打算回来？你凭什么这样说？

凭我对老板的了解。我问你，是不是30万？

他说，是一张卡，里边是有30万，可那是公司的钱！

那也是给你的钱。她给你了，你不要，那是你自己的事，怨不了谁。也许台湾人的了结方式就是这样，我不清楚。当初我离开公司的时候她也给过这个数，那时她手头宽裕，我退给她100多万呢。我早就说过，马仔就是马仔，到什么时候都别忘了自己是马仔。你到深圳干吗来了？

这才觉着五雷轰顶，四肢冰凉。

好自为之吧，老兄！那句话是怎么说来着？高尚是高尚者的墓志铭？很多时候，你得服从命运。命运……他忽然有些悲观，声音低下去，再也听不清了。

马明阳是个百分之百的坏蛋，这没有问题。然而坏蛋也能说出百分之百的真相，有时候。反过来想，如果当初自己真是拿了钱一走了之，谁又能把他怎么样？可那样他又不叫常来临了。

他发疯似的冲进陈太的办公室。办公室迎面就是一面巨大的穿衣镜，这是她的习惯，也许就是一种安排，所有的人进门时都要看清楚自己是谁。现在，他在这面镜子里终于看清了自己。

这是一张奇怪的脸，脸上有两张面孔，有两副表情，就像是一个双面绣。这样的情形以前就出现过，现在又来纠缠他了。一张脸对着工人，说我也是打工的，说我也跟你们一样，没拿到工资，我是真心帮你们讲话的。你们选我当工会主席，还能不信任我吗？一张脸对着老板，说我已经竭尽全力了，我快顶不住了，我是真的把公司当成自己的事业呀，你怎么能这样对我？连电话都不回？这种纠缠以前在彩练毛巾厂就让他很痛苦，现在又来了。他就像川剧艺术的表演者，脸在不停地变，人还是一个。在工人面前他代表资方，气宇轩昂能说会道十分理智。可一扭脖子他又代表了劳方，天真幼稚简单好哄只会跳脚。两张面孔让他品尝到了那个著名王子的痛苦，既想做事，又想做人，既要体面，又要实惠。这很艰难，又很变态，就好像一个同性恋者总是决定不了自己的角色，一个二尾子进城不知该上哪个洗手间。

他竟然一次又一次地发过短信，希望奇迹还可以出现。这种感觉简直糟透了，滑稽透了，自己就像那个即将暴露的地下谍报员，沉着冷静地发射永不消逝的电波，陈太陈太，我是阿临！

陈太陈太，我是阿临！

现在，他已经不需要回电了。三天了，该发生的都会发生，不该发生的也已经发生。他是个当过营长的人，现在终于明白自己该干点什么了。

他回到办公室，给家里拨了电话，他说，你们不用来了，我很快就回去了。真的。

袁敏说你开什么玩笑？我东西都准备好了，车票都买了。

他说能退就退了吧，反正你们不用来了。

出什么事了？阿临你出什么事了？袁敏在叫，我假都请过了呀，你让我怎么办？

紧跟着是嘟嘟的哭叫，爸爸骗人！爸爸是大坏蛋！

本来他还想说，没出什么大事，没什么了不起的事。请过假也可以销假，实在不行就回老家去，我们去种地！可是嘟嘟的哭声让他说不下去，他只好把电话慢慢放回去。

是，他是骗人，他是大坏蛋，他答应过嘟嘟，要去欢乐谷玩，要去世界之窗玩，要买好多好多公仔，怎么能说话不算话呢？可是那个骗人的人不是爸爸，那个人是常来临，那个叫常来临的人才是大坏蛋。

出去之前他还洗了一把脸，甚至没忘记整一整衣领。衣领下有一根白线耷拉下来，他拽了几下没拽掉，就用牙去咬，他听到一声微弱的脆响，紧跟着鼻子就一酸。这一刻他确认自己是没出息地在流泪，那是一种突然冒出来的酸楚，很快就被冷水稀释了。

现在那个叫常来临的人再次站到了工人面前。他在想，也许他这样的人根本不应到深圳来，根本不适合做企业，根本不应该转业。他这种性格只适合当兵，军歌嘹亮，勇往直前，义无反顾，那才是他喜欢的生活。那样的生活尽管有点夸张，可脑子不累，身心自在灵魂放松，敢哭敢笑痛痛快快。可这算什么？窝窝囊囊，癞蛤蟆粘在脚背上，打又打不得甩又甩不掉。

有人问，常书记，你现在还怎么说？你还有什么话可说？

他大口地吸气，拼命地深呼吸，告诉自己要镇定，镇定。他太需要自己平静下来，这种平静，也是一种勇敢。

他说，是，我无话可说。我骗了你们。但我不是故意的。

又来骗人！又是鬼话！谁还信你？

从前他最崇拜的一个人是他们师的副参谋长，一个用单臂打篮球的人。有一次是雨天，这位副参谋长在教导队饭堂里给大家上榴弹课，刚旋开后盖引信就自己掉下来了。老兵都清楚，从拉开引信到榴弹爆炸只有几秒钟，于是他清晰地发出口令：全体，就地卧倒！然后他一个后滚翻，钻到了饭桌下，把榴弹从右手换到左手，然后再把左手举到了饭桌上。几秒钟，准确无误地完成这一系列动作，需要何等的冷静。榴弹爆炸了，他失去了左臂，成为一个单臂的投篮手。那时他整天都在操场上练习投篮，大家跟他打球时，都有意无意把球传给他，都知道他即将转业，再也不是军人了。谁也没有说破，可谁也都清楚，眼前这个人才是一个真正的军人，一个泰山崩于前而色不变的当代勇士。

现在，也轮到他要经历这样的时刻。既然一定要爆炸，那就一定要让它炸得轰轰烈烈。

他眼角又有点湿润，视线有点模糊，可还是慢慢地，像步枪点射那样地说，现在，你们到大街上去吧，到马路上去堵车吧。你们把市长搞来，你们把省长搞来，搞来你们就能拿到工资了！

常来临被拘留审查。

罪名当然很奇怪，他涉嫌诈骗，并且组织煽动工人罢工，破坏交通。被带走的那一刻，他回头瞧瞧厂房，他真的很平静，居然嘿嘿笑了。忽然就想到，万花筒中的一粒纸屑能有什么作为？能改变什么？无论你是什么色彩什么形状，都是渺小的无足轻重的。甚至你都不知道你自己是谁，站在什么位置。就是知道了又能怎么样？

唯一能做的，就是跟上，快速跟上，参加到那些奇形怪状的无比绚烂的组合中间去。

58

在柳叶叶看来这次罢工最蹊跷的地方出在第三天。这天不知怎么写字楼的文员和主管经理全都撤了，把2000多工人抛在了空地里。到晚上才传出来，是幸福总公司出钱，补发了他们的工资，然后他们就胜利大逃亡了。

一个人被欺骗被捉弄的极限是多少次？三次五次？十次八次？这消息就像冷水浇在了滚油里，公司的不锈钢栅栏只是抖了一下就卷成了麻花。

那个常书记最是奇怪，刚刚还在解释劝说，让大家不要激动，说问题总是可以解决，解决问题要一步一步来。看到大家乱了，忽然就180度大转弯，站在那边喊，好吧，你们闹吧，你们闹得越大越好！你们上街吧，你们堵车吧，你们把市长搞来，你们把省长搞来，你们把他们搞来就有钱发了！

然而他的声音已经非常弱小，小到任何人都不想再听。他只是趔趄了一下，就被人流冲到一边。这股潮水冲上了大街，然后只是稍作停顿，然后就直奔公路，把公路堵了个结结实实。那些来不及冲过去的汽车，一个个死了亲娘似的仰天长嚎，眨眼工夫这条长龙就瘫了。

被拘留的那一刻，柳叶叶突然想到了那句著名的诗：人人都可以当太阳。她笑了一下，看见眼前有白光一闪，她觉得自己终于也当了一回太阳。这个太阳里有黑洞,黑洞里有强大的吸引力,只是一瞬间,就把她彻底吞没了,融化在一片炫目的黑暗中。

再醒过来已经是第四天,有人告诉她,她已经睡了三天三夜,什么也不晓得,死猪一样。她们说笑,啥子叫幸福?这就是。

然后有人在外面叫,柳叶叶,出来。她就出来了。

你叫柳叶叶?有个警察问。屋里还有几个警察在聊天,好像很轻松的样子。

她没吭声。心想这就是审问吧?

签个字,你可以走了。

柳叶叶有一点发懵,我到哪里去?

爱到哪就到哪。不认识路可以买一份深圳地图。

还没有审问呢。她小声说。

傻子我见过,还没见过这么傻的。然后他们就都笑起来。接着又有几个人被带进来签字。一个年纪大的说,你们都没事了,愿意打工就打工,不愿打工就回家。听清楚了没有?

大家互相看看,不吭声。

有一个嘀咕道,不给工资我怎么回家?

那个人这才说,放心吧,你们回幸福村就给你们结账。这次是政府买单,一分钱都不会欠你们的。

回到幸福村才晓得,这次真是政府出了大血,不但工资加班费照发,愿意回家的还出了车票。给毛妹的赔偿也一点不含糊,386177元,连零头都算清楚。他们说还是欠得多好啊,欠几百万的把老板抓回来,欠几千万的把村长抓出来,欠几千万上亿的就要把区长抓过来。

舅舅舅妈他们已经回去了,捧着毛妹的骨灰回的。听说临走还给领导磕了头,说了一千个一万个感谢,感谢领导发了善心,说是做梦都没有见过这么多钱。他们哭哭啼啼地磕过头就回了,也是心满意足地回了，大明大发三婶婶也都很心满意足了。

柳叶叶本来也想回的，她也好想家，想妈妈。可是听到这些话，心里就一阵一阵地痛，她又不想回了。回家又能怎么样？不还是面朝黄土背朝天，一个苦字分两边？说不定自己到了舅舅舅妈那个岁数，也是见到领导就磕头的。想着这些糟心事，猛然就记起，毛妹当初离家时扔的那块大山石，她相信那块石头肯定还在毛妹家门口躺着。毛妹发狠说，这块石头变成粉粉了我就回！现在石头没化成灰，毛妹却化成了灰。

化成灰的毛妹终于回家了。

回？还是不回？不晓得，不晓得，不晓得。

傻子在哪里不是傻？在哪里活不是一辈子？给哪个骗不叫骗？给哪个剥削不是剥削？

她拖到箱子在幸福村转了一个下午。幸福村的本地人都住在海边，大大的一个回字形别墅区，跟工厂区隔得很远。这个海不像海，全是滩涂，臭得很。只是有几块礁石还伫立着，好像就有了海的味道。有几只小船，几片白云，还有几个老人。

她有些累了，实在是累了，就爬到礁石上坐着，一坐就坐到天黑。她似乎是在想，其实什么也没有想。

从礁石上下来，看见一个老人抱着一个孩子，有点惊恐地望着自己。此地的老人都很和善，她就笑了一下。那个老人没有笑，却是低低地咕噜一声，好像说了一句什么话，她听不懂。走出了很远，回头还看见老人在注视着她，这才有点明白，老人以为她是想自杀。可是这样的海，就是跳下去也死不了啊。

路边的商店里，电视机里两个漂亮主持人正在对话，她们在讨论女人，女人究竟想要什么？几个打工妹正托着下巴入神地看。一个主持人说，有一年她看见别人背着的一种皮包她特别想要，她就到商店里去看，一看心都碎了，回家上楼都没力气了，那个包需要她当时全年不吃不喝的全部工资。结果当天晚上就失眠了，怎么都睡不着。另一个主持人便对观众说，这就是女人，女人想要一样东西真的是睡不着。她诡秘地说，我也有过这个体会。于是就有观众鼓掌了。几个打工妹模样的人却没有，她们互相望望，有些惘然，好像在问，你会吗？你是女人吗？

柳叶叶这时反倒笑了，她也问自己，你会吗？你是女人吗？

如果你也算是个女人，那么，你到底想要什么？你想怎么样？现在她有些糊涂了。想要一头绚烂的长发和魔鬼的身材？整天嗲兮兮地扭来扭去，像电视机里那些人一样？想要一幢海边的别墅，上面爬满青藤，你坐在摇椅上像电影里一样？想要一个英雄做心上人？他整天像雄狮一样为正义而战，你跟着他在历尽人间苦难中品尝甜蜜爱情？像小说里写的一样？……也许天下女人想要的都差不多？只是程度不同罢了？经历了那么多事，你现在可以肯定，这些东西你不想要，美丽、浪漫和激情，这三样都不属于你这样的人的。现在你需要一份工作，一个稳定的职业，一只过得去的饭碗。也许你还想要，按时拿到工资，每年都能回一次家。你在车站买的不是假票，你看到的微笑不是装出来的，听到的承诺不是骗人的。为什么你想要的东西这样渺小？也许你已经坐过了一回班房，已经懂得了心痛的宝贵？现在你只要一颗心。一颗属于自己的心，一颗会痛的心，也许它很平常很弱小，但它的跳动是听得见的，流出的血是红彤彤的，发出的声音是实实在在的，像天底下所有真实的生命一样。也许你还需要忘记，需要时间。而时间最公平，对任何人都不偏袒，它从每一个眼角嘴角额头，那些弯弯曲曲的小道上爬过来，总有一天像苔藓一样把不愉快的事情遮住，一点一点越长越厚，最后什么都看不见。

那样多好。

第十五章

59

柳叶叶站在春天劳动争议服务社的门外,看着玻璃门里面的比划争吵看了有一段时间,才看到了瘸子唐源。她推门进去,说,你好。

唐源说你好,然后就怔了一下,说你出来啦?

她说,我是想问一下,你这里要不要人帮忙做事?工钱少一点也行,够吃饭就行。

唐源把脸红了一阵说,毛妹的事我也很难过,她太心急了,她信不过我啊。

柳叶叶说,我不想再谈毛妹的事。我是问你们要不要雇工做事?我是大专生,快拿到文凭了,我能做点事的。

唐源说,这我知道。你不要那样看着我。

柳叶叶就转了一下身体,说我怎么看你了?我是诚心诚意来打工的。

唐源这才笑了一下,说我都忙成八爪鱼了,一下反应不过来。你的动机……我们这里有大学生志愿者,你们可以先聊聊天,晚上再谈行不行?

其实柳叶叶的动机好简单,找个地方落脚。但她又不想进工厂找工,就在外头瞎逛,这时看见了春天劳动服务社的牌子。也许就是在那一瞬间,她的动机就变得明确而且坚定。她要成为一个社会工作者,哪怕是义务的。这个动机像一棵大树,一下子就在心里长得蓬蓬勃勃，繁茂的枝叶伸展到手指尖。

这个屋子是唐源租下的，两层，楼上打地铺，住了二十几个人，有工作人员，也有打官司临时借宿的。楼下是办公室，倒也像模像样。晚饭是集体吃的，肉末炒咸菜，青菜鸡蛋汤，米饭是用一只大电饭锅煮的，随便吃。唐源见她还没走，端个碗就瘸过来了。

真的想做啊？

我跟你开啥子玩笑哦？我是找工。

唐源就笑了，你不要小瞧了这一行，我要想挣钱，一年20万轻轻松松。现在帮他们讨工钱，收30％的律师费，大把人愿意，只是我不想挣这个钱。

我没有小瞧哪一个，我也不是为挣钱来找你的。

唐源噎了一下，想想说，那我就不再讲什么了，你做起来看。你也不用给我打工，我雇不起你。现在手头上就有一个大学老师的调研课题，有3000元的课题费，你做就全归你。

怎么做？

找一家典型的贴牌加工厂，写出工厂的详细用工制度报告，其中要有与管理层的沟通，还要改善工人的劳动状况。算是个艰巨任务，要吃苦的哦？

我做。她说，我生就是个苦人，吃苦是本分。

楼上有一间女生宿舍，有两个大学生志愿者小秦和小徐。她们晚上谈到了毛妹，两个人都说知道这件事，说唐源一听到出事了就扇了自己一个耳光，把她们都吓死了。

柳叶叶说，这件事和他没有关系。

小秦说，毕竟是她的委托人，他自责也是真的。

这话让柳叶叶心里动了一下。她的心肠已经很硬，已经没有什么东西能够触动她了。

可是睡觉时还是不舒服，唐源不知在哪找了一床被，一股子刺鼻的怪味，是脑油味，这是一种男人身上特有的气味。明白了就更加不舒服，她把被子横过来盖，还是躲不开。实在没办法就和小秦挤到了一起。

小秦笑了，对柳叶叶说，这个唐源确实是个男人，是个人物。时间长了你就知道了。

第二天，她就成了王幺姐，拿了个假身份证，来到深圳龙岗大发玩具厂应聘普工。化名当然是为了保护自己，但头一回当特务，还是很紧张。

这个王幺姐特意化装了一下，穿上蓝碎花布盘扣的村姑衣服，唐源不知从哪个垃圾箱拣来的脏衣服被她扔掉了，那个太过分了。但头发还是弄了一下，一副风尘仆仆失魂落魄的样子。

招工是在门卫室进行的，她故意装出没见过世面的样子，说完话不抬头，眼睛两面望，其实代招工的门卫根本没有注意过她。门卫不耐烦地说了几条：每天工作十二小时，三个月后才能辞工，计件工作制，包吃不包住。柳叶叶问计件多少钱一个工。门卫说不知道，一问，其他工人也不知道。

当天晚上她就住进了厂里宿舍，一间宿舍可睡14人，现在只睡了她们五个，看样子是招不到工人。

第二天，七点一刻，保安给了她一张工卡，让她打卡，然后领到一个主管那儿，主管把她交给组长，组长把她送进了一间200人的车间，给了她一个凳子。就这样，未经任何培训，也没有人跟她说过三句以上的话她就上班了，工作是剪掉玩具公仔小衣服上的线头。奇怪的是，车间里的唯一劳动工具剪刀要工人自带，厂里也提供，但要你花五元钱来买。

除了剪刀，还有一个辅助工具是一根粗铁棒，也不知是以前哪个工人绑在那儿的，是为了翻玩具的衣服的。铁棒被各种布条密密麻麻绑在椅子上。空气中飘着的绒毛直往鼻孔里钻，只有对面的一个女工戴着口罩。柳叶叶问，口罩向谁领？她说去主管那里。柳叶叶找到主管，主管说，要口罩啊，你是要口罩啊？自己去外面买。

车间在二楼，办公人员与经理室在五楼，二楼上三楼的口子上站着一个保安，工人是没有办法上五楼的。观察到这一点，也就明白了今后的难度。

第一天，柳叶叶做了12个小时，修理了500件衣服，感觉时间飞快，很有一点成就感。可老工人告诉她，做这么一点，西北风你都喝不饱。

晚上十点十五分，下班了，所有200个女工冲进六个冲凉小间，因为只有冲进厕所隔间打水才能冲凉，所有的地方都是满的，动作快得像一阵风。女工们冲完凉，洗衣服，做完这一切，已是12点了。

第一天柳叶叶怎么都睡不着，一直在考虑怎么才能尽快搞到这个厂的全部情况，到一两点才迷糊过去。第二天七点醒来，宿舍里只剩她一个人了，7点20打卡，没有吃上早餐。到了中午头上冷汗直冒，同宿舍的小冰悄悄塞给她一颗糖，有了这颗糖，柳叶叶觉得心神才定了下来。几天以后她就发现不吃早餐是根本顶不住的，坐在对面的一个小伙子，因为早上起不来，饿得浑身发抖，从凳子上直接翻了过去。一周后，她已经和其他工人一样，不仅吃早饭，还要补充夜宵。就在厂门口污水横流的小摊上，用潲水油加几片烂菜叶炒的米粉，或者肥肉串。否则第二天根本没有力气做活。

做下来没几天，先是手关节痛，第四天开始，发现腿肿了起来，用手指一压就是一个深深的凹洞，再也弹不起来。第五天开始，肿胀蔓延到脚背上，抬腿上楼都困难，上二楼是挪上去的，上厕所蹲不下来，10天后才逐渐消下去。这让她觉得很奇怪，以前宝岛电子的流水线也很紧张，为什么没有这种情况？后来才明白是做计件，注意力都在抢活上，下半身完全被压迫了。她注意到车间里还有一位挺着大肚子的孕妇，脚背肿得发亮了，每天比哪个都干得多。她很想接近这个人，但始终没有得到机会。

原以为打进工厂后就可以四处走走，多找人了解情况，没想到被套牢在每天12小时的案板上，成了奴隶。在车间，不可以接电话，不可以打电话，甚至不可以多喝水，上厕所不限制。但放水杯的地方就在男女厕所的隔墙上，一边喝水一边闻到恶臭，她们说这叫拉臭喝香，这一点倒是比宝岛电子差远了。

很快，柳叶叶成了受工人们欢迎的人物，因为只有她，敢在车间里边干活边说话，敢跟大家出一些脑筋急转弯，逗人发笑。冬瓜、南瓜、西瓜、黄瓜都能吃，什么瓜不能吃？什么动物你打死它却流出了自己的血？同宿舍里有个女孩叫梅花，她和小冰成了她的铁杆朋友。渐渐地身边有了些出谋划策的工人，大多是小姐妹，连小组长和主管都开始让她几分。有一个大姐就说她，肯定是一个阔太太，在豪宅里住烦了，跑到工厂里打发时间玩。

这个发现让她十分惊讶，同样是打工，为什么她能和别人不一样？就是因为她是带着任务来的，并没有把这份工看得多重要。这样她在精神上就可以不受约束，她想怎么样就怎么样，这一点以前在宝岛电子是根本不可能体会的，哪怕是当拉长，你的腰是弯着的。腰弯了，还活得不矮吗？

她发现，每天工作12个小时根本没有必要，其实有时没有那么多活要做。是老板故意让工人呆这么长时间，不让工人到外头去，免得他们得到不良信息，跳槽到好一点的厂子去。这个厂工人流动性很大，许多工人在宿舍住一两个晚上就不见了。但也有几十个人是干了五六年的，因为这些人从来没有时间到外面的世界看看。无论是工人与管理人员都没有星期天，半个月才能休息一天。

柳叶叶问小冰，如果每天工作8小时，每月工资500元；每天工作10小时，每月工资700元；每天工作12小时，每月工资900元，你选哪个？小冰想都不想就选8小时。为什么？有时间可以干别的，比如兼职什么的。

每天上班听到最多的话就是好累啊，好烦啊，烦死了。有一天梅花感冒，嗓子疼，她突然冒出一句，我不想做人了，做人好累啊。对面的男生阿胜就说，做猪最好，每天有人喂，最幸福。别人都笑了，梅花觉得一点都不好笑，一脸认真地说，哎，我就是想做猪。

有的工人，情绪会通过奇怪的方式发泄。比如一位大姐，柳叶叶每次和她开玩笑，她都会报复，拍柳叶叶或者捅柳叶叶一下，但那种用力，痛得她冷气直抽。仿佛她是在释放一种心理，有一种怨恨在里头。

其实工人们都是软弱的，头脑也相当简单。其实自己以前也是简单的，只是换一种身份就不简单了。人就是这样奇怪，换一个位置看事情，就会带来完全不同的看法。她带来一种劳动法扑克牌，用扑克牌给工人分析工厂的不合理，大部分人都很惊恐，说老板已经不错了，有得睡有得吃还有工资拿，你还想怎么样？他们明显地害怕组长，不敢和主管讲话。有个人叫贺庆，听不清主管的吩咐就不敢问第二遍。那个怀孕的女工，七个月了，主管同意她一个人可以晚上八点下班，结果，每天下班她都要涨红了脸等主管过来打过招呼才敢走，主管如果有事和别人说话，她就在旁边一直等。问她，她就说王幺姐，我好烦啊，想对主管说一下到时间就走。柳叶叶说那就去讲嘛，怕啥子？但她想了四五天，最后还是不敢去说。

唯一的一个敢说的是仓库管理员老王，但他也不敢经常来跟柳叶叶谈话，怕主管多心。

柳叶叶这次进厂，是要通过和老板沟通达到和平改善工人环境与劳动条件的目的。按那个老师的说法，是探讨血汗工厂善政的可能性。所以做过一个月,她就想尽快找老板谈谈,让他明白善待员工不吃亏,其实是个双赢的事。在请示唐源之后,她就着手准备。

这天中午,看见老板正好在车间后面的宿舍楼上,她放下活就冲了出去。在她之前,全厂是没有人敢跟老板主动搭话的,这个动作搞得车间全体起立,对她行注目礼。

先向老板打招呼,您好,您是这个厂的老板吧?我姓王,我是三楼手工部的。说着展示了一下工牌。我来这里工作30多天了,有些想法想跟您探讨探讨,不知您有没有兴趣?

老板是当地人,他打量了一下柳叶叶,说说看。

于是她就谈了自己的打工感受。

你有学历吗?

大专。

你是学什么的?

中文。

这时下班时间到了,老板说,你要打卡了。

她只得离开,走时,老板让她写一个书面的建议。就这么几分钟不到,消息就传开了,主管、组长都问她,你和老板说了什么?大家都说,这个王幺姐,胆子真大。

第二次碰上老板,柳叶叶与老板在楼前谈了40分钟。偶然一抬头,发现二楼到五楼所有的工人都跑到窗前走廊上,鸦雀无声看着他们两个。她突然意识到,自己已经把工人最脆弱的那根神经捉住了,拨响了。哪个也不傻,都晓得这些姿态意味着什么。后来工人们说从来没有过这么热闹的中午,从来没有工人这么和老板说过话。

其实柳叶叶也只是想了解厂里基本情况,让老板说了他的经营之道。老板也发了一通牢骚,大骂各级官员腐败,别的工厂不守规矩,冲击他的市场等等。有两个胆大的工人走过来客气地提到了工价不公开，还有加班费的问题，老板辩解说，工价一公开，会被其他工厂知道，工人就要打架啦，不稳定啦。

柳叶叶给老板留了电话，信箱。向老板索要时，老板没有给，说是会发邮件告诉她的。但从此便再没有消息。过了些日子，见老板没有改善管理的意思，她决定提出辞工。

辞工也是和唐源商量好的，目的是要向工人们展示维权的全过程。因此柳叶叶在辞工前就广泛打了招呼，也在她的姐妹小组里征求意见，让大家都来参与，同时可以通过这样一个活生生的过程，让大家明白劳动法常识。

最奇怪的是，工人们都不相信这个王幺姐能领到辞工工资。小冰说，我都懒得跟你讲了，你要是能辞了工还拿到工钱，我请你去新源酒店大吃一顿。

大家对她的举动没有信心也没有耐心，小冰和梅花说王幺姐这个人性格太犟，认死理，不好说话。还说心肠硬的人会克夫。她们认为，老板对你够客气了，已经是奇迹了。应该满足了。再搞就过头了。

辞工书交上去后，车间里发生了有趣的变化。一天上午，车间经理婆盯着柳叶叶看了一会，小冰赶紧把头埋下去干活，不敢讲话，也不敢多看一眼，还觉得不自在，就躲进了厕所。而梅花正好相反，原本打算去厕所的，以为被经理婆盯住了就没敢去。小冰和梅花都怪她把经理婆的目光引过来了，梅花说以前经理婆从来没有注意过这个角落，小冰说她恨不得到别处找个空位子搬过去坐，离她远点免得沾光挨盯。还说王幺姐是个头号危险人物。

柳叶叶在辞工单上写的话都给大家看过，是明确写上了不适应每天12小时的工作。人事主管说，不是告诉你要每天工作12小时嘛，要做满三个月的嘛，讲在先的嘛。人事主管说这句话要划掉，并且告诉她从来没有批准过不做满三个月就辞工的，只能算自动离职。

柳叶叶坚持说，这是你们自己定的规则，不符合劳动法。

人事主管说，你把劳动法拿来给我看看？

柳叶叶回答，劳动法是国家颁布的法律，你早就应该知道，我没有义务向你提供。

主管一下子就呆掉了，两只眼球差点弹出来。

柳叶叶不跟他吵，就是坚持，临走还跟主管开了个玩笑：你晓得五一节是怎么来的吗？最后，厂方终于同意她以辞工方式离开，而不是自离。她算了一下，在厂里一共工作了420小时，工厂每月只准休息两天，共领工资454元，每小时工值一元零八分，远远低于深圳公布的最低月工资标准。

她在收拾东西的时候，仓库的老王来了，悄悄说，你是这个厂有史以来第三个未满三个月辞工被批准，并且领到了工资的人。前面两个人都是男人，是动用黑社会才要到的，你是第一个和平胜利的女工。

然而他们都没想到，王幺姐并不满足。王幺姐通知厂方，决定申请劳动仲裁，要求按特区内最低工资850元结算。最后工厂居然也同意了。同时她递交了自己写的工厂整改建议书，请人事主管转交老板。

这件事全厂工人都知道以后，第一次觉得老天开眼了，劳动法还是有用的。紧跟着在她走后就发生了一件更大的事，在仓库管理员的努力下，全厂的拉长、板房长与办公室人员（几乎全体中层管理层）写了一封联名信要求老板：1. 工厂每周星期日休息；2. 加班要给加班费（这个厂的文员拿固定工资，加班从不给加班费）。几天之后，这个厂经理、老板的妹妹把所有文员与管理人员召集起来，正式同意他们的要求，但仅仅限于签名的人。又出现了宝岛电子当初的情况。这一下，工人们不干了，先是一个最团结的车间100人集体罢工，然后全厂500人罢工。老板一开始很跳脚，说宁愿1000多万不要了也不屈服。三天后，老板说给每人加100元工资。就这个条件，否则完全按劳动法来，从此不再加班了。一听这个话，大部分工人慌了，他们大部分是中青年妇女，没多少文化，怕老板不加班，自己每个月只能拿700元，比加班收入少。其实稍有眼力的人都知道，老板的企业是不可能不加班的。结果工人出现了分化，大部分工人三天后同意老板意见复了工，一部分工人坚持罢工了五天。这部分20多名工人最后被迫离开工厂。走的都是最有才能与维权意识的年轻人，其中包括小冰。

因为在罢工前，春天劳动争议服务社正式向劳动部门反映了该厂的不合理，和柳叶叶写的整改建议书，并且提出过罢工预警，才使得罢工发生后，劳动部门迅速介入调停，事态没有恶化。

60

这期间，唐源过得很郁闷，可以说处处碰壁，一点都不开心。柳叶叶回到服务社那几天，唐源天天都在屋子里来回走，目含凶光，头上长角，嘴巴里不干不净，一瘸一瘸没完没了，就差没有扇自己耳光。

他的外来工协会已经被正式告知，现在不可以成立，将来也不知道什么时候可以。也就是说，如果还不死心，这个协会只有永远筹备下去。

柳叶叶说，地板砖都翘起来了，楼都在晃。

唐源有点尴尬，说我这个人运气太差，什么事都做不成，不像你做一件是一件。我呢，煮熟的鸭子会飞，喝凉水塞牙，放屁都砸脚后跟！

柳叶叶就笑，莫不是怪我把你的好运气抢跑了？

唐源又说不是。

柳叶叶说，现在到处都在成立工会，连麦当劳都有工会了，公共汽车上还刷了热线电话，哪里会批准啥子外来工协会？

唐源就凶起来，他们那个也叫工会？你们那个常来临不就是工会主席吗？他在帮哪个讲话？

柳叶叶脸一黑说，啥子叫你们？你不要提常来临。

提他怕什么？唐源有点吃惊。

请你不要提这个名字。

唐源偏过头，盯住她瞧了一会儿，看她脸色阴沉，才咽咽吐沫不吭了。

其实上头不批准，也不是个啥子新鲜事。当初唐源以工商注册的方式代理公民事务，就是一个律师给他出的主意。搞起了劳动争议服务社，接手的案子多了，影响大了，自然就团结了一批外来工。只是现在类似的机构多起来，几家联合搞协会的想法才又死灰复燃。当然，这个协会是一个属于未来的协会，始终在筹备中，还将永远筹备下去。

缓了一下，柳叶叶扫了唐源一眼，说，其实做事不一定非要有个名头的，关键是有没有那颗心。

那你说说，我安的是什么心？

好心，行了吧？这一回柳叶叶笑得很灿烂。搞得唐源也抓抓头皮，跟着一起笑起来。

原来这一次不是为协会的事。新《劳动法》实行以后，唐源以为机会大门已经打开，服务社很是做了几件大事，影响不小，搞了网络知识竞赛，搞了劳动法讲座，搞了卡拉OK大赛，请工人自己当评委，自然越办越红火，他就有点忘乎所以。头几天，大学生志愿者小秦和小徐不断接到骚扰电话，让她们赶快离开服务社回学校去，否则后果自负。对方不留地址姓名，也不留联系方式，但是申明这是"正式通知"。唐源向派出所报了案，又打听了很多单位，答复都是不清楚。紧跟着，他们的邮箱传来一份莫名其妙的文件：深圳市公安、司法、劳动、地税、工商、城管、工会等八个部门联手，打击"黑律师"。被列为黑律师的，就是活跃在当地的公民代理、打工者中心、和劳动争议服务社。唐源的春天社也被列为"黑律师窝点"。

唐源问，你看我黑不黑？

柳叶叶反问，你觉得自己黑吗？

说话要凭良心！唐源的脖子肿起来，涨得比脸还粗一些，他吼叫的时候声音都劈碎了。他说做这一行的，确实良莠不齐，有收了钱不办事的，有开夫妻店的，有兄弟帮的，但我没收过一分黑心钱！你也看见过的，都是官司打完了，当事人来付钱，而且比正规律师少一半。你没长眼睛啊？

柳叶叶说，那你激动个啥子哎？真金不怕火炼，他说你黑你就黑啊？到目前为止，有没有哪个机关来执法？只是叫你自行撤消，而且打电话的是哪个？有没有执法权？为什么连姓名地址都不留？柳叶叶现在也凶得很，说话打机枪一样。

客观一点说，这种站在法律空白地带，为外来工奔走呐喊的声音，的确不和谐，也一直让政府部门头疼。但是这几年间，劳工NGO和公民代理作为珠三角地区的民间力量，已经有了深厚的群众基础和生存空间。对政府来说，当然希望把劳资冲突控制在内部可以消化的范围，不要搞到社会上去。对某些部门来说，工伤索赔案、欠薪讨薪案、还有其他维权案，本身就是一个巨大的司法市场，你抢了人家的饭碗，还想安生吗？

唐源问，那你讲怎么办？

柳叶叶说，我要是你，我就欢迎执法。是黑是白，一查就清楚。真金不怕火炼。

唐源想想，说，看不出来，你比我道行还深。

柳叶叶反问道，你坐过班房没有嘛？然后她就笑了，笑到荡气回肠。

她好像看见看守所的玻璃屋顶突然熔化了，铁栅栏一根一根弯了，软了，然后她就从里面飞出来。她肋下长出翅膀，一扇一扇就飞向蓝天。这种翅膀不是羽毛的，有点像电影里的太空服，银灰色的，闪闪发亮……这些天来的经历，让她突然有了一种自信，一种从来不曾体验过的清醒。这就好像从八卦炉里跳出来的孙悟空，眼睛熬红了，流出来的就不再是眼泪，而是澄明如水的月光一样的沉静。

有意思的是，人的心定了，所有的外部环境好像也都变了。不到一个月，这种对立紧张的空气就开始松动。先是回到广州的小秦小徐打来电话，说她们已经写出了完整的考察报告，而且走访了有关的领导机关。她们以自己的亲身经验发问：春天劳动争议服务社每周两次去医院做工伤探访，每周两次去工厂宣传《劳动法》、和工人谈心，请问深圳有多少这样的黑律师？这样的黑律师是多了还是少了？广东省总工会一个副主席明确表示，不能把"公民代理人"这一职业维权群体等同于黑律师、土律师，他们是外来工的一部分，一味打压不是办法。与其把他们推向对立面，不如通过一定程序把他们收编起来，留在工会部门。紧跟着报纸也登出消息，深圳总工会有关人士在接受记者采访时承认：前段整顿黑律师行动，"是受到了误导，总工会并没有参加实质性的打击"。

又过了些日子，唐源接到电话，深圳市总工会邀请唐源等16个公民代理，于深圳西乡大南湘酒楼召开座谈会。会议的主题是，工会想了解民间维权者的个人情况和维权技巧。深圳市总工会负责人评价民间维权人士，做了很多政府应该做的事，推动了政府的工作。深圳在维护劳动者权益方面，在法制建设方面正在一步一步地完善，深圳的公民代理是起了一定推动作用的。现在深圳市总工会拟在各街道成立工会维权服务中心，计划把"这帮人"纳入，初定60人的名额，让他们作为律师助理进行维权工作。并提醒"这帮人"，不准和境外媒体接触，不准接受资助。

这一回唐源笑得也比较顺溜，脸色好看多了。他说我们"这帮人"，我说他们"这帮人"是想向我们取经，又不肯正眼瞧我们一下，目光躲躲闪闪，困难得很咧。

有一天，来了个医院院长，进门就把唐源的手抓住乱摇。唐源也装作被摇得很快活，你好你好你好！其实大家心知肚明，公民代理力量大了，社会看法变了，医院的态度自然也会转变。医院也想借助服务社介绍病友，与企业协调医药费。

这个院长以前唐源打过交道的。有个叫金水生的做木工时断了手指，出现工伤纠纷，工厂直接拿走了出院证明，然后谎称遗失了。申请劳动仲裁时需要这份文件，但这个院长坚持说不可能再出，只有一份。其实这也是老一套了，工厂与医院经常勾结使用的，故意在病历上做手脚。因为医院如果合作，工厂就会经常送受伤工人到医院来，医院自然是服从利益的。小金在唐源的帮助下拿到了赔偿，现在他本人也成了服务社的会员。他做探访时会把自己经验告诉工友，一定要把出院证明拿在手上，至少要复印一份。

院长说，你要相信，我也是个知识分子，也是有良知的，有些时候因为生存压力做些糊涂事也是没有办法！

唐源说，相信，怎么能不相信？

院长说，犯错总允许改吧，总要给出路吧？

院长精明得很，知道他们的工伤探访做大了，已经发展到50多家医院，服务社的工友志愿者身影遍及惠州、佛山、中山、顺德、东莞、番禺。工伤探访做到一定阶段，又发展出工友自己主持的工伤工友交流网络。早期唐源的策略是，先做周边城市，因为本地医院与工厂对他们很敏感，直接可以上门捣乱。现在局面做开了，政府认可了，院长自然回头了，傻瓜也能看到这里面有着巨大的利润。

柳叶叶问，假如你挣到钱了，你最想做的第一件事是什么？

当时唐源正在呼噜呼噜吃饭，头也不抬说，买一辆公务车。

柳叶叶笑，开车是威风哈。

唐源抬起头来，我瘸个腿跑来跑去不累吗？反正你不心疼。

柳叶叶马上顶他回去，我为啥子心疼？笑话。

唐源尴尬了半天，才问一句，你呢？你挣上钱做什么事？

我挣了钱就去读硕士读博士，法律专业的。

唐源想想才说，也好。

啥子叫也好？服务社不需要法律专业的吗？

唐源说，哪里话？当初我这条腿，就是因为不懂法律程序才输了官司，到手的六万元变成了一万。我哪里敢小看法律！

怎么说？

第一次为自己辩护，我满心以为证据确凿，就把一条规定忘记了，开庭前一周双方要交换证据。结果对方就抓住不放，硬是吃了个哑巴亏，这条腿就残了。

柳叶叶看着他的腿，忽然就难受起来。那就算了？

不算了你还能怎么样？那段日子我就是在地上爬过来的。唐源说，有这个教训，你说我对法律重视不重视？每一条，每一句，每一个词我都抠烂它，抠出它的祖宗八代，要玩我就陪你玩到底！

柳叶叶不吭了。原来这条腿还有这样的故事，难怪唐源会把服务社看得这样重，会把出庭当作一次战斗，熬得两只眼睛冒火。但这种样子又是柳叶叶不喜欢的，恶狠狠凶巴巴的样子，走火入魔的样子。这个人头脑清楚，说话也沉稳，没有那种虚头巴脑的轻浮，但在她看来总是少了一点人情世故。

唐源说，我说"也好"，是有点不太干脆，你听了心里不舒服。

知道就好。人家就这么小小一点理想，还要受到打击。

也许这也算是我的偏见，那些硕士博士我见得太多。我想不通的是，怎么学历越高水平越低，越不晓得做人的基本道理？我是担心你读了硕士博士，也变成和他们一样的人。

柳叶叶没有再说下去，这个问题太深奥了。到了夜里她还在问自己，你会变吗？你将来会是一个什么样的人？

61

年三十的晚上，柳叶叶煲了一锅骨头汤，又在外面买了几盒熟菜，边吃边看春节晚会。这年的深圳特别冷，听隔壁的老阿婆讲，他们从来没见过这么冷的天，没有穿过棉裤，也没有生过冻疮，可是现在全都来了。而这些，她都是经历过的，所以也不觉得怎么样，只是把煤气灶搬到办公桌边，当火锅用。吃火锅就是吃一个气氛，即便还剩下两个人，过年还是要有点气氛才好。

傍晚，桃花打电话，也是说冷。接着说冷清，她老公回香港过年，她还能不冷清吗？然后桃花突然提高嗓门说，好消息，香香结婚了！

柳叶叶一愣，说那倒是真的好消息。

桃花说，她是真的结婚，跟我不一样。

柳叶叶说，那我一定要给她打电话，我们要庆祝一下才好。可惜毛妹不在了。

桃花说，电话就先不要打，她关机了。

　　为啥子？怕我们搅她？

　　桃花说，这正是我要说的好消息。我答应她先不说的，我憋不住了，我不说心就跳到地板上了。你晓得她嫁的是哪一个？是马明阳的老爹！

　　这就好比王母娘娘改嫁孙悟空，猪八戒住进了广寒宫，柳叶叶一下子反应不过来。

　　桃花说，你听见没有？

　　她说听是听见了，就是怎么可能？

　　桃花说怎么不可能？

　　她说这也太离谱了。

　　桃花说马明阳是大孝子啊你不晓得啊？马明阳思想好解放啊你不晓得啊？说不定他还要撵在后头喊香香妈呢。然后桃花就笑得喘不过气来。

　　柳叶叶笑了两声，忽然就觉得不可笑了，非但不可笑还觉得可怕，心里还冷得发抖。她好像看见香香板着面孔的样子，心里得意的样子，出了一口恶气的样子。

　　她说，毛妹要是还在，一定会拦到香香。

　　桃花哼哼说，说不定就是毛妹的鬼魂引着那个老头子到香香面前的，不然哪能那么巧？

　　她说，实在是太离奇了。他老爹不晓得，马明阳也不晓得？当然，马明阳那种人，很可能是不记得了。

　　桃花说，这种事只有女人记得，男人永远记不得！这就叫一报还一报，他毁了香香一辈子，香香就毁他一次都不行啊？看他以后还怎么跟女人上床！

　　那马明阳以后还不报复香香？那个东西太坏了！

　　桃花说，他不敢，到现在他都不敢吭一声。开头是没认出来，他睡了那么多女人哪里还记得？后来香香点了两句他才晓得，但是都没说破。他还出钱帮老头子办的婚礼，他想把他老爹送走，送到他姐姐那边去，但香香不干。老头子太喜欢香香了，香香太喜欢深圳了。等到马明阳小弟弟小妹妹生出来一大堆，好戏才真正开场！

桃花再次笑到闭过气去。可在柳叶叶听起来，那个笑声也是碎的，悲哀得很，就问，大年三十就你自己过？

桃花愣怔半天才说，不自己还能怎么样？然后啪一声就把电话挂断了。

柳叶叶给香香打过电话的，可香香真的是关机了。看来香香真是铁了心要做这件事，任何人的劝都不想听。就是毛妹回来她也是听不进的。她不可能认不出马明阳，烧成了灰她也能从垃圾堆里把他拣出来。这个世界的确太小，山不转水转，水不转人转，哪个跟哪个都不要以为碰不到面。

又是一年了，当初一起从柳树桠走出来的女娃娃，都免不了打个电话，祝福一下。现在除了毛妹走了，其他三个都算有了着落，尽管都是夹生夹熟有着无落。桃花跟了个香港老板，小青跟了蔬菜老板，香香索性跟了流氓老板的爹。柳叶叶忽然就心里一抽一抽冷气直翻，嘴巴里又酸又苦，想想人生真是好悲凉好无奈，想哭一下都找不着理由。又是一年了，又长一岁了，可究竟有些啥子收获？也许这就叫超常规发展，跨越式发展？她们终于跨越了一切障碍，把天底下所有的常规统统踩到了脚下？

服务社就剩下她和唐源两个了，吃着，越来越冷清，想不出什么话好讲。除了电视机响，就是喉咙响，好像就是为了等待一个新年的钟声，才有了这样的安排，为了这个安排就要聚餐，为了这个聚餐，又必须看这些并不好笑的搞笑节目。

唐源一边看一边骂，无聊，真正是无聊。看到现在就是一个字，骗！正过去是骗，反过来还是骗，好心的是骗，恶意的还是骗。不骗人就编不出个节目来！唐源这个人，平时不喝酒，现在喝了一点酒，嘴就刹不住车，话特别碎。

柳叶叶说，你都快成碎嘴婆婆了。

唐源扭头看了看她，嘴咧咧，想说句什么，又咽了回去。

柳叶叶说，有话就说嘛，吞吞吐吐。

唐源说，你真好看。

她有点猝不及防，脸上就发烧了。好像酒喝过了头，其实她才喝了一小口。她说，没看出来，你也学会恭维人了嘛。

我为什么学不会？我从前还是文艺骨干咧。

柳叶叶就笑得咯咯地，那你文艺一个给我看看？

唐源就站起来，伸一下腿脚，摆了一个姿势，然后猛吸一口气，转眼一下就把柳叶叶抱了起来。

这一下来得太突然，太猛烈，柳叶叶完全没有料到，脑袋嗡一下就大了。她躲闪着他，推着他，不行，不行，不要……

唐源说，我早就喜欢你了，从第一次在医院里见到就喜欢了。

柳叶叶拼命推着他下巴，说真的不行。

可是唐源的力量越来越大，把她抱得两脚离地了，然后又把她挤到了墙角上，然后他的嘴巴就凑上来。

柳叶叶深深吸了一口气，突然冷静下来，说，凡是违背妇女意愿，强行发生性关系的，都可以认定强奸罪……

好在唐源还算清醒，愣怔了好大一气，两臂才慢慢地松下来。然后他像一头气疯的饿狼，红眼睛盯着柳叶叶盯了好一阵子，终于一瘸一瘸地回屋里去。

回到自己房间，她仔细回味了今晚的每一个细节，说过的每一句话，每一个眼神，想想有没有什么让人会错意的地方，有可能产生错觉的地方，结论是自己并没有做过什么。新年钟声敲响过后，她下楼去关了电视机，又看看唐源的屋子，一点动静没有，这才放心回去睡觉。可是钻进被窝，突然就冷得浑身发抖，心里有种被掏空似的难受。

那一年，那个温暖的年三十，那个和毛妹、常来临一起煮饭吃的情景，那种融融洋洋的气氛，那种发自内心的欢乐，好像离她已经很远很远了，好像那是别人的故事。那时，她无忧无虑，无牵无挂，无心无肺……那时她是多么开心，多么容易满足！可是现在，这才隔了几年？她就已然成了这个样子。她不需要爱吗？她不喜欢唐源吗？好像也不是。只是她已经失去了这个能力，她完全没有反应，她甚至可以那么冷静地背出一段法律条文！

她咬着被角，哈着冷气，终于忍不住放声大哭。

62

出事的那天，柳叶叶在外面，她是按计划去东莞一家医院做工伤探访。现在他们的工伤咨询服务已经做得很开，在周边地区已经很有影响。不但是周边，就是本地医院也和以前不一样了，从前那些不敢接待他们的医院也主动和服务社建立了联系。现在他们的官司越打越多，医院也看到了他们的力量。事情就是这样，只有工人维权成功，医院的收入才更有保障。

这家医院从一楼到四楼住了100多个断了手指的工人，柳叶叶就说服他们到医院的草坪上来。来吧，来听听断了手指该怎么办。手指是你的，权力也是你的，你自己不维权，哪个也帮不到你。她详细讲解了断指索赔的相关政策，同时也分析了一般打工仔的受伤心理。

有个河南小伙子说，你不提醒我还真不知道，还以为是自己倒霉，老是怪自己不小心。他说柳服务，我谢谢你。

人家说，她不叫柳服务。

他说，柳志愿，我谢谢你。

人家说，她也不叫柳志愿！大家都笑了。她的名片上印着：劳工服务志愿者柳叶叶。

柳叶叶说，你就叫柳姐姐就行。我跟你们一样，也是打工仔，从前也傻傻地，啥子都不晓得。

小伙子于是就说，柳姐姐你笑起来真好看。

那一刻，她真的觉得自己很美。

也就是这天下午刮的台风。台风来得突然，当夜她就没有回去，在东莞几个小姐妹那边住了下来。结果夜里就收到了服务社被砸，唐源受伤的消息。消息是通过网络传来的，现在他们也有了自己的网页。网页上说：

深圳春天劳动争议服务社负责人唐源被两名刀手砍伤

3月13日，深圳市著名公民代理人唐源遭到不明身份男子的绑架和殴打。在调解劳工与企业的纠纷时，"公民代理"们的生命安全时时受到威胁。下午，服务社被3个手持凶器的男子砸烂大门。当天晚上，服务社室内用品被暴徒砸烂，负责人唐源几乎被人砍断左腿。

对于珠三角劳工维权人士而言，这仅仅是一起最新的暴行。在一周前的3月6日，龙岗"公民代理"李某也遭到不明身份男子的绑架和殴打。另外，至少还有两名维权人士近期遭到暴徒袭击，另一些人则受到不同方式的恐吓。

珠三角劳工维权人士进入发端以来最艰难时期。

劳工NGO和"公民代理"作为珠三角重要的民间力量，有着深厚的群众基础和发展空间。尽管招致"财务不透明"、"管理方式落后"的激烈责难，但在国家力量撤退时，它们有效地化解了劳资冲突，为劳工伸张了正义。他们是农民工的一部分，政府应以更宽容的思路对待这一群体。

在过去的几年里，唐源接触过形形色色的工伤病人，他看过被卷进机器的胳膊，被铁锤砸碎的脚踝、大腿、胸腔，甚至脑袋。当然，最多的还是断指，这在珠三角的工厂里再寻常不过，每年，都有超过4万节手指被机器切断。

当珠三角这台巨型GDP机器开动时，马达轰鸣日夜不休，遮掩了工人们受伤的惨叫，唐源和他的同行们却在认真聆听工人的痛苦。他在深圳注册了一家"春风劳动争议服务社"，这是一家专门为工人提供维权咨询的微利草根性机构组织。当工人们向唐源举起他们的残肢断臂时，他也总是在问自己，"要是哪天我断了手脚，该怎么办？"现在，他终于要面对这个问题了。

当唐源见到服务社被砸后气愤地走出屋子，尾随其后的两名刀手，将一柄40厘米长的砍刀砍进他的左腿，之后是肩膀、后背、右腿……左腿筋骨、血管、肌腱与神经全被砍断，只剩少许皮肉相连。

今年以来，新的《劳动合同法》开始实施。根据新法，企业在雇佣和解雇员工时将面临更为严格的监管，其中一条规定：已经为企业连续服务十年的员工有权签署"无固定期限合同"。尽管"无固定期限合同"并不意味着终身雇佣制，但对于企业而言束缚增多。去年9月以来，政府和媒体发动宣传攻势，NGO和民间维权人士的压力也陡然加大。新法实施之前的劳资关系也日趋紧张，时有企业裁员消息传出。其中，以11月份，深圳华为集团安排7000多名工作满8年的老员工，赶在2008年元旦之前，"主动辞职"再"竞业上岗"最为引人注目。唐源的春天劳动争议服务社从9月底开始宣传新《劳动合同法》，到10月份，共接待咨询447人次，开办讲座3次。

目前，尽管对这一"公民代理"模式在珠三角地区能否全面推广，政府还一言未发，唐源仍信心十足。他认为，珠三角地区民间劳工NGO多年来的探索，为化解劳资冲突和维护社会稳定提供了有益的思路，政府应该理性面对并接纳民间创造，这是一项制度创新的开始。尽管劳工维权组织进行了积极有效的工作，但他们的自身安全却处于危险中。到目前为止，该案还没有任何新的进展。

网上还贴了一段视频，是唐源躺在病床上，一个警察问，你在本地有没有仇人？唐源答，我在这里无亲无故，也没有财产，哪里来的仇人？但要说没有人恨我，肯定也不是。那些欠了工钱赖账的人，那些不赔工伤款的人，那些输掉官司的人，肯定大把，他们早就想灭掉我了！警察问，你能不能说具体一点……

泪水一下子就模糊了双眼，飞流直下。她双手堵住自己的嘴巴，尽量不哭出声音来。

此刻，柳叶叶突然明白过来，啥子叫事业了。

那些口口声声讲事业的人，其实是没有事业的。比方老板，那么漂亮那么高贵，何曾有过真正的事业？她只是在做事而已，就是全世界的金钱都被她装进荷包，她也只是把自己变成一只美丽的金钱豹。还比方常来临，也是天天讲事业的人，何曾有过事业？他只是一个为老板卖命的人,一个被人家当作马仔的角色,他把事业吹得比天大,也不过是一张嘴巴。还有夏悦,能写几首歪诗也敢称事业?什么口水体梨花体,比随地大小便还要无聊的事情也敢说事业?事业,那是和大多数人的福祉紧密相连的事情,像山连着山,像海连着海。那是口号并不响亮,却是脚踏实地揣着理想,并且为之奋斗不惜舍弃自己一切的人做的事情,做这样事情的人才称得上有了事业。比方说唐源。

东莞的一些工友连夜找到了她,他们说,如果需要,我们都去深圳,发动100人没有问题。她想了一下,觉得已经没有必要,唐源已经住进医院抢救,事情还没有完全搞清楚,折腾那么多人,只有把事情搞坏。

现在,她也变得有一点坚强了,有一点点。

63

赵学尧前阶段胳膊受伤了,是被文总的疯子老豆咬的,肿得像个面包。开始他还怕得要命,打了破伤风疫苗,又打了狂犬病疫苗,这才放心。谁知过了几个月,又肿起来,说是激素过敏。他猜可能是医院给那个疯子老豆打的激素太多,连唾液里都是激素。现在他对文总的家事介入越多,越有意满志得的膨胀,这就好像一个需要不断加热加气的热气球,飞得高不怕,就怕有一天不加热。所以被疯子咬一口不算什么,只能证明自己已经飞得很高了。奇怪的是文总居然有这样一个老豆,而且文总从来不解释,为什么老豆会这样?为什么这位老豆偏偏喜欢一个人住在岛上?他有什么想不开的？讲究惜命的文氏家族竟然出了这么个不惜命的老豆，说起来人的品位真是千差万别。头天晚上跟何子钢喝酒，他还大大感慨了一番，无法想象，无法想象，你都无法想象啊。

何子钢当时没吱声，只是习惯性地把嘴角一撇。

中午还迷糊着，何子钢就把他吵醒，非要请他出去喝酒，说昨天喝的不算，今天才是常委内部酒会。赵学尧赶到，他已包好房间等在大门口了。

三杯酒下肚，赵学尧见他仍是一副常委面孔便笑道：看来这顶帽子是抢到了。

何子钢说，妈的，才给个副处。

赵学尧说你才29岁你急什么？官是做不完的，够你爬一辈子。

何子钢说，这倒也是，官是做不完的，钱也是赚不完的。说罢就盯着赵学尧看。

赵学尧便有些警觉，你大概不会为这么点进步请我喝酒吧？经受不住打击了？

何子钢说你是我老师，我犯得上这么贱吗？

这时又有人来推销小姐，何子钢说，你旱久了，来点春雨湿润一下？

赵学尧说，不劳你费心，我就是想要，也不能叫你看见。

何子钢说我可以看不见。没事，你放心，这酒店老板是我铁哥们。

赵学尧就急了，说你究竟出了什么事，连美人计都上了？

何子钢就把门推上，又想了一下说，你那本书我仔细读过了。

赵学尧说这几天忙糊涂了，也是该出来了吧？

何子钢说，平庸，太平庸。怎么能说幸福村是白手起家呢？土地不是钱？政策不是钱？他自己吹吹还差不多，你是个学者，也这样吹。

赵学尧说，现在大家都在这样吹嘛，再说我也不是完全没有根据，党报也这样吹的，这有什么关系？

何子钢哼一声，音量突然放大十倍，又现出那副刻薄样子：这就是你们这些学者的本事，一辈子都在论证，从来没有自己的想法！什么叫市场经济的产物？这里从来都是官场经济。还有什么多少个第一，这种特区报上的牛皮你也好意思吹，哪件事30年代的上海滩没干过？哄哄老百姓还差不多。在中国，你离开政治背景研究任何一个命题都不可能真实全面。这种书一出来把你名气降低好几个档次！

赵学尧懵了，心想这话别人来说说还有点像，你何子钢从来就是个造假制赝的大王，什么时候对学术问题认真过了？一时又估不透他是什么意思，只有把烟雾一口一口吞进去。吞着，心就猛然抽紧了。见何子钢还想闪烁其词，就挥手止住他，你今天花大价钱请我连喝带嫖就为提这二两意见？

何子钢马上软了，眼皮垂垂地建议，干了这一杯再说。

赵学尧说，少来这一套，我不是江湖客。

何子钢叹口气，说人在江湖身不由己啊。

赵学尧问，你说不说？

何子钢就把酒盅扣进喉咙，转身掏出那本书来。

然后便轮到赵学尧发呆。

书自然是印得好的，十来万字竟有词典一样厚。只是著者已然变成了文念祖。赵学尧消失了，赵学尧似乎从来就没有存在过。赵学尧没反应，只听见有金属破碎般的笑声从心二尖瓣处咔咔咔地爆裂出来，像极了电焊枪的弧光火星。

赵学尧说漂亮，真是漂亮。

何子钢把书推过来，说你开个价吧。说事到如今你也只有狠狠敲他一笔别无他途。说我也是读书人，知道这对你意味着什么。

说我也是受了文念祖之托也是没有办法的办法。说我早就看出文念祖并不简单你不相信。说文念祖很清楚一本书对他至关重要,一下子把他提高好几个档次。说现在革命形势又发展了,乡镇企业家都积极参加理论建设,突然都深刻起来手上都有了著作。说这也是被敌人逼出来的。说现在竞争激烈了,这杆大旗既然是你亲手竖起来的,就只能把它竖到第一排去,否则你也是对自己不负责任。

不知什么时候已来到街上。赵学尧踉踉跄跄移动着两只后爪,何子钢跟在旁边不停地连说带比划。已然落过一场雨,街面汪起一摊摊的积水,路灯下的景物模糊且游移不定,像极了一幅幅连续不断的潦潦草草的铅笔素描画。

何子钢感情忧伤,充满了怀旧情绪,说从前在大学里你是最富诗意的老师,你不知道有多少女同学都崇拜你呢。你那时有一个动作最时髦的,两手四个指头拎拎衣领,然后把头猛地一甩,很多人都学会了。你还经常说,去数台阶去吧去听月亮去吧去看树叶窃窃私语吧,大家伙不知不觉就被你抓走了。是你说的,人不能光活着,总要干点事情,是吧?

赵学尧终于站住了,这些近乎谄媚的词语从何子钢嘴里冒出来让他有些惊讶又有些陌生,很遥远又很真切。这确实是何子钢,可又不是那个何子钢。赵学尧直视着他,看得他眼皮垂垂地抽动,惺忪的躲躲闪闪的目光很是可怜。赵学尧终于一字一顿地说,我要一、百、万。

何子钢还想说点什么,忽然就闭了嘴,他明白这个价不高。他倒退着举起双手缴械投降,然后来了个含义不明的动作,然后果断转身,消失了。

其实,不就是一本书吗?自己出了又能怎么样?

其实,何子钢说得不错,他没有多少思想,更谈不上体系。他不可能发现太多的真理,他只是一个知道分子,这他早就认命了。

他的才华在于证明，在于运用逻辑，一旦有需要他就会把任何一个命题做得天衣无缝。如此看来，那些曾经让他激动不已的想法，只不过又是一堆证明！既然如此，还不如拿它卖个好价钱。以前为了评职称，出本书自己还倒贴几千块。因此，不能算是吃亏了。至多，他和文念祖是打了个平手。甚至，他还有得赚！

现在可以断定，这件事何子钢不是主谋也是个同谋，那天晚上他就是为这件事来的。可那又怎么样呢？何子钢不能光活着，他也要干点事情，怎么讲何子钢也能算上一个比较优秀的坏蛋。文念祖也不能光活着，他有钱，他愿意买他想要的东西，这一切都很正常。没什么。真的没什么。有钱人做事一般都是比较干净的。赵学尧记起，这句话是迟小姐说过的，忽然就觉得深刻，不由暗暗叫绝。对女人，有钱人不必像个无产阶级在公园里消费，可以买回家来慢慢享用。对文人，也不必像个领导阶级装腔作势，也可以买回家来换一副标签。这既省事又卫生，这么简单的道理，过去居然没有参透！

现在，他已经完完全全把自己看清了，来深圳不就是为了体现自己的价值吗？现在有了，明码标价，100万。天可怜见，他还是有才华的，有学术能力的，是个真正的知道分子，100万就是合乎逻辑的证明。可是如此想来，他又何必浪费几年时间兜一个大圈子，直接证明不就完了？可是不行，钱是不可以抢的，他要通过一些渠道才能证明！那么，他究竟是一个证明，还是一个明证？他究竟是为证明的过程而来，还是为明证的结果而存在？

天放晴了，大街上重新熙攘起来。南国电影院门口，有小姐看赵学尧飘飘然茫茫然的样子就过来问，先生要不要看大片？

赵学尧说我不看大片。

小姐说看小片也行。

赵学尧把手插进兜里，那里面一沓票子还在。那票子是经过文总的小电熨斗一张一张精心修理过的,手感好极了。于是赵学尧笑起来了,笑到那个小姐脸色骤变,忙不迭地遁去。

有手机他不用,那个没意思,而是找了个地方敲电话。哒哒哒,哒哒哒,派得很。

迟小姐说,你还记得我呀。

赵学尧笑,这不正给你打招呼吗?

迟小姐说,我后天的机票。

赵学尧说,正是为你送行的。

迟小姐说,打电话送行有什么劲?

赵学尧噎了一下。

迟小姐说,有种就过来。

赵学尧说,过来就过来!

看见有卖花的,赵学尧问,几钱呐?一口纯正的广东白话。小姑娘答50,赵学尧扔给她20,拿了花就走。

进了天香花园才发现拿着花其实很滑稽,那不过是给自己壮胆打气罢了。于是想到那个司机小李,实在还是个可爱的小青年。如今自己早已进化成深圳人了,有没有花都毫无分别。于是就扔了花,摸出烟来吸。

他和迟小姐会发生什么事?是兜圈子还是直奔主题?是温情一点还是威猛一点?自然,还是温情一点好,要有一个过程,有一些铺垫最好。最好迟小姐先哭一场,哭得肝肠寸断,哭得那个叫赵学尧的人不能把持,这样就比较自然。迟小姐一定会说,这是咱们俩的事,和其他人没有关系,和任何人都没有关系。赵学尧就答,当然没有关系,难道我们能为其他的任何人活着吗?迟小姐如果说,其实我真正爱的人是你。赵学尧也一定会表示,自己早就有心栽花了。迟小姐如果决定不走了,那个赵学尧怎么回答呢?

不料这些准备活动被迟小姐在楼上看得一清二楚,她推开窗就喊：嗨！是不是心里特矛盾？

赵学尧说，我在……吸烟呢。

迟小姐说，想琢磨点意义出来？

赵学尧指指天上，说哪里，我在读月亮。

迟小姐说，月亮里有答案吗？

赵学尧说，我来深圳好几年了，今天才第一次注意到这儿也有月亮。

迟小姐说，十五的月亮十六圆？

赵学尧说，是啊。

迟小姐说，月满抱佳人？

赵学尧说，你以为我不敢？逼急了我什么都敢。

迟小姐于是趴在窗台上哈哈大笑。

笑声在这个天香花园的月圆之夜格外嚣张，很有穿透力。有几扇窗户的灯同时熄灭了。

这一点赵学尧没有想到，突然被击中颅顶似的，身子摇晃起来，身子矮矬下去，突然觉得好累好累，觉得脊椎抽空了一样，痛得他直不起腰来。

64

经过一次绑架，念虎比从前更威，他现在当了村长兼董事长。念祖已经不做这些具体的事情了，他要专心致志抓党的建设，这是区委领导安排的，所以念虎就威得一塌糊涂。他宣布把自己的生意全部盘出去，一点也不留。现在大家都经过了一些事情，有了一些经验和教训，一切都应该和从前不一样了。

五月五，端阳虎，村里都在议论：今年一定要好好热闹一下了，好好出出晦气！所以念虎就跑到念祖家里来讲，阿爸呀，今年要按老规矩，要原生态，这个觋公一定要你亲自来扮才行。现在文叔住在念祖家里，这让他有一点不满足。

文叔点点头算是答应了。他变得好懒，一个字也不愿讲。但文叔又离不开那个新来的小子，让人觉得很奇怪。

村里就热热闹闹准备起来。扎火龙扎龙船，钉高跷做神龛，香烛纸马金银元宝，应有尽有。还特意去外面请了舞蹈队，来扮牛鬼蛇神魑魅魍魉。神龛还是上次办客家民俗节用的样子，为了防止失火就装在了货柜车上，比真房还要大，里面坐着右丞相文天祥。楹联还是专家题的：大宋信国公官拜一品诗震华夏，开元真男子神传万世气贯虹霓。为乜叫个开元真男子呢？老年人解释说，真男子是元朝开国皇帝忽必烈夸老祖宗的话，意思是真男子汉，特别厉害。别人的那个东西统统是假的！

惜命二字因为是家传，这是只好意会不便言传的箴言，就做了金字贴在神龛的背面。做好了，大家都觉得好得不得了，有人就来请文叔去看。

可文叔呢？文叔却寻不到了。

这一天闷热得不得了，刚刚六月天，就穿上了汗衫短裤，从冬天直接跳到夏天。又热，又忙，谁也没有注意到文叔。不在就不在吧。谁也没可能想到会出事情。

傍晚的时候，刮起一阵黄风。全村人都在看热闹，觉得好凉快好舒服。后来风停了，才慢慢看出不对头。先是在村头，紧跟着在海边，云彩越堆越厚，颜色却越来越鲜亮。有细罗仔叫，红的，红的！云彩是红的！

人们呆住了，傻掉了。谁也没有见过这种云彩啊。终于有人想起来：是红云啊，红云来了啊！年长的人们向海边奔去，是红云啊，红云来了啊，他们齐刷刷地向大海跪了下来。

　　红云在翻卷，在奔腾，在扭动。红云在震怒，在咆哮，像是大山崩塌大树撕裂，又像是在骂人，还有女人在隐隐约约地哭。红云是血一样的红啊，还有臭鸡蛋一样的刺鼻的腥臭啊。接着，有雨滴落来，滴在人脸上还是滚烫滚烫的。

　　是血啊，是血啊！红兮兮粘兮兮腥兮兮的啊。有老阿婆哭起来了，罪过啊，罪过啊！从前就是不相信啊。人们终于哭倒在地。

　　这情形持续了有三个字，也就是十五分钟的样子，才向西移去。像一只巨大的笤帚，又像一只巨大的漏斗，向西扫过去。它扫过的地方，是一条三十几米宽的条痕。有小孩子拾到几个像豆荚一样的东西。大人们经过研究讨论，没错啊，是红树仔啊，文叔就是在种它啊。人们这才想起文叔。文叔呢？人们又像朝圣的信徒一样寻起文叔来。

　　屋里没有。村里没有。哪里哪里都没有。会到哪里去呢？

　　有人想起，红云既然向西去，那么它一定是从东面来的，也许是东南面。东面是哪面？那里正是文山岛啊。一定是文叔知道红云要来，他避开了。他要你们这些没有良心的人自己去看！

　　上岛去，立马有人想到，开汽艇去，一定要把文叔接回来。文叔来了，大家都要磕头认错。

　　汽艇呜地开出去，箭一样消失掉。

　　这时，风已经很大，乌云早已锅底一样罩下来。大雨倾盆，雷声震天撼地。海浪站立起来，排着方队，咔咔咔咔向岸边冲过来。海浪一排接着一排，一队接着一队，叫嚣着向人们扑过来。从来没有人见到过滩涂上有这样的海浪啊。

　　人们不肯散，非在这里等。大家崇敬得要死，激动得要死。

　　八点多，天已墨黑，汽艇回来了。

没啊，哪里哪里都寻遍了啊，没啊，没啊！

人们抱着肩，簌簌抖抖往回走。一个个冻得发抖，心里还在热乎乎地想文叔。文叔会到哪里去呢？

一个阿婆讲：文叔不会跟了红云一道去吧？讲过了又打自己耳光，我是瞎讲的呀，没可能的呀。

阿爸呀，阿楚阿从哭起来，你到哪里去了呀。

阿吉抱着小儿子想，要在东南方请神压一压……她一下就跪倒在地，哭得好伤心好伤心。

阿婆也都哭起来，怎么这个样子的啊，怎么这个样子的啊。

念祖念虎念书没有哭，脸上只是有一点悲壮，有一点神圣。他们在大家面前特别谦虚，感觉从来没有这样的好。红云早一点来有多少好，早一点来大家早就相信了，老豆就不会孤寒了，他们也不会跟着受气了。他们忍受了多少冤枉气啊。

风在一直刮，雨在一直下，从来没有这种下法的，天是墨黑的，海浪倒是白白的，黑和白就像绞在了一起。真的是端阳虎啊。这才六月天啊，台风也没有这样突然的。电视里讲，到处都在异常，全球变暖，这个温室效应太厉害了。

文叔还没有回来，第二天没有，第三天也没有。现在只有等文叔自己回来了。哪里哪里都寻遍了呀。这件事情实在很稀奇，从头到尾都很稀奇，哪个都没有想到，没可能想得到的啊。

大家讲，一定是还在岛上，文叔一定是同红树在一道！

大家把汽艇拖出来了，决心试一试。就是上当也值得上的。

天亮的时候，他们找到了答案。

其实一上岛，大家就明白了。没有费事就看到了文叔的舢板。舢板已经粉碎，一块块碎木屑飘浮在红树林里。大家一眼就看到了文叔的衣衫。但也仅仅是衣衫，人已经没有了。那天是天太黑，没有见到衣衫。这是些什么样的衣衫啊，衣服裤子全部撕成了长条，也许是文叔的全部衣衫,还有被单,奇怪地结牢在红树根部,像是一道道缆绳,把红树圈在了这里。

他们想象,这里曾经有过一次惊心动魄的保卫战。他们想到,红云一定是要把红树带走,他们在大陆也拾到过红树仔的。他们想,一定是文叔不肯,所以才情愿自己跟了红云一道去。一定是这样的。

这时风已经停了,雨也小了一些,潮水退了下去,红树纷纷站立起来,伸展开枝条,刚刚睡醒一样,伸懒腰一样。

念祖对了红树咕咚一声跪了下去。阿楚阿从和念虎念书也跪了下去。大家都跪了下去。

这时,红树的叶片上突然落下几滴水来,嘀嗒,嘀嗒落在了海里。然后好像惊动了大家一样,几乎所有的红树都在一道滴水,哗啦,哗啦,像哭一样。红树会哭的吗?

红树会哭的。红树在哭。

65

回到深圳柳叶叶没有直接去医院,而是先去了看守所。登记的时候,警察问,你是他的什么人?柳叶叶说不是什么人。那个警察就皱起眉头,不过他也没说什么,只是让她到里面等。

等了半个多钟头,她看见常来临从甬道的那头慢慢走过来,越来越强的光线让他的眼睛眯缝着,后来还抬起了胳膊。他没有瘦,只是略显苍白。

常来临见到她一愣,说想不到是你。

柳叶叶说,我也想不到会来。你还好吗?

常来临说,还好。谢谢你。他笑一下,样子很难看。他说已经没事了,就要出去了。他真的很谢谢她。

然后她就想不出话说了。本来她似乎有很多话要对他说的,而且有种冲动,觉得非说清楚不行。可是现在,突然又觉得说出来一点意思都没有。她道了声保重,然后放下食物就出来了。出来以后,被外面的风一刮,眼皮突突跳起来,然后鼻子就酸了,然后眼睛水跟着就下来了。

这才清楚,自己是要来作一个了断,是要跟自己的以往作一个了断。跟常来临说不说出来,其实都是一样的。是的,她曾经崇拜过这个人,甚至爱过这个人。而现在,自己已经完全没有了当初的那种感觉。人的感情竟是这样的奇怪,当拒绝夏悦的时候,拒绝唐源的时候,她还一直以为自己心里是有人的,所以才会那么干脆。但实际上在见到他的那一刻,她立即发现自己错了。这个人根本不是她想象中的那个人,这个人只是一个苍白的幻影,一个爱情的替代品。其实他和自己根本不是一样的人,她早就应该晓得的。毛妹也早就有过这个意思,只是她不好说。

她现在,是在跟自己的梦想作一个了断。她已经告别了年轻,还有许许多多年轻的梦。

到了医院,她想好了要多说一点高兴的事,要给唐源打打气,千万哭不得。哪晓得唐源一见她就笑了起来,说还好还好,他们还给我留了一条腿。

搞得她也笑了,说那倒真是一条幸运的腿。

唐源说,这是协商来的!你以为啊?我说,兄弟,反正一样是砍,就砍这条左腿。我说你们把它剁下来,剁狠一点,拿回去一样交差,老板一样给钱。

他们听你的吗?

唐源说，两个拿刀的犹豫了半天，就是拿钢管的人不干，说少跟他啰嗦，快一点。

柳叶叶也笑着，也许他们应该量好尺寸再砍。

来不及了，再犹豫老板就要砍他们了。

他们怎么不一刀捅死你？

那他们也不干，他们也懂投入产出成本效益的，性价比不高的事他们也不能干。

然后柳叶叶就哽噎了，笑不下去了。

唐源小心地轻轻地，好像在跟自己嘀咕说，放心，死不了。只是可惜了我们的春天服务社。

柳叶叶忙说，你也放心，服务社还有我。

要是服务社不让办了怎么办？

我们还可以办文书社。

要是文书社也不让办了怎么办？

我们就以个人身份做公民代理！柳叶叶忽然激动起来，叫起来，我个人做事哪个管得着？她说，只要心在，什么都不会完。春天还是春天，我们还是我们。

唐源愣着，嘴角突然抽搐起来，你是说，我们？

柳叶叶的心也有点抽搐，是，是我们！

唐源一把扯了一张报纸，猛地盖在脸上。

她看见，报纸在慢慢抖动，底下有一块被淹湿，湿斑逐渐放大。好像是海底有了火山，一点一点积蓄力量，终于有一天，那些岩浆喷薄而出，再也遏制不住。

也就是这一刻，她看到报上的一条消息：

广东省有17个市被国家划为酸雨控制区，总面积12.8万平方公里，占全省面积的71.6%，占全国酸雨控制区总面积的16%。该省二氧化硫污染严重，这些酸雨的PH值，也就是含酸量比普通食醋还要高。据估算，广东省每年因酸雨造成的经济损失为40亿元人民币。

另据报道，广西沿海某县因水土流失曾出现大面积土地滑坡，今春首次台风后当地农民发现，这一地区海边出现很多奇异的小树。经专家鉴定，这种树叫红树林。红树林是世界上仅存的胎生植物，目前存活于我国广东、海南的部分地区。红树林为什么会大面积集体迁徙，目前仍是一个谜。

红云就是酸雨？也许是，也许不是。
红树飞到广西去了？也许是，也许不是。
讲不清楚啊。
不好讲啊。
没得讲啊。

本书由人民文学出版社2009年2月首次出版